欧阳砥柱 编著

欧阳修诗文赏析

武汉大学出版社

图书在版编目(CIP)数据

欧阳修诗文赏析/欧阳砥柱编著 . —武汉 : 武汉大学出版社,2018.12
ISBN 978-7-307-16752-0

Ⅰ.欧⋯　Ⅱ.欧⋯　Ⅲ.欧阳修(1007-1072)—文学欣赏　Ⅳ.I206.2

中国版本图书馆 CIP 数据核字(2018)第 269490 号

责任编辑:胡　艳　　　责任校对:汪欣怡　　　版式设计:马　佳

出版发行:**武汉大学出版社**　(430072　武昌　珞珈山)
(电子邮件:cbs22@ whu.edu.cn　网址:www.wdp.whu.edu.cn)
印刷:北京虎彩文化传播有限公司
开本:720×1000　1/16　　印张:21　　字数:301 千字　　插页:1
版次:2018 年 12 月第 1 版　　2018 年 12 月第 1 次印刷
ISBN 978-7-307-16752-0　　　定价:50.00 元

自　序

　　《欧阳修诗文赏析》一书的撰写，始于 2015 年暑假，日前终于脱稿，共有百篇千字简析文，百首自拟咏赞诗（词），总计 21 万字，历时近三年。

　　欧阳修，字永叔，号醉翁、六一居士，吉州永丰（今江西省吉安市永丰县）人。生于宋真宗景德四年六月二十一日（1007 年 8 月 1 日），卒于宋神宗熙宁五年闰七月二十三日（1072 年 9 月 22 日），享年 66 岁。因吉州原属庐陵郡，故常以"庐陵欧阳修"自称。宋仁宗天圣八年（1030）举进士，官至翰林学士、枢密副使、参知政事，赠太子太师，谥号文忠，追封楚国公，世称"欧阳文忠公"，亦尊称欧公。

　　文学史上，后人将欧公与韩愈、柳宗元和苏轼合称"千古文章四大家"，与韩愈、柳宗元、苏轼、苏洵、苏辙、王安石、曾巩合称为"唐宋散文八大家"。事实上，纵然有这些璀璨的"光环"，也仅仅是对作为文学家的欧公一种并非全面而准确的评价，与他光辉一生的事业还相去甚远。这里简单补述一下：

　　作为文学家，他是宋代文学史上最早开创一代文风的文坛领袖，领导了北宋诗文革新运动，继承并发展了韩愈的古文理论，培养和举荐了包括王安石、曾巩、苏轼、苏洵、苏辙、司马光等在内的一大批具有真才实学的人才。

　　作为历史学家，他主持修订《新唐书》250 卷，又自撰《五代史记》（《新五代史》）74 卷，这是唐宋以后唯一的一部私修正史，体现出可贵的实录精神，在我国史学史上有着十分重要的地位。

　　作为金石学家，他收集整理了周代至隋唐五代的上千件金石器物、铭文碑刻，所撰《集古录》（即《集古录跋尾》），共 10 卷，是我

1

国现存最早的金石学著作。

作为经学家，他敢于排《系辞》，毁《周礼》，黜《诗》之《序》，在庆历前后的经学转型（由汉学转向宋学）过程中，实际上发挥了领袖的作用。

此外，《六一诗话》是其晚年最后之笔，却是我国文学理论史上以"诗话"为名的第一部著作。他也许并非真正意义上的园艺学家，其《洛阳牡丹记》则是我国现存最早关于牡丹的专著。

而作为政治家，他历经宋仁宗、英宗、神宗三朝，官至参知政事，是一位有担当、有作为、有节操、忠直敢言的辅弼朝臣。与晚年欧公政见有异的王安石，在《祭欧阳文忠公文》这样说："自公仕宦四十年，上下往复，感世路之崎岖；虽屯邅困踬，窜斥流离，而终不可掩者，以其公议之是非。既压复起，遂显于世；果敢之气，刚正之节，至晚而不衰。"

千百年来，这位有影响的北宋政治家，杰出的散文家、诗人、词人、历史学家、经学家、考古学家、诗歌评论家，以其特有的道德文章，给当世与后代传递着不屈的人格、刚正的气节和可贵的实录精神。这是我国古代优秀传统文化中的一笔宝贵遗产。

毫无疑问，欧阳修及其作品，一直是历代学者倾心研究的重要对象之一，尤其是近三十年间，相关研究更有长足进展，校勘、笺注、选本、辑评等学术专著陆续问世，涉及欧阳修研究的各个方面，对发掘和传播优秀传统文化遗产，发挥了重大作用。但单从"选本"来看，或文选，或诗选，或词选，或某个阶段、某个地区的作品选，似乎或囿于某一角度，或偏于某一文体，往往显得难窥全貌；而且大多偏重"注"与"解"，而略于"赏"与"析"。这样一来，普通读者在阅读、理解、赏析方面，仍然会存在不少困难。经常有年轻人对我说，希望有一个这样的选本：选文较多，篇幅较长，既能释疑解惑，又能让读者与作者能相对深入地交流品读心得。我因此想到，尊重和满足这一愿望，或许是一件有益的、惬意的事情。

本书的特色或许在于，试图另辟蹊径，面向大众，忠于原文，读赏并重，使全书真正具有可读性、导向性和一定的原创性。

全书选取欧阳修散文、诗词一百六十余篇，分为记体散文、论体散文和诗词三类，并在某些选文后面，以"链接"方式，附录与该文密切相关的欧公其他诗文，以期达到深化理解和扩大阅读面的双重目的。

书中欧阳修作品原文分类，按作者写作时间先后编排。除另有标明者外，散文与诗以洪本健先生《欧阳修诗文集校笺》（简称"洪本"）为依据，词以谭新红《欧阳修词全集》为依据。每篇原文下有注释、简析和赏咏。

"注释"分两种。一是散文中字词注音、释义，均加括号标明；其余涉及人、事、物、典故等需要作注的，按自然段标明序号。二是有关诗词原文的注释，按层段或上下片标明序号，一并列于原文之后。笔者赏咏之作，偶有注释者，则以"自注"附后。书中引文另有标注，其中已列为主要参考书目之引文，不再一一标明。

"简析"包括写作背景、内容提要和古今评说，还包含笔者议论，力图对原文加以相对完整的诠释和解读。例如《七交七首·自叙》诗，有的选评本中只用 47 字来点评。但本书考虑到它是欧公早期之作，又是诗词部分的第一首，诗中写其为人为官，不受拘束，放任自在等"漫浪"，这些对于今天的年轻读者来说，或许会引发某种误读。因此，笔者特意在简析中引述欧公景祐二年（1035）在《答孙正之第二书》中的一段话，说明他对自己早年的"漫浪"有过一番深刻而真诚的自省。本篇"简析"1300 余字，应该能更好地引导读者理解原诗内容，以及青年欧公怎样逐步走向成熟的人生历程。

"赏咏"即欣赏歌咏或赞赏咏叹，这部分在本书中是以"诗曰"或"词曰"的形式来写笔者的读后感。笔者做到每读一篇散文或一首诗词，则赋诗词一首，有律诗、绝句、古风，还有按原词词牌（大多依其原韵）赋词一阕。其内容视原文而定，或赞叹，或评说，或续写，或因情感共鸣而述笔者旧事，但无一不与原文密切相关。这是笔者自创的一种阅读和鉴赏尝试，其目的在于激发读者赏读欧公诗文的兴趣，但愿能产生抛砖引玉之良效。诚然，笔者煞费苦心之处，自然也是本书具有原创性亮点的地方。

王安石在《祭欧阳文忠公文》中指出："如公器质之深厚，智识之高远，而辅学术之精微，故充于文章，见于议论，豪健俊伟，怪巧瑰琦。其积于中者，浩如江河之停蓄；其发于外者，烂如日月之光辉。其清音幽韵，凄如飘风急雨之骤至；其雄辞闳辩，快如轻车骏马之奔驰。世之学者，无问乎识与不识，而读其文则其人可知。"笔者不揣谫陋，成此拙著，虽难免自不量力之嫌，却实怀绳其祖武之心，还望读者明察，幸甚！

诗曰：

道德文章世所尊，
醉翁清气满乾坤。
风神独具标唐宋，
金石初成动魄魂。
千字情深追远祖，
百篇辞浅示童孙。
何期向晚窥堂奥，
羞与坊间仔细论。

欧阳砥柱

2018 年 4 月 28 日

于安和堂书屋

目　　录

第一部分　记体散文

欧公记体散文简述

在我国，《尚书》中"叙事识物"的一些篇章，被认为是古代散文之祖。至唐宋，这类文章的写作，记叙内容扩大，文学因素增强，逐渐发展为一种全新的记体文。所谓"记"，自然有记人、记事、记物、记山水风景等，其表现手法也离不开叙述、描写、议论、抒情等等。欧公散文，不仅数量可观，而且成就最高，影响最大，在我国古代散文中占有独特的重要地位。

本书所谓"记体散文"，系沿用学界的说法，特指欧公文集中以"记"名题的散文，共计三十九篇。本书选取其中三十篇赏读，未列入的另外九篇是：《河南府重修使院记》《河南府重修净垢院记》《东斋记》《淅川县兴化寺廊记》《明因大师塔记》《御书阁记》《大明水记》《孙氏碑阴记》和《仁宗御飞白记》（不含《吉州学记》初稿）。

欧公记体散文的创作，有相对集中的三个时期：一是自天圣九年（1031）——景祐元年（1034），其时欧公中进士后，初入仕途，任西京留守推官，日与良师益友诗酒唱和，学作古文，短短三年间共十五篇。二是景祐三年（1036）——庆历四年（1044），其时欧公西京任满后，在京任馆阁校勘，不久，因作《与高司谏书》为范仲淹辩护，遭贬夷陵、乾德、滑州；庆历三年应召回京知谏院，积极支持参与范仲淹领导的"庆历新政"。十余年间共十篇。三是庆历五年（1045）——至和元年（1054），其时"庆历新政"失败，加以遭人诬陷，再贬滁州、颍州、应天府等地，辗转十年间共八篇。至此累计三十三篇。其后，至和元年（1054）——熙宁五年（1072），欧公再次返京任职，先后任礼部侍郎、吏部侍郎、参知政事（相当于副宰相），进封开国公，于熙宁五年闰七月辞世，十八年间仅六篇。

我们知道，人生不同时期的社会坏境，对欧公的政治理想、文学主张和创作风格，必然产生客观而巨大的影响。例如先后两次贬谪夷陵和滁州，构成欧公仕宦生涯的重要组成部分，而这种贬黜生活的特点，对于欧公此类文学作品的题材和风格，起了决定性的影响。在内容上，有山水风光的描摹、谪居心态的流露、友朋交往的叙述以及对学术的不懈追求；在风格上，更多地呈现出记体散文的平易自然、偏于阴柔之美。与其论体散文的峻切直言、论据信实的阳刚之美相比，显然有所不同。这就需要读者去细细品味了。

从内容情感看，欧公记体散文写亭台堂阁，写人物书画，写山水花石，写画舫长堤，甚至写伐树、戕竹，可谓万千物象，丰富多彩，摇曳生姿。尽管写于不同时期，有着不同的心境，却无不寄寓着作者的真情实感，其中蕴含着深深的亲情、友情、爱民之情和对大自然的眷恋和敬畏之情。

从艺术成就看，王安石曾这样评价欧公之文："其积于中者，浩如江河之停蓄；其发于外者，烂如日月之光辉。其清音幽韵，凄如飘风急雨之骤至；其雄辞闳辩，快如轻车骏马之奔驰。世之学者，无问识与不识，而读其文则其人可知。"（《祭欧阳文忠公文》）而欧公记体散文，特别是那些脍炙人口的传世之作，更为历代文人推崇备至。明代茅坤在《茅鹿门先生文集》中说："其姿态横生，别为韵折，令人读之一唱三叹，余音不绝。予所以独爱其文，妄谓世之文人学士得太史公之逸者，独欧阳子一人而已。"正是他最早提出"六一风神"的命题，用以概括欧公此类散文的独特之美。

从对后世的影响看，欧公堪比韩愈。苏轼有一句言简意赅的评语："欧阳子，今之韩愈也。"欧公尊韩、学韩，世所共知。他们对后世散文创作都产生了极为巨大而深远的影响。只是我们务必记住袁枚《随园诗话》中的论断："欧公学韩文，而所作文，全不似韩，此八家中所以独树一帜也。"

一、游大字院记

六月之庚①，金伏火见，往往暑虹昼明，惊雷破柱，郁云（浓云）蒸雨（闷热的雨），斜风酷热，非有清胜（清凉美景）不可以消烦炎，故与诸君子有普明后园之游。

春笋解箨（tuò，笋壳），夏潦（liǎo，大水）涨渠，引流穿林，命席（安排座位）当水（面对流水），红薇始开，影照波上，折花弄流，衔觞对弈。非有清吟啸歌，不足以开欢情，故与诸君子有避暑之咏。

太素最少饮，诗独先成，坐者欣然继之。日斜酒欢，不能遍以诗写，独留名于壁而去。他日语且道之，拂尘视壁，某人题也。同共索旧句，揭（公布）之于版，以致（记载）一时之胜，而为后会之寻（重温）云。

◎ **注释**

①庚：伏天。我国农历从夏至后第三个庚日起入伏。故常用"庚"来代指伏天。诸君子：据张耒《明道杂志》载："余游洛阳大字院，见欧公、谢希圣、尹师鲁、圣俞等避暑唱和诗牌。"

◎ **简析**

《游大字院记》作于天圣九年（1031），即欧公赴任西京留守推官之年。《宋史·欧阳修传》载：公于天圣八年"举进士，试南宫第一，擢甲科，调西京推官"。据欧公同乡、时任主考官晏殊后来对人说，欧阳修未能夺魁，主要是锋芒过于显露，众考官欲挫其锐气，促其成才。当时，宋定都开封，称东京；以洛阳为陪都，号西京。九年三月，公前来洛阳赴任。此地有着深厚历史积淀和浓郁的文化氛围。时任西京留守钱惟演，系吴越忠懿王钱俶第十四子，博学能文，极富文人气质和高雅情趣。重要的是，这里还有一批志趣相投的良师益友。因此，虽然留守推官只是最高长官的幕僚，主要负责审讯罪犯等事务，但初入仕途的欧公，深感幸运而欣喜。

大字院，系普明寺后园一庭院。普明寺位于今河南省伊川丁流古镇，始建于东汉明帝永平 13 年（公元 25 年），距今近两千年。普明寺后园曾是白居易故园。他退隐洛阳后，创"九老会"，与八位同样年高致仕的老友相聚共饮，"文之以觞咏弦歌，饰之以山水风月"（白居易《序洛诗》）。流风余韵，令人追慕，后欧公等洛中文人亦有"八老"之说（参看《七交七首·自叙》"简析"）。

是年六月，炎热非常，公与友人相聚于大字院，纳凉避暑，雅兴大发，故有此文。这是现存欧公记体散文中第一篇，并且标以"游记"二字的仅此一篇。虽不足二百字，但一般记叙散文的基本要素俱备，包括时间、地点、人物、活动等，兼有叙事、抒情、议论，堪称一篇颇为规范的记叙散文。

全文可分三段。第一段述此游时令特色，"暑虹昼明，惊雷破柱，郁云蒸雨，斜风酷热"，故有此清游。第二段述此游情境心境，"红薇始开，影照波上，折花弄流，衔觞对弈"，故有此清吟。第三段述此游吟咏始末，且冀望"后会之寻"。林景亮《评注古文读本》说："通篇章法全在'游'字，前后布置，层次井然，一丝不乱，一结尤去路悠然。"高克勤先生指出："这篇小品作于欧阳修始作古文时，平易简洁，舒畅婉转，骈散结合，体现了他初期散文的特点。"

古来文人乐于偕游，寄情美景，彼此唱和，蔚为风气。东晋永和九年，书圣王羲之与当时名士谢安等 41 人，在会稽山阴（今浙江绍兴）兰亭一聚，群贤毕至，少长咸集，吟诗作赋，畅叙幽情，既留下千古名作《兰亭集序》，也为历代文人所艳羡与效仿。

本文即是一次类似的清游活动的生动记录。而且，此类聚会，看来机会不少。例如，欧公等人又于次年曾在此饮酒赋诗，饯别梅圣俞。圣俞为之序，曰："余将北归河阳，友人欧阳永叔与二三君具觞豆，选胜绝，欲极一日之欢以为别。于是得普明精庐，酾酒竹林间，少长环席，去献酬之礼，而上不失容，下不及乱，和然啸歌，趣逸天外。酒既酣，永叔曰：'今日之乐，无愧于古昔，乘美景，远尘俗，开口道心胸间，达则达矣，于文则未也。'命取纸写普贤佳句，置坐上，各探一句，字字为韵，以志兹会之美。咸曰：

'永叔言是。不尔，后人将以我辈为酒肉狂人乎！'顷刻，众诗皆就，乃索大白，尽醉而去。明日，第其篇请余为叙云。"兹将欧公之作，录于后，以备一阅。

应当补充的是，游大字院虽然是一次兰亭式聚会，但两位作者有着明显的区别：一位年过半百，一位年方二十五岁。这就决定了《兰亭集序》满是人生沧桑烙印；而《游大字院记》恰如春笋解箨，夏潦涨渠，充满生机。吾读后作七律一首，除"旋、天、煎、生、久、先、眠"七字外，选取原文（凡170字）中的49字入诗，集字成篇，以博读者诸君一笑也。

◎ 诗曰

惊雷破柱郁云旋，
蒸雨斜风六月天。
金伏穿林生酷热，
红薇照影洗烦煎。
情欢因共衔觞久，
饮少独留对弈先。
他日清游寻旧句，
啸歌视壁普明眠。

◎ 链接

初秋普明寺竹林小饮饯梅圣俞分韵得亭皋木叶下五首

临水复欹石，陶然同醉醒。山霞坐未敛，池月来亭亭。
洛城风日美，秋色满蘅皋。谁同茂林下，扫叶酌松醪。
野水竹间清，秋山酒中绿。送子此酺歌，淮南应落木。
劝客芙蓉杯，欲搴芙蓉叶。垂杨碍行舟，演漾回轻楫。
山水日已佳，登临同上下。衰兰尚可采，欲赠离居者。

二、伐树记

署(官署)之东园，久茀(杂草丛生)不治。修至，始辟之，粪瘠溉枯，为蔬圃十数畦，又植花果桐竹凡百本(棵)。春阳既浮，萌者将动。园之守启(陈述)曰："园有樗焉，其根壮而叶大。根壮则梗地脉，耗阳气，而新植者不得滋；叶大则阴翳蒙碍(荫蔽)，而新植者不得畅以茂。又其材拳曲臃肿，疏轻而不坚，不足养，是宜伐。"因尽薪之(砍掉作柴)。明日，圃之守又曰："圃之南有杏焉，凡其根庇之广可六七尺，其下之地最壤腴(肥沃)，以杏故，特不得蔬，是亦宜薪。"修曰："噫！今杏方春且华，将待其实(果实)，若独不能损数畦之广为杏地邪？"因勿伐①。

既而悟且叹曰："吁！庄周之说曰：樗、栎(lì)以不材终其天年，桂、漆以有用而见伤夭。今樗诚不材矣，然一旦悉翦弃(铲除)，杏之体最坚密，美泽可用，反见存。岂才不才各遭其时之可否邪②？"

他日，客有过修者，仆夫曳薪过堂下，因指而语客以所疑。客曰："是何怪邪？夫以无用处(对待)无用，庄周之贵(赞许)也。以无用而贼(侵害)有用，乌(怎)能免哉！彼杏之有华实(花果)也，以有生之具而庇其根，幸矣！若桂、漆之不能逃乎斤斧者③，盖有利之者在死，势不得以生也，与乎杏实异矣。今樗之臃肿不材，而以壮大害物，其见伐(它被砍伐)，诚宜尔(的确应当)，与夫才者死、不才者生之说又异矣。凡物幸之与不幸，视其处之而已。"客既去，修然其言而记之。

◎ 注释

①粪瘠溉枯：指给贫瘠干涸的土地施肥浇水。畦(qí)，田园中分成的小区。樗(chū)，臭椿。比喻无用之才，多用于自谦之辞。

《庄子·逍遥游》载，惠子谓庄子曰："吾有大树，人谓之樗。其大本拥肿而不中绳墨，其小枝卷曲而不中规矩，立之涂，匠者不顾。""若独"句：你难道不能减少几畦菜地的面积作杏地吗？

②"岂才不才"句：难道才与不才，是由于他们各自所逢的时机不同而或存或亡的么？

③逃乎斤斧者：逃避被砍伐的原因。"盖有利"二句：意思是，因为只有砍伐下来才对人们有利，所以它势必不能得生。

◎ 简析

《伐树记》作于天圣九年（1031）。欧公时在西京留守推官任上（参见《游大字院记》"简析"）。

本文记述衙署东园伐树之事，阐发世间"幸与不幸"之理。全文可分三段。第一段，叙述伐树的缘由和经过，砍掉樗是因为它无用"不足养"，保留杏是因为它有用"待其实"。第二段，提出伐树所引起的思考：不才遭伐，有用见存，这与庄周"不材终其天年，有用而见夭伤"之说不相符，进而提出"才不才"的存亡，取决于"各遭其时"的见解。第三段，在反复论述中，否定"才者死、不才者生"之说，确立本文"凡物幸之与不幸，视其处之而已"的论断。这是一段很精彩的文字，还需仔细体会。

明代归有光说：公"胸中先有末后一段议论，借客对以发其感慨。"是不是这样，并不重要，重要的还是议论本身是否真有道理。有关"才与不才"之论，源于庄子。《庄子·人间世》云："匠石之齐，至于曲辕，见栎社树。其大蔽数千牛，絜之百围……是不材之木也，无所可用，故能若是之寿。"又说："山木自寇也，膏火自煎也。桂可食，故伐之；漆可用，故割之。人皆知有用之用，而莫知无用之用也。"庄子思想对后世文人影响深远，欧公亦不例外。这种"才者死、不才者生"以及"无所可用，故能若是之寿"的说法，本与世间"有益者得发展，无益者遭淘汰"的普遍规律相悖。何况公时年二十五岁，初入仕途，雄心勃勃，自信鹏程远大，怎会相信"以不材终其天年"？故而强调"凡物幸之与不幸，视其处之而已"。所谓"处之"，指的便是环境。树的生存有环境，人的发展也有环境，除了自身"才与不才"的因素外，"幸与不幸"的际遇至关重要。后来四十年，几起几落，宦海浮沉，跌跌撞撞，官至参知政事（副宰相），却心灰意懒，欲求退隐而不可得，这番心境，或许不是当年涉世未深的欧公所能料想到的。但正是这样的经历，才充分体现了他自身的人生价值。他的广博才识，高尚品格，辉煌业绩，甚至无尽磨难，终究成就了一代文坛巨匠。否则，与深山老林自生自灭终其天年的樗、栎，又有什么不同呢？青年欧公的《伐树记》，分明与庄生虚无逃世的观点唱了反调，表现出朝气蓬勃的年轻人意欲有所作为的精神风貌，这是极为难能可贵的。

◎ 诗曰

> 东园涸瘠久荒芜，
> 欲辟新畦种菜蔬。
> 樗臭尚能期茂树，
> 杏青岂可剩残株。
> 犹当运斧开柴道，
> 且自擎旗迈首途。
> 才与不才谁做主？
> 何妨昂首向皇都。

三、戕竹记

洛最多竹，樊圃（竹园）棋错。包箨榯笋之赢，岁尚十数万缗，坐安侯利，宁肯为渭川下？然其治水庸，任土物，简历芟养，率须谨严。家必有小斋闲馆在亏蔽间，宾欲赏，辄腰舆（便轿）以入，不问辟疆，恬无怪让也。以是名其俗，为好事①。

壬申之秋，人吏率持镰斧，亡公私谁何，且戕且桴，不竭不止。守都出令：有敢隐一毫为私，不与公上急病，服王官为慢，齿王民为悖。如是累日，地榛园秃，下亡有啬色少见于颜间者，由是知其民之急上②。

噫！古者伐山林，纳材苇，惟是地物之美，必登王府，以经于用，不供谓之畔废，不时谓之暴殄。今土宇广斥（疆域扩大），赋入委叠（积聚众多），上益笃俭，非有广居盛囿之侈。县官材用，顾不（无不）衍溢朽蠹，而一有非常，敛取无艺。意者营饰像庙过差乎！《书》不云"不作无益害有益"，又曰"君子节用而爱人"。天子有司所当朝夕谋虑，守官与道，不可以忽也。推类而广之，则竹事犹末（还是小事）③。

◎ 注释

①"包箨"四句：指洛阳竹园的出产，每年十余万缗，等于千户侯的收入，不在渭川之下。箨（tuò），笋壳；樲（shí），树木直竖的样子，这里指竹竿。缗（mín）：成串的铜钱，每缗一千文。简历芟（shān）养：挑选，修剪。亏蔽间：指竹林深处的空地。辟疆：《唐诗纪事·陆鸿渐》："吴门有辟疆园，地多怪石。"顾辟疆，吴郡（今江苏苏州）人，生卒年不祥，家有名园。此处借指竹园主人。

②亡公私谁何：不管竹林是公家的、私人的，主人是谁。且戕（qiāng）且桴（fú）：戕，伤害，砍伐。桴，小竹筏，用作动词，指由水路运走。地榛（zhēn）园秃：榛、秃，均指荒芜。"下亡"句：指下面没有表露一点吝惜神情的人。

③暴殄（bào tiǎn）：任意浪费、糟蹋。"非有"句：没有大建宫室、盛设园馆的奢侈之心。"意者"句：看来征用材料营饰宫殿有些过度了。意者，推测之词。"《书》不云"二句：《书》即《尚书》；"君子节用而爱人"语出《论语·学而》。守官与道：指坚守职责和道义。语出《左传》昭公二十年，曰："十二月，齐侯田于沛，招虞人以弓，不进。公使执之，辞曰：'昔我先君之田也，旃以招大夫，弓以招士，皮冠以招虞人。臣不见皮冠，故不敢进。'

乃舍之。仲尼曰：‘守道不如守官，君子韪之。’”

◎ **简析**

　　《戕竹记》作于明道元年（1032）。公时在西京留守推官任上（参见《游大字院记》“简析”）。戕：伤害，这里指砍伐。是年八月，宫廷大火，八殿被焚，朝廷遂命各地供材修葺。于是，人吏“且戕且桴，不竭不止”，洛阳樊圃（竹园），戕贼殆尽。公有感于此，作文以记之。

　　文章从题前落笔，先写洛竹之利，养竹之艰，竹林之美，民俗之好，言简而意赅，为“戕竹”灾难的到来，作了有力的铺垫和反衬。接着，描述“戕竹”过程，声势之大，行动之猛，官吏有恃无恐，百姓有口难言，以及作者痛心疾首之情状，皆跃然纸上。最后一段，引古证今，展开议论：不反对“伐山林，纳材苇”，“以经于用”的古训，痛斥打着“与公上急病”的旗号，对百姓“敛取无艺”“不竭不止”的做法，倡导“不作无益害有益”，“君子节用而爱人”的为官之道。文中观点鲜明，文辞犀利，年轻人踔厉风发不畏权势的胆略和风采，令人肃然起敬。

　　世谓民生无小事。公既知竹事虽末，犹慨然成文，此论可谓微言大义也。王安石在《祭欧阳文忠公文》中赞叹，其“果敢之气，刚正之节，至晚而不衰”。此文已初显其一以贯之的铮臣本色。诚如《欧阳修传》所言：“宽简爱民，注重实际，是欧阳修奉行一生的为政主张；而议论时事，干预现实，则是他此后领导北宋古文运动的主要文学思想。对于二者，《戕竹记》一文均有充分体现，是他仕途与文坛起步之初的一篇重要作品。”

　　《墨子·天志中》曰：“上不利乎天，中不利乎鬼，下不利乎人，三不利无所利，是谓天贼。”“戕竹”实在是“天贼”之所为，理所当然地受到本文强烈抨击。值得一提的是，作者对此浩劫之所以如此痛心疾首，还因为洛阳的绿竹景观，已经进入欧公、梅尧臣等一批洛中文士的艺术视野，激发了他们的诗兴和才情。正是在他们的引领下，绿竹不仅逐步成为了宋代诗人歌吟的一大题材，甚至升华为某种理想人格的象征。大约作于皇祐元年（1049）的《初夏刘氏竹林小饮》，便是欧公一首咏竹佳作，其中"虚心高自擢，劲节晚愈瘦。虽惭桃李妖，岂愧松柏后"，更是脍炙人口的名句。回头再读郑板桥《潍县署中画竹呈年伯包大丞括》的诗句，"衙斋卧听萧萧竹，疑是民间疾苦声。些小吾曹州县吏，一枝一叶总关情"，同样托物言志，体现出诗人的高风亮节。

◎ 诗曰

> 樊圃星罗品亦娇，
> 西京乱事梦魂遥。
> 斯人一记答天贼，
> 闲馆千年立岸标。
> 府有慈颜心狠愎，
> 民无啬色意枯焦。
> 多情莫若萧萧竹，
> 时与清风说板桥。

◎ 链接

初夏刘氏竹林小饮

春荣忽已衰，夏叶换初秀。披荒得深蹊，扫绿荫清昼。
万竿交已耸，千亩蔚何富。惊雷迸狂鞭，雾箨舒文绣。
虚心高自擢，劲节晚愈瘦。虽惭桃李妖，岂愧松柏后。
川源湛新霁，林麓洗昏雾。猗猗色可餐，滴滴翠欲溜。
况兹夏首月，景物得嘉候。晚蝶舞新黄，孤禽弄清昼。
窥深入窗蒙，玩密爱林茂。依依带幽涧，隐隐见孤岫。
林苏缛堪眠，野汲冷可漱。鸣琴泻山风，高籁发仙奏。
暑却自蠲渴，心闲疑愈疚。杯盘杂芬芳，图籍罗左右。
怡然忘簪组，释若出羁厩。矧予怀一丘，未得解黄绶。
官事偶多闲，郊扉须屡叩。新篁渐添林，晚笋堪荐豆。
谁邀接篱公，有酒幸相就。

四、非非堂记

权衡之平物，动则轻重差，其于静也，锱铢不失①。水之鉴物，动则不能有睹，其于静也，毫发可辨。在乎人，耳司听，目司视，动则乱于聪明，其于静也，闻见必审②。

处身者不为外物眩晃而动③，则其心静，心静则智识明，是是非非，无所施而不中。夫是是近于谄，非非近于讪，不幸而过，宁讪无谄。是者，君子之常，是之何加！一以观之，未若非非之为正也。

予居洛之明年，既新厅事，有文纪于壁末④。营其西偏作堂，户北向，植丛竹，辟户于其南，纳日月之光。设一几一榻，架书数百卷，朝夕居其中。以其静也，闭目澄心，览今照古，思虑无所不至焉。故其堂以"非非"为名云。

◎ 注释

①锱铢(zī zhū)：古代极小的重量单位。聪明：聪指听觉，明指视觉。

②审：确切。

③外物：指身外之物，如名誉、地位等。眩晃：耀眼；此处指迷惑。是是非非：第一、三字为动词，肯定正确，否定错误的意思。宁讪无谄：宁可被指为诽谤也不要被指为谄媚。谄(chǎn)，阿谀逢迎；讪(shàn)，诽谤，讥讽。"是者"三句：意思是言行的正确，是作为君子的正常现象，肯定它不能增加君子的光荣。"未若"句：意思指肯定正确不如否定错误更为可取。

④有文：指欧公于明道元年所撰《河南府重修使院记》。

◎ 简析

《非非堂记》亦作于明道元年(1032)。"非非堂"乃西京留守官署内之厅堂，为公日常办公、读书、休憩之所。本篇题文并数，凡二百一十六字，然意蕴深厚，不同凡响。

作者借"权衡平物须静""水之鉴物须静"的现象，由物及人，由人及己，说明凡事要做出正确判断，首先必须不受外物诱惑，内心平静，耳聪目明，方能做到"闻见必审"的道理。民国林景亮说："首段说权衡与水之静，是为虚宠；中段说静之由来与静之效果，是为实写；末段说惟堂静乃心静，是为本题之结穴。"（《评注古文读本》评语）

这是一篇饱含哲理的小品文。首先，凛然将自己日常办公和读书的厅堂命名为"非非堂"，向世人显示的，不仅是别具匠心的睿智，更是敢于纠正谬误、坚持真理的勇气和胆略。其次，开篇连用"称"、"水"和"人的耳目"三个比喻，深入浅出地阐释了本来抽象而深刻的道理，使读者在引人入胜的叙述中接受了作者"尚静"的思想。第三，"尚静"的前提是"不为外物眩晃而动"，"尚静"的目的是"心静则智识明，是是非非，无所施而不中"。而在现实生活中，面对是与非，往往否定错误比肯定正确更为重要。作者甚至认为，如果说肯定近于谄媚，否定近于讪谤，在无法中庸的情况下，"宁讪无谄"。这一说法，无疑是针对宋真宗以来，朝廷上下文恬武嬉，阿谀成风现象的激愤之词。而欧公在非此即彼状态下所做出的选择，体现的正是一种敢于担当、刚直不阿的人格和精神。

欧公平生是是非非的言行举止可谓多矣。景祐三年（1036）范仲淹因与宰相吕夷简争执被贬，公为之力辩，被诬为"朋党"，后贬夷陵、滑州。庆历三年（1043），公召还京城，即呈《朋党论》曰："大凡君子与君子以同道为朋，小人与小人以同利为朋，此自然之理也。""故为人君者，但当退小人之伪朋，用君子之真朋，则天下治矣。"对宰相如此，对皇上也有一个很不客气的典型例子：至和二年（1055），宋仁宗庇护有家奴命案在身的宰相陈执中，遭到台谏官一致反对。欧公认为，仁宗的固执源于"好疑而自用"，便写了《论台谏官言事未蒙听允书》，洋洋洒洒五千字，直言皇上"疑心一生，视听既惑，遂成自用之意"；批评皇上对"有大恶显过的宰相"，不应该"屈意以容之"，"屈意以留之"，"屈意以用之"；因为"上不顾天灾，下不恤人言，以天下之事委一不学无识、谄邪狠愎之执中"的做法，"损圣德者多矣。"请看，欧公"是是非非"，有时简直到了登峰造极的地步。何谓铮臣？此之谓也！

在平生漫漫宦途中，公始终以是是非非为准绳，身体力行，从无苟且，纵然屡忤权贵，屡遭贬谪，终其一生，虽九死其犹未悔。可赞也夫！可叹也夫！

◎ 诗曰

字字珠玑二百零，

立身行世守如经。

道德千年天下范，

文章万卷座中铭。

是是曾因朋党怒，

非非几惹庙堂霆。

节概昭昭遗训勉，

家兴焉得不倾听。

五、养鱼记

折檐之前有隙地，方四五丈，直对非非堂，修竹环绕荫映，未尝植物，因洿以为池①。不方不圆，任其地形；不甃不筑，全其自然。纵锸以浚（疏通）之，汲井以盈（灌满）之。湛乎汪洋，晶乎清明，微风而波，无波而平，若星若月，精彩下入。予偃息其上，潜形于毫芒；循漪沿岸，渺然有江湖千里之想。斯足以舒忧隘而娱穷独也。

乃求渔者之罟（渔网），市数十鱼，童子养之乎其中。童子以为斗斛之水不能广其容，盖活其小者而弃其大者。怪而问之，且以是对。嗟乎！其童子无乃嚚昏而无识矣乎②！予观巨鱼枯涸在旁不得其所，而群小鱼游戏乎浅狭之间，有若自足焉，感之而作《养鱼记》。

◎ 注释

①洿（wū）：指地势低。此处用作动词，挖低些。甃（zhòu）：以砖修井。锸（chā）：铁锹类掘地工具。"予偃息其上"四句：意思是，我在池边休息，影像一丝一毫倒映在水中；顺着微波沿岸行走，仿佛漫游在浩渺的江湖之间。"江湖千里之想"：语出《南史·齐竟陵王昭胄传》，曰："昭胄子同，同弟贲，幼好学，有文才，能书善画，于扇上图山水，咫尺之内，便觉万里之遥。"这里借用其意。

②嚚（yīn）：愚蠢而顽固。

◎ 简析

《养鱼记》原未系年，从文中谓鱼池"直对非非堂"一语，或可判定本篇当作于新建非非堂这一年，即明道元年（1032）。当时宋仁宗年少，由刘太后垂帘听政十余年。尽管史书言其功绩赫赫，常以汉之吕后、唐之武后并称，且谓"有吕武之才，无吕武之恶"，但毕竟独掌朝纲，年深月久，幸臣、宦官用事，人才不能进用等弊端，亦时有所闻。范仲淹就曾经对刘太后不经吏部、中书省等机构审核，直接降诏任命亲信提出过激烈批评。

本文只分两段。前段详写"池"，突出其小而清，却"足以舒忧隘而娱穷独"。笔调轻松，描写细腻，想象丰富，俨然一处可以悠闲自得的理想之地。后段写童子对这一池净水的处理，"活其小者而弃其大者"。通过对大鱼"不得其所"，而小鱼"有若自足"现象的观察，从而引发联想和议论。欧公显然在思索人生何去何从这样一个重大问题：这不大不小不方不圆的池塘，果真是自己终生栖身之处吗？这"枯涸在旁不得其所"的"巨鱼"，难道不是对自己的一个警醒吗？他意识到，斗斛之水不是自己精神寄托之所，"嚚昏而无识"的童子只会将其置之于死地。于是，文章借养鱼作比兴，以"童子"比当时大臣之肥己瘠人者，以"小鱼"比当时之群小，以"大鱼"自况，表达了对当时人为制造不公平和命运被人主宰的感慨，抒写了个人内心的不平和不甘。而前段的描写与抒情，也成了对自己自满自足的否定与讽刺。

林景亮在《评注古文读本》中已经注意到，开篇并非泛写"池"字，而是另有深意；其"舒忧隘而娱穷独"句，实为束上起下之关键。全篇言辞间流露出对现实的影射，而其妙处则在不露痕迹。写影文字，大抵如此。吴小如先生称此篇"可以说是抒情与讽刺兼而有之的杂文"，"而以抒情的笔触作为自我嘲讽的手段，则是欧阳修这篇杂文的创新独到之处"。这里应当指出，《养鱼记》与同期所作的《伐树记》《戕竹记》，有着大体相同的特点，一是形式短小，二是内容驳杂，往往在文体上难于归类，故有论者亦名之曰杂文或小品。本书因其以"记"名篇，且文字洗练，意蕴隽永，富有文学性，显示出构思运笔的高超才能和自己的独特风格，故纳入记体散文之中。

◎ 诗曰

> 非非堂外雨新晴，
> 荫下陂塘鸟不惊。
> 沿岸循漪娱陋贱，
> 寻星探月乐清明。
> 常闻浅狭池中物，
> 鲜见恢宏海上鲸。
> 童子罢昏何足道，
> 推官他日列公卿。

六、丛翠亭记

九州皆有名山以为镇[①]，而洛阳天下中，周营、汉都，自古常以王者制度临四方，宜其山川之势雄深伟丽，以壮万邦之所瞻。由都城而南以东，山之近者阙塞、万安、轘辕、缑（gōu）氏，以连嵩室，首尾盘屈逾百里。从城中因高以望之，众山靡迤，或见或否，惟嵩最远最独出。其巉岩耸秀，拔立诸峰上，而不可掩蔽。盖其名在祀典，与四岳俱备天子巡狩望祭，其秩甚尊，则其高大殊杰当然。城中可以望而见者，若巡检署之居洛北者为尤高。

巡检使、内殿崇班李君，始入其署，即相其西南隅而增筑之，治亭于上，敞其南北向以望焉。见山之连者、峰者、岫（xiù）者，骆驿（同"络绎"）联亘，卑相附，高相摩，亭然起，崒然止②，来而向，去而背，倾崖怪壑，若奔若蹲，若斗若倚，世所传嵩阳（嵩山南面）三十六峰者，皆可以坐而数之。因取其苍翠丛列之状，遂以丛翠名其亭。亭成，李君与宾客以酒食登而落之，其古所谓居高明而远眺望者欤！既而欲纪其始造之岁月，因求修辞而刻之云。

◎ 注释

①镇：古称一方之主山为镇。周营：西周初，周公营建洛阳，曰"此天下之中，四方入贡，道里均。"平王东迁后为都城，北宋称西京。汉都：东汉都洛阳。靡迤：连续不绝貌。"盖其名"等四句：指中岳嵩山与东岳泰山、西岳华山、南岳衡山、北岳恒山同受崇祀。巡狩：意为巡行视察诸侯为天子所守的疆土。

②崒（zú）然：突兀高耸貌。崒，一说同"猝"，突然。落之：楼室新成祭之，称为"落"。

◎ 简析

《丛翠亭记》作于明道元年（1032），应李君（名字、事迹皆不详）之请而写，属于欧公早期散文（古文）之一。其时欧公任西京（洛阳）留守推官。当时，留守府内人才济济，尹洙、谢绛等人年岁既长，各有建树，声望甚高。特别是尹洙（师鲁）的古文，大多简洁明快，章法谨严，流布四方（参看《游大字院记》"简析"）。三十年后，欧公在《记旧本韩文后》中回忆："官于洛阳，而尹师鲁之徒皆在，遂相与作为古文。"事实上，公尚处于学作古文时期，而尹、谢则无疑是这方面的引路人和竞争者。邵伯温《邵氏闻见录》曾记一事：留守钱惟演"因府第起双桂楼，西城建阁临圜驿，命永叔、师鲁作记。永叔文先成，凡千余言。师鲁曰：某只用五百字可记。及成，永叔服其简古。永叔自此始学为古文。"故事的后续部分是，当天晚上，欧公便提着一壶酒登门请教去了。师鲁告诫说，写作古文最忌讳的是格弱字冗。欧公仔细揣摩，铭记在心，回家后另写一稿，竟比师鲁更减二十多字。据释文莹《湘山野录》载："师鲁谓人曰：欧九真一日千里也。"这段文坛佳话，也印证欧公致力古文，始于举进士之后，且深受尹洙影响。欧公前面所言不虚。

本文可分两段。前段分两层，第一层写洛阳山川之势"雄深伟丽"，第二层写嵩山最远最独出之"高大殊杰"。作者以开阔的视野，将一座普通小亭置于一个宏大壮丽的背景之下，以王者气象来铺垫下文的"治亭于上"，其高、大、上之气势，可谓先声夺人。后段亦可分为两层。第一层写李君相高处而"治亭于上"及为亭命名的缘由。何焯《义门读书记》谓欧公"早岁学唐之文，似柳。'见山之连者'至'若斗若倚'写出'丛'字"。第二层写因而作记，赞其为"居高明而远眺望者"。

欧公记体散文往往融叙事、写景、议论于一体，而《丛翠亭记》不然，不仅叙述条理清晰，描写细腻逼真，而且全文几乎无议论文字，与同年所作《游龙门分题十五首》诗，实有异曲同工之妙。这或许与公初学写作古文有关。但从"坐览烟霞，卧听林泉"式的怡然心境中，读者不难看出，其审美情趣与后来的《醉翁亭记》、《丰乐亭记》其实是一脉相承的。况且，此亭并非名亭，主人亦非同道，而文章生动有气势，实为不易之作。

读《丛翠亭记》及欧公其它相关诗文，时时勾起我对千年帝都和中岳嵩山的向往之情。胜览有待来日，且效太白梦游，作七律以寄遥想之念。

◎ 诗曰

自古洛阳天下中，

嵩山耸秀独称雄。
攀崖问道松无语,
越壑寻踪月似弓。
丛翠亭前秋色远,
上方阁外暮云胧。
且从太白游天姥,
谁谓风情不与同。

◎ 链接

游龙门分题十五首(选四)

上山

蹢躅上高山,探险慕幽赏。初惊涧芳早,忽望岩扉敞。
林穷路已迷,但逐樵歌响。

自菩提步月归广化寺

春岩瀑泉响,夜久山已寂。明月净松林,千峰同一色。

八节滩

乱石泻溪流,跳波溅如雪。往来川上人,朝暮愁滩阔。
更待浮云散,孤舟弄明月。

晚登菩提上方

野色混晴岚,苍茫辨烟树。行人下山道,犹向都门去。

七、樊侯庙灾记

郑之盗,有入樊侯庙刳(kū 剖开)神像之腹者。[①]既而大风雨雹,近郑之田麦苗皆死。人咸骇曰:"侯怒而为

19

之也。"

余谓樊侯本以屠狗立军功，佐沛公至成皇帝，位为列侯，邑食舞阳（县名，今河南叶县东南。），剖符传封，与汉长久，《礼》所谓有功德于民则祀之者欤！舞阳距郑既不远，又汉、楚常苦战荥阳、京、索间，亦侯平生提戈斩级所立功处，故庙而食之，宜矣。方侯之参乘沛公，事危鸿门，振目一顾，使羽失气，其勇力足有过人者，故后世言雄武称樊将军，宜其聪明正直，有遗灵（留下灵验）矣。②然当盗之傅（zì，刺入）刃腹中，独不能保其心腹肾肠哉？而反贻怒（迁怒）于无罪之民，以骋其恣睢（zìsuī 放纵暴戾），何哉？岂生能万人敌，而死不能庇一躬邪！岂其灵不神于御盗，而反神于平民而骇其耳目邪！风霆雨雹，天之所以震耀威罚有司者，而侯又得以滥用之邪？

盖闻阴阳之气，怒则薄（迫近）而为风霆，其不和之甚者凝结而为雹。方今岁且久旱，伏阴（暗藏阴气）不兴，壮阳刚燥，疑有不和而凝结者，岂其适会民之自灾也邪？不然，则喑呜叱咤，使风驰霆击，则侯之威灵暴矣哉！

◎ **注释**

①郑：指春秋郑国的故土，大约在今河南新郑一带。樊侯：樊哙，以屠狗为业，后随刘邦起兵反秦，以军功封舞阳侯。

②邑食：古代诸侯封赐属下作为世禄的田邑（包括土地上的劳动者在内）。剖符：汉高祖刘邦分封功臣，剖符作誓，把符节的一半交功臣以为信守。传封：把符节封藏于太庙，传子孙以兹信守。参乘：御者坐在车中间，主人坐在御者左边的座位。坐在右边的叫参乘。事危鸿门：指项羽准备在鸿门宴上杀刘邦之事。

◎ **简析**

据"洪本"，《樊侯庙灾记》当为明道二年（1033）在西京幕府任职时所作。樊侯庙为祭祀汉舞阳侯樊哙而建的庙宇。《大清一统志》载："樊将军庙在荥阳县东南三十里，祀汉樊哙。"

本文可分三段。第一段写人们将"庙灾"（神像被刭）与"郑灾"（岁且久旱）两不相干的事扯在一起，并归咎于"侯怒"，为下文批驳提出靶子。第二段加以具体反驳，可分两层。前一层宕开一笔，不言灾害，转而叙述樊侯的军功和雄武，说明其有功德于民，故"祀之"有理；因其"聪明正直"，故"遗灵"可期。这就从正面论述，生前死后的樊将军都不是、也不会是害民的。因此，得出的结论是，将"庙灾"与"郑灾"扯到一起，并归咎于"侯怒"，是不对的。后一层则连用五个反诘句，反复诘问，气势紧逼，有理有据，足以服人。最后一段，用当时的自然科学知识"阴阳之气"说，解释风暴雷霆形成的原因，试图从思想上消除人们的迷信观念。结尾一句，语带调侃，含有无需赘述的意味，不仅呼应开头，而且使文情更加跌宕多姿，文意更加耐人寻味。

欧文的迂曲委婉，于此可见一斑。故唐顺之指出："文不过三百字，而十余转折，愈出愈奇，文之最妙者也。"（见《欧阳文忠公文抄》评语卷二十一）另据袁褧《枫窗小牍》载："欧阳文忠公《樊侯庙灾记》真稿旧存余家，其中改窜数处，如'立军功'三字，稿但曰'起家'，'平生'曰'生平'……凡定二十三字，书亦遒劲。"（转引自"洪本"第 1674 页"笺注"）。可知欧公为文，字斟句酌，何其慎哉。

当代散文大家孙犁说过："欧阳修的文章，常常是从平易近人处出发，从入情入理的具体事物出发，从极平凡的道理出发。及至写到中间，或写到最后，其文章所含蓄的道理，也是惊人不凡的。而留下的印象，比大声喧唱者，尤为深刻。""这种见解和道理，因为是从实际出发的，就为人们所承认、信服，如此形成这篇散文的生命。"（《欧阳修的散文》）本文的可贵之处，或许正在于斥谣传，解民惑，"大儒立言有本，能使群疑尽释"（孙琮语）。这便是所谓教化。当然，在今天看来，无论将风霆雨雹视为"天之所以震耀威罚有司者"，还是"阴阳之气"说，都显示出作者的某种局限性，但这是时代与科学使然，似不必苛求于前人。我们应当赞许的，正是作为地方官员的欧公，能以"美教化，移风俗"为己任，这也是勤政爱民的生动体现。

◎ **诗曰**

麦死神刿惹众忧，
郑人惊骇怨樊侯。
阴阳相薄雷霆电，
彼此何干风马牛。
功德皆为廊庙计，
聪明敢废稻粱谋？
公将教化宣原委，
方使群疑付水流。

八、李秀才东园亭记

修友李公佐有亭，在其居之东园。今年春，以书抵洛，命修志之。

李氏世家随。随，春秋时称汉东大国。鲁桓之后，楚始盛，随近之，常与为斗，国相胜败。然怪其山川土地既无高深壮厚之势，封域之广与郧、蓼相介，才一二百里，非有古强诸侯制度，而为大国，何也？其春秋世，未尝通中国盟会朝聘。僖（僖公）二十年，方见于经，以伐见书。哀之元年，始约列诸侯，一会而罢。其后乃希见，僻居荆夷，盖于蒲骚、郧、蓼小国之间，特大而已。故于今虽名藩镇，而实下州，山泽之产无美材，土地之贡无上物。朝廷达官大人自闽陬岭徼出而显者，往往皆是，而随近在天子千里内，几一百年间未出一士，岂其庳贫薄陋自古然也[①]？

予少以江南就食居之，能道其风土，地既瘠枯，民给生不舒愉，虽丰年，大族厚聚之家，未尝有树林池沼之乐，以为岁时休暇之嬉。独城南李氏为著姓，家多藏书，训子孙以学。予为童子，与李氏诸儿戏其家，见李氏方治东园，往求美草，一一手植，周视封树，日日去来园间甚勤。李氏寿终，公佐嗣家，又构亭其间，益修先人之所为。予亦壮，不复至其家。已而去客汉沔（指离开随州），游京师。久而乃归，复行城南，公佐引予登亭上，周寻童子时所见，则树之蘖者抱，昔之抱者枿，草之茁者丛，荄之甲者今果矣。问其游儿，则有子，如予童子之岁矣。相与逆数昔时，则于今七闰矣，然忽忽如前日事，因叹嗟徘徊不能去。②

噫！予方仕宦奔走，不知再至城南登此亭复几闰，幸而再至，则东园之物又几变也。计亭之梁木其蠹，瓦甓其溜，石物其泐乎！③随虽陋，非予乡，然予之长也，岂能忘情于随哉！

公佐好学有行，乡里推之，与予友。盖明道二年十月十二日记。

◎ **注释**

①李氏世家随：祖先在随州。随、郧、蓼（liǎo）均为春秋时国名，其领地分别在今湖北随县、湖北安陆、河南唐河西南。朝聘：古代诸侯定期朝见天子曰朝，诸侯间通问修好曰聘。荆夷：即荆州，辖今湖南、湖北全省及四川、贵州、两广部分地区。夷，古称中原以外地区为四夷。藩镇：唐代朝廷设置的军镇。闽陬（zōu）：闽，福建；陬，角落。岭徼（jiào）：徼，边界。指五岭以外的广东广西等地。

②江南就食：指父殁后，公随母投奔时任随州推官的叔父欧阳晔，家于随。封树：聚土为堆称封，植树为记称树。久而乃归：指明道二年探望叔父。蘖（niè）者抱：意指当时的幼芽已有合抱之粗。枿（niè）：树木砍去后又长出的芽子。茁：草初生冒出地面。荄（gāi）

之甲：荄，草根，此指始破土的树芽。甲，指树芽初生时的表皮。

七闰：农历三年置一闰，五年二闰，十九年七闰。

③"计亭"三句：蠹，朽蚀；甓（pì），砖；泐（lè），石头依其纹理而裂开。

◎ 简析

《李秀才东园亭记》作于明道二年（1033）。李秀才，名尧辅，字公佐，欧公儿时朋友。公于景德四年（1007）出生在绵州（今四川绵阳市），其父欧阳观时任绵州军事推官。四岁时，父殁，公随母投奔时任随州推官的叔父欧阳晔，家于随。有关欧公寄寓随州的情况，史书记载不多，加上从其诗文中了解到的，主要有以下几点：一是家贫，其母郑氏以荻画地教其学书。公敏悟过人，读书辄成诵。后世以"画荻"为称颂母教之典。而他在《泷冈阡表》中所记母亲教诲，"以长以教，俾至于成人"，大部分当在居随期间。母亲"守节自誓"、"自力于衣食"、不怨天尤人的精神和素质，无疑给予了少年欧公极大的鼓舞与激励。二是与随州李秀才李尧辅（字公佐）为儿时朋友，交往甚多。尤其是在李家发现并借到《昌黎先生文集》六卷，意义重大，故55岁时写《记旧本韩文后》一文，详述对其日后走上文学道路所产生的巨大影响。（参看《记旧本韩文后》"简析"）。三是天圣元年（1023）17岁时应举随州，因落官韵不中，但"奇警之句，大传于时"（魏泰《东轩笔录》）。后由随州荐名礼部，于天圣五年应礼部试，不中。第二年冬，离开生活了十八年的随州，去汉阳，游京师。一年多后的天圣八年（1030）春，进士及第，授将士郎、试秘书省校书郎，充西京留守推官。四是明道二年（1033）回随州，"因吏事省叔父"，应公佐之请，写了本文《李秀才东园亭记》，时年27岁，此后再未回随州。以上即可视为本文写作背景。

全文可分五段。第一段交代作记缘起。第二段立足郡国，从历史沿革、物产、人文等方面详述随州"库贫薄陋"，可知于此地创业不易，成才亦难。第三段写李氏东园，往事如烟却历历在目，周寻所见则忽忽如前。第四段由昔至今，念此及彼，写叹嗟，述感怀，谓"随虽陋，非予乡，然予之长也，岂能忘情于随哉？"何焯《义门读书记》说："本不足记，故但书其不能忘怀于园亭者。"但读者由此可知，十八年居随经历，于欧公当可谓事事萦怀，刻骨铭心，故而此言绝非虚妄矫情，而是肺腑之音。篇末照应篇首，称赞公佐，意在强调作记，并非事出偶然。

唐顺之评说本文："为人作一园记，直从郡国说起，是何等布置。"（《欧阳文忠公文抄》评语卷二十）

◎ 诗曰

> 汉东大国史称随，
> 晚见经书早见衰。
> 蜀道迢迢家薄陋，
> 慈颜眷眷母辛悲。
> 屡怀李氏庭园景，
> 尤念韩文日月熙。
> 画荻恩深何以报？
> 荒陬幸有凤凰奇。

自注："汉东"二句：《李秀才东园亭记》曰："随，春秋时称汉东大国。""僖二十年，方见于经，以伐见书。哀之元年，始约列诸侯，一会而罢。其后乃希见，僻居荆夷。"慈颜：指母亲的容颜。眷眷：依恋反顾的样子。

九、陈氏荣乡亭记

什邡，汉某县，户若干，可征役者家若干，任里胥给吏事又若干，其豪又若干。县大以饶，吏与民尤骜恶猾骄，善货法，为蠹孽。中州之人凡仕宦之蜀者，皆远客孤寓思归，以苟满岁脱过失得去（得以离开）为幸。居官既不久，又不究知其俗，常不暇刬剔，已辄易去。而县之大吏，皆宿老其事，根坚穴深。为其长者，非甚明锐，难卒

25

攻破。故一县之政，吏常把持而上下之，然其特不喜秀才儒者，以能接见官府、知己短长以谫之为己病也。每儒服持谒向县门者，吏辄坐门下，嘲咻踞骂辱之，俾惭（使羞愧）以去。甚则阴用里人无赖苦之，罗中以法，期必破坏之而后已。民既素饶，乐乡里，不急禄仕，又苦吏之所为，故未尝有儒其业与服以游者。甚好学者，不过专一经，工歌诗，优游自养，为乡丈人而已。比年（近年），蜀之士人以进士举试有司者稍稍增多，而什邡独绝少①。

陈君，什邡之乡丈人，有贤子曰岩夫。岩夫幼喜读书，为进士，力学，甚有志。然亦未尝敢儒其衣冠以谒县门，出入闾闬必乡其服，乡人莫知其所为也。已而州下天子诏书，索乡举秀才，岩夫始改衣，诣门应诏。吏方相惊，然莫能为也。既州试之，送礼部。将行，陈君戒且约曰：“嘻！吾知恶进士之病己，而不知可以为荣。若行幸得选于有司，吾将有以旌志（表扬和纪念）之，使荣吾乡以劝也。”于是呼工理材，若将构筑者。明年，岩夫中丙科（第三等）以归。陈君成是亭，与乡人宴其下。县之吏悔且叹曰：“陈氏有善子，而吾乡有才进士，岂不荣邪！”②

岩夫初为伊阙县主簿，时予为西京留守推官，尝语予如此，欲予之志之也。岩夫为县吏材而有内行，不求闻知于上官，而上官荐用下吏之能者岁无员数（每年很多），然卒亦不及。噫！岩夫为乡进士，而乡人始不知之，卒能荣之。为下吏，有可进之势，而不肯一鬻所长以干其上，其守道自修可知矣。陈君有子如此，亦贤丈人也。③

予既友岩夫，恨（遗憾）不一登是亭，往拜陈君之下，且以识彼邦之长者也。又嘉岩夫之果能荣是乡也，因以命名其亭，且志之也。某年月欧阳修记。

26

◎ 注释

①骜(ào)：马不驯良。喻傲慢，不驯顺。货法：谓谋利而违法。皮日休《隐书》："圣人行道而守法，贤人行法而守道，众人侮道而货法。"蠹孽(dù niè)：祸害，滋事。罗中以法：用律法名义罗织罪名来中伤。儒其业与服以游者：以读书(求仕)为业并穿儒服相互交游的读书人。

②闾阃(lú hàn,)古代里巷的门。借指街坊，里巷。"吾知"二句：意思是我知道(县吏们)厌恶进士说自己的坏话，(他们)不知道可以分享这份光荣。

③"而不肯"句：意思是不曾靠炫耀自己的长处来取悦上司，获得功名。

◎ 简析

《陈氏荣乡亭记》原未系年。依"洪本"，由行文语气观之，为文之时公已不在西京留守推官任上。景祐元年(1034)公西京任满，离开洛阳。故本文应作于是年离任之后。陈氏，系指岩夫父子，什邡人。什邡，宋时属成都府路汉州，即今四川省广汉市，位于四川腹地成都平原，曾因大禹的足迹而享有"禹迹仙乡"之美誉。据本文所述："岩夫初为伊阙县(今河南伊川)主簿，时予为西京(洛阳)留守推官，尝语予如此，欲予之志之也。"伊川与洛阳相距很近，今天看来不足三十公里，彼此相识相知为友并不难，故而岩夫有为之作记之请。

全文可分四段。第一段介绍什邡其俗，当然也是岩夫早年的成长环境。然而，欧公平生并无在什邡或其他蜀地任职经历，于其乡俗当不甚了了。因此，文中有关什邡种种叙述，应源自岩夫"尝语予如此"。第二段写其"力学，甚有志"，并抓住"州下天子诏书"的机会，"诣门应诏"，最终得以"中丙科以归"。其父建亭，意在"使荣吾乡以劝也"。劝，说服和勉励之意。而县吏之"悔且叹"，分明感受到"与有荣焉"。第三段补叙岩夫为人为事，守道自修，父子皆为贤人也。末段述作记及为亭命名之因由。

欧公一生所作亭台堂阁记甚多，除了自叙其乐的《醉翁亭记》、

《丰乐亭记》等之外，还有不少受人之请而作，其中包括被誉为"天下文章，莫大于是"的《相州昼锦堂记》、"分明一幅东园画，水墨淋漓尚未干"的《真州东园记》。若以《相州昼锦堂记》论，昼锦堂与荣乡亭之大小姑且不说，其主人韩琦有"德被生民而功施社稷"的远大理想，有"措天下于泰山之安"的丰功伟业，而建"昼锦堂"所要显示的"乃邦家之光，非闾里之荣"。岩夫，区区一县吏也，而建此亭竟是为了"使荣吾乡以劝也"。二者相比，自有天壤之别。难怪明代名臣、成化八年状元吴宽说："予尝读欧阳文忠公《什邡陈氏荣乡亭记》，窃叹其文则美矣，然陈氏徒以预进士之选，遂筑亭以为其乡之荣而夸之，其意则陋也。"（《匏翁家藏集·荣感堂记》）或许，这位祖籍苏州的状元郎，真不懂恶习陋俗之害，也不懂山村蜀道之难，更不懂岩夫"不肯一鬻所长以干其上"之心了！应当说，岩夫之成，可赞；其父之思，可嘉；县吏之变，可喜。欧公作记褒奖，吴宽何以非议？今天的什邡已是四川省历史文化名城，谁能否认当年"荣乡亭"对后世所发挥的积极作用？故吾谓状元公其名则美矣，其论则陋也。

◎ 诗曰

读《陈氏荣乡亭记》感赋古风十二韵

县大且饶地僻壤，天府之国有什邡。

俗乐优游轻禄仕，为吏蠹孽甚骄狂。

远客日思归去早，但求岁满别遐荒。

士人未敢儒其服，出入间闾恐祸殃。

工诗自养作乡丈，鲜以举试论短长。

有志岩夫独力学，应诏得中岂寻常。

筑亭桑梓彰荣耀，更将劝勉读书郎。

众吏闻之悔且叹，同荣同喜同举觞。

谁谓区区丙科选，才行怎可称栋梁？

不肯一鬻干其上，不负诗书品自香。

功名却似中宵月，蜀山蜀水沐清光。

守道修身堪褒显，荣乡即是荣家邦。

十、洛阳牡丹记(节选)

花品序第一

牡丹出丹州、延州，东出青州，南亦出越州，而出洛阳者今为天下第一。洛阳所谓丹州花、延州红、青州红者，皆彼土之尤杰者，然来洛阳才得备众花之一种，列第不出三已下，不能独立与洛花敌。而越之花以远罕识，不见齿，然虽越人，亦不敢自誉，以与洛阳争高下。是洛阳者，果天下之第一也。洛阳亦有黄芍药、绯桃、瑞莲、千叶李、红郁李之类，皆不减它出者，而洛阳人不甚惜，谓之果子花，曰某花、某花。至牡丹，则不名，直曰花，其意谓天下真花独牡丹，其名之著，不假曰牡丹而可知也。其爱重之如此①。

说者多言洛阳于三河间②，古善地。昔周公以尺寸考日出没，测知寒暑风雨乖与顺于此，此盖天地之中，草木之华得中气之和者多，故独与它方异。予甚以为不然。③夫洛阳于周所有之土，四方入贡，道里均，乃九州之中；在天地昆仑旁礴之间，未必中也。又况天地之和气，宜遍披四方上下，不宜限其中以自私。④

夫中与和者，有常之气，其推于物也，亦宜为有常之形，物之常者，不甚美亦不甚恶。及元气之病也，美恶鬲并而不相和入，故物有极美与极恶者，皆得于气之偏也。⑤花之钟其美，与夫瘿(yǐng)木拥肿之钟其恶，丑好虽异，而得分气之偏病则均。洛阳城圆数十里，而诸县之花莫及城中者，出其境则不可植焉，岂又偏气之美者独聚此数十里之地乎？此又天地之大，不可考也已。凡物不常有而为害乎人者曰灾，不常有而徒可怪骇不为害者曰妖，语曰："天反时为灾，地反物为妖。"此亦草木之妖而万物之一怪也。然比夫瘿木拥肿者，窃独钟其美而见幸于人焉。

余在洛阳四见春。天圣九年三月始至洛，其至也晚，见其晚者。明年，会与友人梅圣俞游嵩山少室、缑氏岭、石堂山紫云洞，既还，不及见。又明年，有悼亡之戚（指其夫人胥氏去世），不暇见。又明年，以留守推官岁满解去，只见其蚤者。是未尝见其极盛时，然目之所瞩，已不胜其丽焉。

余居府中时，尝谒钱思公于双桂楼下⑥，见一小屏立坐后，细书字满其上。思公指之曰："欲作花品，此是牡丹名，凡九十馀种。"余时不暇读之，然余所经见而今人多称者才三十许种，不知思公何从而得之多也。计其馀，虽有名而不著，未必佳也。故今所录，但取其特著者而次第之：姚黄、魏花、细叶寿女……

花释名第二

牡丹之名，或以氏，或以州，或以地，或以色，或旌其所异者而志之。姚黄、牛黄、左花、魏花以姓著，青州、丹州、延州红以州著，细叶、粗叶寿安、潜溪绯以地著，一撼红、鹤翎红、朱砂红、玉板白、多叶紫、甘草黄以色著，献来红、添色红、九蕊真珠、鹿胎花、倒晕檀心、莲花萼、一百五、叶底紫皆志其异者。

姚黄者，千叶黄花，出于民姚氏家。此花之出，于今未十年。姚氏居白司马坡，其地属河阳，然花不传河阳，传洛阳，洛阳亦不甚多，一岁不过数朵。牛黄亦千叶，出于民牛氏家，比姚黄差小。真宗祀汾阴还，过洛阳，留宴淑景亭，牛氏献此花，名遂著。甘草黄，单叶，色如甘草。洛人善别花，见其树知为某花云。独姚黄易识，其叶嚼之不腥。

魏家花者，千叶肉红花，出于魏相仁溥家[⑦]。始樵者于寿安山中见之，斫(zhuó，砍)以卖魏氏。魏氏池馆甚大，传者云：此花初出时，人有欲阅者，人税十数钱，乃得登舟渡池至花所，魏氏日收十数缗。其后破亡，鬻(yù，卖)其园，今普明寺后林池乃其地，寺僧耕之以植桑麦。花传民家甚多，人有数其叶者，云至七百叶。钱思公尝曰："人谓牡丹花王，今姚黄真可为王，而魏花乃后也。"……

初，姚黄未出时，牛黄为第一；牛黄未出时，魏花为第一；魏花未出时，左花为第一；左花之前，唯有苏家红、贺家红、林家红之类，皆单叶花，当时为第一。自多叶、千叶花出后，此花黜矣。今人不复种也。

牡丹初不载文字，唯以药载《本草》。然于花中不为高第，大抵丹、延以西及褒斜道中尤多，与荆棘无异，土人皆取以为薪。自唐则天已后，洛阳牡丹始盛，然未闻有以名著者。如沈、宋、元、白之流，皆善咏花草，计有若今之异者，彼必形于篇咏，而寂无传焉。唯刘梦得有《咏鱼朝恩宅牡丹诗》，但云"一丛千万朵"而已，亦不云其美且异也。谢灵运言"永嘉竹间水际多牡丹"，今越花不及洛阳甚远，是洛花自古未有若今之盛也。

风俗记第三

洛阳之俗，大抵好花。春时，城中无贵贱，皆插花，虽负担者亦然。花开时，士庶竞为游遨，往往于古寺废宅有池台处为市井，张幄帘，笙歌之声相闻。最盛于月陂堤、张家园、棠棣坊、长寿寺东街与与郭令宅，至花落乃罢。

洛阳至东京六驿，旧不进花，自今徐州李相迪为留守时始进御⑧，岁遣衙校一员，乘驿马，一日一夕至京师。所进不过姚黄、魏花三数朵，以菜叶实竹笼子藉覆之，使马上不动摇，以蜡封花蒂，乃数日不落。

大抵洛人家家有花而少大树者，盖其不接则不佳。春初时，洛人于寿安山中斫小栽子卖城中，谓之山篦(bì)子。人家治地为畦塍种之，至秋乃接。接花工尤著者，谓之门园子，豪家无不邀之。姚黄一接头直钱五千，秋时立契买之，至春见花乃归其直。洛人甚惜此花，不欲传，有权贵求其接头者，或以汤中蘸杀与之。魏花初出时，接头亦直钱五千，今尚直一千。

接时须用社后重阳前，过此不堪矣。花之木去地五七寸许截之，乃接，以泥封裹，用软土拥之，以蒻叶作庵子罩之，不令见风日，唯南向留一小户以达气，至春乃去其覆。此接花之法也(用瓦亦可)。

种花必择善地，尽去旧土，以细土用白敛末一斤和之，盖牡丹根甜，多引虫食，白敛能杀虫。此种花之法也。

浇花亦自有时，或用日未出，或日西时。九月旬日一浇，十月、十一月，三日、二日一浇，正月隔日一浇，二月一日一浇。此浇花之法也。

一本发数朵者，择其小者去之，只留一二朵，谓之打剥，惧分其脉也。花才落，便剪其枝，勿令结子，惧其易老也。春初既去蒻庵，便以棘数枝置花丛上，棘气暖，可以辟霜，不损花芽，他大树亦然。此养花之法也。

花开渐小于旧者，盖有蠹虫损之，必寻其穴，以硫黄簪之。其旁又有小穴如针孔，乃虫所藏处，花工谓之气窗,以大针点硫黄末针之,虫乃死,虫死花复盛。此医花之法也。

乌贼鱼骨以针花树,入其肤,花辄死。此花之忌也。

◎ 注释

①丹州等:丹州,州治今陕西宜川县;延州,州治今陕西延安市;青州,州治今山东益都县;越州,州治今浙江绍兴市。

②三河:指洛水、涧水、瀍水。

③"草木之华"句:中,四方之中;气,古代指构成万物的本源;和,天地、阴阳之和。

④"夫洛阳"句:反驳洛阳"得中气之和者多"的说法。

⑤"夫中与和者"等句:作者认为,正常之气产生正常之物,物有极美与极恶之分,缘于偏气的作用。

⑥钱思公:即钱惟演,时任西京留守兼河南府尹。

⑦魏相仁溥:一作仁浦,后周宰相。沈、宋、元、白:指沈佺期、宋之问、元稹、白居易。

⑧李相迪:李迪,字复古,曾任西京留守,后为宰相,时以刑部尚书、知徐州。

⑨"接花工"句:别本作"接花工尤著者一人"。洪本无"一人"二字,但在"门园子"下,有原注曰:"盖本姓东门氏,或是西门,俗但云'门园子',亦由今俗呼皇甫氏多只云'皇'家也。"

◎ 简析

据"洪本",《洛阳牡丹记》当作于景祐二年(1035)。欧公西京留守推官任满(景祐元年三月)之后,原继任西京留守的王曙(时任枢密使),推荐其参加并通过了学士院考试,得以授宣德郎、试大理评事兼监察御史、充镇南军节度掌书记、馆阁校勘。来京一年多后,洛阳牡丹仍然给他留下深刻回忆。据本文称:"余在洛阳,四见春",由于种种原因,"未尝见其极盛时,然目之所瞩,已不胜其丽焉"。或许正是这种喜爱和眷恋,促使他先后写下包括本文在内的不少涉及洛阳牡丹的诗文。

本文约 2700 余字，共分"花品序""花释名"和"风俗记"三篇，前二篇分述最负盛名的二十四个品种的特色与得名的由来，第三篇记述洛阳赏花的风俗，以及接花、种花、浇花、养花、医花之法等相关栽培技术。文章突破传统，极为详尽地介绍专门的实践类知识，这在其文集中十分罕见。故浦起龙《古文眉诠》认为："此《花谱》《花月令》之属也。他手为之，多作贵游气，否则儿女子气，高者亦山林间气止耳，皆大家所不出也。议论破荒，不意此题有此。然尽案之，只在'洛阳花第一'五字分际，诧者曰'奇文'，解者曰'合作'（指合于法度规范）。"

世之论者谓欧公不仅是我国古代杰出的文学家、史学家，也是杰出的园艺学家，在宋代文化诸多领域有开创之功。例如《洛阳牡丹记》，便是我国现存最早的关于牡丹的专著，具有深厚的文化内涵，主要表现为："气之偏病"的美学理念，"格物致知"的哲理思考，"文笔不辨"的文学观念，及对市井文化充分肯定的通俗趣味。（参看李光生《欧阳修〈洛阳牡丹记〉的成书特色和文化内涵》）

文中关于沈、宋、元、白的说法，诚如胡仔《苕溪渔隐丛话》所指出的，"欧公此言非是"，因为他们"以牡丹形于篇什者甚众，乌得谓之'寂无传焉'？"此或欧公一时误记，也未可知。

欧公对某一事物的观察、描述，往往诗文互见。比如洛阳牡丹，除《洛阳牡丹记》外，他还于庆历五年（1045）作《洛阳牡丹图》诗。兹附录于后，供读者欣赏。

余读此文，思及洛阳翠竹（美称"琅玕"），堪配牡丹，乃戏作七律一首。

◎ 诗曰

天香国色冠群芳，
赘婿琅玕笑洛阳。
竹报平安当乐乐，
花开富贵勿狂狂。
常将妙笔开园囿，

屡向书山觅栋梁。
欲问此生多少事，
躬行格物著文章。

◎ 链接

洛阳牡丹图

洛阳地脉花最宜，牡丹尤为天下奇。
我昔所记数十种，于今十年半忘之。
开图若见故人面，其间数种昔未窥。
客言近岁花特异，往往变出呈新枝。
洛人惊夸立名字，买种不复论家赀。
比新较旧难优劣，争先擅价各一时。
当时绝品可数者，魏红窈窕姚黄妃。
寿安细叶开尚少，朱砂玉版人未知。
传闻千叶昔未有，只从左紫名初驰。
四十年间花百变，最后最好潜溪绯。
今花虽新我未识，未信与旧谁妍媸。
当时所见已云绝，岂有更好此可疑。
古称天下无正色，但恐世好随时移。
鞓红鹤翎岂不美，敛色如避新来姬。
何况远说苏与贺，有类异世夸嫱施。
造化无情宜一概，偏此著意何其私！
又疑人心愈巧伪，天欲斗巧穷精微。
不然元化朴散久，岂特近岁尤浇漓。
争新斗丽若不已，更后百载知何为。
但应新花日愈好，惟有我老年年衰。

十一、泗州先春亭记

景祐二年秋，清河张侯以殿中丞来守泗上。既至，问民之所素病(向来的疾苦),而治其尤暴(特别凶暴)者,曰:"暴莫大于淮(淮河)。"越明年春,作城之外堤,因其旧而广之,度为万有九千二百尺,用人之力八万五千。泗之民曰:"此吾利也,而大役焉。然人力出于州兵,而石出乎南山,作大役而民不知,是为政者之私我也。不出一力而享大利,不可。"相与出米一千三百石,以食役者。堤成,高三十三尺,土实石坚,捍(抵御)暴备灾可久而不坏。既曰:"泗,四达之州也,宾客之至者有礼。"于是,因前蒋侯堂之亭新之,为劳饯(慰劳饯别)之所,曰"思邵亭",且推其美(推重赞美)于前人,而志(记)邦人之思也。又曰:"泗,天下之水会也,岁漕必廪于此。"于是治常丰仓西门二夹(狭小)室,一以视出纳,曰某亭;一以为舟者之寓舍,曰"通漕亭"。然后曰:"吾亦有所休乎!"乃筑州署之东城上,为先春亭,以临淮水而望西山。①

是岁秋,予贬夷陵,过泗上,于是知张侯之善政也。昔周单子聘(访问)楚而过陈,见其道秽,而川泽不陂梁(桥梁),客至不授馆,羁旅无所寓,遂知其必亡。盖城郭道路、旅舍寄寓,皆三代(夏商周)为政之法,而《周官》(即《周礼》)尤谨著之,以为御备。今张侯之作也,先民之备灾,而及于宾客往来,然后思自休焉,故曰知为政也。

先时岁大水,州几溺。前司封员外郎张侯夏守是州,筑堤以御之,今所谓因其旧者是也。是役也,堤为大。故予记其大者详焉。②

◎ **注释**

①清河张侯:生平不详。侯,旧时对地方行政长官的尊称。泗上:即泗州。暴莫大于淮:意思是最大的疾苦,莫过于淮河引发的灾难。私我:偏爱我们。蒋侯,即蒋堂,字希鲁,大中祥符进士,

曾以太常博士知泗州。为人清修纯饬，遇事毅然不屈，贫而乐施。思邵亭：邵，指西周时仁而爱民之邵公姬奭，又称召公。岁漕：每年漕运。廪：粮仓，此处引伸作屯积。

②"昔周"六句：出自《国语·周语中》。公元前601年，单襄公受周定王委派，前去宋国、楚国等国访问。路过陈国时，他看到路上杂草丛生，边境上也没有迎送宾客的人；到了国都，陈灵公跟大臣一起戴着楚国时兴的帽子去了著名的寡妇夏姬家，丢下周天子的代表不接见。单襄公回到京城后，跟定王说，陈侯本人如无大的灾难，陈国也一定会灭亡。单襄公的预言很快就实现了。两年后，与夏姬私通的陈灵公在谈笑中侮辱夏姬的儿子夏征舒，被夏征舒射死。张侯夏：张夏，字伯起，景祐元年（1034）知泗州。史载，是年闰六月，时雨弥月不止，淮汴溢，几没城，夏亲率丁夫捍御，而城不坏，民赖以安固也。不久，迁夏司封员外郎。由此可知，此张夏非前文所述之"清河张侯"。

◎ 简析

《泗州先春亭记》作于景祐三年（1036）。泗州，泛指泗水北岸的地域，即今江苏盱眙（xū yí），位于淮安西南部、淮河下游。时欧公在朝中任馆阁校勘，因范仲淹遭贬饶州一事，作《与高司谏书》为其力辩，痛斥高若讷枉为谏官，亦被贬峡州夷陵县令（参见《与高司谏书》"简析"）。公自京师沿汴河东行赴夷陵，六月至泗州，逗留数日，应张知州（名不详）之请，撰写本文，时年30岁。

本文可分三段。第一段详述筑堤经过。先写"问民之所素病"后，第二年即筑成外堤。作者借百姓的言行，肯定张侯急民之所急的举措。接着写建三亭，一为推美前人，二为便于岁漕，最后才是建先春亭。文中几处"曰"，表明张侯凡事以民为本，事分轻重缓急，为下文赞其"善政"作了铺垫。第二段首句概括上文，然后引古证今，赞许张侯知政、善政。第三段补叙张侯夏所筑旧堤，其作用在于强调"堤为大"，换句话说，就是"民为大"，故详加记述。同时，也是对本文未曾多写先春亭的说明。本文应重在记人、记亭，还是记堤？茅坤指出："记先春亭却本堤，次之以宾客之馆，而后及亭。"这样一来，就突出了张侯为民兴利除弊的可贵之处，也是作者为之作记的缘由。

孙琮说："一篇议论只从单子数语托化出来。"全文前面分述治陂障、礼宾客、待往来，作亭宴习，最后总断，"即此数事，便见其善于为政"。值得注意的是孙先生后面一句："将游戏小事翻作绝大议论，真是文人之笔，何所不可。"（《山晓阁选宋大家欧阳庐陵全集》评语卷三）读起来，感觉似有责备其"小题大做"之意。其实，这年夏天，欧公还有一首《颜跖》诗，谈的是生死观、价值观的大问题。我们如果联系欧公当时所处的大背景来读，诗人想的、写的，岂是区区小事？这些诗文固然可赞，但更值得后人钦敬的，当是尚属青年才俊的欧公那颗对黎民的仁爱之心。

◎ 诗曰

> 泗上张侯至，
> 亲民问所哀。
> 众人言素病，
> 一举治淮灾。
> 劳饯舟漕去，
> 迓迎商贾来。
> 邵公亭上赞，
> 世有栋梁材。

◎ 链接

颜　跖

> 颜回饮瓢水，陋巷卧曲肱。盗跖厌人肝，九州恣横行。
> 回仁而短命，跖寿死免兵。愚夫仰天呼，祸福岂足凭！
> 跖身一腐鼠，死朽化无形。万世尚遭戮，笔诛甚刀刑。
> 思其生所得，豺犬饱臭腥。颜子圣人徒，生知自诚明。
> 惟其生之乐，岂减跖所荣？死也至今在，光辉如日星。

譬如埋金玉，不耗精与英。生死得失间，较量谁重轻。
善恶理如此，毋尤天不平。

十二、夷陵县至喜堂记

峡州治夷陵，地滨大江(长江)，虽有椒、漆、纸以通
商贾，而民俗俭陋，常自足，无所仰于四方。贩夫所售，
不过鱐鱼(干鱼)腐鲍，民所嗜而已。富商大贾，皆无为而
至。地僻而贫，故夷陵为下县，而峡为小州。州居无郭郭
(郭 fú 城墙)，通衢(大路)不能容车马，市无百货之列，
而鲍鱼之肆(店铺)不可入，虽邦君之过市，必常下乘，掩
鼻以疾趋。而民之列处，灶、廪(米仓)、匽(yàn 厕所)、
井无异位，一室之间，上父子而下畜豕(shǐ，猪)。其覆
皆用茅竹，故岁常火灾，而俗信鬼神，其相传曰作瓦屋者
不利。夷陵者，楚之西境，昔《春秋》书荆以狄之，而诗人
亦曰蛮荆，岂其陋俗自古然欤？[①]

景祐二年，尚书驾部员外郎朱公治是州，始树木，增
城栅，甓(pì，用砖砌)南北之街，作市门市区。又教民为
瓦屋，别灶廪，异人畜，以变其俗。既又命夷陵令刘光裔
治其县，起敕书楼[②]，饰厅事(官署正堂)，新吏舍。三年
夏，县功毕。某有罪来是邦，朱公与某有旧，且哀其以罪
而来，为至县舍，择其厅事之东以作斯堂，度为疏洁高
明，而日居之以休其心。堂成，又与宾客偕至而落之(落
成)。夫罪戾之人，宜弃恶地，处穷险，使其憔悴忧思，
而知自悔咎。今乃赖朱公而得善地，以偷宴安，顽然使忘
其有罪之忧，是皆异其所以来之意。

然夷陵之僻，陆走荆门、襄阳至京师，二十有八驿；
水道大江，绝淮(横渡淮河)，抵汴东水门，五千五百有九
十里。故为吏者多不欲远来，而居者往往不得代至岁满，

或自罢去③。然不知夷陵风俗朴野，少盗争，而令之日食有稻与鱼，又有橘、柚、茶、笋四时之味，江山美秀，而邑居缮完(修缮墙垣)，无不可爱。是非惟(这里不只是)有罪者之可以忘其忧，而凡为吏者，莫不始来而不乐，既至而后喜也。作《至喜堂记》，藏其壁。

夫令虽卑而有土与民，宜志其风俗变化之善恶，使后来者有考(考证)焉耳。

◎ **注释**

①"峡州治夷陵"二句：峡州州治夷陵，今湖北宜昌市。江，指长江。"民之列处"四句：指夷陵人居所的简陋。"故夷陵"二句：宋代州县各分七等。据《宋史·地理志》，峡州为中州，夷陵为中县。狄：古代对北方部族的贱称。蛮荆则是对南方少数民族的贱称。

②敕书楼：地方官衙署供奉皇帝诏书的处所。

③"而居者"句：而在夷陵做官的人常常不能交卸职务，等到三年任期届满，有的主动辞职离去了。

◎ **简析**

《夷陵县至喜堂记》作于景祐三年(1036)。其时北宋社会政治危机渐趋严重。范仲淹上"百官图"，指斥吏治腐败等朝政现状。执掌朝政已经十余年的宰相吕夷简，以"越职言事、荐引朋党、离间君臣"等罪名，撤销其天章阁待制、权知开封府之职，出知饶州，并张榜朝堂，严查同党。一时间，上下一片肃杀之气，满朝谏官御史皆噤若寒蝉。但仍有人以气节自励，不惧震慑。秘书丞、馆阁校勘余靖上书论救："仲淹以一言触忤宰相，即遭重谴，恐非太平之政，请追改前命。"太子中允、馆阁校勘尹洙更自言与仲淹义兼师友，受其举荐，情愿以朋党之名同罪。结果，分别被贬筠州、郢州酒税。就在这时，左司谏高若讷却在私人聚会上，当众诋毁范仲淹。公当即挺身而出为之辩护，并在回家后作《与高司谏书》，痛斥高若讷"不复知人间有羞耻事尔",最终招致被贬峡州(今湖北宜昌)夷陵令(参见《与高司谏书》"简析")。本文即作于抵达夷陵之后。

文章首段极言夷陵偏僻陋俗之状,表述了自己初来时心中不乐的原由;接着插叙朱公治州县、变民俗、厚待故人的种种举措,以致归美之意;最后赞美夷陵的"风俗朴野"、"江山秀丽",身处江湖之远,却仍在思考"令虽卑而有土与民"所应有的作为,真实地自述了公"始来而不乐,既至而后喜"的心路历程。

公一生遭受过三次政治打击,这是第一次。平心而论,贬夷陵所受的打击似乎并不太重。地方长官峡州知府朱庆基对他相当客气,专门给他修了"至喜堂",又有他的好友军事判官丁元珍陪他游山玩水。夷陵山清水秀的环境、鱼米之乡的生活和朴野宁静的民俗,使身处逆境的他得以调整心态,安居一隅,有所作为。但对年方三十的欧公来说,这次长达四年的贬谪,毕竟如同当头棒喝,面对政治理想的挫折,志同道合者的变故,奸邪权贵的猖獗,穷乡僻壤的磨难,不能不引发他的反思。赴任途中经留江陵时,他写了《与尹师鲁第一书》,对此番遭遇不后悔、不怨天、不尤人,依然保持着锐意进取,积极入世的人生态度,并多了几分理性思考。他把贬谪作为砥砺节操、升华自我人格境界的一个契机,后来将夷陵居所命名为"至喜堂",便是此时心境的最好说明。这段经历,深刻地影响到欧公此后的思想、性格和文章风格。《随园诗话》引庄有恭诗曰"庐陵事业起夷陵,眼界原从阅历增",这是很有见地的评论,获得学界的高度赞赏。

《礼记·大学》云:"是故君子先慎乎德。有德此有人,有人此有土,有土此有财,有财此有用,德者,本也;财者,末也。"欧公于本文末说道:"夫令虽卑而有土与民,宜志其风俗变化之善恶,使后来者有考焉耳。"意思是无论身在何处,官职大小,当尽守土安民之责,所作所为,应当对得起黎民百姓,也应能经受历史的检验。纵观欧公平生经历,他这样说,也的确这样做了。余作七律一首,以表赞佩之情。

◎ 诗曰

> 烛照斯堂夜色朦，
> 峡州何幸赖朱公。
> 掀茅覆瓦风情变，
> 增栅铺街道路通。
> 僻地无须嗟美恶，
> 幽兰勿用叹虚空。
> 此身但守民和土，
> 不问沉浮处处同。

◎ 链接

与尹师鲁第一书(节选)

安道(余靖)与予在楚州，谈祸福事甚详，安道亦以为然。俟到夷陵写去，然后得知修所以处之之心也。又常与安道言，每见前世有名人，当论事时，感激不避诛死，真若知义者，及到贬所，则戚戚怨嗟，有不堪之穷愁形于文字，其心欢戚无异庸人，虽韩文公不免此累，用此戒安道，慎勿作戚戚之文。师鲁察修此语，则处之之心又可知矣。近世人因言事亦有被贬者，然或傲逸狂醉，自言我为大不为小。故师鲁相别，自言益慎职，无饮酒，此事修今亦遵此语。咽喉自出京愈矣，至今不曾饮酒，到县后勤官，以惩洛中时懒慢矣。

十三、湘潭县修药师院佛殿记

湘潭县药师院新修佛殿者，县民李迁之所为也。迁之贾江湖，岁一贾，其入数千万。迁之谋曰：夫民，力役以生者也，用力劳者其得厚，用力偷(怠惰)者其得薄。以其得之丰约(多少)，必视其用力之多少而必当，然后各食其力而无惭焉。士非我匹(匹配)，若工农则吾等也。夫琢磨煎炼(雕刻玉石,熬盐炼铁),调筋柔革(制作弓箭铠甲),此工之尽力也;斤劚(zhú,用斧砍伐)锄夷,畎亩树艺,此农之尽力也,然后所食皆不过其劳。今我则不然,徒幸物之废兴而上下其价,权时轻重而操其奇赢,游嬉以浮于江湖,用力至逸以安,而得则过之,我有惭于彼(指工农)。凡诚我契而不我欺,平我斗斛权衡而不我逾(超过),出入关市而不我虞(欺骗),我何能焉?是皆在上而为政者有以庇我也。何以报(报答)焉?闻浮屠(即佛教)之为善,其法曰:"有能舍己之有以崇饰尊严,我则能阴相(暗中护佑)之,凡有所欲,皆如志。"乃曰:盍用我之有所得,于此施以报焉,且为善也。于是得此寺废殿而新之,又如其法,作释迦佛(即释迦牟尼)、十六(一作"十八")罗汉塑像皆备。凡用钱二十万,自景祐二年十二月癸酉讫三年二月甲寅以成(共四十二天)。①

　　其秋,会予赴夷陵,自真州(今江苏仪征)假其舟行。次(行次,暂时停留)浔阳(今江西九江),见买一石,砻(lóng,磨平)而载于舟,问其所欲用之,因具言其所为,且曰欲归而记其始造岁月也。视其色(脸色),若欲得予记而不敢言也。因善其以贾为生,而能知夫力少而得厚以为幸,又知在上者庇己而思有以报,顾其所为之心又趋为善,皆可喜也,乃为之作记。问其寺始造之由及其岁月②,皆不能道也。九月十六日记。

◎ **注释**

①县民"李迁":注家多作"李迁之",今从洪本作"李迁"。贾江湖:在长江洞庭湖一带经商。岁一贾:一年一次经商。"今我"等七句,意指经商出力少而获利多。奇赢:谓有余财而积聚奇异之物。"闻浮屠"等十句:自述得益于佛教的传播,故修佛殿来回报。

②"问其寺"句：碑记一般都须详叙所记事物的由来，而李迁不知
　药师殿的沿革，乃作说明之。

◎ 简析

　　《湘潭县修药师院佛殿记》作于景祐三年（1036），时欧公被贬
作夷陵令（参看《夷陵县至喜堂记》"简析"）。药师，菩萨名，全称
"药师琉璃光如来"。佛教发展至唐宋，已基本上与本土文化融为
一体。士大夫虽以弘扬儒教为己任，但也并未将佛教一概否定，在
传世诗文中留有很多痕迹，说明佛教还是对其形成了较大的影响。
应该说，欧公也是如此。一方面，他在《本论》中说："佛法为中国
患千余岁，世之卓然不惑，而有力者莫不欲去之。已尝去矣，而复
大集，攻之暂破而愈坚，扑之未灭而愈炽，遂至于无可奈何，是果
不可去耶？盖亦未知其方也。"于是，他对佛教的批判、排斥，在
学界几乎众所周知。另一方面，他乐为寺庙写记，乐写敬佛表文，
乐与高僧交往，日常言行中也并非与佛无缘，比如自号"六一居
士"，名其文曰《居士集》。更有这样一段逸闻，欧公不喜释氏，士
有谈佛书者，必正色视之。而公之幼子小字和尚。或问："公既不
喜佛，排浮图，而以和尚名子何也？"公曰："所以贱之也，如今人
家以牛驴名小儿耳。"问者大笑，且伏公之辨也。于是，人们又认
为他与佛是亲近的，有情缘的。孰是孰非？阅读《湘潭县修药师院
佛殿记》，对于我们了解其中奥妙，或许大有启迪。

　　本文分两段。前段记述了李迁，一个往来于长江沿岸的商人的
作为和思考。所谓作为，便是发财后，他新修药师殿；所谓思考，
便是"迁之谋"，谈为什么要新修药师殿，可概括为六个字"知恩、
图报、为善"。后段交代作记的因由。在宋代重本抑商的社会制度
中，人分士、农、工、商，商人的社会地位算是最低的。面对眼前
这样一位处世卑微、"问其寺始造之由及其岁月，皆不能道"、"视
其色，若欲得予记而不敢言"的商人，公却欣然命笔。何也？

　　南京大学李承贵先生在《欧阳修的佛教情缘》一文中指出：通
过分析此类文章，"欧阳修与佛教的友善也因此而较清晰地显露出
来。概而言之，欧阳修作记的原因有：'知恩图报''能果其学'"。

本篇虽题为《湘潭县修药师院佛殿记》，但于药师未述一字，于佛殿未描一笔，只因李迁所作、所为、所思，"皆可喜也，乃为之作记"，表达肯定、褒扬的态度。而对那些困于寺庙、老于深山的高僧，他更是寄以欣赏、痛惜之情，在写给佛者慧勤的《山中之乐》三章中，即可见一斑，特录于后，以飨读者。愚以为，欧公于佛教的友善，更多的来自对信众（尤其是高僧）的某种情感，本文"不赞神祇只赞人"即为一例。

◎ 诗曰

> 日走江湖累万缗，
> 知恩最是显清淳。
> 愧吾商贾多安逸，
> 惭彼工农少苦辛。
> 烛供千佛祈恻悯，
> 情萦百姓恤孤贫。
> 适逢善举欣为记，
> 不赞神祇只赞人。

◎ 链接

山中之乐（并序）

佛者慧勤，余杭人也。少去父母，长无妻子。以衣食于佛之徒，往来京师二十年。其人聪明才智，亦尝学问于贤士大夫。今其南归，遂将穷极吴越瓯闽江湖海上之诸山，以肆其所适。予嘉其尝有闻于吾人也，于其行也，为作《山中之乐》三章，极道山林间事，以动荡其心意，而卒反之于正。其辞曰：

江上山兮海上峰，蔼青苍兮杳巀丛。
霞飞雾散兮邈乎青空，天镵鬼削兮壁立于鸿蒙。
崖悬磴绝兮险且穷，穿云渡水兮忽得路，而不知其深之几重。

中有平田广谷兮与世隔绝，犹有太古之遗风。
泉甘土肥兮鸟兽雍雍，其人麋鹿兮既寿而丰。
不知人间之几时兮，但见草木华落为春冬。
嗟世之人兮，曷不归来乎山中？
山中之乐不可见，今子其往兮谁逢？（其一）

丹茎翠蔓兮岩壑玲珑，水声聒聒兮花气濛濛。
石巉巉兮横路，风飒飒兮吹松。
云冥冥兮雨霏霏，白猿夜啸兮青枫。
朝日出兮林间，涧谷纷兮青红。
千林静兮秋月，百草香兮春风。
嗟世之人兮，曷不归来乎山中？
山中之乐不可得，今子其往兮谁从？（其二）

梯崖构险兮佛庙仙宫，耀空山兮郁穹隆。
彼之人兮，固亦目明而耳聪。
宠辱不干其虑兮，仁义不被其躬。
荫长松之翁蔚兮，藉纤草之丰茸。
苟其中以自足兮，忘其服胡而颠童。
自古智能魁杰之士兮，固亦绝世而逃踪。
惜天材之甚良兮，而自弃于无庸。
嗟彼之人兮，胡为老乎山中？
山中之乐不可久，迟子之返兮谁同？（其三）

十四、峡州至喜亭记

　　蜀于五代为僭国，以险为虞（防范），以富自足，舟车之迹不通乎中国者，五十有九年。宋受天命，一海内，四方次第平。太祖政元（改年号"建隆"为"乾德"）之三年，始平蜀。然后蜀之丝枲（xǐ，麻）织文（有花纹的丝织品）之富，衣被于天下，而贡输商旅之往来者，陆辇(车运)秦、凤(秦州、凤州)，水道岷江，不绝于万里之外。①

岷江之来，合蜀众水，出三峡，为荆江(三峡至岳阳之间)，倾折回直，捍怒斗激，束之为湍，触之为漩②。顺流之舟顷刻数百里，不及顾视，一失毫厘与崖石遇，则糜溃(mí kuì，腐，烂)漂没不见踪迹。故凡蜀之可以充内府(皇宫仓库)、供京师而移用乎诸州者，皆陆出，而其羡余(多余)不急之物，乃下于江(走水路)，若弃之然，其为险且不测如此。夷陵为州，当峡口，江出峡始漫为平流。故舟人至此者，必沥酒再拜相贺，以为更生(再生)。

尚书虞部郎中朱公再治是州之三月，作至喜亭于江津，以为舟者之停留也。且志夫天下之大险，至此而始平夷，以为行人之喜幸。夷陵固为下州，廪与俸皆薄，而僻且远，虽有善政，不足为名誉以资进取。朱公能不以陋而安之，其心又喜夫人之去忧患而就乐易，诗所谓"恺悌君子"者矣。③自公之来，岁数(年年)大丰，因民之余，然后有作，惠于往来，以馆(住宿)以劳(慰问)，动不违时，而人有赖，是皆宜书。故凡公之佐吏，因相与谋而属笔于修焉。

◎ 注释

①五代：五代是指907年唐朝灭亡后依次更替的位于中原地区的五个政权，即后梁、后唐、后晋、后汉与后周。而在唐末、五代及宋初，中原地区之外存在过许多割据政权，其中前蜀、后蜀、南吴、南唐、吴越、闽、楚、南汉、南平(荆南)、北汉等十余个割据政权，被后世史学家统称十国。960年，后周赵匡胤发动陈桥兵变，黄袍加身，篡后周建立北宋，五代结束。其间，先有王建于唐哀帝天祐四年(907)称帝，史称前蜀；后有孟知祥于后唐闵帝明德元年(934)称帝，史称后蜀。至宋太祖乾德三年(965)

灭之，前后共五十九年。僭国：僭（jiàn），超越本分，指割据自封、不是正统的国号。

②"倾折回直"四句：指河道曲折蜿蜒，水流激荡湍急。

③再治：宋代地方官三年一任，任满后受命连任，或调往他处后再调回来，称再治。廪：指粮饷给养。恺悌（kǎi tì）君子：恺悌，平易近人。泛指品德优良，平易近人的人。语出《诗经》："恺悌君子，神所劳矣。"

◎ 简析

　　《峡州至喜亭记》作于景祐四年（1037）。峡州辖夷陵、宜都、长阳、远安四县，治所在今湖北宜昌。李白《渡荆门送别》："渡远荆门外，来从楚国游。山随平野尽，江入大荒流。"诗中"荆门"，即在夷陵与宜都之间，素有"荆楚门户"之称。上年，欧公因为范仲淹辩护，得罪于权贵，被贬夷陵令。时任知州朱庆基，对他多有眷顾（参看《夷陵县至喜堂记》"简析"）。至喜亭位于今宜昌江津三游洞景区。亭以"至喜"二字题名，有体察民情、吸纳民意、表达民心之意。欧公两次以"至喜"分别命名堂与亭，除了舟人惧而后喜之外，亦是作者至而后喜，再则隐含与朱公志同道合之喜。

　　本文可分三段。第一段，前四句写五代时蜀地割据状况达五十九年之久。"然后"以下六句，写江山一统，水路通畅，惠及全国。第二段，前十二句写三峡上下水系，及其水势湍急，惊险异常之状；接着六句，写分陆运、水运的原因，在于"其为险且不测如此"；最后六句，写江水出峡，漫为平流，舟人至此，相与庆贺的感受。本段是全文最为精彩的部分。第三段，前六句写朱公建至喜亭，重在其作用和意义；"夷陵"以下八句写朱公人品，"喜夫人之去忧患而就乐易"，赞为"恺悌君子"；最后，写朱公政绩。"是皆宜书"四字，既是对本段的收束，还连同后面两句，交代作记的缘由。

　　孙琮《山晓阁选宋大家欧阳庐陵全集》评语卷五曰："名亭之意，喜其江行之安流而命之也。今欲写江行之安流，先写一段江行之不测，盖不写不测，无以见安流之可喜也，此文家衬起之法。因写江行，先写蜀地产物之富，并写蜀地未通之时，此文家原叙之法。欧公之文，信笔书来，无不合法如此。"

由于历史久远，至喜亭曾多次被毁。但夷陵人一直不忘先贤，历代官吏更以修复欧公遗迹为要务。乾隆二十六年（1761年），东湖知县林有席题至喜亭一副八十字长联，以纪盛况：

急峡高岗盘蜀道，自黄牛佐夏，山至此彝，水至此陵，思明德而赛神功，试看天际风帆，片片落迤西一坝；

雄藩重镇压荆门，溯白起开秦，郡还改府，州还改县，履开平而怀往迹，遥指江头云树，人人谈至喜有亭。

而《东湖县志原序》则从另一角度，对欧公《峡州至喜亭记》和《夷陵县至喜堂记》的历史功绩作了充分的肯定，认为如果没有欧公的"两记"等丰厚的文化遗存，古夷陵的历史将抽象空泛到难以考证的地步。

余读本文，有感于朱公之所为，作七律一首以赞之。另，录欧公同年春所作《千叶红梨花》诗附后，以飨读者。

◎ 诗曰

湍漩倾折大江东，
三峡初乘破浪风。
几度清猿鸣峭壁，
一壶浊酒对长空。
舟行万里通沧海，
物运八方慰昊穹。
思及当年怜恤事，
亭前谁不谢朱公。

◎ 链接

千叶红梨花

峡州署中，旧有此花，前无赏者。知郡朱郎中始加阑槛，命坐客赋之。

红梨千叶爱者谁，白发郎官心好奇。徘徊绕树不忍折，一日千匝看无时。

夷陵寂寞千山里，地远气偏时节异。愁烟苦雾少芳菲，野卉蛮花斗红紫。

可怜此树生此处，高枝绝艳无人顾。春风吹落复吹开，山鸟飞来自飞去。

根盘树老几经春，真赏今才遇使君。风轻绛雪樽前舞，日暖繁香露下闻。

从来奇物产天涯，安得移根植帝家？犹胜张骞为汉使，辛勤西域徙榴花。

十五、游鯈亭记

禹之所治大水七，岷山导江（长江），其一也①。江出荆州，合沅、湘，合汉、沔，以输之海。其为汪洋诞漫（广阔无垠），蛟龙水物之所凭，风涛晦冥之变怪，壮哉！是为勇者之观也。

吾兄晦叔为人慷慨喜义，勇而有大志。能读前史，识其盛衰之迹，听其言，豁如（旷达）也。困于位卑，无所用以老，然其胸中亦已壮矣。夫壮者之乐，非登崇高之丘，临万里之流，不足以为适。

今吾兄家荆州，临大江，舍汪洋诞漫壮哉勇者之所观，而方规地为池，方（方圆）不数丈，治亭其上，反以为乐，何哉？盖其击壶而歌②，解衣而饮，陶乎不以汪洋为大，不以方丈为局，则其心岂不浩然哉！

夫视富贵而不动，处卑困而浩然其心者，真勇者也。然则，水波之涟漪，游鱼之上下，其为适也，与夫庄周所谓惠施游于濠梁之乐何以异？乌用蛟鱼变怪之为壮哉？故名其亭曰游儵亭。景佑五年四月二日，舟中记。

◎ 注释

①“禹之所治”等三句：据《史记·夏本纪》载，“禹道(导)九川”。司马贞《索隐》：“弱、黑、河、涌、江、沇、淮、渭、洛为九川。”本文中七水当在“九川”之中。

②击壶而歌：语出《世说新语》：“王处仲每酒后，辄咏‘老骥伏枥，志在千里；烈士暮年，壮心不已。’以如意打唾壶，壶口尽缺。”

◎ 简析

《游鲦亭记》作于景祐五年(1038)，是年十一月改元“宝元”，故一作宝元元年。景祐四年十二月，汴京发生地震。这在笃信“天人感应”的当时，被看作是上天对统治者的某种警示。于是，直史馆叶清臣上疏道：“顷范仲淹、余靖以言事被黜，天下之人齰(zé)口不敢言朝政者，行将二年。愿陛下深自咎责详延忠直敢言之士。”此前，因范仲淹被贬，公为之辩护，于景佑三年(1036)被贬峡州夷陵令(参见《夷陵县至喜堂记》“简析”)。叶清臣的奏疏被仁宗采纳。因此，欧公与范、余得以从偏远之地，移到了距京城相对较近的郡县。公于五年三月，赴任乾德县令(今湖北老河口市)。船到江陵，年长二十余岁的同父异母之兄欧阳昞，前来迎候，便在此小住几天，并写下本文。

游鲦(tiáo)，是一种游动的白色小鱼。语出《庄子·秋水》濠梁论辩的故事：“庄子与惠子游于濠梁之上。庄子曰：‘鲦鱼出游从容，是鱼之乐也。’惠子曰：‘子非鱼，安知鱼之乐？’庄子曰：‘子非我，安知我不知鱼之乐？’惠子曰：‘我非子，固不知子矣；子固非鱼也，子之不知鱼之乐全矣！’庄子曰：‘请循其本。子曰汝安知鱼乐云者，既已知吾知之而问我。我知之濠上也。’”濠，河流名；梁，桥梁。游鲦亭，取其自得其乐的寓意。

本文可分四段。第一段写长江汪洋诞漫，突出其“壮”，与下文狭小的游儵亭作一对比。第二段写兄之为人，突出其胸中之

"壮"，本该有"壮者之乐"。这与下文的舍弃壮者之乐又成对比。以上两段，均为下文表现兄的品格作了铺垫。第三段写兄于方寸之中"反以为乐"，与王处仲慷慨悲歌，渴望建功立业的情感相通。第四段是对前文的归结与收束，用对比、反问、反诘等手法，突出"壮""勇""乐""适"等词语，文气流畅，笔调俊朗，感情充沛，面对困于位卑而怀浩然之心的"吾兄"，赞美是热烈而真诚的。茅坤在《欧阳文忠公文抄》中对《游鲦亭记》的评语是两个字"奇文"。

其实，登临也罢，处卑也罢，不以汪洋为大，不以方丈为局，将忧思愁绪寄于文辞之外，而高情远志未必不在胸怀之中，这种心态，又何尝不是欧公此时此地所希望的呢？这里蕴含的情感，与其说是对吾兄的赞美，不如说是弟兄俩在类似处境下的彼此扶持，相互激励。因为他知道，此去乾德，并非贬谪的结束，而是新的一段陌途的开始。事实上，前面等待他的，不是自得其乐的西京，甚至也不是"野芳虽晚不须嗟"的夷陵，而几乎是一片精神的荒漠。这让人想起他去年初冬写的《新营小斋凿地炉辄成五言三十九韵》（一作"三十七韵"），一篇夷陵贬谪岁月的真实写照，于失意之时犹见放达之心。读完《游鲦亭记》，读者回头再读那首诗，或许可以更深入地了解到欧公复杂的内心世界。

◎ 诗曰

诞漫岷山外，
长江何壮哉！
溯流上剑阁，
依势下蓬莱。
楚舸乘风去，
游鲦踏浪来。
养吾浩然气，
天地为君开。

◎ 链接

新营小斋凿地炉辄成五言三十九韵

霜降百工休，居者皆入室。埏户畏初寒，开炉代温律。
规模不盈丈，广狭足容膝。轩窗共幽窱，竹柏助蒙密。
辛勤惭巧官，穷贱守卑秩。无术政奚为，有年秋屡实。
文书少期会，租讼省鞭挞。地僻与世疏，官闲得身佚。
荆蛮苦卑陋，气候常壹郁。天日每阴翳，风飙多凛溧。
衰颜惨时晚，病骨知寒疾。蛮床倦晨兴，篮舆厌朝出。
南山近樵采，僮仆免呵叱。御岁畜蹲鸱，馈客荐包橘。
霜薪吹晶荧，石鼎沸啾唧。披方养丹砂，候节煎秋术。
西邻有高士，辚轲卧蓬荜。鹤发善高谈，鲐背便炙熨。
披裘屡相就，束缊亦时乞。传经伏生老，爱酒杨雄吃。
晨灰暖余杯，夜火爆山栗。无言两忘形，相对或终日。
微生慕刚毅，劲强早难屈。自从世俗牵，常恐天性失。
仰兹微官禄，养此多病质。省躬由一言，无枉慕三黜。
因知吏隐乐，渐使欲心窒。面壁或僧禅，倒冠聊酒逸。
螟蛉轻二豪，一马齐万物。启期为乐三，叔夜不堪七。
负薪幸有瘳，旧学颇思迷。兴亡阅今古，图籍罗甲乙。
鲁册谨会盟，周公象凶吉。详明左丘辩，驰骋马迁笔。
金石互铿鍧，风云生倏忽。容尔一开卷，慨然时撵帙。
浮沈恣其间，适若遂聱耴。吾居谁云陋，所得乃非一。
五斗岂须惭，优游岁将毕。

十六、襄州谷城县夫子庙记

释奠、释菜，祭之略者也。古者士之见师，以菜为挚，故始入学者必释菜以礼其先师。其学官四时之祭，乃皆释奠。释奠有乐无尸；而释菜无乐，则其又略也，故其礼亡焉。而今释奠幸存，然亦无乐，又不遍举于四时，独春秋行事而已。《记》曰："释奠必有合，有国故则否。"谓凡有国，各自祭其先圣先师，若唐、虞（尧舜时代）之夔（kuí）、伯夷，周之周公，鲁之孔子。①其国之无焉者（指无先圣先师），则必合于邻国而祭之。然自孔子没，后之学者莫不宗焉，故天下皆尊以为先圣，而后世无以易。

学校废久矣，学者莫知所师，又取孔子门人之高弟（高足弟子）曰颜回者而配（陪同受祭）焉，以为先师。隋、唐之际，天下州县皆立学，置学官、生员，而释奠之礼遂以著令（书写的规定）。其后州县学废，而释奠之礼，吏以其著令，故得不废。学废矣，无所从祭，则皆庙而祭之。荀卿子曰："仲尼，圣人之不得势者也。"然使其得势，则为尧、舜矣。不幸无时而没，特（只）以学者之故，享弟子春秋之礼。而后之人不推（推究、探求）所谓释奠者（的原因），徒见官为立祠而州县莫不祭之，则以为夫子之尊，由此为盛。甚者，乃谓生虽不得位，而没有所享，以为夫子荣，谓有德之报，虽尧、舜莫若。何其谬论者欤！

祭之礼，以迎尸、酌鬯（chàng，古代祭祀用的酒）为盛。释奠、荐馔（祭品），直奠而已，故曰祭之略者。其事有乐舞、授器之礼，今又废，则于其略者又不备焉。然古之所谓吉凶、乡射、宾燕（通"宴"）之礼，民得而见焉者，今皆废失，而州县幸有社稷、释奠、风雨雷师之祭，民犹得以识先王之礼器焉。其牲酒器币之数，升降俯仰之节，吏又多不能习，至其临事，举多不中而色不庄，使民无所瞻仰，见者怠（懈怠）焉，因以为古礼不足复用，可胜叹哉！②

大宋之兴，于今八十年，天下无事，方修礼乐，崇儒术，以文太平之功。以谓王爵未足以尊夫子，又加至圣之号以褒崇之，讲正其礼，下于州县。而吏或不能谕（明白）

上意，凡有司簿书之所不责者，谓之不急，非师古好学者莫肯尽心焉。谷城令狄君栗，为其邑未逾时（任职不久的意思），修文宣王庙易（变迁）于县之左，大其正位，为学舍于其旁，藏九经书，率其邑之子弟兴于学。然后考制度，为俎（zǔ）豆、笾籩（biān fěi）、罇（zūn，同"樽"）爵、簠簋（fǔ guǐ）凡若干，以与其邑人行事。谷城县政久废，狄君居之，期月称治，又能载国典，修礼兴学，急其有司所不责者，愳愳然唯恐不及。可谓有志之士矣。③

◎ 注释

①释奠、释菜：古代在学校设置酒食以祭奠先圣先师的典礼。挚：古代初次求见人时所送的礼物，即见面礼。郑司农云："古者士见于君，以雉为挚。见于师，以菜为挚。"尸：指祭奠时代表死者受祭的人。夔：中国神话传说中的一条腿的怪物。相传为尧、舜时代的国家乐官。

②"其牲酒器币之数"等九句：指因吏不知礼所带来的负面影响。

③九经：儒家经典的合称。宋以《易》《书》《诗》《左传》《礼记》《周礼》《孝经》《论语》《孟子》为九经。至圣：唐玄宗开元年间对孔子加封的尊号。俎豆等：皆为古代祭奠、宴飨器物。载国典，修礼兴学：指补录修正官府典籍，修复祭礼兴办教育。愳愳（xǐ xǐ）然：担心害怕貌。

◎ 简析

《襄州谷城县夫子庙记》作于宝元元年（1038），亦即景祐五年，"宝元"系十一月由"景祐"改元而来。是年三月，公赴乾德（今湖北老河口西北）任县令（参见《游鲦亭记》"简析"）。谷城县今隶属湖北襄阳市，地处襄阳西部，汉江中游西岸，与乾德相邻。夫子庙，即孔庙，又称文庙，为纪念孔子而建。仁宗景祐年间，长沙人狄栗来谷城任县令。当时襄州诸县，"惟邓、谷为富县"，而狄栗却很有廉名，谷城百姓称其为"三十年才遇得的一个清官"。狄栗任谷城县令期间，最受百姓称道的是他兴建了谷城历史上第一座孔庙。公曾亲见该庙的盛况，感慨而作此文。

孔庙的一项重要典礼是祭孔，这是一种对"至圣先师"孔子表示尊敬、仰慕和追思的纪念活动，称为"释奠礼"。释、奠都有陈设、呈献的意思，指的是在祭典中陈设音乐、舞蹈，并且呈献牲、酒等祭品。本文重点不在描写夫子庙，也没记述隆重的释奠礼，而是运用考证之法，追慕上古祭孔传统，感叹释奠日渐简略，对"能载国典，修礼兴学"的狄栗，大加褒扬。

全文可分四段。第一段指出释奠、释菜是简略的祭奠仪式，及天下尊孔子为先圣的由来。第二段从学校兴废、释奠之礼的存废，说到人们对"夫子之尊"，存有"谬论"。第三段写由于"祭之略"，传统礼教"今皆废失"，而"吏又多不能习"造成的不良后果，便是"使民无所瞻仰"。最后一段，写谷城县令狄栗修庙、兴学、考制度、备祭器，欧公赞其为"有志之士"。

因此，狄栗去世后，应其子遵谊之请，欧公又亲自为他撰写了墓志铭(狄栗后来以"谷城之绩，迁大理寺丞，知新州"，故题为《大理寺丞狄君墓志铭》)，详叙其廉洁正直生平。文中感叹曰："呜呼！使民更一世而始得一良令，吏其可不慎择乎？君其可不惜其殁乎？其政之善者可遗而不录乎？"公在乾德担任县令只有一年三个月，却为谷城留下了这两篇美文。一千多年后，谷城犹引为骄傲。

对于今天的人们来说，此文比较难读，且文中有关兴礼、祭孔的部分，或许并无多大的现实意义，但对我们了解传统文化不无裨益，而狄栗"讲事劝功，修旧起废"(欧公《回谷城狄令启》语)的善举，尤为值得肯定。欧公明言："予哀狄君者，其寿止于五十有六，其官止于一卿丞。盖其生也以不知于世，若其殁而又无传，则后世遂将泯没，而为善者何以劝焉？此予之所欲铭也。"(见《墓志铭》)对此，清代林纾深知其意，说："盖其重狄君，非重其能修庙也，修庙即所以存礼，存礼即所以宗圣，宗圣即所以师表人伦。看似有司不急之务，而就中大有关系。"(《古文辞类纂选本》评语卷九)。假若后人明白"就中大有关系"，并能"师表人伦"，亦可称为

"有志之士"也。

读欧公《襄州谷城县夫子庙记》及《大理寺丞狄君墓志铭》，狄君音容跃然纸上。余闻其事迹，感其风采，乃赋古风十韵以志之。

◎ 诗曰

长沙狄栗君，幼孤身不幸。荐者称其材，谷城执权柄。
县富亦清廉，法绳行德政。豪猾以贿污，朝夕为示警。
冤民能自申，误断当深省。霖雨久成灾，开仓拯百姓。
税籍见澄清，荒年免心病。文庙得修葺，礼与学俱盛。
嗟尔三十年，天赐一良令。捧读记和铭，举世肃然敬。

◎ 链接

大理寺丞狄君墓志铭（有删节）

距长沙县西三十里，有墓曰狄君之墓者，乃予所记谷城孔子庙碑所谓狄君栗者也。始君居谷城，有善政，及其亡也，其子遵谊泣而请。呜呼！予哀狄君者，其寿止于五十有六，其官止于一卿丞。盖其生也以不知于世，若其殁而又无传，则后世遂将泯没，而为善者何以劝焉？此予之所欲铭也。

君字仲庄，世为长沙人。幼孤，事母，乡里称其孝。好学自立，年四十始用其兄棐荫，补英州真阳主簿。再调安州应城尉，能使其县终君之去无一人为盗。荐者称其材任治民，乃迁谷城令。汉旁之民，惟邓、谷为富县，尚书铨吏常邀厚赂以售贪令，故省中私语，以一二数之，惜为奇货，而二邑之民未尝得廉吏，其豪猾习以赇贿污令而为自恣。至君，一切以法绳之，奸民、大吏不便君之政者，往往诉于其上，虽按覆，率不能夺君所为。其州所下文符，有不如理，必辄封还。州吏亦切齿，求君过失不可得，君益不为之屈。其后民有讼田而君误断者，诉之，君坐被劾。已而县籍强壮为兵，有告讼田之民隐丁以规避者，君笑曰："是尝诉我者，彼冤民能自伸，此令之所欲也，吾岂挟此而报以罪邪？"因置之不问，县民由是知君为爱我。是岁，县民数万聚邑中，会秋，大雨霖，米踊贵绝粒，君发常平仓赈之，有司劾君擅发仓廪，君即具伏，事闻，朝廷亦原之。又为其民正其税籍之失，而使得岁免破产之患。

逾年，政大洽，乃修孔子庙，作礼器，与其邑人春秋释奠而兴于学。时予为乾德令，尝至其县，与其民言，皆曰："吾邑不幸，有生而未识廉吏者，而长老之所记才一人，而继之者今君也。"问其一人者，曰："张及也。"推及之岁至于君，盖三十余年，是谓一世矣。呜呼！使民更一世而始得一良令，吏其可不慎择乎？君其可不惜其殁乎？其政之善者，可遗而不录乎？

君用谷城之绩，迁大理寺丞，知新州，至则丁母郑氏忧。服除，赴京师，道病，卒于宿州。

十七、画舫斋记

予至滑①之三月，即其署(官署)东偏之室，治为燕私之居(歇息之所)，而名曰"画舫斋"。斋广一室，其深七室，以户相通，凡入予室者，如入乎舟中。其温室之奥(里面的房间)，则穴(开窗)其上以为明；其虚室(外面的房间)之疏以达，则栏楯其两旁以为坐立之倚。凡偃休于吾斋者，又如偃休乎舟中。山石崷崒(qiú zú，高峻)，佳花美木之植列于两檐之外，又似泛乎中流，而左山右林之相映，皆可爱者。故因以舟名焉。

《周易》之象，至于履险蹈难，必曰涉川(比喻艰险)。盖舟之为物，所以济险难而非安居之用也。今予治斋于署，以为燕安(逸乐)，而反以舟名之，岂不戾哉(违背常理)？矧(shěn，况且)予又尝以罪谪，走江湖间，自汴绝(横渡)淮，浮于大江，至于巴峡，转而以入于汉、沔，计其水行几万余里②。其羁穷不幸而卒遭风波之恐，往往叫号神明以脱须臾之命者数矣。当其恐时，顾视前后，凡舟之人，非为商贾，则必仕宦，因窃自叹，以谓非冒利与不得已者，孰肯至是哉？赖天之惠，全活其生，今得除去宿负，列官于朝，以来是州，饱廪食而安署居。追思曩时山川所历，舟楫之危，蛟鼍（tuó，水中凶猛之物）之出没，波涛之汹欻（xū，突然），宜其寝惊而梦愕。而乃忘其险阻，犹以舟名其斋，岂真乐于舟居者邪！

然予闻古之人，有逃世远去江湖之上，终身而不肯反者，其必有所乐也。苟非冒利于险，有罪而不得已，使顺风恬波，傲然枕席之上，一日而千里，则舟之行，岂不乐哉！顾予诚有所未暇，而舫者宴嬉之舟也，姑以名予斋，奚曰不宜？

予友蔡君谟（即蔡襄）善大书，颇怪伟，将乞其大字以题于楹，惧其疑予之所以名斋者，故具以云。又因以置于壁。壬午十二月十二日书。

◎ **注释**

①滑：滑州，今河南滑县。公于庆历二年通判滑州，闰九月到任。
②"几万余里"：指公于景祐三年被贬夷陵令及其后任乾德令任职时所经之水路。宿负：本指旧欠的债务，此处借指遭贬的罪错。当时公被加以"恣陈讪上之言，显露朋奸之迹"的罪名。

◎ **简析**

《画舫斋记》作于庆历二年（1042）。画舫，指装饰华美专供游人乘坐的船。斋，即书斋。公自景祐三年（1036）被贬夷陵后，于康定元年（1040）回京，复充馆阁校勘。至庆历二年（1042），官阶为太子中允，较景祐三年在夷陵时提高五阶，所谓"除去宿负""复叙官容"，仕途相对平顺。但公对朝政十分失望。这年三月，契丹欲侵宋，要求割地十县，朝廷拟派重臣富弼出使契丹，公谏阻未成；五月，又应诏上书极言改革弊政，也无结果。于是，自请外调，闰九月任职滑州（今河南滑县）通判，建一书斋，取名"画舫斋"。后来滑县古城东南隅建有"欧阳书院"，其内有"画舫斋"与"秋声楼"，前者乃欧公读书、休憩之所，后者则因《秋声赋》作于此处而得名。

本文为书斋释名。可分四段。首段细描"画舫斋"里外构造、佳花美木、左山右林，"如偃休乎舟中"，"又似泛乎中流"，一派燕私之居的"可爱"景趣，"因以舟名"；接着笔锋逆转，言舟为"履险蹈难"之物，非安居之用也，"反以舟名"，太不吉利了吧？作者没有直接回答这一设问，而是用一"矧"字荡开，叙述近些年来自己的磨难，因"罪"而谪夷陵、迁乾德，不得已行走江湖之间，"计其水行几万余里"；遭遇风波之恐，几度"叫号神明以脱须臾之命"。这些都记忆犹新，至今心有余悸，表明我真不是"乐于舟居"的人啊。第三段再度反转，写平常人确有"行舟之乐"，可惜自己"诚有所未暇"，用一"姑"字，写出虽无暇享受"行舟之乐"，而又期盼"行舟之乐"的苦闷，故而在命名过程中，便显现出既彷徨又奋力抗争的矛盾心情。这就是归有光说的所谓"先模出画舫景趣，中用三层翻跌，后澹澹收转，极有法度。"至于"有所未暇"指的是什么？显然是指对国事的牵挂，也表明因对朝政失望而自请外调，实在是出于不得已。第四段自述作记的缘由。

全文融写景、抒情、议论为一体，一波三折，意趣横生，主旨含蓄，耐人寻味。故浦起龙《古文眉诠》卷五云："因名写趣，因名设难，因名作解，亦是饱更世故之言。"书斋是文人读书、修身、憩息的处所，斋名往往寄托着斋主的志趣和情怀。通过对"画舫斋"的命名，欧公希望人们能理解"予之所以名斋者"，不是彰显名利，不是耽于安乐，而是警醒自己，无论官居衙门，还是身处江湖，务必居安思危，报效朝廷。这年所作的《立秋有感寄苏子美》诗，既有感于上年西夏大败宋军于好水川，也有感于宋辽达成协议，宋增岁币银、绢各十万，而将自己的满腔激愤和忧虑，浓缩在"庙谋今谓何，胡马日以肥"十字中。

◎ 诗曰

昔日浮江向峡州，
风波万里欲何求。
山林左右夹清水，
虫鸟晨昏唱离忧。
天予安居游憩地，
客思济险画舫舟。
曾经愁恨无重数，
哪管秋声夜满楼。

◎ 链接

立秋有感寄苏子美

庭树忽改色，秋风动其枝。物情未必尔，我意先已凄。
虽恐芳节谢，犹忻早凉归。起步云月暗，顾瞻星斗移。
四时有大信，万物谁与期。故人在千里，岁月令我悲。
所嗟事业晚，岂惜颜色衰。庙谋今谓何，胡马日以肥。

十八、王彦章画像记

太师王公讳彦章，字子明，郓(yùn)州寿张人也。事梁(后梁)，为宣义军节度使，以身死国，葬于郑州之管城。晋(后晋)天福二年，始赠太师。公在梁以智勇闻，梁、晋之争数百战，其为勇将多矣，而晋人独畏彦章。自乾化后，常与晋战，屡困庄宗于河上。及梁末年，小人赵岩等用事，梁之大臣老将多以谗不见信，皆怒而有怠心，而梁亦尽失河北，事势已去。诸将多怀顾望，独公奋然自必(自己坚信)，不少屈懈，志虽不就，卒死以忠。公既死，而梁亦亡矣①。悲夫！

五代终始才五十年②，而更十有三君，五易国而八姓，士之不幸而出乎其时，能不污其身得全其节者鲜矣。公本武人，不知书，其语质，平生尝谓人曰："豹死留皮，人死留名。"盖其义勇忠信，出于天性而然。予于《五代书》（即《新五代史》），窃（谦辞，指自己）有善善恶恶之志，至于公传，未尝不感愤叹息，惜乎旧史残略，不能备（详述）公之事。

康定元年，予以节度判官来此，求于滑（滑州）人，得公之孙睿所录家传，颇多于旧史，其记德胜之战尤详③。又言敬翔（时任宰相）怒末帝（朱友贞）不肯用公，欲自经（以绳自尽）于帝前。公因用笏（hù 上朝拿着的手板）画山川，为御史弹而见废（被贬黜）。又言，公五子，其二同公死节。此皆旧史无之。又云公在滑，以谗自归于京师；而史云"召之"。是时梁兵尽属段凝，京师羸（léi 瘦弱）兵不满数千，公得保銮（禁卫军）五百人之郓州，以力寡，败于中都（今山东汶上县）；而史云"将五千"以往者，亦皆非也。

公之攻德胜也，初受命于帝前，期以三日破敌，梁之将相，闻者皆窃笑。及破南城，果三日。是时，庄宗在魏，闻公复用，料公必速攻，自魏驰马来救，已不及矣。庄宗之善料，公之善出奇，何其神哉！今国家罢兵四十年，一旦元昊反（指西夏元昊称帝），败军杀将，连四五年，而攻守之计至今未决。予尝独持用奇取胜之议，而叹边将屡失其机，时人闻予说者，或笑以为狂，或忽若不闻，虽予亦惑，不能自信。及读公家传，至于德胜之捷，乃知古之名将必出于奇，然后能胜。然非审（明察）于为计者不能出奇，奇在速，速在果（果断），此天下伟男子之所为，非拘牵常算（拘泥于通常的谋划）之士可到也。每读其传，未尝不想见其人。

后二年④，予复来通判州事。岁(指庆历三年)之正月，过俗所谓铁枪寺者，又得公画像而拜焉。岁久磨灭，隐隐可见，亟(立即)命工完理之，而不敢有加焉，惧失其真也。公善用枪，当时号"王铁枪"，公死已百年，至今俗犹以名其寺，童儿牧竖(牧童)皆知"王铁枪"之为良将也。一枪之勇，同时岂无? 而公独不朽者，岂其忠义之节使然欤? 画已百余年矣，完之复可百年，然公之不泯者，不系乎画之存不存也。而予尤区区如此者，盖其希慕之至焉耳。读其书，尚想乎其人，况得拜其像识其面目，不忍见其坏也。画既完，因书予所得者于后，而归其人使藏之。

◎ **注释**

①太师：古代"三公"之一。旧时新王朝往往褒扬前朝"以身死国"者，以此来收买民心。彦章即因此被追赠太师封号。郓州：今山东东平，管十县。晋：石敬瑭灭后唐，建后晋。梁即后梁，乾化是梁太祖朱温的年号。晋即后晋，李克用之子李存勖灭后梁，建后唐，称庄宗。

②五代：唐朝之后有后梁、后唐、后晋、后汉、后周，史称"五代"，共五十四年。(参见《峡州至喜亭记》注释①)

③德胜之战：指后梁龙德三年(923)王彦章与李存勖在德胜(今河南濮阳)一带的激战。(详见《新五代史·死节传》)

④后二年：公于康定元年(1040)抵滑州(今河南滑县)，为武成军节度判官，同年召还京师。后二年，即庆历二年(1042)自请外调，为滑州通判，故云"复来"。读其书：语出《史记·孔子世家》"太史公曰：《诗》有之："高山仰止，景行行止"。虽不能至，然心向往之。余读孔氏书，想见其为人。"

◎ **简析**

《王彦章画像记》作于庆历三年(1043)滑州通判任上。公经过铁枪寺，拜谒王彦章画像，感其"忠义之节"而作本文。王彦章（863—923），字贤明（一作子明），郓州寿张（今山东寿张县）人，五代时期后梁名将。朱温建后梁时，王彦章以功为亲军将领，骁勇有力，每战常为先锋，持铁枪驰突，奋疾如飞，军中号为"王铁枪"。后为李存勖所擒，宁死不降，于是被下令斩首。享年六十一岁。

本文可分五段。第一段概述其生平事略，时逢乱世，小人用事，众"皆怒而有怠心"，"独公奋然自必"，以见忠勇信义。第二段写因"旧史残略"，不能备述其义勇忠信之事，故为之可惜可叹，同时也为后文搜寻和整理相关资料作了铺垫。第三段以其"家传"为依据，补残缺，辨是非，足见其虽遭馋毁，仍以国事为重。第四段详叙德胜之战，赞其善出奇策，"此天下伟男子之所为"。最后一段，述寺中画像之事，因事思人，因人敬画，希慕之至，溢于言表。

全文题为记人画像，实则记人生平。作者扣住"忠节善战"四字展开，层次清晰，议论精当，人物性格特征十分鲜明。黄震认为："述其以奇取胜以叹时事，文字辗转不穷。"（《黄氏日抄》）而其中谈及德胜之战与公用奇取胜之见相合一节，则可见本文并非闲来聊生思古之幽情，而是借古论今，忧心国事。故沈德潜在《唐宋八大家文读本》中赞许："借此发挥，精彩倍加，是为神来之候。"

公于彦章，倾慕之至。在欧公看来，时逢乱世，文臣武将，朝秦暮楚，弃弱奉强，寡廉鲜耻，而彦章守节自持，其人其事实堪赞佩。而原有的传记，令他"未尝不感愤叹息，惜乎旧史残略，不能备公之事"。于是，在编撰《新五代史》时，公将彦章与裴约、刘仁瞻列入《死节传》，纠错补漏，核对史实，予以表彰。文末还加赞语曰："呜呼，天下恶梁久矣！然士之不幸而生其时者，不为之臣可也，其食人之禄者，必死人之事，如彦章者，可谓得其死哉！……自古忠臣义士之难得也！五代之乱，三人者，或出于军卒，或出于伪国之臣，可胜叹哉！可胜叹哉！"《汉书·司马迁传》评价《史记》："其文直，其事核，不虚美，不隐恶，故谓之实录。"

而欧公史论，简而明，信而通，承继了司马迁的"实录精神"，本文即被后世称为是一篇颇得"史迁风神"的佳作。

◎ 诗曰

读《王彦章画像记》感赋古风三十韵

五代王彦章，雄勇冠后梁。　出身惟草莽，祖籍在寿张。
忆君行伍始，年少有担当。　跣足蒺藜地，飞驰逞刚强。
自荐何所欲？率尔卫家邦。　赤心怀忠勇，铁肩重任扛。
与晋数百战，睥睨斗鸡郎。　每战先锋使，军中王铁枪。
驰突万人敌，独以威名扬。　德胜生死口，顽敌逞凶狂。
南北筑夹寨，铁锁断津梁。　事急思良将，荐举赖敬翔：
臣言倘若弃，毋宁自经亡。　帝问彦章期，三日当献馘。
闻者皆窃笑，岂敢戏君王？　奇计决胜负，庄宗徒匆忙。
山川画以筹，磊落见忠良。　堪叹伟男子，果然世无双。
惜其遭馋毁，兵败加中伤。　妻子皆被掳，敌寇紧逼降。
豹死皮存世，何须费思量。　一怒斩来使，一意守吾疆。
但得偿夙愿，身死又何妨。　不屑类冯道，所幸遇欧阳。
结缘铁枪寺，希慕热衷肠。　命工理画像，付与子孙藏。
辨正生平事，功业获昭彰。　慨然有慧眼，备述甚周祥。
纤徐委婉处，时论何煌煌。　六一书简册，英名百世芳。

自注：余所作读《王彦章画像记》感赋一诗，所涉史实均据《新五代史·死节传》及《王彦章画像记》，未及一一标注。"忆君"六句：彦章从军初，曾自荐为头领，众不肯。他光脚在有蒺藜的地上往来行走，浑然无事，众乃服。斗鸡郎：梁、晋争天下，独彦章心常轻晋王（李存勖），谓人曰："亚次，斗鸡小儿耳，何足惧哉！"亚次，李存勖小名。敬翔：后梁宰相。史载：大敌当前，敬翔以绳内靴中，入见末帝，举荐彦章，泣曰："陛下弃忽臣言，臣身不用，不如死！""妻子"等十句：史载，晋军攻破澶州，虏彦章妻子归之太原，赐以第宅，供给甚备，间遣使者招彦章，彦章斩其使者以自绝。豹死：史载，彦章武人不知书，常为俚语谓人曰："豹死留皮，人死留名。"其于忠义，盖天性也。"不齿"二句：借用郝经诗句"谁意人间有冯道，幸因身后遇欧阳。"冯道：早年曾效力于燕王刘守光，历仕后唐、后晋、后汉、后周四朝，先后效力于后唐庄宗、后唐明宗、后唐闵帝、后唐末帝、后晋高祖、后晋出帝、后汉高祖、后汉隐帝、后周太祖、后周世宗十位皇帝，期间还向辽太宗称臣，其一生始终列将相、三公、三师之位。

十九、吉州学记

　　庆历三年秋，天子开天章阁，召政事之臣八人，问治天下其要有几，施于今者宜何先，使坐而书以对。八人者皆震恐失位（失去官位），俯伏顿首，言此非愚臣所能及，惟陛下所欲为，则天下幸甚。于是诏书屡下，劝（鼓励）农桑，责吏课（考核），举贤才。其明年三月，遂诏天下皆立学，置学官之员，然后海隅（海角）徼塞（jiǎo sāi，边塞）四方万里之外，莫不皆有学。呜呼，盛矣！

　　学校，王政之本也。古者致治之盛衰，视其学之兴废。《记》曰："国有学，遂有序，党有庠，家有塾。"①此三代极盛之时大备之制也。宋兴盖八十有四年，而天下之学始克（能够）大立，岂非盛美之事，须其久而后至于大备欤？是以诏下之日，臣民喜幸，而奔走就事者以后为羞。其年十月，吉州之学成。州旧有夫子庙，在城之西北，今知州事李侯宽之至也，谋与州人迁而大之（迁移并扩大），以为学舍，事方上请而诏已下，学遂以成。李侯治吉，敏而有方。其作学也，吉之士率其私钱一百五十万以助。用人之力积二万二千工，而人不以为劳；其良材坚甓（pì，砖）之用凡二十二万三千五百，而人不以为多；学有堂筵斋讲，有藏书之阁，有宾客之位，有游息之亭，严严翼翼，壮伟闳耀，而人不以为侈。既成，而来学者常三百余人。

予世家于吉，而滥官于朝②，进不能赞扬天子之盛美，退不得与诸生揖让（作揖谦让）乎其中。然予闻教学之法，本于人性，磨揉迁革，使趋于善，其勉于人者勤（殷切），其入于人者渐，善教者以不倦之意须（等待）迟久之功（持久而深远的成效），至于礼让兴行而风俗纯美，然后为学之成。今州县之吏不得久其职而躬亲于教化也，故李侯之绩及于学之立，而不及待其成。惟后之人，毋废慢（废弃懈怠）天子之诏而殆以中止。幸予他日，因得归荣故乡而谒于学门，将见吉之士皆道德明秀而可为公卿，问于其俗而婚丧饮食皆中礼节，入于其里而长幼相孝慈于其家，行于其郊而少者扶其羸（léi，瘦弱）老、壮者代其负荷于道路，然后乐学之道成。而得时从先生、耆（qí）老席于众宾之后，听乡乐之歌，饮献酬之酒，以诗颂天子太平之功。而周览学舍，思咏李侯之遗（留下的）爱，不亦美哉！故于其始成也，刻辞于石，而立诸其庑（wǔ，堂下周屋）以俟（sì 等待来者）。

◎ 注释

①"《记》曰"五句：语出《礼记·学记》。意为"国都有太学，遂中有学校，乡里有乡学，家族有私塾。"古代以万二千五百家为"遂"，设立"序"。严严翼翼，壮伟闳耀：意思是庄重整齐，广大光耀。

②滥官：滥竽充数的官，自谦之辞。滥，与真实不符。"磨揉"二句：指通过磨练引导，使人的思想发生向善的变化。

◎ 简析

《吉州学记》作于庆历四年（1044）。吉州，今江西省吉安市，古称庐陵，公祖籍吉州永丰人也。学记是一种文体，据说中唐古文家梁肃写于大历九年(774)的《昆山县学记》是现存学记中的第一篇。但直到宋代,学记体的创作才从各类文体中脱颖而出,渐次兴盛起来。据统计,自宋仁宗景祐(1034)庆历兴学至宋英宗治平四年(1067),三十二年间,学记数量达33篇之多(见刘成国《宋代学记研究》)。欧公此文,自是宋代早期学记之一,于后来者影响甚大。是年十月,吉州之学"始成"之际,知州李宽(字伯强)请他作记。公在回信中说:"乡郡得贤侯为立学舍。蒙索鄙文,窃喜载名庑下,遂不敢辞。"故有本文。公文集中另有一文,疑为初稿。

全文可分三段。第一段,写吉州立学的背景。北宋有过三次兴学运动,第一次即是"庆历新政",范仲淹上疏条陈十策,兴学为其重要内容之一,被朝廷采纳。吉州立学恰逢其时。第二段写吉州学成。欧公认为,"学校,王政之本也",三代极盛之时是这样,今天也应该是这样,只有从道德教化、礼仪熏陶、移风易俗入手,通过兴学取士,才能为王政固本。这种把学校的兴废与政治的盛衰联系在一起的想法,应该说是很有见地的。第三段阐释教学之法,提出善教要求,展望教化远景,其诸多理念,在今天看来仍有可资借鉴的地方。末尾"幸余他日"一节,或许有些太过理想化,俨然一幅世外桃源的和乐图,但仔细品味,读者不难体会到,字里行间毕竟包含着儒家教育的期许与智慧,也洋溢着一种故土难离的殷殷之情。

清代孙琮指出:"一篇文字须要看他前后波澜宽展处。"他认为,《吉州学记》一篇凡七段,前三段分写天子咨治、天下立学、三代学校之盛;至四、五段方写吉州立学和李宽建学,是正文;而后写期待后人、乐观其成,与前三段合为前后波澜。于此,"可悟作文宽展之法"。

欧公是"新政"的积极支持者和推行者。本文赞兴学,护新政,风格典雅,说理谦和,将自己有关学校教育的多种认识和主张,于平心静气中娓娓道来。特别是"然予闻教学之法本于人性,磨揉迁革,使趋于善,其勉于人者勤,其入于人者渐,善教者以不倦之意须迟久之功,至于礼让兴行而风俗纯美,然后为学之成"一段,难道不是出自一位教育专家的金玉良言吗?于今之师者,可谓耳提面命，诲汝谆谆，自当铭记在心。

宋代吴子良对本文倍加赞赏："和平之言难工，感慨之言易好，近世文人能兼之者，惟欧阳公。如《吉州学记》，和平而工者也；如《丰乐亭记》，感慨而好者也。"（《荆溪林下偶谈》卷三）前有佳作，后有妙评，我等细细品味，不亦乐乎！

◎ 诗曰

> 春诏秋立喜初成，
> 家塾郡庠育菁菁。
> 孔庙先哲谋一举，
> 庐陵后世起三更。
> 磨揉岂是寻常法，
> 勤渐尤须迟久程。
> 欲问乡翁何所寄，
> 殷殷满纸故人情。

二十、丰乐亭记

修既治滁之明年，夏，始饮滁水而甘，问诸滁人，得于州南百步之近。其上丰山耸然而特立（挺立）；下则幽谷窈然而深藏，中有清泉，滃（wěng）然而仰出。①俯仰左右，顾而乐之。于是疏泉凿石，辟地以为亭，而与滁人往游其间。

滁于五代干戈之际，用武之地也。昔太祖皇帝，尝以周师破李景兵十五万于清流山下，生擒其将皇甫晖、姚凤于滁东门之外，遂以平滁。修尝考其山川，按其图记，升高以望清流之关，欲求晖、凤就擒之所，而故老皆无在者。盖天下之平久矣。自唐失其政，海内分裂，豪杰并起而争，所在为敌国者，何可胜数！及宋受天命，圣人出而四海一。向之凭恃险阻，铲削消磨，百年之间，漠然徒见山高而水清。②欲问其事，而遗老尽矣。今滁介于江、淮之间，舟车商贾、四方宾客之所不至，民生不见外事，而安于畎（quǎn，田野）亩衣食，以乐生送死（养生送老），而孰知上之功德，休养生息，涵煦（滋润教化）百年之深也？

修之来此，乐其地僻而事简，又爱其俗之安闲。既得斯泉于山谷之间，乃日与滁人仰而望山，俯而听泉，掇幽芳而荫乔木，风霜冰雪，刻露清秀，四时之景，无不可爱。又幸其民乐其岁物之丰成，而喜与予游也。因为本（根据）其山川，道（叙述）其风俗之美，使民知所以安此丰年之乐者，幸生无事之时也。夫宣上（指皇上）恩德，以与民共乐，刺史之事也。遂书以名其亭焉。庆历丙戌六月日，右正言、知制诰、知滁州军州事欧阳修记。

◎ **注释**

①既治滁：担任滁州太守后。"瀺然"句：瀺然，水势很大的样子；仰出，由地面向上涌出。

②"昔太祖"五句：宋太祖赵匡胤时为后周殿前都虞侯。李景，原名璟，南唐中主。铲削消磨：指以前凭险割据称霸的人，有的被杀，有的老死。

◎ **简析**

《丰乐亭记》作于庆历六年（1046）。第二年，欧公在给梅尧臣的信中说："去年夏中，因饮滁水甚甘，问之，有一土泉在城东百步许，遂往访之。乃一山谷中，山势一面高峰，三面竹岭回抱。泉上旧有佳木一二十株，乃天生一好景也。遂引其泉为石池，甚清甘，作亭其上，号丰乐，亭亦宏丽。"可资佐证。

自庆历三年开始的"庆历新政"，仅过一年多，即宣告失败。庆历五年春，执政大臣范仲淹、富弼、杜衍、韩琦等相继被逐出朝廷，新政措施也渐遭废止。当时，公未在汴京，先是代理知成德军事(治所在今河北正定县)，后又被任命为河北路都转运按察使。但面对日益恶化的朝政，他不是明哲保身，而是对朝廷废止新法提出异议，于是招致一场新的政治迫害。宰相贾昌朝、陈执中等守旧派人物，以及曾遭欧公弹劾的开封府尹杨日严等人，借其甥女张氏与他人私通奸情败露一案，授意谏官钱明逸大做文章，罗织罪名，意欲嫁祸于公。但参与初审的军巡判官孙揆，认为罪名无法证实，不再捕风捉影，涉及其他。此事惊动仁宗，闻讯大怒，诏令严查。负责重审的太常博士苏安世，仍查无实据，难以定案，便与监勘官王昭明商议，准备胡乱定案得了，却遭到王昭明严词拒绝。王是宦官，而且公不久前刚刚因事得罪过他。幸运的是，王昭明为人正直，并非睚眦必报的小人。最终维持初审原判。而朝廷的处理结果还是免其龙图阁大学士、河北路都转运按察使，贬为滁州知州。公于十月抵达滁州。然后作《滁州谢上表》曰："盖荷圣明之主张，得免罗织之冤枉。然臣自蒙睿奖，尝列谏垣，论议多及于贵权，指目不胜于怨怒。……必欲措臣少安，莫若置之闲处。使其脱风波而远去，避陷阱之危机。"在谢恩圣上的同时，他竭力自辩，以证清白，还认识到"冤枉"的根源，在于得罪"贵权"，招惹"怨怒"，也因此有了脱风波，避陷阱，求自存的心理准备。第二年(庆历六年)建"丰乐亭"，并作此记。

本文共三段。开头，简述疏泉凿石辟地为亭的经过，明其目的，不只自得其乐，而欲"与滁人往游其间"。接着，回顾滁州历史，介绍地理位置，通过今昔对比手法，歌颂宋王朝平滁一统、休养生息、涵煦百年的功德。最后，借"仰而望山，俯而听泉"之景，抒"宣上恩德，与民共乐"之情。

近人陈衍于《石遗室论文》中说："永叔文以序跋杂记为最长，杂记尤以丰乐亭为最完美，起一小段已简括全亭风景，乃横插'滁于五代干戈之际'二语得势有力，然后说由乱到治与由治回想到乱，一波三折，将实事于虚空中摩荡盘旋。此欧公平生擅长之技，所谓风神也。"

历代文人对此文极为欣赏，朱熹甚至称颂为"六一文之最佳者"(见《朱子语类》卷一三九)。文中仅用"掇幽芳而萌乔木，风霜冰雪，刻露清秀"十五字，就把一年四时之景的特点表现出来，凸显其描摹概括之功力。难怪金圣叹说："《丰乐亭记》记山水，却纯述圣宋功德；记功德，却又纯写徘徊山水，寻之不得其迹。"

余捧读之际，遥想欧公当年，横遭贬黜，情必激愤，然落笔为文，却少怨嗟。其无奈之情状可知，其胸襟之平和亦可知矣！其诗《丰乐亭小饮》格调亦如此。由此看来，或许正如杜维沫先生所言，首贬夷陵十年之后，再贬滁州，这成了欧公"思想上一个转折点，以后的诗文中就很少有以前发扬踔厉的感情"（参见《欧阳修选集》）。

◎ 诗曰

> 淊然仰出漫山渊，
> 幽谷深深一醴泉。
> 小径回环思宦路，
> 新亭兀立察民悬。
> 滁人乐自丰成景，
> 谪客恩承圣德天。
> 欲问知州何去也，
> 行吟应在白云间。

◎ 链接

丰乐亭小饮

> 造化无情不择物，春色亦到深山中。
> 山桃溪杏少意思，自趁时节开春风。
> 看花游女不知丑，古妆野态争花红。
> 人生行乐在勉强，有酒莫负琉璃锺。
> 主人勿笑花与女，嗟尔自是花前翁。

二十一、醉翁亭记

环滁皆山也。其西南诸峰，林壑尤美，望之蔚然而深秀者，琅琊也。山行六七里，渐闻水声潺潺，而泻出于两峰之间者，让泉也①。峰回路转，有亭翼然临于泉上者，醉翁亭也。作亭者谁？山之僧曰智仙也。名之者谁？太守自谓也。太守与客来饮于此，饮少辄醉，而年又最高，故自号曰"醉翁"也。醉翁之意不在酒，在乎山水之间也。山水之乐，得之心而寓之酒也。

若夫日出而林霏开，云归而岩穴暝（míng，昏暗），晦（huì，阴暗）明变化者，山间之朝暮也。野芳发而幽香，佳木秀而繁阴，风霜高洁，水清而石出者，山间之四时也。朝而往，暮而归，四时之景不同，而乐亦无穷也。

至于负者歌于途，行者休于树，前者呼，后者应，伛偻提携②，往来而不绝者，滁人游也。临溪而渔，溪深而鱼肥，酿泉为酒，泉香而酒洌，山肴（野味）野蔌（sù，菜蔬），杂然而前陈者，太守宴也。宴酣之乐，非丝非竹，射者中，弈者胜，觥筹交错，起坐而喧哗者，众宾欢也。苍颜白发，颓然乎其间者，太守醉也。③

已而夕阳在山，人影散乱，太守归而宾客从也。树林阴翳（yì，遮蔽），鸣声上下，游人去而禽鸟乐也。然而禽鸟知山林之乐，而不知人之乐；人知从太守游而乐，而不知太守之乐其乐也。醉能同其乐，醒能述以文者，太守也。太守谓谁？庐陵欧阳修也。

◎ 注释

①让泉：一作"酿泉"，位于醉翁亭畔的两峰之间，有两峰让出之意，故名。泉眼旁用石块砌成方池，池上有清康熙四十年知州王赐魁立的"让泉"二字碑刻。泉水"甘如醍醐，莹如玻璃"，故又

称"玻璃泉"。

②伛偻(yǔ lǔ)：弯腰驼背，指老年人。提携：指小孩。

③觥(gōng)筹交错：觥，古代的一种酒器；筹，行酒令的筹码。
酒杯和酒筹交互错杂。颓然：精神不振，这里指醉醺醺地坐在众
人中间。

◎ 简析

《醉翁亭记》亦作于庆历六年(1046)，与《丰乐亭记》为姊妹
篇，有着同样复杂的写作背景(参见《丰乐亭记》"简析")。醉翁亭
位于滁州琅琊山酿泉之上。公时年四十，而自称"醉翁"。《题滁州
醉翁亭》诗云"四十未为老，醉翁偶题篇"，应是作者首次以"醉翁"
自称。十年后，在作于嘉祐元年(1056)的《赠沈遵》诗中，他明言
"我时四十犹强力，自号醉翁聊戏客"。可见其虽有旷达自放之意，
却只是"偶题篇""聊戏客"而已，并不屑于耽酒沉沦，真做"苍颜白
发，颓然乎其间"的"醉翁"。

本文共四段。第一段以引人入胜之法，由远而近层次丰富地介
绍了亭之所在，及相关的人和事。第二段，分述山间朝暮、四季的
不同景色，是对前段的具体化。第三段写滁人游与太守宴之场景，
让人感受到太守一醉于山水美景，再醉于与民同乐。最后，写宴散
众归的情景，呼应首段，曲折地表达了作者内心复杂的思想感情。

曾记得，在《与尹师鲁书》中公曾指出，包括韩愈在内的很多
文人名士，"及到贬所，则戚戚怨嗟，有不堪之穷愁形于文字"。
对这种"戚戚之文"，公很不以为然。如今，寄身滁州，处之泰然，
虽以醉翁自诩，却全然没有"不堪之穷愁"，倒是他诗酒山林，意
气自若的言行举止，所表现出来的正是君子的坦荡胸怀和刺史的爱
民情愫。连后来的乾隆皇帝都说："况修之在滁，乃蒙被垢污而遭
贬谪，常人之所不能堪，而君子亦不能无动心者。乃其于文萧然自
远如此，是其深造自得之功发于心声，而不可强者也。"(《唐宋文
醇》)

《醉翁亭记》问世以来，好评如潮，乃至被后世称为"欧阳绝
作"，这与全篇文辞精粹，浑然天资，充分体现了欧公散文的阴柔

之美，有着极大的关联。兹举二例为证。其一，吴楚材、吴调侯在《古文观止》卷十云："通篇共用二十一个'也'字，逐层脱卸，逐步顿映，句句是记山水，却句句是记亭，句句是记太守。似散非散，似排非排，文家之创调也。"其实，还有二十二个"而"字呀，你注意到了吗？这些虚词的运用，是如此"妙丽古雅，自不可及"（罗大经）。其二，朱熹则赞颂"欧公文亦多是修改到妙处"，那个将数十字凝缩成"环滁皆山也"五个字的典故，千古佳话，流传至今，最早就出自《朱子语类》。

欧公《琅琊山六题·庶子泉》诗云："古人不见心可见，一片清光长皎然。"余读此文，感同身受，作七律一首以记之。

◎ 诗曰

何处山川未有亭，
醉翁天下独驰名。
樽前领袖辞章事，
梦里乾坤畎亩情。
客隐遐荒观日落，
宾从太守听禽鸣。
公心犹似清光在，
照罢黎民照九卿。

◎ 链接

赠沈遵（并序）

予昔于滁州作《醉翁亭》于琅琊山，有记刻石，往往传人间。太常博士沈遵，好奇之士也，闻而往游焉。爱其山水，归而以琴写之，作《醉翁吟》一调，惜不以传人者五六年矣。去年冬，予奉使契丹，沈君会予恩、冀之间。夜阑酒半，出琴而作之。予既嘉君之好尚，又爱其琴声，乃作歌以赠之。

群动夜息浮云阴，沈夫子弹《醉翁吟》。

《醉翁吟》，以我名，我初闻之喜且惊。

宫声三叠何泠泠，酒行暂止四坐倾。

有如风轻日暖好鸟语，夜静山响春泉鸣。

坐思千岩万壑醉眠处，写君三尺膝上横。

沈夫子，恨君不为醉翁客，不见翁醉山间亭。

翁欢不待丝与竹，把酒终日听泉声。

有时醉倒枕溪石，青山白云为枕屏。

花间百鸟唤不觉，日落山风吹自醒。

我时四十犹强力，自号醉翁聊戏客。

尔来忧患十年间，鬓发未老嗟先白。

滁人思我虽未忘，见我今应不能识。

沈夫子，爱君一尊复一琴，万事不可干其心。

自非曾是醉翁客，莫向俗耳求知音。

二十二、菱溪石记

菱溪之石有六：其四为人取去；其一差小而尤奇，亦藏民家；其最大者，偃然僵卧于溪侧，以其难徙，故得独存。每岁寒霜落，水涸而石出，溪旁人见其可怪，往往祀以为神。

菱溪，按图与经皆不载。唐会昌中，刺史李濆（fén）为《荇溪记》，云水出永阳岭，西经皇道山下。以地求之，今无所谓荇溪者，询于滁州人，曰此溪是也。杨行密有淮南，淮人为讳其嫌名，以荇为菱，理或然也。①

溪傍若有遗址，云故将刘金之宅②，石即刘氏之物也。金，伪吴时贵将，与行密俱起合肥，号三十六英雄，金其一也。金本武夫悍卒，而乃能知爱赏奇异，为儿女子之好，岂非遭逢乱世，功成志得，骄于富贵之侈欲而然邪？想其陂池台榭、奇木异草，与此石称，亦一时之盛哉。今刘氏之后散为编民，尚有居溪旁者。

予感夫人物之废兴，惜其可爱而弃也，乃以三牛曳置幽谷，又索其小者，得于白塔民朱氏，遂立于亭之南北。亭负城（背靠城墙）而近，以为滁人岁时嬉游之好。

夫物之奇者，弃没于幽远则可惜，置之耳目，则爱者不免取之而去。[③]嗟夫！刘金者虽不足道，然亦可谓雄勇之士，其平生志意岂不伟哉！及其后世，荒堙零落，至于子孙泯没而无闻，况欲长有此石乎？用此可为富贵者之戒。而好奇之士闻此石者，可以一赏而足，何必取而去也哉？

◎ 注释

① "按图"句：指地理图书都没有关于菱溪的记载。会昌：唐武宗年号（841—846）。杨行密：唐昭宗时为淮南节度使，受封吴王，后自立吴国（后文称"伪吴"），为五代十国之一。

② 刘金：杨行密的部将，以骁勇知名，曾为濠、滁二州刺史。

③ "夫物"三句：意思是菱溪大石处幽远之地，会遭弃没；拉来放置丰乐亭，耳目所见，有人可能会取回家去。

◎ 简析

《菱溪石记》作于庆历六年（1046）滁州任上，其写作背景和创作意图与《醉翁亭记》《丰乐亭记》大同小异（参见《丰乐亭记》"简析"）。据本文所言，"菱溪，按图与经皆不载。"但公致梅尧臣书中曾说"又于州东五里许菱溪上，有二怪石"，即本文所言之大者与小者，公将其立于丰乐亭之南北，以供滁人随时观赏，并作此记。

全文可分五段。第一段落笔入题，交代菱溪之石的来历与遭遇：或"僵卧于溪侧"，或散落于"民家"，更有甚者，还被视为"神怪"。第二段通过考证，补叙菱溪的地理位置。第三段用较多篇幅叙述刘金其人其事。这前三段，将奇石的来历和菱溪的历史沿革一一道来，这种考证，固然显示出作者博览群书，才学深厚，但却不是为考证而考证。尤其是对刘金家世的插叙，盛衰对比，物是人非，使人联想到《诗·大雅·荡》所云"殷鉴不远，在夏后之世"的道理。这些都为第四段移石于亭的举措作了坚实的铺垫，也让最后一段的借石议理、抒发感慨持之有据。叙事简单，议论自然，叙议结合，天衣无缝，是本文的写作特色。

对于珍奇之物的占有欲，或许人皆有之。但欧公不然。他对菱溪大石的处理，一方面要让大石充分显示其观赏价值，另一方面意在"用此可为富贵者之戒"。奇文当共赏，奇石亦然。为了营造丰乐亭周边的优美环境，早在建亭之初，欧公就没有把韩琦寄赠的芍药十种栽到衙所，而是命人将芍药及其他各色花卉，沿溪栽种，并特意嘱咐说："浅深红白宜相间，先后仍须次第栽。我欲四时携酒去，莫教一日不花开。"读《菱溪石记》，我们不难看到，欧公如此用心良苦，并非出自私心，归根结底是为了营造一个满足"滁人岁时嬉游之好"的处所。

除此之外，公还有《菱溪大石》之诗。同题之作，一记一诗，既引人瞩目，亦引人深思。联想新政失败被贬的境况，读者品读之余，或可体味到作者借石自喻、一抒襟怀之意。

◎ 诗曰

菱溪有石岁时深，
僵卧无声没水浔。
自古奇珍招恶念，
从来嗜欲纵贪心。
高官巨贾玩儒雅，
蔓草荒烟笼肃森。
富贵当知殷鉴在，
慎行方得太平音。

二十三、偃虹堤记

有自岳阳至者，以滕侯之书、洞庭之图来告曰："愿有所记。"予发书按图，自岳阳门西距金鸡之右（西方），其外隐然隆高以长者，曰偃虹堤。问其作而名者，曰："吾滕侯之所为也。"问其所以作之利害，曰："洞庭天下之至险，而岳阳，荆、潭、黔、蜀四会（四通八达）之冲（重要的地方）也。昔舟之往来湖中者，至无所寓，则皆泊南津（南津港），其有事于州者远且劳，而又常有风波之恐，覆溺之虞。今舟之至者皆泊堤下，有事于州者，近而且无患。"问其大小之制，用人之力，曰："长一千尺，高三十尺，厚加二尺而杀①，其上得厚三分之二，用民力万有五千五百工，而不逾时（超时）以成。"问其始作之谋，曰："州以事上转运使，转运使择其吏之能者行视可否，凡三反复，而又上于朝廷，决之三司，然后曰可，而皆不能易吾侯之议也。"曰："此君子之作也，可以书矣。"

盖虑于民也深，则谋其始也精，故能用力少而为功多。夫以百步之堤，御天下至险不测之虞，惠其民而及于荆、潭、黔、蜀，凡往来湖中，无远迩之人皆蒙其利焉。且岳阳四会之冲②，舟之来而止者，日凡有几（每天不知多少）！使堤土石幸久不朽，则滕侯之惠利于人物，可以数计哉？夫事不患于不成，而患于易坏。盖作者未始不欲其久存，而继者常至于殆废。自古贤智之士，为其民捍患兴利，其遗迹往往而在。使其继者皆如始作之心，则民到于今受其赐，天下岂有遗利乎？此滕侯之所以虑，而欲有纪于后也③。

滕侯志大材高，名闻当世。方朝廷用兵急人之时，尝显用之。而功未及就，退守一州，无所用心，略施其余，以利及物。夫虑熟谋审，力不劳而功倍，作事可以为后法，一宜书；不苟一时之誉，思为利于无穷，而告来者不以废，二宜书；岳之民人与湖中之往来者，皆欲为滕侯

79

纪，三宜书。以三宜书不可以不书，乃为之书。庆历六年某月某日记。

◎ **注释**

①"厚加"二句：指堤底宽三十二尺，往上逐步缩减，堤面宽度为堤底的三分之二。杀，逐渐减削。

②四会之冲：四水交汇的要道。形容交通极为便利。

③"则民到于今"四句：语出《论语·宪问》"管仲相桓公，霸诸侯，一匡天下，民到于今受其赐。"这里用孔子赞美管仲的话，表示作者对滕宗谅的推崇。遗利：未尽其用的利益。欲有纪于后：指想要给后人留下纪念文字（的原因）。

◎ **简析**

《偃虹堤记》作于庆历六年（1046），欧公时在知滁州任上，应好友滕宗谅之请而作（参见《丰乐亭记》"简析"）。滕宗谅（990—1047），字子京，河南洛阳人，与范仲淹同年（1015）举进士，极富才干，敢言直谏，屡触权要，宦途多舛，以致一贬再贬，于庆历四年谪守巴陵郡。在岳期间，三年三事：崇教化，兴建岳州学宫；承前制，重修岳阳楼；治水患，拟筑偃虹堤，并请尹洙、范仲淹和欧公分别作记。范仲淹称其"政通人和，百废俱兴"；同朝史学家司马光赞其岳州"治为天下第一"，声震四海，名垂千秋。所谓拟筑偃虹堤，是指宗谅曾想作一巨堤以捍怒涛，取长虹卧波之意而名之曰"偃虹堤"，并求记于欧公，而公托故婉拒。他在《得滕岳阳书大夸湖山之美　郡署怀物甚野　其意有恋著之趣　作诗一百四十言为寄　且警激之》一文中，"激警"滕侯，西北战乱之际，理当为国分忧，不可沉迷山水。后来，深思熟虑之余，"乃为之书"。个中原因，表面看似乎只是经不住滕侯来人、来书、来图再次相求，却之不恭；其实，借相同的贬谪逆境和滕宗谅"为其民捍患兴利"的所作所为，彰显共同的政治理想，赞扬彼此的人格操守，这才是欧公的真正目的。

全文三段，首段详记筑堤缘由；中段赞美堤之利济，并冀望久存不坏；末尾归结作记的理由。清代沈德潜称赞："叙次简老，波澜动荡，通体无一平直之笔，是为高文。"（《唐宋八大家文读本》评语卷十二）

遗憾的是，这篇高文给作者带来的却似乎是一番尴尬。据《岳阳风土记》载："滕子京待制欲为偃虹堤以捍之。计成，而滕移郡，后遂不果。"同年，公在《与章伯镇》的信中写道："《偃虹堤记》，滕侯牵强，不意敢烦余暇，特与挥翰，荒恶之文，假饰传久，感愧感愧。"

在笔者看来，欧公其实既无须尤人，亦不必自责。写这类碑记文字，原本有两种情况：或亲临其境，耳濡目染，写切身感受，如《非非堂记》《画舫斋记》等；或受人之托，凭口述图示，如本文那样，求记者言之凿凿，作记者按图索骥，妙笔生花，敷衍成文。至于"后遂不果"，怪不得滕侯（迁苏州），也怨不得欧公。君不见，起笔之初，公查询可谓周详，决断可谓谨慎。既然认定修筑偃虹堤，乃缘于担心"有事于州者远且劳，而又常有风波之恐，覆溺之虞"；既然认定，一宜书，二宜书，三宜书，"以三宜书不可以不书"，那么，作记正是一种担当意识的体现，一份磊落情怀的寄托。堤不成，记犹在。欧公所赞扬的"不苟一时之誉，思为利于无穷"的精神和作为，不正是馈赠给千秋之下的官员们一面资治宝鉴吗？欧公之文，何来荒恶；欧公所为，何愧之有！据说，最近岳阳有人建议，对此高文不可无动于衷，或置若罔闻；更不可束之高阁，或如弃敝屣。大可在本土文化殿堂中，为之辟以一席之地，前慰古人，后启来者，何乐而不为！

余读欧公文，感慨系之，乃作七律，不以欧公、滕侯为憾，但为欧公、滕侯一赞！

◎ 诗曰

波横浪涌岳城西，

百舸千帆归路迷。

放棹日悲雕虎啸，

泊舟夜悸子规啼。

清风入韵渔歌晚,

皓月当空桂楫齐。

为谢滕侯谋虑远,

万民遥忆堰虹堤。

◎ 链接

得滕岳阳书大夸湖山之美郡署怀物甚野
其意有恋著之趣作诗一百四十言为寄且警激之

峭巘孤城倚, 平湖远浪来。万寻迷岛屿, 百仞起楼台。

太守凭轩处, 群宾奉笏陪。清霜荐丹橘, 积雨过黄梅。

逸思歌湘曲, 遒文继楚材。鱼贪河岫乐, 云忘帝乡回。

遥信双鸿下, 新缄尺素裁。因闻夸野景, 自笑拥边埃。

龙漠方多孽, 旄头久示灾。旌旗时映日, 鼙鼓或惊雷。

有志皆尝胆, 何人可凿坏? 儒生半投笔, 牧竖亦输财。

沮泽辞犹慢, 蒲萄馆未开。支离莫攘臂, 天子正求才。

二十四、海陵许氏南园记

高阳许君子春[①], 治其海陵郊居之南为小园, 作某亭、某堂于其间。许君为江浙、荆淮制置发运使, 其所领六路七十六州之广, 凡赋敛之多少, 山川之远近, 舟楫之往来, 均节转徙, 视江湖数千里之外如运诸其掌, 能使人乐为而事集(成功)。当国家用兵之后, 修前人久废之职, 补京师匮乏之供, 为之六年, 厥(其)绩大著, 自国子博士迁主客员外郎, 由判官为副使。夫理繁而得其要则简, 简则易行而不违, 惟简与易, 然后其力不劳而有余。夫以制置七十六州之有余, 治数亩之地为园, 诚不足施其智; 而于君之事，亦不足书。君之美众矣，予特(只)书其一节可以示海陵之人者。

君本歙人②，世有孝德。其先君(父亲)司封(官名)丧其父母，事其兄如父，戒其妻事其嫂如姑(指丈夫的母亲)。衣虽敝(破旧)，兄未易衣，不敢易；食虽具，兄未食，不敢先食。司封(指子春父)之亡，一子当得官，其兄弟相让，久之，诸兄卒以让君，君今遂显于朝以大(光大)其门。君抚兄弟诸子犹己子，岁当上计京师③，而弟之子病，君留不忍去，其子亦不忍舍君而留，遂以俱行。君素清贫，罄其家赀(同"资")走四方以求医，而药必亲调，食饮必亲视，至其矢溲(大小便)亦亲候其时节颜色所下，如可理(料理)则喜，或变动逆节(不正常)，则忧戚之色不自胜。其子卒，君哭泣悲哀，行路之人皆嗟叹。

呜呼！予见许氏孝悌④著于三世矣。凡海陵之人过其园者，望其竹树，登其台榭，思其宗族少长相从愉愉(心情舒畅)而乐于此也。爱其人，化其善，自一家而形一乡，由一乡而推之无远迩。使许氏之子孙世久而愈笃，则不独化及其人，将见其园间之草木，有骈枝而连理也，禽鸟之翔集于其间者，不争巢而栖，不择子而哺也。⑤呜呼！事患不为与夫怠而止尔，惟力行而不怠以止，然后知予言之可信也。⑥庆历八年十二月二十七日，庐陵欧阳修记。

◎ 注释

①高阳：今河北高阳县，为许氏郡望。古称郡中为众人所仰望的贵显家族为郡望，如陇西李氏、太原王氏、汝南周氏等。

②"君本"句：宋史本传及《许公墓志铭》均称许元为宣州宣城人。歙(shè)州，今安徽歙县，与宣州相邻，同属江南东路。

③岁当上计京师：指有一年按例应该把统计账册上报朝廷(的时候)。

④孝悌：孝顺长辈，敬爱哥哥。

⑤"将见"五句：指其孝悌美德不仅会影响到人，还会影响到物。骈枝，即骈拇枝指。骈拇，指脚的大拇指跟二拇指相连；枝指，指手的大拇指或小指旁多长出来的一个手指。班固《白虎通义》："德至草木，朱草生，木连理"。

⑥"事患"三句：意思是，凡事最担忧的是不去做，以及懈怠而中途作罢，只要努力去做，不懈怠停止，便会知道我的话是可以相信的。

◎ 简析

《海陵许氏南园记》作于庆历八年（1048）。是年春，公转起居舍人，依旧知制诰，知扬州。海陵，今江苏泰州，宋时为泰州治所。许氏，指许元（989—1057），字子春，宣州宣城（今属安徽）人，以孝谨闻名于乡里。后以荫补官，历仕国子监博士、江淮两浙荆湖发运判官，后知扬州、越州、泰州。那年中秋，正值梅尧臣由宣城赴陈州节度判官任，路经扬州，公于中秋夜盛宴款待他，并邀许元作陪，赋《招许主客》诗云："仍约多为诗准备，共防梅老敌难当。"特邀赴宴，陪伴挚友，嘱其准备，"共防梅老"，可见相交之深，非同一般。

本文可分三段。开篇点题，却不叙其园，只述其事；但在政绩方面，对"其所领六路七十六州之广，凡赋敛之多少，山川之远近，舟楫之往来"，但曰"视江湖数千里之外如运诸其掌"，且偏言"于君之事，亦不足书"。而后以"特书"二字领起下文。第二段，概述其世代孝悌。于其父，详中有略；于许元，略中有详。此段行文不足三百字，则"世有孝德"四字，已跃然于读者心上。最后一段，揭示许氏孝德的意义，"爱其人，化其善，自一家而形一乡，由一乡而推之无远迩"，影响可谓深且广矣。在此叙事基础上生发感慨、议论，同时也借以点明作记的初衷，不在庭园，而在孝悌。

许元是欧公在扬州交往最多、情谊最深的人，彼此交流的诗文书信，当在9篇之上，其中包括墓志铭、传记及《真州东园记》等诗文，对其经历、功名等内容，已有充分具体的叙述。为了避免雷同，故本文只从许氏孝悌传家入手，展开记叙和议论，突出其人情、人性之美，达到既外从政绩、又内从伦理两方面，来赞赏"君之美众矣"的写作目的。这种选材上的特点，后世称其为"互见法"。茅坤《欧阳文忠公文抄》评语指出："为《南园记》，而特本其世孝一节立论，此其文章一地位可法处。"

欧公《尚书工部郎中充天章阁待制许公墓志铭》铭曰："材难矣，有蕴而不得其时；时逢矣，有用而不尽其施。功难成而易毁，虽明哲或不能以自知。公材之敏兮，用适其宜。志方甚壮兮，力则先衰。行著于家，而劳施于国。"相对于其他几位生不逢时、怀才不遇的挚友，他认为许元"遭此时，用其所长，且久于其官，故得卒就其业而成此名，此其可以书矣"。看来是值得为之庆幸的。余读其所作《海陵许氏南园记》及《许公墓志铭》，感赋古风十韵。

◎ 诗曰

> 子春原本宣城籍，转徙海陵播家声。
> 曾知丹阳遭大旱，敢决练湖助农耕。
> 州守盘诘责以咎，便民何惧担罪名！
> 修废治财长其术，范公慧眼识精英。
> 荐君七十六州事，江湖万里漕运程。
> 山川远近何须计，舟楫往来风浪平。
> 明约信令发运使，自此粟米供京城。
> 世以孝悌称乡里，久而益笃故园情。
> 志甚壮兮力虽竭，材有蕴矣业已成。
> 行著于家劳于国，且留青史任谁评。

◎ 链接

招许主客

> 欲将何物招嘉客，惟有新秋一味凉。
> 更扫广庭宽百亩，少容明月放清光。

楼头破鉴看将满，瓮面浮蛆拨已香。

仍约多为诗准备，共防梅老敌难当。

二十五、真州东园记

真为州，当东南之水会①，故为江淮、两浙、荆湖发运使之治所(官衙所在地)。龙图阁直学士施君正臣、侍御史许君子春之为使也(指任发运使)，得监察御史里行马君仲涂为其判官。三人者乐其相得之欢，而因其暇日，得州之监军废营以作东园，而日往游焉。

岁秋八月，子春以其职事走京师，图其所谓东园者来以示予，曰：“园之广百亩，而流水横其前，清池浸其右，高台起其北。台，吾望以拂云之亭；池，吾俯以澄虚之阁；水，吾泛以画舫之舟。敞(拓开)其中以为清宴之堂，辟其后以为射宾(射箭的宾客)之圃。芙蕖芰荷之的历(艳丽)，幽兰白芷之芬芳，与夫佳花美木列植而交阴，此前日之苍烟白露而荆棘也。高薨巨桷，水光日景动摇而上下，其宽闲深靓(同“静”)，可以答远响(回音)而生清风，此前日之颓垣断堑而荒墟也。嘉时令节，州人士女啸歌而管弦，此前日之晦冥风雨、鼪鼯鸟兽之嗥(háo)音也。吾于是信有力焉。②凡图之所载，盖其一二之略也。若乃(至于)升于高以望江山之远近，嬉于水而逐鱼鸟之浮沉，其物象意趣，登临之乐，览者各自得焉。凡工之所不能画者，吾亦不能言也。其为我书其大概焉。”

又曰：“真，天下之冲(要道)也。四方之宾客往来者，吾与之共乐于此，岂独私吾三人者哉？然而池台日益以新，草木日益以茂，四方之士无日而不来，而吾三人者有时而皆去也，岂不眷眷(依恋不舍的样子)于是哉！不为之记，则后孰知其自吾三人者始也？”

予以谓三君子之材贤足以相济，而又协于其职，知所后先，使上下给足，而东南六路之人无辛苦愁怨之声。[3]然后休其余闲，又与四方贤士大夫共乐于此。是皆可嘉也，乃为之书。庐陵欧阳修记。

◎ **注释**

①真州：辖扬子县与六合县，州治在扬子县(今江苏仪征)。水会：水流交汇处。真州位于长江下游北岸，东临运河，故称"水会"。

②走京师：指去开封。许元由郑州赴开封，途经南京(今河南商丘)得以访欧公。列植而交阴：成行地种植，荫影交迭。高甍巨桷(méng)巨桷(jué)：甍，屋脊；桷，方形的椽子。靓：同"静"，安静。《楚辞·九辩》："靓杪秋之遥夜兮，心缭悷而有哀。"鼪鼯(shēng wú)：鼪，黄鼠狼；鼯，鼯鼠。吾於是信有力焉：我对这东园确是下了力气的。

③"予以谓"五句：相济，互相辅助。协於其职，指在工作中配合协调。知所后先，指知道事情的轻重缓急，语出《礼记·大学》："物有本末，事有终始。知所先后，则近道矣。"使上下给足，指对朝廷和百姓都有充足的供给。东南六路：即前所指江淮、两浙、荆湖等地。

◎ **简析**

《真州东园记》作于皇祐三年(1051)。时欧公由知扬州、颍州已迁知应天府兼南京(今河南商丘)留守司事。真州辖扬子县与六合县，州治在扬子县(后称仪真，今江苏仪征)。文中前往求记的许君，名元，字子春，与欧公诗文唱和较多，堪称至交(参看《海陵许氏南园记》"简析")。《明一统志》载："东园，在仪真县东。"因欧阳修记，蔡襄书，人谓名园、名记、名书，乃"东园三绝"。

本文可分四段。首段交代"东园"原本"废营"，因"三人者乐其相得之欢"而改之。一"废"字为后文预留伏笔。第二段为全文的精彩部分，当分三层。一层概述东园营建格局，条理清晰，功能分明；二层描摹园中景物，三度以"此前日"引出废兴对照，物象鲜活，情韵生动；"吾于是"以下为第三层，是对图形的补充和说明。第三段述子春求记的初衷。最后一段，赞三人者其人其事"皆可嘉也"，点明作记原由。文章状景如画，充满诗情与画意。难怪明代徐文昭赞曰："分明一幅东园画，水墨淋漓尚未干。"

欧公此文，如同范仲淹应滕子京之请那样，也是依图作记。当时，公之子欧阳发撰其父《事迹》云："公之文，备尽众体，变化开阖，因物命意，各极其工，或过退之。如《醉翁亭记》、《真州东园记》，创意立法，前世未有其体。"有论者认为，欧公在扬州曾为许元作《海陵许氏南园记》，开园林文学之先河。其实，比较《南园记》，这篇《东园记》的描写，更为细腻精致，景观绮丽，生动形象，与《岳阳楼记》有异曲同工之妙，令人仿佛身临其境，却无法料想到，凭一纸画图、一席解说，而"因物命意，各极其工"，有此奇文。

清代过珙（gǒng）曾经指出："坡公《凌虚台记》由盛而逆料其衰，欧公《东园记》因兴而追忆其废，俯仰之间，同一感慨，而文字变化，意到景新，可谓奇纪。"（《古文评注》卷八）这是在"创意立法"方面与他人的区别。如果与《海陵许氏南园记》比较，该文重感慨、议论，本文则重记述、描写，这是在"创意立法"方面与己作的不同。而文中连用二十余"之"字，格外引人瞩目，有如《醉翁亭记》中的"也"字、"而"字那样，再次证明罗大经《鹤林玉露》对韩柳欧苏四人的评判：韩柳犹用奇字、重字，欧苏唯用平常轻虚字，而妙丽古雅，自不可及，此又韩柳所无也。

◎ 诗曰

> 水会东南入海流，
> 三君相得治真州。
> 苍烟昔笼楼台废，
> 白露今生景物幽。
> 知所后先方近道，

事能终始可为俦。

材贤足济当归美，

夕照东园近晚秋。

二十六、浮槎山水记

浮槎山在慎县南三十五里，或曰浮阇（dū）山，或曰浮巢山。其事出于浮图、老子之徒荒怪诞幻之说①。其上有泉，自前世论水者皆弗道（没说过）。余尝读《茶经》，爱陆羽善言水。后得张又新《水记》，载刘伯刍、李季卿所列水次第，以为得之于羽，然以《茶经》考之，皆不合。又新，妄狂险谲之士，其言难信，颇疑非羽之说。及得浮槎山水，然后益以羽为知水者。浮槎与龙池山，皆在庐州界中，较其水味，不及浮槎远甚。而又新所记，以龙池为第十，浮槎之水弃而不录，以此知其所失多矣。羽则不然，其论曰："山水上，江次之，井为下。山水，浮泉、石池漫流者上。"其言虽简，而于论水尽矣。

浮槎之水，发自李侯。嘉祐二年，李侯以镇东军留后出守庐州，因游金陵，登蒋山②，饮其水。既又登浮槎，至其山，上有石池，涓涓可爱，盖羽所谓乳泉石池漫流者也。饮之而甘，乃考图记，问于故老，得其事迹。因以其水遗余于京师。余报之曰：李侯可谓贤矣。夫穷天下之物无不得其欲者，富贵者之乐也。至于荫长松，藉丰草，听山流之潺湲（水慢慢流动的样子），饮石泉之滴沥（流滴），此山林者之乐也。而山林之士视天下之乐，不一（无一）动其心。或有欲于心，顾（考虑）力不可得而止者，乃能退而获乐于斯。彼富贵者之能致（获取）物矣，而其不可兼者，惟山林之乐尔。惟富贵者而不得兼，然后贫贱之士有以自足而高世(超脱尘世)。其不能两得，亦其理与势之然欤！

　　今李侯生长富贵，厌(同"餍")于耳目，又知山林之乐，至于攀缘上下，幽隐穷绝，人所不及者皆能得之，其兼取于物者可谓多矣。李侯折节(降低身份)好学，喜交贤士，敏(勤勉)于为政，所至有能名。凡物不能自见而待人以彰者有矣，凡物未必可贵而因人以重者亦有矣。[3]故余为志(记)其事，俾(使)世知斯泉发自李侯始也。三年二月二十有四日，庐陵欧阳修记。

◎　注释

①"其事"句：见《方舆胜览》卷四十八"浮槎山"条下云，"按《隋志》云，有浮阇山，俗传自海上来，昔日有梵僧过而指曰：'此耆阇一峰也'"。

②蒋山：《元和郡县志》云，山在县东北一十八里，"吴大帝时，蒋子文发神异于此，封之为蒋侯，改山曰蒋山。宋复名钟山。"

③"凡物"不能自见二句：意思是，有些东西不会自己出现，要等到被人们发掘出来才得以彰显，这种情况是有的；有些东西本身不一定珍贵，却因别人的珍重而得以贵重起来，这种情况也是有的。

◎　简析

　　《浮槎山水记》作于嘉祐三年(1058)。公时在京师，兼侍读学士，权知开封府。浮槎山，位于安徽肥东县境内的包公镇境内，峰顶有清白二泉并悬，水位稳定，久旱不涸，充雨不涨，为安徽名胜之一。李侯，李端愿，字公瑾，时知庐州，不远千里，赠公浮槎山泉水。公品尝后，大为赞誉，给李端愿回信说："所寄浮槎水，味尤佳。然岂减惠山之品！久居京师，绝难得佳山水，顿食此，如饮甘醴；所患远难多致，不得厌饫尔。"无锡惠山，以其名泉佳水著称于天下，有"天下第二泉"之称。他将浮槎泉和无锡惠山泉相比，认为两者之间难分上下，并以路远难致，不得多饮为憾。然后，应李端愿之请，撰写《浮槎山水记》，并寄去十年前写的《大明水记》一文。

《大明水记》写于庆历八年（1048）。"大明水"，指扬州大明寺泉水。该文虽题为《大明水记》，实则是对陆羽《茶经》和张又新《煎茶水记》中品评烹茶用水之言论、观点的评论。陆羽，字鸿渐，唐代复州竟陵人。隐居苕溪，以著书为事。朝廷征召，不就。嗜饮茶，著《茶经》三卷，被后世奉为茶神。张又新，字孔昭，唐代官吏，元和九年（814）状元及第，时号"张三头"，即在三次大考中都得第一名，即"解元""会元""状元"，谓之"连中三元"。据说，历史上"连中三元"者，仅17人而已。又新善文辞，著有《煎茶水记》，又称《水记》。《大明水记》认为，张又新《煎茶水记》中将水分为二十等，不足采信，因为"水味有美恶而已，欲求天下之水一一而次第之者，妄说也"。而"羽之论水，恶汀浸而喜泉流，故井取多汲者，江虽云流，然众水杂聚，故次于山水，惟此说近物理云"。应当说，该文对史上辨水之论，不迷信，不盲从，对比分析，有理有据，逻辑性强，做了一番较为公允的评价。

《浮槎山水记》可分三段。第一段，交代浮槎山的地理位置，以泉点题，评论张又新《水记》与陆羽《茶经》论水之不同。文中所言"妄狂险谲之士"云云，指史载张又新谄事宰相李逢吉，位列其党羽"八关十六子"。对此，《四库全书总目·煎茶水记》提要中说："修所记极诋又新之妄，谓与陆羽所说皆不合，今以《茶经》校之，信然。"可见，公之所论，也并非因人废言。第二段，补叙李端愿最早发现浮槎之水，及"因以其水遗余于京师"的经过，并引出"富贵者"与"贫贱者"之乐的议论。第三段，交代作记缘由："俾世知斯泉发自李侯始也。"浦起龙说："文情都在'始发'二字，其论水，进陆而斥张，正巧与'始发'拈合。……其'山林''富贵'一段，又'发'字别波。"（《古文眉诠》评语卷六十）余谓"凡物"二句，也许正是对"始发"意义的具体阐释。李侯始发在前，欧公作记在后，从此浮槎山得以闻名遐迩，成为文人墨客登临之所，即是明证。

对于这段文人雅趣，清人林纾很是赞赏，曰："富贵之乐与山林比较，本似分道扬镳，然李公名士风流，却能把富贵山林镕于一冶。远道寄水，是真名士方能如此，欧公亦风流自赏之人，势在不能不报。此记虽近应酬，然绝世风神竟溢文字之外。"余读《浮槎山水记》作古风二十韵。似可补充一点的是，欧公论水是专家，品茶也是名士，读其《双井茶》一诗，可为佐证。

◎ 诗曰

　　浮槎有乳泉，其水称上善。论者不屑闻，茶神独慈眄。
　　幸有贤知州，始发称勤謇。君知此物奇，千里忙差遣。
　　寄水若星驰，闻之泪欲泫。烹煮味尤佳，甘甜世所鲜。
　　较之品惠山，伯仲亦难辨。杯中芳醴醇，不教愁眉展。
　　倘若近京郊，无须望云雁。文士多风流，声名遐迩显。
　　梦陆话茶经，庭前消暑晏。权当酒兴来，品茗舌频舔。
　　最是物珍稀，未敢生轻慢。次第时所失，美恶诚有间。
　　况乃红尘事，凭谁论深浅。富贵居楼台，贫穷行竹栈。
　　你乐享珍馐，我欢听莺啭。试问众芸芸，几人自舒卷。
　　闲云追野鹤，星移共斗转。生也乐寻常，莫作吴牛喘。

　　自注：惠山，即无锡惠山，以其名泉佳水著称于天下，有"天下第二泉"之称。《浮槎山水记》云："所寄浮槎水，味尤佳。然岂减惠山之品！"

◎ 链接

双　井　茶

　　西江水清江石老，石上生茶如凤爪。
　　穷腊不寒春气早，双井芽生先百草。
　　白毛囊以红碧纱，十斤茶养一两芽。
　　长安富贵五侯家，一啜犹须三日夸。
　　宝云日注非不精，争新弃旧世人情。

岂知君子有常德，至宝不随时变易。

君不见建溪龙凤团，不改旧时香味色。

二十七、有美堂记

嘉祐二年(1057)，龙图阁直学士、尚书吏部郎中梅公出守于杭。于其行也，天子宠之以诗①，于是始作"有美"之堂，盖取赐诗之首章而名之，以为杭人之荣。然公之甚爱斯堂也，虽去而不忘，今年自金陵遣人走京师，命予志之，其请至六七而不倦。予乃为之言曰：

夫举天下之至美与其乐，有不得而兼焉者多矣。故穷(尽)山水登临之美者，必之乎宽闲之野、寂寞之乡而后得焉；览人物之盛丽、夸都邑之雄富者，必据乎四达之冲(要道)、舟车之会而后足焉。盖彼放心于物外，而此娱意于繁华，二者各有适焉。然其为乐，不得而兼也。

今夫所谓罗浮、天台、衡岳、庐阜、洞庭之广，三峡之险，号为东南奇伟秀绝者，乃皆在乎下州小邑、僻陋之邦，此幽潜之士、穷愁放逐之臣之所乐也。若乃四方之所聚，百货之所交，物盛人众，为一都会，而又能兼有山水之美，以资富贵之娱者，惟金陵、钱塘，然二邦皆僭窃(越分窃取)于乱世②。及圣宋受命，海内为一，金陵以后服见诛，今其江山虽在，而颓垣废址，荒烟野草，过而览者莫不为之踌躇而凄怆。独钱塘自五代时知尊中国，效臣顺，及其亡也，顿首请命，不烦干戈。今其民幸富完安乐，又其俗习工巧，邑屋华丽，盖十馀万家。环以湖山，左右映带。而闽商海贾，风帆浪舶，出入于江涛浩渺、烟云杳霭之间，可谓盛矣。

而临是邦者，必皆朝廷公卿大臣若天子之侍从，又有四方游士为之宾客，故喜占形胜，治亭榭，相与极游览之

93

娱。然其于所取，有得于此者必有遗于彼。独所谓"有美堂"者，山水登临之美，人物邑居之繁，一寓目而尽得之。盖钱塘兼有天下之美，而斯堂者又尽得钱塘之美焉，宜乎公之甚爱而难忘也。梅公，清慎，好学君子也③，视其所好，可以知其人焉。四年八月丁亥，庐陵欧阳修记。

◎ 注释

①"天子宠之"三句：宋仁宗《赐梅挚知杭州》诗"地有吴山美，东南第一州。""去而不忘"：梅挚知杭州后又知江宁府，治所在金陵。

②"然二邦"句：指南唐(都金陵)和吴越(都钱塘)。富完：富足而完好。

③清慎：意思是清廉、谨慎、勤勉。语出《三国志·魏志·胡质传》。后用以为官箴，衙署公堂多书"清　慎　勤"三字作匾额。

◎ 简析

《有美堂记》作于嘉祐四年(1059)。嘉祐二年，梅挚，字公仪，时任杭州知州。宋仁宗以《赐梅挚知杭州》诗送行，首联曰"地有吴山美，东南第一州"，为了表达对天子赐诗的感激，梅挚在吴山建造览胜赏景之所，取赐诗之首章而名之，称"有美堂"。两年后，他移官江宁府知府，犹请欧公作此文以记之。

全文分四段。首段入题迅速，开篇就将皇帝赐诗、梅公筑堂、遣人求记等几件事，一一点明，既揭示了以"有美"二字命堂的来由，也交代了时间、地点和写作缘由。接着感叹山水之美与都邑之乐，往往不得而兼，为后文作了铺垫；第三段紧承上文，写金陵、钱塘"为一都会，而又能兼有山水之美"，但钱塘因"尊中国，效臣顺"，而有别于金陵"颓垣废址，荒烟野草"。这一对比，仍是为写有美堂的"尽得钱塘之美"张本。最后，正面称颂，"盖钱塘兼有天下之美，而斯堂者又尽得钱塘之美焉"。

公是年于《与梅圣俞书》中曾说：此篇"闲辞长说，已是难工，兼以目所不见，勉强而成"，似有未能尽善尽美之憾。事实上，文章几番铺垫，屡起波澜，于平易中见严谨和生动。全文通过层层对比与烘托，充分显示了有美堂无与伦比的"美"和"乐"，体现了姚鼐评价的"势随意变，风韵溢于行间"的个性和特色。沈德潜云：本文"不侈赐书之荣，不赞梅公之品，独从都会之繁华，湖山之明丽着意，见他处不能兼者，而此独兼之。逐层脱卸，累如置丸，笔下亦复烟云缭绕。"

还应说明的是，文中所言"其请至六七而不倦，予乃为之言"，曾引来后人众多猜测。有论者妄言欧公"不愿为他人撑台面，想方设法推托，实在不行，敷衍了事"。这流芳百世的《有美堂记》，是"敷衍了事"四字所能否定得了的么？况且，梅挚也非寻常之辈，景祐年间到昭州做官，热爱昭州的风土人情，写下《十爱诗》五律十首；他憎恨封建官吏贪赃枉法、横征暴敛、腐化堕落，又写了著名的《五瘴说》。后来，昭州百姓为感谢他革除地方弊政，特建"梅公亭"，并把《十爱诗》和《五瘴说》刻在石壁上，以表达崇敬与怀念之情。再从欧梅交情看，彼此交往不薄。三年前（嘉祐元年），公写了一首题为《予作归雁亭于滑州　后十有五年梅公仪来守是邦　因取余诗刻于石　又以长韵见寄　因以答之》的诗，标题长达37字。至前两年，梅知杭州之际，皇上赐诗，公亦有《送梅龙图公仪知杭州》诗相赠，曰："万室东南富且繁，羡君风力有余闲"。风力，指文辞的风骨笔力。刘勰《文心雕龙·风骨》："相如赋仙，气号凌云，蔚为辞宗，乃其风力遒也。"其间欣赏钦慕之情，可见一斑。至于人谓"其请至六七而不倦"，可见求者似乎厚脸皮纠缠不休，而作者好像不得已聊以塞责，余实在不敢苟同。试想，文友之间，万里之遥，求人求记，"其请至六七而不倦"，不正好表明相互亲密无间么？前任后任，情深意笃，又何来敷衍之说？

年代久远，沧海桑田，有美堂早已堙没于历史的尘埃中，而欧公之记，千古流传。幸哉，幸哉！

◎ 诗曰

> 皇恩浩荡显荣光，
> 辉耀吴山有美堂。

形胜东南惟此地，
富完天下在何方？
知州清慎扬风力，
故友迢遥感热肠。
嗟叹尘埃湮旧迹，
不如对月诵华章。

◎ 链接

送梅龙图公仪知杭州

万室东南富且繁，羡君风力有余闲。
渔樵人乐江湖外，谈笑诗成罇俎间。
日暖梨花催美酒，天寒桂子落空山。
邮筒不绝如飞翼，莫惜新篇屡往还。

二十八、三琴记

吾家三琴，其一传为张越琴，其一传为楼则琴，其一传为雷氏琴，其制作皆精而有法，然皆不知是否。要在其声如何，不问其古今何人作也。琴面皆有横文（同"纹"）如蛇腹，世之识琴者以此为古琴，盖其漆过百年始有断文，用以为验尔。

其一金晖[①]，其一石晖，其一玉晖。金晖者，张越琴也；石晖者，楼则琴也；玉晖者，雷氏琴也。金晖其声畅而远，石晖其声清实而缓，玉晖其声和而有余。今人有其一已足为宝，而余兼有之，然惟石晖者，老人之所宜也。世人多用金玉蚌瑟晖，此数物者，夜置之烛下炫耀有光，老人目昏，视晖难准，惟石无光，置之烛下黑白分明，故为老者之所宜也。

余自少不喜郑卫，独爱琴声，尤爱《小流水曲》②。平生患难，南北奔驰，琴曲率皆废忘，独《流水》一曲梦寐不忘，今老矣，犹时时能作之。其他不过数小调弄，足以自娱。琴曲不必多学，要于自适；琴亦不必多藏，然业已有之，亦不必以患多而弃也。嘉祐七年上巳后一日，以疾在告③，学书，信笔作欧阳氏《三琴记》。

◎ **注释**

①"其一金晖"三句："晖"同"徽"，光彩照耀。梁元帝《与萧挹书》"唯昆与季，文藻相晖"。琴弦音位标志，称琴晖，即在琴面镶嵌有13个圆形标志，以金、玉或贝等制成。从琴头开始，依次为第一徽、第二徽……直至琴尾第十三徽。"世人多用"八句：诸多选本中皆为"金玉蚌琴晖"，独《洪本》（第1698页）为"金玉蚌瑟晖"，初疑为校对之误。后读公《试笔·琴枕说》"盖金蚌、瑟瑟之类皆有光色，灯烛照之则炫耀，非老翁夜视所宜"语，始知并非校对之误也。

②"尤爱"句：《小流水曲》，古琴曲，又名《流水》。

③告：指官吏因病在休假期中。

◎ **简析**

《三琴记》作于嘉祐七年（1062）。自嘉祐五年七月以来，公曾三上奏章求知洪州，未获批准，反而先后担任枢密副使、参知政事，进封乐安郡开国公，与宰相韩琦同心辅政，成为朝廷举足轻重的显赫重臣。感恩之余，这位56岁的老病铮臣也有几分无奈，自己"两目昏暗，已逾十年。近又两耳重听，如物闭塞"（《乞洪州第六状》）。他的夙愿是及早回归颍上，安度晚年，"君不见颍河东岸村陂阔，山禽野鸟常嘲哳。田家惟听夏鸡声，夜夜陇头耕晓月。可怜此乐独吾知，眷恋君恩今白发"（《鵯鶋词》）。他的愿望久久难以实现。

《六一居士传》告诉我们，公之所以自号"六一居士"，是因为家有"六一"，其中一项便是"琴"。有论者谓欧公一生，不仅喜欢弹琴、听琴、藏琴，而且喜欢写琴诗琴文，以记琴声与琴事，兼论琴意与琴理。此文作为欧公论琴之重要文章，不应忽视。

本文不足四百字，可分三段。开篇点题，述家有三琴，琴面横纹古朴，传为名匠所作。但对真正识琴、知琴者来说，是否古琴，何人所作，都不重要，"要在其声如何"。接着，写琴晖金石各异，琴声亦有不同。于己则以石晖为宜，并述其原因。最后追述平生对琴声的钟爱，自是深得琴中雅趣之识。文中提及的"郑卫之音"，其概念的界定有广义和狭义之分，广义是指一切非官方的民间音乐，即与正统雅乐相对应的民间俗乐；而狭义则主要是指春秋时期在各个诸侯国兴起的以郑国、卫国地区（今河南省新郑、滑县一带）代表的民间音乐。所谓"余自少不喜郑卫"云云，恐与封建文人的正统儒学观念相关。其实，在诗词创作中，欧公是宋代诗人、词人向民歌学习的第一人。

欧公"独爱琴声"，除了一般文人于琴棋书画的雅兴外，还因为他深切体会到，"自娱"、"自适"的琴声有益健康，于老病之人尤甚。他在《书琴阮记后》中说："官愈高，琴愈贵，而意愈不乐。在夷陵时，青山绿水，日在目前，无复俗累，琴虽不佳，意则萧然自释。及做舍人、学士，日奔走于尘土中，声利扰扰盈前，无复清思，琴虽佳，意则昏杂，何由有乐？乃知在人不在器，若有以自适，无弦可也。"早在庆历七年（1047），他在《送杨寘序》中就现身说法："予尝有幽忧之疾，退而闲居，不能治也。既而学琴于友人孙道滋，受宫声数引，久而乐之，不知其疾之在体也。"他因此再三强调："弹虽在指声在意，听不以耳而以心，心意既得形骸忘，不觉天地愁云阴。"（《赠无为军李道士弹琴》）《渔隐诗话》称，此处"声在意"与"听以心"二语，"刻画善弹善听至于极，实音乐美学中之隽语也"。

读文末"以疾在告""学书""信笔"等数语，我们为之庆幸的是，这位宦海沉浮、病体衰弱的老人，能于"平生患难，南北奔驰"中，有三琴相伴，互为知己，自娱自适，亦可谓幸矣。

◎ 诗曰

> 南北三琴伴，
> 眼昏宜石晖。
> 心随流水曲，
> 月照玉人扉。
> 天地愁云散，
> 形骸精气归。
> 我今聆郑卫，
> 谁与论音徽？

◎ 链接

奉答原甫见过宠示之作

不作流水声，行将二十年。
吾生少贱足忧患，忆昔有罪初南迁。
飞帆洞庭入白浪，堕泪三峡听流泉。
援琴写得入此曲，聊以自慰穷山间。
中间永阳亦如此，醉卧幽谷听潺湲。
自从还朝恋荣禄，不觉鬓发俱凋残。
耳衰听重手渐颤，自惜指法将谁传？
偶欣日色曝书画，试拂尘埃张断弦。
娇儿痴女绕翁膝，争欲强翁聊一弹。
紫微阁老适我过，爱我指下声泠然。
戏君此是伯牙曲，自古常叹知音难。
君虽不能琴，能得琴意斯为贤。
自非乐道甘寂寞，谁肯顾我相留连？
兴阑束带索马去，却锁尘匣包青毡。

二十九、相州昼锦堂记

仕宦而至将相，富贵而归故乡，此人情之所荣，而今昔之所同也。盖士方穷时，困厄闾里，庸人孺子皆得易（轻视）而侮之，若季子不礼于其嫂，买臣见弃于其妻。一旦高车驷马，旗旄导前而骑卒拥后，夹道之人，相与骈肩累迹，瞻望咨嗟，而所谓庸夫愚妇者，奔走骇汗，羞愧俯伏，以自悔罪于车尘马足之间[①]此一介之士得志当时，而意气之盛，昔人比之衣锦之荣者也。

惟大丞相卫国公则不然。公，相人也。世有令德（美好的德行），为时名卿。自公少时，已擢（zhuó，提拔）高科，登显仕，海内之士闻下风而望余光者，盖亦有年（多年）矣。所谓将相而富贵，皆公所宜素有，非如穷厄之人侥幸得志于一时，出于庸夫愚妇之不意，以惊骇而夸耀之也。然则高牙大纛，不足为公荣；桓圭衮冕，不足为公贵[②]。惟德被（惠及）生民而功施社稷，勒之金石，播之声诗，以耀后世而垂无穷，此公之志，而士亦以此望于公也，岂止夸一时而荣一乡哉！

公在至和中，尝以武康之节来治于相，乃作昼锦之堂于后圃。既又刻诗于石，以遗相人。其言以快恩雠、矜名誉为可薄，盖不以昔人所夸者为荣，而以为戒。于此见公之视富贵为何如，而其志岂易量哉！故能出入将相，勤劳王家，而夷险一节[③]。至于临大事，决大议，垂绅正笏，不动声气，而措天下于泰山之安，可谓社稷之臣矣。其丰功盛烈，所以铭彝鼎（祭祀礼器）而被弦歌者，乃邦家之光，非闾里之荣也。

余虽不获登公之堂，幸尝窃诵公之诗，乐公之志有成，而喜为天下道也，于是乎书。尚书吏部侍郎、参知政事欧阳修记。

◎ **注释**

① "仕宦"二句：《三国志·魏志·张既传》载，张既"出为雍州刺

史，太祖曰：'还君本州，可谓衣绣昼行矣'。"魏国公韩琦是相州人，回乡任职，建堂之初立《昼锦堂》诗碑云："公余新此堂，夫岂事饮燕？亦非张美名，轻薄诧绅弁。……庶一视题榜，则念报主眷"。"若季子"二句：《战国策·秦策》载，苏秦游说秦国不成，"归至家，妻不下絍，嫂不为炊，父母不与言。"买臣：即朱买臣，西汉吴县人，曾以卖柴为生，妻子不能忍受穷困，弃朱而去。后来朱买臣做了大官，妻子要求复婚，朱便叫人端来一盆水泼在马头上，让她再收回来。意谓覆水难收。骈肩累迹：肩挨肩，足迹相迭。

②"然则"四句：高牙大纛（dào），高官衙署前的装饰。纛，大旗。桓圭衮（gǔn）冕：指王侯手中的礼器和身上的礼服。衮，古代帝王或三公（古代最高的官）穿的礼服。

③夷险一节：夷，平；险，难。节：节操。夷险一节，指不论处于顺境或是逆境，节操均不变如一。垂绅正笏（hù）：垂着衣带，拿好手板。笏，古代大臣上朝时的手板，用玉、象牙或竹片制成，上面可以记事。

◎ 简析

《相州昼锦堂记》：本文作于治平二年（1065）。相州，今河南省安阳县。昼锦堂主人韩琦，字稚圭，相州人，"相三朝，立二帝"，当政十年，与富弼齐名，史称北宋贤相，累封仪、卫、魏三国公（治平年间为卫国公）。韩琦以武康节度使身份任相州知州时，在州署后园建昼锦堂，并于堂前刻有《昼锦堂》诗碑。"昼锦"二字，语出《汉书·项籍传》"富贵不归故乡，如衣锦夜行"。此处反其意而用之。

公与韩琦交游甚深，早在三十年前的景祐二年（1035）即同朝共事。庆历新政失败，主持新政的韩琦、范仲淹、富弼、杜衍先后被贬斥。公因为之辩护，遭诬陷，亦贬滁州。此后二十多年间，两人一直保持着频繁的书信往来，彼此情意深长，"道通气类"（韩琦《祭少师欧阳公永叔文》）。欧公致仕，韩琦曾寄诗盛赞"独步文章世孰先，直声孤节亦无前"；公辞世后，韩琦又遵从其遗愿，撰写墓志铭。由此可知，本文写作的思想基础和情感渊源，非同一般。

全文分四段。先以实例写出一般人对"衣锦之荣"的种种见识。然后，一笔宕开，由远而近，解析韩琦之志，在于"惟德被生民而功施社稷"。第三段可分两层，一是补叙修建昼锦堂的初衷，"盖不以昔人所夸者为荣，而以为戒"；二是概述其丰功伟业，"乃邦家之光，非闾里之荣"。最后，表述作记的动因，乃是"乐公之志有成，而喜为天下道也"。黄进德《欧阳修诗词文选评》于此有近1800 字的详尽分析。

可以说，对堂名的理解，是阅读本文的一个难点，故历代论者多有阐释。清唐介轩说："堂名'昼锦'似以仕宦为荣矣，文却随擒随纵，写出魏公心事荦荦，与俗辈不同，可谓手写题面而神游题外者。"

全篇文章，以议代记，围绕"昼锦"二字，层层发挥，脉络清晰，抑扬褒贬，态度鲜明，盛赞韩琦以"德被生民而功施社稷"为志向，不以"夸一时而荣一乡"为追求。之所以如此"盛赞"，自然缘于韩琦的所作所为所思，与欧公所推崇和主张的立德、立功、立言"三不朽"原则完全契合。难怪后人赞誉，以永叔之藻采，著魏公之光烈，实乃"天下文章，莫大于是"。

范公偁《过庭录》载："韩魏公在相，曾乞《昼锦堂记》于欧公。云'仕宦至将相，富贵归故乡'，韩公得之爱赏。后数日，欧复遣介别以本至，云前有未是，可换此本。韩再三玩之，无异前者，但于仕宦、富贵下，各添一'而'字，文义尤畅。"此为欧公文章不厌千回改之又一佳话，不可不录。

早在十六年前的皇祐元年（1049），欧公便有《韩公阅古堂》诗，称颂其首重民食，注重教化等政绩，赞许其具有廊庙之材，堪称韩琦终生知己。读者或可一睹为快。

◎ 诗曰

> 富贵还乡世所同，
> 唯闻昼锦表纯忠。
> 匡扶二帝韩丞相，

议决三朝魏国公。
志在苍生焉借宠，
名垂社稷岂矜功。
斯人虽远仁心近，
绿荫堂前月似弓。

◎ 链接

韩公阅古堂

兵闲四十年，士不识金革。水旱数千里，民流谁垦辟？
公初来视之，嘻此乃予责。将法多益办，万千由十百。
整齐谈笑间，进退有寸尺。曰此易为耳，在吾绳与墨。
天成而地出，古所重民食。贮储非一朝，人命在旦夕。
惟兹将奈何，敢不竭吾力。木牛尚可运，玉磬犹走籴。
因难乃见材，不止将有得。公言初未信，终岁考成绩。
骄惰识恩威，讴吟起羸瘠。貔貅著行伍，仓廪饱堆积。
文章娱闲暇，传记寻往昔。英英文与武，粲粲图四壁。
酒令列诸将，谈锋摧辩客。周旋顾视间，是不为无益。
循吏一州守，将军万夫敌。於公岂止然，事业本夔稷。
富寿及黎庶，威名慑夷狄。当归庙堂上，有位久虚席。
大匠不挥斧，众工随指画。从容任群材，文武各以职。

三十、岘山亭记

岘山临汉上，望之隐然（隐约貌），盖诸山之小者。而其名特著于荆州者，岂非以其人哉？其人谓谁？羊祜叔子、杜预元凯是已。方晋与吴以兵争，常倚荆州以为重，而二子相继于此，遂以平吴而成晋业，其功烈已盖于当世矣。至于风流余韵①蔼然（盛大貌）被于江汉之间者，至今人犹思之，而于思叔子也尤深。盖元凯以（因为）其功，而

103

叔子以其仁，二子所为虽不同，然皆足以垂于不朽。余颇疑其反自汲汲于后世之名者何哉？

传言叔子尝登兹山，慨然语其属，以谓此山常在，而前世之士皆已湮灭于无闻，因自顾而悲伤，然独不知兹山待己而名著也。元凯铭功于二石，一置兹山之上，一投汉水之渊。是知陵谷有变，而不知石有时而磨灭也。岂皆自喜其名之甚而过为无穷之虑欤？将自待者厚而所思者远欤？②

山故有亭，世传以为叔子之所游止也。故其屡废而复兴者，由后世慕其名而思其人者多也。熙宁元年，余友人史君中辉（同"辉"）以光禄卿来守襄阳。明年，因亭之旧，广而新之，既周以回廊之壮，又大其后轩，使与亭相称。君知名当世，所至有声，襄人安其政而乐从其游也，因以君之官，名其后轩为"光禄堂"，又欲纪其事于石，以与叔子、元凯之名并传于久远。君皆不能止也，乃来以记属于余。

余谓君如慕叔子之风而袭其遗迹，则其为人与其志之所存者可知矣。襄人爱君而安乐之如此，则君之为政于襄者又可知矣。此襄人之所欲书也。若其左右山川之胜势，与夫草木云烟之杳霭（幽深杳远），出没于空旷有无之间，而可以备诗人之登高，写《离骚》之极目者，宜其览者自得之。至于亭屡废兴，或自有记，或不必究其详者，皆不复道。熙宁三年十月二十有二日，六一居士欧阳修记。

◎ **注释**

①余韵，前代遗留下来的风雅韵事。

②属：下属，指邹润甫。"是知陵谷"四句：意思指杜预知道陵谷有变，而不知石有磨灭的道理。这是对其"自喜其名""自待者厚"的讥评。

◎ 简析

《岘山亭记》作于熙宁三年（1070），是作者应襄阳知府史中辉之请而写的。岘（xiàn）山，位于今湖北襄阳城南 2.5 公里处岘首山上，是晋代为纪念镇守襄阳的名将羊祜而修建，后屡有兴废。清代道光二十七年（1847 年），襄阳知县熊宝书，于岘山故址重建此亭，文革期间被炸毁。羊祜，字叔子，晋武帝时任都督荆州诸军事，出镇襄阳，垦田积粮，与东吴陆抗对峙，屡请伐吴，因朝议不合而未果。曾开设庠序，绥怀远近，善待边民。及卒，吴守边将士亦为之泣。百姓立碑建庙于岘山，后世称其碑为"堕泪碑"。病故前，举荐杜预自代。杜预，字元凯，继羊祜后，筹划灭吴，功成，结束了汉末以来长期的分裂割据状态，使中国重归一统。《晋书》各有本传。

据《太平御览》卷四十三引《十道志》载："羊祜常与从事邹润甫共登岘山，垂泣曰：'自有宇宙便有此山，由来贤达胜士登此远望如我与卿者多矣，皆湮灭无闻，不可得知，念此使人悲伤。我百年后，魂魄犹当此山也。'润甫对曰：'公德冠四海，道嗣前哲，令闻令望当与此山俱传。若湛（润甫名）辈乃当知公语耳。'"读者略知以上史料，于读懂此文，有所裨益。

本文分四段。首段写山以人名，引出议题；接着评说叔子、元凯言行，乃"自喜其名之甚而过为无穷之虑"；第三段写史君之作为，点明求记本意，在于"以与叔子、元凯之名并传于久远"；最后，写史君其人其志襄人可知，山川形胜览者得知，故"皆不复道"。

《岘山亭记》是欧公记体散文的最后一篇。本是一篇应约而作的应景文章，作者却避开对求记者的颂扬，略去岘山自然风貌的描写，着重表达由当地名胜所引起的感想；而感想的核心观点，又是对"汲汲于后世之名"的否定。在欧公几十年仕宦生涯中，执政为民，不求声名，这是其始终不渝的从政原则。尽管言约意远，藏锋敛锷，读者仍可从这篇别具一格的碑记文中，体味到本文所集中体现的这一思想。何焯在《义门读书记》中就曾指出："言外有规史君好名意。盖叔子是宾，光禄堂却是主也。史君非其人而犹汲汲于名，公盖心非之，妙在微讽中有引而进之之意，仍归于敦厚也。"

　　本文留下的一则文坛轶事，见于王铚《默记》。欧公作此篇以示章惇(字子厚)，读至"元凯铭功于二石，一置兹山，一投汉水"，子厚曰："今饮酒者，令编札斟酒亦可，穿衫着带斟酒亦可，令妇环侍斟酒亦可，终不若美人斟酒之中节也。'一置兹山，一投汉水'亦可，然终是突兀，此壮士编札斟酒之礼也。惇欲改曰'一置兹山之上，一投汉水之渊'，此美人斟酒之体，合宜中节故也。"欧公从善如流，"喜而用之"，其博大胸怀，由此可知。

◎ **诗曰**

岘山幸有两贤臣，

余韵流风世所珍。

功盖千秋成晋业，

仁施四野及吴民。

无关勒石名和利，

且辨铭文假与真。

纵使沧桑陵谷变，

丰碑青史总由人。

第二部分　论体散文

欧公论体散文简述

如果说，本书"记体散文"的概念是沿用学界的术语，那么，"论体散文"则是笔者自拟的一个说法。在笔者看来，所谓"记体"、"论体"，原本只是一种粗线条的划分，并非一个科学严谨的概念。例如，记体散文中没有包括《记旧本韩文后》、《六一居士传》一类文章，虽然《记旧本韩文后》同样"以记名题"，《六一居士传》作为传记也理应属于记叙文体；而论体散文中则收入了抒情性较强又兼具散文性质的文赋，如《秋声赋》、《黄杨树子赋》等篇，以及被孙琮称作"竟似一篇游记"的《送陈经秀才序》。之所以如此，是因为"记体"往往侧重于以其文学因素为依据，"论体"往往着眼于以其议事明理为考量。本书除记体散文外，将其余散文篇章一并纳入论体散文范畴。这样的划分，既可包揽欧公所有入选文章，也让笔者行文更为方便。

《孟子》曰："颂其诗，读其书，不知其人，可乎？是以论其世也。"要读懂欧公论体散文，知人论世，恐怕更应如此。

公四岁丧父，家境贫苦，母子相依为命。母亲画荻教字，孤儿好学苦读，十岁时从同伴家偶得《昌黎先生集》，从此手不释卷。但后来两次科考，均意外落榜。天圣八年（1030）参加殿试，位列二甲进士及第。据时任主考官的同乡晏殊说，公未能夺魁，主要是锋芒过于显露，众考官欲挫其锐气，促其成才。

公平生经历，大体可分四个时期，即初入仕途的西京时期、首次遭贬的夷陵时期、再次被贬后十年辗转时期、重返朝廷及求退致仕时期(参见《欧公记体散文简述》)。他曾以翰林学士身份兼龙图阁学士权知开封府,拜枢密副使、参知政事,后又相继任刑部尚书、兵部尚书等职。熙宁四年(1071)以观文殿学士、太子少师致仕。次年卒,年六十六岁,谥文忠,史称欧阳文忠公。

身处逆境时不屈的人格精神,勇于揭弊的批判精神,提倡君子风范的修身正己精神,学术研究中的独立思考和实录精神,以及刻苦著述、一丝不苟的创作精神等等,这些都是欧公留给后世的宝贵精神财富,我们应当发扬光大。

把握这些,我们既可了解欧公生活、创作的历史背景,也能获取解读欧公诗文内涵和风格的钥匙,从而领略和体会到欧公论体散文的整体特色。

一是文体的多样性。据不完全统计,欧公文集中五百余篇文章,除记体散文外,其余多为序、论、书、铭、传、赋等。其中政论、史论自不待说,即便赠序、墓志、祭文、书简、题跋等,亦往往以议论为主体,无不闪耀着论说的光彩,呈现出"文体众备,变化开阖,因物命意,各极其工"的风格特点。(吴充《欧阳公行状》)

二是内容的针对性。无论与时政相关的书、论、劄、疏等政论,还是为个体所作的赠序、墓志、祭文、书简、题跋,欧公论体散文所具有的强烈针对性,正是他关心"百事"、缘事而发创作原则的完美体现。

三是语言的平易性。这种平易,便是朴素自然,平实浅近,少用典故,不用生僻词语,但并不排斥犀利、峻切、严谨、深刻。正如朱熹所言:"欧公文章及三苏文章好,只是平易说道理。"

四是论辩的逻辑性。欧公善于准确把握论题,打破思维定势,选择最佳角度立论;阐述过程中,运用翔实可信的论据,倾注真情实感,充满不畏权贵,不怕得罪人的大丈夫气概;再辅以娴熟多变的论辩手法,往往使读者感觉一波三折,摇曳多姿。这样,文章必然具有强大的逻辑力量。

在《论契丹求御容劄子》中,欧公说过:"大凡为国谋事者,必先明信义,重曲直,酌人情,量事势,四者皆得,然后可以不疑。"其论体散文莫不如此。它们与记体散文一起,构成一代文豪的道德文章，其所形成的整体风格，正如苏洵《上欧阳内翰第一书》中所言："执事之文，纡余委备，往复百折，而条达疏畅，无所间断，气尽语极，急言竭论，而容与闲易，无艰难劳苦之态。"

历代以来，人们习惯于将欧公与韩愈的散文加以比较。当代学者吴小林对比二者的风格差别时说："如果说韩愈的散文犹如浑浩流转的长江大河，那么欧阳修的散文就像微波荡漾的清池曲水；如果说韩愈的文章雄奇奔放，表现出一种阳刚之美；那么欧阳修散文的主要风格就是委婉曲折，平易自然，流丽顺畅，偏于阴柔之美。"从整体上来说，大抵如此。

一、送陈经秀才序

伊（伊水）出陆浑，略国南（经过洛阳城南），绝（穿越）山而下，东以会河（洛水）。山夹水东西，北直（正对）国门，当双阙。隋炀帝初营宫洛阳，登邙山南望，曰："此岂非龙门邪！"世因谓之龙门，非《禹贡》所谓导河自积石而号龙门者也。然山形中断，岩崖缺呀（张口），若断若鑱（chán）。当禹之治水九州，披山斩木，遍行天下，凡水之破山而出之者，皆禹凿之，岂必龙门？然伊之流最清浅，水溅溅鸣石间。刺（撑着）舟随波，可为浮泛；钓鲂（鳊鱼）擉（chuō，刺）鳖，可供膳羞（美味食品）。山两麓浸流，中无岩崭颓怪盘绝之险，而可以登高顾望（回望）[①]。自长夏而往，才十八里，可以朝游而暮归。故人之游此者，欣然得山水之乐，而未尝有筋骸之劳，虽数至不厌也。

然洛阳西都（宋称洛阳为西京），来此者多达官尊重，不可辄轻出。幸时一往，则驺（zòu）奴从骑（均指随从），吏属遮道，唱呵（吆喝）后先，前偻（导行）旁扶，登览未周，意已怠矣[②]。故非有激流上下，与鱼鸟相傲然徙倚之适

109

也。然能得此者，惟卑且闲者宜之。修为从事（州府佐吏），子聪（杨子聪）参军，应之（张谷字应之）主县簿，秀才陈生（指陈经）旅游，皆卑且闲者，因相与期（约）于兹。夜宿西峰，步月松林间，登山上方（即上方阁），路穷而返。明日，上香山石楼，听八节滩，晚泛舟，傍山足（山脚）夷犹（从容的样子）而下，赋诗饮酒，暮已归。后三日，陈生告予且西（将西去）。予方得生（指结识陈经），喜与之游也，又遽（突然）去，因书其所以游以赠其行。

◎ **注释**

①陆浑：旧县名，故城在今河南嵩县北，是伊水的发源地。绝山：穿过山脉。绝，断或跨越，这里是穿过的意思。山：指龙门山，也称"伊阙"，在今洛阳市南，东西两山夹伊水对峙如门，西名龙门山，东名香山。当双阙：相当如宫廷前左右高大的阙楼。《禹贡》：《尚书》中的篇名，是我国古代珍贵的地理著作，其中有"导河积石，至于龙门"的话。《禹贡》中的龙门山，在今山西稷山县西北。岩崒：指峻险的峰峦。颓怪：指山势的险恶。盘绝：回旋曲折无路可通之意。

②"然洛阳"十句：指达官贵人出游，难得真正之乐。徙倚：徘徊；流连不去。石楼：香山名胜，唐代白居易所建。八节滩：伊水流经龙门的险滩。

◎ **简析**

　　《送陈经秀才序》作于明道元年（1032），时值欧公西京留守推官任上第二年（参阅《游大字院记》"简析"）。序，一种临别赠言性质的文体，所谓"君子赠人以言"，又称"赠序"，内容多是对于所赠亲友的赞许、推重或勉励之辞。陈经，一称陆子履，以其母再嫁陈见素而改姓名。唐、宋间，凡应举者皆称秀才。是年春，陈经路过洛阳，公盛情款待，并邀杨愈、张谷，自城南长夏门外乘舟，同往龙门山游玩，作《游龙门分题十五首》，记与友朋畅游龙门情景。

　　全文可分前后两段。前段开篇概写龙门、伊水的地理位置及龙门名称的由来，大处落笔，文势酣畅；接着分述山之险峻，若断若镢，而水之浸流，可赏可用；然后点明，这样的模山范水，自是一处可以"欣然得山水之乐，而未尝有筋骸之劳，虽数至不厌"的形胜之地。后段写不同的游人，有不同的志趣，不同的感受：达官贵人摆阔气、讲排场、显尊贵，以致"登览未周，意已怠矣"；而我等"卑且闲者"，松涛明月为伴，上方阁楼论古，赋诗饮酒泛舟，"朝游而暮归"，何其乐也。作者以反衬之法，于对比中尽显友朋的相携游赏之乐与闲雅淡泊之志。篇末以离情别绪绾结，一"方"字，一"遽"字，写尽无穷遗憾，虽无挽留之语，而怅惘之意、眷恋之情已跃然纸上。

　　孙琮云："通篇读去，竟似一篇游记，读至尾一行，才是送人文字。看他闲闲然似不欲作送人文字者，然已写尽送人文字之妙。如一起写山水形胜之足游，无论矣。中幅说出贵显者不能得游之乐，惟卑且闲者得之。只此二段，便见得自己与陈生朝夕揽胜，实为庆幸，今一旦远去，能不赠言？将两人情绪曲曲写出，却无一笔落相，真是古人中高手。"(《山晓阁选宋大家欧阳庐陵全集》评语卷三)

　　欧公任西京留守推官时，文士荟萃，以留守钱惟演为首，逐渐形成了一个庞大的洛中文人集团，其中既有谢绛、梅尧臣、尹洙、富弼等各有所长的文坛大家，也有尚属名不见经传的年轻才子，如秀才陈经，由此崛起，后来成为北宋文学家、著名书法家。《宣和书谱》卷六称："前辈高文必求(陆)经为之书，故经之石刻殆遍天下。"二十五年后，嘉祐二年(1057)，欧公曾作《长句送陆子履学士通判宿州》诗，盛赞"子履自少声名驰，落笔文章天下知"。

◎ 诗云

卑闲不似达官游，

伊阙春浓四望收。

皓月松林宜信步，

隆情伊水好行舟。

才登楼阁摅诗兴，

又钓鳊鳖品荐馐。

遽折新枝城外柳，

何人更共故都秋。

◎ 链接

长句送陆子履学士通判宿州

古人相马不相皮，瘦马虽瘦骨法奇。

世无伯乐良可嗤，千金市马惟市肥。

骐骥伏枥两耳垂，夜闻秋风仰秣嘶。

一朝络以黄金羁，旦刷吴越暮燕陲。

丈夫可怜憔悴时，世俗庸庸皆见遗。

子履自少声名驰，落笔文章天下知。

开怀吐胸不自疑，世路迫窄多穿机。

鬓毛零落风霜摧，十年江湖千首诗。

归来京国旧游非，大笑相逢索酒卮。

酒酣犹能弄蛾眉，山川摇落百草腓。

爱君不改青松枝，念君明当整骖骓。

赠以瑶华期早归，岂惟朋友相追随，坐使台阁生光辉。

二、述梦赋

夫君去我而何之乎？时节逝兮如波。昔共处兮堂上，忽独弃兮山阿①。呜呼！人羡久生，生不可久，死其奈何！死不可复，惟可以哭。病予喉使不得哭兮，况欲施乎其他？愤既不得与声而俱发兮，独饮恨而悲歌。歌不成兮断绝，泪疾下兮滂沱。行求兮不可过，坐思兮不知处②。可见惟梦兮，奈寐少而寤多。或十寐而一见兮，又若有而若无，乍若去而若来，忽若亲而若疏。杳兮倏兮(幽深，疾速)，犹胜于不见兮，愿此梦之须臾。尺蠖③怜予兮为之不动，飞蝇闵(同"悯")予兮为之无声。冀驻君兮可久，恍予梦之先惊。梦一断兮魂立断，空堂耿耿兮(明亮貌)华灯。世之言曰：死者渐也。④今之来兮，是也非也？又曰：觉之所得者为实，梦之所得者为想。苟一慰乎予心，又何较乎真妄？绿发兮思君而白，丰肌兮以君而瘠。君之意兮不可忘，何憔悴而云惜。愿日之疾兮，愿月之迟，夜长于昼兮，无有四时。虽音容之远矣，于恍惚以求之。

◎ **注释**

①山阿：山岗，这里指墓地。陶渊明《挽歌诗》；"死去何所道，托体同山阿。"

②"行求兮"二句：写行坐不安的思念。不可过："过"疑为"遇"。

③尺蠖(huò)：一种身体能屈伸的青虫。

④渐：彻底消失。《礼记·曲礼下》郑玄注："死之言渐也，精神渐尽也。"

◎ **简析**

　　《述梦赋》作于明道二年(1033)，公时在西京留守推官任上。是年正月，公出差汴京，旋往随州，探望叔父。归途中，夜宿花山客馆，凄风苦雨，愈感孤寂，提笔作《花山寒食》诗："客路逢寒食，花山不见花。归心随北雁，先向洛阳家。"他在思念着家中年轻的妻子。夫人胥氏，乃恩师胥偃之女，公于天圣八年(1030)中进士后与之订婚，次年赴西京任职，安排停当，即前往迎娶。两年来，少年夫妻，情投意合，恩爱无限。如今妻有身孕，却只身一人，抱病在床，怎不令他魂牵梦绕，归心似箭。不料，待到他星夜兼程赶回来，苦痛却不期而至：爱妻产下一子，不久便抛下尚不足月的儿子撒手西去，年仅十七岁。天人永隔，肝肠寸断，思之所及，遂有此篇。

本文以小赋为载体，以述梦为内容，采用第二人称的形式，直接面对逝者，诉说自己对妻子的爱恋、回忆、追寻，以及永难排遣的悲痛。开篇四句，仰天一问：你离开我去哪里了啊？可谓惊心动魄，将一对恩爱夫妻骤然生离死别的场景，陡然拉到了读者眼前。"呜呼"四句，写尽此时此刻，生死不由人的无奈。"死不可复"十句，细述喉不得哭、愤不得发、悲歌不成、行坐不见之种种悲苦，此为后文承接的铺垫，也是梦境产生的根源。"可见惟梦兮"至"空堂耿耿兮华灯"，为本文主体，以思念为核心，围绕变幻不定的梦境，展开细致深入的描述，倾诉了作者痛苦而复杂的心情。"世之言曰"至篇末，写梦醒后的感慨，分三层：一是只要能见到你，无论"是非、真妄"；二是为了"思君"，憔悴何惜；三是期盼梦多、梦长，只要能在梦中"求之"，即使"恍惚"又何妨！

概而言之，这篇抒情短赋抒写了一段刻骨铭心的爱，也回忆了一份痛不欲生的情，感人肺腑，慑人心魄。与苏轼的《江城子·十年生死两茫茫》一样，是令人百读而不厌的悼亡杰作。有论者认为，《述梦赋》和《江城子》虽在文学样式和叙述风格方面迥然不同：一为古赋，一为长短句；一辞采瑰丽，一平易流畅，但他们对亡妻的悼念之情，都是一样的痛彻心扉，并且在梦的意象、以情动人、即景生情、有我之境等艺术表现手法上，更是表现出诸多相似性（参见陈政《欧阳修的〈述梦赋〉和苏轼的〈江城子·十年生死两茫茫〉之比较》）。所论可资借鉴。

梦已断，爱犹在，情未了。在写此赋的同时，公还用饱蘸血泪的笔墨，作有长诗《绿竹堂独饮》，极写"一诀乃永已"，"欲饮先长谣"的悲伤与思念。诗赋异体，文辞同哀，令人难以卒读。

《庄子·至乐》谓："庄子妻死，惠子吊之，庄子则方箕踞鼓盆而歌。"成玄英《疏》："盆，瓦缶也。庄子知生死之不二，达哀乐之为一，是以亡妻不哭，鼓盆而歌。"余读《述梦赋》，知欧公伉俪情深，纵然熟读庄子，又焉能鼓盆而歌乎！

◎ **诗曰**

读《述梦赋》知欧公心境，乃赋五律一首写之。

渺远飘忽处，
君容尚宛如。
似来还欲去，
若实却偏虚。
公作鸳鸯叹，
谁为瓦缶摅？
清风知此恨，
月下乱翻书。

◎ 链接

绿竹堂独饮

夏篁解箨阴加樛，卧斋公退无喧嚣。
清和况复值佳月，翠树好鸟鸣咬咬。
芳罇有酒美可酌，胡为欲饮先长谣？
人生暂别客秦楚，尚欲泣泪相攀邀。
况兹一诀乃永已，独使幽梦恨蓬蒿。
忆予驱马别家去，去时柳陌东风高。
楚乡留滞一千里，归来落尽李与桃。
残花不共一日看，东风送哭声嗷嗷。
洛池不见青春色，白杨但有风萧萧。
姚黄魏紫开次第，不觉成恨俱零凋。
榴花最晚今又拆，红绿点缀如裙腰。
年芳转新物转好，逝者日与生期遥。
予生本是少年气，瑳磨牙角争雄豪。
马迁班固泊歆向，下笔点窜皆嘲嘈。
客来共坐说今古，纷纷落尽玉麈毛。
弯弓或拟射石虎，又欲醉斩荆江蛟。
自言刚气贮心腹，何尔柔软为脂膏。

吾闻庄生善齐物，平日吐论奇牙聱。

忧从中来不自遣，强叩瓦缶何謞謞。

伊人达者向乃尔，情之所钟况吾曹！

愁填胸中若山积，虽欲强饮如沃焦。

乃判自古英壮气，不有此恨如何消？

又闻浮屠说生死，灭没谓若梦幻泡。

前有万古后万世，其中一世独蚍蟧。

安得独洒一榻泪，欲助河水增滔滔。

古来此事无可奈，不如饮此罇中醪。

三、与高司谏书

修顿首再拜，白司谏足下：某年十七时，家随州，见天圣二年进士及第榜，始识足下姓名。是时予年少，未与人接（交往），又居远方，但闻今宋舍人兄弟与叶道卿、郑天休数人者，以文学大有名，号称得人。而足下厕其间（名列其中），独无卓卓（优秀突出）可道说者，予固疑足下不知何如人也。[①]

其后更十一年，予再至京师，足下已为御史里行（官名），然犹未暇一识足下之面。但时时于予友尹师鲁（尹洙）问足下之贤否，而师鲁说足下正直有学问，君子人也，予犹疑之。夫正直者不可屈曲，有学问者，必能辨是非，以不可屈之节，有能辨是非之明，又为言事之官（谏官），而俯仰默默，无异众人，是果贤者？此不得使予之不疑也。

自足下为谏官来，始得相识，侃然（刚直）正色，论前世事，历历可听，褒贬是非，无一谬说。噫！持此辩以示人，孰不爱之？虽予亦疑（猜测）足下真君子也。是予自闻足下之名及相识，凡十有四年，而三疑之。今者推其实迹而较之，然后决知足下非君子也。

前日范希文（范仲淹）贬官后，与足下相见于安道（余靖）家，足下诋诮（dǐ qiào，嘲弄；毁谤）希文为人。予始闻之，疑是戏言，及见师鲁，亦说足下深非希文所为，然后其疑遂决。希文平生刚正、好学通古今，其立朝有本末②，天下所共知，今又以言事触宰相得罪，足下既不能为辨其非辜，又畏有识者之责己，遂随而诋之，以为当黜，是可怪也。

夫人之性，刚果懦软禀之于天，不可勉强，虽圣人亦不以不能责人之必能。③今足下家有老母，身惜官位，惧饥寒而顾利禄，不敢一忤（违背）宰相以近刑祸，此乃庸人之常情，不过作一不才谏官尔。虽朝廷君子，亦将闵（同"悯"，忧虑）。足下之不能，而不责以必能也。今乃不然，反昂然自得，了无愧畏，便毁（随意诋毁）其贤以为当黜，庶乎饰己不言之过。夫力所不敢为，乃愚者之不逮（不及）；以智文（文饰）其过，此君子之贼（败类）也。

且希文果不贤邪？自三四年来，从大理寺丞至前行员外郎，作待制日，日备顾问（咨询），今班行（同朝百官）中无与比者。是天子骤用不贤之人？夫使天子待不贤以为贤，是聪明有所未尽。足下身为司谏，乃耳目之官（指谏官），当其骤用时，何不一为天子辨其不贤，反默默无一语，待其自败，然后随而非之？若果贤邪，则今日天子与宰相以忤意逐贤人，足下不得不言。是则足下以希文为贤，亦不免责，以为不贤，亦不免责，大抵罪在默默尔。

昔汉杀萧望之与王章④，计其当时之议，必不肯明言杀贤者也，必以石显、王凤为忠臣，望之与章为不贤而被罪也。今足下视石显、王凤果忠邪，望之与章果不贤邪？当时亦有谏臣，必不肯自言畏祸而不谏，亦必曰当诛而不足谏也。今足下视之，果当诛邪？是直可欺当时之人，而不可欺后世也。今足下又欲欺今人，而不惧后世之不可欺邪？况今之人未可欺也。

伏以今皇帝即位已来，进用谏臣，容纳言论，如曹修古、刘越，虽殁犹被褒称。今希文与孔道辅，皆自谏诤擢用。足下幸生此时，遇纳谏之圣主如此，犹不敢一言，何也？前日又闻御史台榜朝堂，戒百官不得越职言事，是可言者惟谏臣尔。⑤若足下又遂不言，是天下无得言者也。足下在其位而不言，便当去之，无妨他人之堪其任者也。昨日安道贬官，师鲁待罪，足下犹能以面目见士大夫，出入朝中称谏官，是足下不复知人间有羞耻事尔！所可惜者，圣朝有事，谏官不言而使他人言之，书在史册，他日为朝廷羞者，足下也。

《春秋》之法，责贤者备⑥。今某区区（自谦，不重要）犹望足下之能一言者，不忍便绝足下，而不以贤者责也。若犹以谓希文不贤而当逐，则予今所言如此，乃是朋邪之人尔。⑦愿足下直携此书于朝，使正予罪而诛之，使天下皆释然知希文之当逐，亦谏臣之一效也。

前日足下在安道家，召予往论希文之事，时坐有他客，不能尽所怀，故辄布区区，伏惟幸察。不宣。修再拜。

◎ **注释**

①"见天圣二年"二句：高若纳与宋庠、宋祁、叶道卿、郑天休皆为天圣二年（1024）进士。

②"其立朝"二句：意思是范仲淹处理朝政，光明磊落，政绩赫然。

③"夫人之性"等四句：意思指"能"和"为"是两个不同的概念。语出《孟子·梁惠王上》："挟太山以超北海，语人曰'我不能'，是诚不能也。为长者折枝，语人曰'我不能'，是不为也，非不

能也。"

④萧望之、王章：汉代朝臣，前者因反对宦官弘恭、石显当政，遭诬陷自杀；后者因反对外戚王凤专权，被下狱而死。

⑤"伏以今皇帝"等五句：曹修古、刘越，北宋刘太后临朝时大臣，皆以遇事敢言受贬斥。孔道辅曾因与范仲淹谏阻废郭后被贬。御史台榜朝堂：据《宋史纪事本末·庆历党议》载："御史韩缜希夷简旨，请以仲淹朋党榜朝堂，戒百官越职言事者，从之。"实际上是采用强制手段，封住百官之口。

⑥责贤者备：语出《新唐书·太宗本纪》："然《春秋》之法，常责备于贤者。"指《春秋》对贤者常常责备，严格要求。备，完美无缺。朋邪：奸邪之党。此处是反语。

◎ 简析

　　《与高司谏书》作于景祐三年（1036）。公时年三十，任馆阁校勘，应是校订宫中藏书的一般官员。高司谏，即高若讷，时任左司谏，其职责为"掌讽谕规谏，凡朝廷阙失，大事廷诤，小事论奏"。《宋史·高若讷传》载："时范仲淹坐言事夺职知睦州，余靖、尹洙论救仲淹，相继贬斥。欧阳修乃移书责若讷曰：'仲淹刚正，通古今，班行中无比。以非辜逐，君为谏官不能辨，犹以面目见士大夫，出入朝廷，是不复知人间有羞耻事耶！今而后，决知足下非君子。'若讷忿，以其书奏，贬修夷陵令"。"与……书"，即"给……的一封信"。

　　欧公为之辩护的范仲淹（989—1052），字希文，苏州吴县人，北宋杰出的思想家、政治家、文学家。当时，宋朝立国已七十余年，政治危机与社会矛盾日趋激烈，财政痼疾和吏治腐败尤为突出。宰相吕夷简长年以老病之身执掌朝政，任用亲信，培植党羽，与士大夫中的有志之士时有冲突。吏部员外郎、权知开封府的范仲淹，向仁宗进献《百官图》，对宰相用人制度提出尖锐批评。吕夷简反诬范仲淹"越职言事、勾结朋党、离间君臣"。仲淹连上四章，言辞激烈，遂被罢黜，改知饶州。蔡襄作《四贤一不肖》诗，讽刺高若讷，牵连遭贬。秘书丞余靖上书请求修改诏命；太子中允尹洙上疏自讼和仲淹是师友关系，愿一起降官贬黜。侍御史韩渎曲意迎合吕夷简，列写范仲淹同党的姓名，奏请仁宗在朝廷张榜公示。面对朝臣纷纷论救，而身为左司谏的高若讷不但不救，反而在友人家诋毁范仲淹，公怒不可遏，写信痛斥之，即本文。

开篇从"三疑"写起，用欲擒故纵之法，"然后决知足下非君子也"；接着，用对比叙事之法，揭破其"君子之贼"的本来面目；第五段以仲淹进退为例，印证高身为谏官，不辨贤否，"大抵罪在默默尔"；第六、七段以古论今，从正反两面斥其欺世盗名，枉为谏官，"不复知人间有羞耻事尔!"文末表明，即便"正予罪而诛之"，亦无所惧。

本文褒贬分明，直言不讳，正气凛然，振聋发聩。对此，沈德潜于《唐宋八大家文读本》中肯定："此石守道（石介）《四贤一不肖》之诗所由作也。棱角峭厉，略无委屈，愤激于中，有不能遏抑者耶! 公是年只三十岁，气盛，故言言愤激，不暇含蓄。"但仅归结于年轻气盛，则此论似有不妥。方苞说得更为深透："欧公苦心韩文，得其意趣，而门径则异。韩雄直，欧变而纡徐；韩古朴，欧变而秀美。惟此篇骨法形貌，皆与韩为近。"（《古文约选》）也就是说，本文"骨法形貌"，的确体现了一代文豪不存芥蒂的畅达胸怀和硬朗豪迈的气节风骨。但在欧公后来的散文中，此类笔法并不多见。

之后，公赴贬所，七月至真州（今江苏仪征），歇十数日，溯江而上，有诗《初出真州泛大江作》纪行，录予读者一阅。

◎ 诗曰

览尽朝中辅弼臣，
兴衰亦可究其因。
谁闻谄媚真君子，
孰谓刚廉实小人？
奸佞何曾图报国，
忠贤岂肯惜投身。

昂然风骨浩然气，
付与苍生一枝春。

◎ 链接

初出真州泛大江作

孤舟日日去无穷，行色苍茫杳霭中。
山浦转帆迷向背，夜江看斗辨西东。
潦田渐下云间雁，霜日初丹水上枫。
莼菜鲈鱼方有味，远来犹喜及秋风。

四、原 弊

孟子曰：养生送死，王道之本。管子曰："仓廪实（仓库堆满粮食）而知礼节。"故农者，天下之本也，而王政所由起也，古之为国者未尝敢忽。而今之为吏者不然，簿书听断而已矣，闻有道农之事，则相与笑之曰鄙（粗俗）。[①]夫知赋敛移用之为急，不知务农为先者，是未原（推究）为政之本末也。知务农而不知节用以爱农，是未尽务农之方也。

古之为政者，上下相移用以济（调剂）。下之用力者甚勤，上之用物者有节，民无遗力，国不过费，上爱其下，下给其上，使不相困。三代（夏商周）之法皆如此，而最备于周。周之法曰：井牧其田，十而一之。一夫之力，督之必尽其所任；一日之用，节之必量其所入；一岁之耕，供公与民食皆出其间，而常有余，故三年而余一年之备。今乃不然，耕者不复督其力，用者不复计其出入，一岁之耕，供公仅足，而民食不过数月。甚者，场功甫（刚刚）毕，籴糠麸而食秕稗（bǐ bài），或采橡实（一种野果）、畜

(积聚)菜根以延冬春。夫糠麸橡实,孟子所谓狗彘(zhì,猪)之食也,而卒岁(度过年关)之民不免食之。不幸一水旱,则相枕为饿殍(piǎo,饿死的人)。②此甚可叹也!

夫三代之为国,公卿士庶之禄廪,兵甲车牛之材用,山川宗庙鬼神之供给(祭祀),未尝阙也。是皆出于农,而民之所耕,不过今九州之地也。岁之凶荒,亦时时而有,与今无以异。今固尽有向时之地,而制度无过于三代者。昔者用常有余,而今常不足,何也?其为术相反而然也。昔者知务农又知节用,今以不勤之农赡(供给)无节之用故也。非徒不勤农,又为众弊以耗之;非徒不量民力以为节,又直不量天力之所任也。

何谓众弊?有诱民之弊,有兼并之弊,有力役之弊,请详言之。今坐华屋享美食而无事者,曰浮图之民(指和尚);仰衣食而养妻子者,曰兵戎之民。此在三代时,南亩(泛指农田)之民也。今之议者,以浮图并周、孔(周公与孔子)之事曰三教(儒道佛),不可以去;兵戎曰国备,不可以去。浮图不可并周、孔,不言而易知,请试言之。国家自景德罢兵,三十三岁矣,兵尝经用者老死今尽,而后来者未尝闻金鼓(战鼓)、识战阵也。生于无事而饱于衣食也,其势不得不骄惰。今卫兵入宿,不自持被而使人持之;禁兵(守卫皇宫的士兵)给粮,不自荷(背负)而雇人荷之。其骄如此,况肯冒辛苦以战斗乎!前日西边(陕西路)之吏,如高化军齐宗举,两用兵而辄败,此其效也。夫就使兵耐辛苦而能斗战,惟耗农民为之可也。奈何有为兵之虚名,而其实骄惰无用之人也?古之凡民长大壮健者,皆在南亩,农隙则教之以战。今乃大异。一遇凶岁,则州郡吏以尺度量民之长大而试其壮健者,招之去为禁兵,其次不及尺度而稍怯弱者,籍之以为厢兵。③吏招人多者有赏，而民方穷时争投之，故一经凶荒，则所留在南亩者，惟老弱也。而吏方曰："不收为兵，则恐为盗。"噫！苟知一时之不为盗，而不知其终身骄惰而窃食也。古之长大壮健者任耕，而老弱者游惰；今之长大壮健者游惰，而老弱者留耕也。何相反之甚邪！然民尽力乎南亩者，或不免乎狗彘之食，而一去为僧、兵，则终身安佚（安乐舒适）而享丰腴，则南亩之民不得不日减也。故曰有诱民之弊者，谓此也。其耗之一端也。

古者计口而受田，家给而人足。井田既坏，而兼并乃兴。今大率一户之田及百顷者，养客数十家。其间用主牛而出己力者，用己牛而事主田以分利者，不过十余户。其余皆出产租而侨居（寄居）者，曰浮客，而有畲田（畲 yú，火耕之地）。夫此数十家者，素非富而畜积之家也，其春秋神社（祭神）、婚姻死葬之具，又不幸遇凶荒与公家之事（指徭役），当其乏时，尝举债于主人，而后偿之，息不两倍则三倍。及其成（收获）也，出（除去）种与税而后分之，偿三倍之息，尽其所得或不能足（不够还债）。其场功（翻晒、脱粒等农事）朝毕而暮乏食，则又举之。故冬春举食则指麦于夏而偿，麦偿尽矣，夏秋则指禾于冬而偿也。似此数十家者，常食三倍之物，而一户常尽取百顷之利也。[④]夫主百顷而出税赋者一户，尽力而输（送交）一户者数十家也。就使（即使）国家有宽征薄赋之恩，是徒益一家之幸，而数十家者困苦常自如也。故曰有兼并之弊者，谓此也。此亦耗之一端也。

民有幸而不役于人，能有田而自耕者，下自二顷至一顷，皆以等书于籍。而公役之多者为大役，少者为小役，至不胜，则贱卖其田，或逃而去。[⑤]故曰有力役之弊者，谓此也。此亦耗之一端也。

夫此三弊，是其大端。又有奇邪之民去为浮巧之工，与夫兼并商贾之人为僭侈之费（超越本分的享受），又有贪吏之诛求（以势勒索），赋敛之无名，其弊不可以尽举也。既不劝之使勤，又为众弊以耗之。⑥大抵天下中民之士富且贵者，化粗粝（糙米）为精善，是一人常食五人之食也。为兵者，养父母妻子，而计其馈运之费，是一兵常食五农之食也。为僧者，养子弟而自丰食，是一僧常食五农之食也。贫民举倍息而食者，是一人常食二人三人之食也。天下几何其不乏也！

何谓不量民力以为节？方今量国用而取之民，未尝量民力而制国用也。古者冢宰（周官名，六卿之首）制国用，量入以为出，一岁之物三分之，一以给公上，一以给民食，一以备凶荒。今不先制乎国用，而一切临民而取之。故有支移之赋，有和籴（dí，买进粮食）之粟，有入中之粟，有和买之绢，有杂料之物，茶盐山泽之利有榷（què，专卖）有征。⑦制而不足，则有司屡变其法，以争毫末之利。用心益劳而益不足者，何也？制不先定，而取之无量也。

何谓不量天力之所任（担任，承受）？此不知水旱之谓也。夫阴阳在天地间，腾降而相推，不能无愆伏（阴阳失调），如人身之有血气，不能无疾病也。故善医者不能使人无疾病，疗之而已；善为政者不能使岁无凶荒，备之而已。尧、汤（唐尧、商汤）大圣，不能使无水旱，而能备之者也。古者丰年补救之术，三年耕必留一年之蓄，是凡三岁，期一岁以必灾也。此古之善知天者也。今有司之调度，用足一岁而已，是期天岁岁不水旱也。故曰不量天力之所任。是以前二三岁，连遭旱蝗而公私乏食，是期天之无水旱，卒而遇之，无备故也。

夫井田什一之法，不可复用于今。为计者莫若就民而为之制，要在下者尽力而无耗弊，上者量民而用有节，则民与国庶几乎俱富矣！今士大夫方共修太平之基，颇推务本以兴农，故辄(就)原其弊而列之，以俟(等待)兴利除害者采于有司(主管某部门的官吏)也。

◎ 注释

①养生送死：指子女对父母的赡养和殡葬。出自《孟子·离娄下》。"簿书"句：簿书，指整理户籍文书。听断，指审理案件。

②"井牧其田"十句：意为规划境内土地，或用井田法耕种，或用于放牧。十而一之，十抽其一的税法。场功：收获农作物的劳动。相枕：彼此枕藉，极言其多。

③景德罢兵：指澶渊之盟(参见《边户》诗"简析")。"卫兵"句：指禁军轮流宿卫皇宫。厢兵：指留在州府，不加训练，只充劳役的士兵。

④"古者"二句：指古代受田制度。其时户籍有主客户的区别，主户即地主，客户也称庄客由外地逃亡而来的称浮客。家给而人足：家家充裕，人人富足。"井田既坏"二句：井田制，古代的土地国有制度。《孟子·滕文公上》载："方里而井，井九百亩。其中为公田，八家皆私百亩，同养公田。公事毕，然后敢治私事。""似此"二句：指庄客食用一斤粮食，因二三倍的利息，实际等于吃了三四斤。

⑤"民有幸"四句：其时民户分五等，不做佃户、庄客的人，按自家土地、财产、人口登记入籍，每户按等纳税服役。至不胜：到了无法应付大小徭役的时候。

⑥"又有奇邪之民"七句：意思指前述"三弊"之外，还有种种弊端，如"奇邪之民"(制造奢侈品的手艺人)、兼并商贾之人、贪吏等人，既不务农，还要成倍的消耗。

⑦"故有支移之赋"六句：当时赋税的各种名目。

◎ 简析

《原弊》写作时间，从本文"国家自景德罢兵，三十三岁矣"推算，当作于景祐三年(1036)。时欧公被贬夷陵县令(参见《与高司谏书》"简析")。《原弊》的"原"，是推究事物本源的意思。《吕氏春秋》有《原乱》，《淮南子》有《原道》，韩愈有《原性》《原道》《原毁》等文。后世仿效渐成一种文体。

宋王朝建立之初，吸取唐末、五代篡弑频仍、分裂割据的教训，采取了一些缓和阶级矛盾的措施，也取得了一定成效。但七八十年后，到欧公生活的年代，统治者政治上渐趋因循守旧，生活上日益骄奢淫逸，经济上土地兼并严重，所谓"三冗"(冗官、冗兵、冗费)问题，让入不敷出的国家财政雪上加霜，农民受到残酷剥削，加上自然灾害连年不断，社会矛盾日趋激烈，危机一触即发。正是在这样的时代背景下，一些有志之士，不时发出呼唤改革的声音，其中便有欧公写下的《原弊》一文。

本文共2200多字，可分10个自然段。第1段在儒家经典理论基础上，提出"农者，天下之本也"的中心论点，进而对比"古之为国者"与"今之为吏者"在这个问题上两种对立的态度，强调为政当"知务农为先"，而"务农之方"，则在于"节用以爱农"。这是本文的绪论部分。第2、3段紧承上文，比较古今为政者，因为在农事上持两种截然不同的认识和做法，导致为政结果也截然不同。第4、5、6、7段着重分析"三弊"等弊端产生的原因，揭示不"爱农"的后果。第8、9段着重分析"不量民力"与"不量天力"所产生的原因，揭示不"节用"的后果。最后一段，用"务本以兴农"五字收束全文议论，寄希望于倡导推行改革的"兴利除害者"。

欧公在《论契丹求御容劄子》中说过："大凡为国谋事者，必先明信义，重曲直，酌人情，量事势，四者皆得，然后可以不疑。"《原弊》探讨的是如何务本兴农的问题。这是关系国计民生的大事。作者以鲜明的观点，翔实的论据，严谨的阐释，恳挚的笔触，运用两相比对的手法，写得刚正理性，极富说服力。储欣在《唐宋十大家全集录》中说："吾于此论，叹公有贤宰相之才。"庆历二年，欧公又作《准诏言事上书》，向皇上陈述"三弊五事"，都是"当今急务"。这两篇文章对民生问题的关注及思考，以及所提出的一系列体现作者民本思想的主张，均可看作是不久后范仲淹等推行"庆历新政"的舆论准备。

　　余读《原弊》，思及陶潜。他那"大济苍生"的宏愿，《桃花源记》的美好，其实在"农者，天下之本也"这一点上，与欧公是心心相印的。而且两人各写了一篇好文，陶令还确乎做了一场延续达一千七百年的美梦。而心系天下苍生的欧公，此刻身处离汴京最偏最远的夷陵，是何景象，有何心境？"须知千里梦，长绕洛川桥"，与本文同时的《初至夷陵答苏子美见寄》诗，即是真实写照。

◎ 诗曰

谆谆诲汝农为本，

民使由之慎莫虚。

南亩勤耕仓廪实，

东京节用布衣舒。

桃源梦断原无路，

故里春回自有锄。

干戈多因流殍怨，

伤心最是悔当初。

◎ 链接

初至夷陵答苏子美见寄

三峡倚超嶤，同迁地最遥。物华虽可爱，乡思独无聊。

江水流青嶂，猿声在碧霄。野篁抽夏笋，丛橘长春条。

未腊梅先发，经霜叶不凋。江云愁蔽日，山雾晦连朝。

矾谷争收漆，梯林斗摘椒。巴宾船贾集，蛮市酒旗招。

时节同荆俗，民风载楚谣。俚歌成调笑，摖鬼聚喧嚣。

得罪宜投裔，包差分折腰。光阴催晏岁，牢落惨惊飙。

白发新年出，朱颜异域销。县楼朝见虎，官舍夜闻鸮。

寄信无秋雁，思归望斗杓。须知千里梦，长绕洛川桥。

五、读李翱文

　　予始读翱《复性书》三篇，曰此《中庸》之义疏(说明、注解)尔。智者诚其性，当读《中庸》。愚者虽读此，不晓也，不作可焉。又读《与韩侍郎荐贤书》，以谓翱特穷时，愤世无荐己者，故丁宁如此，使其得志，亦未必然。以韩为秦汉间好侠行义之一豪俊，亦善论人者也。最后读《幽怀赋》，然后置书而叹，叹已复读，不自休。恨翱不生于今，不得与之交，又恨予不得生翱时，与翱上下其论也。①

　　凡昔翱一时人，有道而能文者，莫若韩愈。愈尝有赋矣，不过美二鸟之光荣，叹一饱之无时尔。此其心使光荣而饱，则不复云矣。若翱独不然，其赋曰："众嚚嚚而杂处兮，咸叹老而嗟卑。视予心之不然兮，虑行道之犹非。"又怪神尧(指唐高祖)以一旅取天下，后世子孙不能以天下取河北，以为忧。②呜呼！使当时君子皆易其叹老嗟卑之心，为翱所忧之心，则唐之天下岂有乱与亡哉！

　　然翱幸不生今时，见今之事，则其忧又甚矣。奈何今之人不忧也？余行天下，见人多矣，脱(纵使)有一人能如翱忧者，又皆贱远③，与翱无异。其馀光荣而饱者，一闻忧世之言，不以为狂人，则以为病痴子，不怒则笑之矣。呜呼！在位而不肯自忧，又禁他人使皆不得忧，可叹也夫！景祐三年十月十七日，欧阳修书。

◎ **注释**

①中庸:《中庸》是一篇论述儒家人性修养的散文，原是《礼记》第三十一篇，相传为子思所作，是一部儒家学说经典论著。《与韩侍郎荐贤书》:即李翱《答韩侍郎书》。韩侍郎，即韩愈。李翱文中称韩为"秦汉间尚侠行义之一豪隽耳"。"智者"等五句，是对该文的评论。上下其论:指讨论古今政事的得失。

②"愈尝有赋"等三句：韩愈入仕前作《感二鸟赋》，借有人向皇帝
　献二鸟事，以抒发自己不得志的不平。"又怪神尧"等三句：指
　唐高祖凭一支军队平定天下，而其子孙不能以天下之力收复失
　地，平息安史之乱。
③贱远：地位卑微，被贬斥于偏远之地。

◎ 简析

　　《读李翱文》作于景祐三年（1036）。时欧公因范仲淹被排挤出
京，作《与高司谏书》为之辩护，遭贬夷陵。（参见《与高司谏书》
"简析"）李翱（772—841），字习之，韩愈弟子。赴任途中，公重读
李翱《复性书》《与韩侍郎荐贤书》《幽怀赋》等文。《复性书》是李翱
研究人性的著作。关于人性，自孟子的性善说、荀子的性恶说、汉
代扬雄的性善恶混说提出后，历代思想家多有专门著述。李翱主张
性善，认为"情有善有不善，而性无不善也"，故主张去情以复性。
从欧公对前面两书的评价看来，他对李翱的印象，至少是并无多少
好感。及至读到《幽怀赋》，其谓"众嚣嚣而杂处兮，咸叹老而嗟
卑。视予心之不然兮，虑行道之犹非"（意思是，众人喧哗而纷纷
退隐，都感叹年老和地位卑下；我内省自己的心却不是这样，只担
心行圣人之道还有不足之处），寥寥数语，一下子拉近了彼此的距
离。他们所处的中唐和北宋，历史背景大同小异；而"所忧之心"，
又何其相似。此时此刻，同样深刻的时代忧患意识，让现今的欧公
与二百年前的李翱，穿越时空，融合到了一起，并引为知己。作者
心生共鸣，思绪纷飞，遂于逗留江陵之际，写了这篇读后感。

　　文章第一段，先抑后扬，言三读其文，然后引为知己；第二段
抑彼扬此，指出韩愈仍未跳出个人的小圈子，李翱却反对为个人的
不幸而哀鸣，能为国家的前途与命运担忧，从而借韩愈来烘托"若
翱独不然"，突出对后者的称颂；第三段引发议论："今之事"指北
宋其时积贫积弱，内忧外患，强邻压境，民变纷起；"皆贱远"自
然指范仲淹等被贬外放；作者痛斥"光荣而饱者"，即显贵的当权
者，尸位素餐，误国误民。

　　孙琮曾经评说："庐陵触目时艰，寄语李君，妙在前幅将《复

性书》《荐贤书》陪出《幽怀赋》，中幅又将韩昌黎陪出李翱，皆是文章绝妙波澜。后幅讥刺时人，真觉肉食者鄙，不可与谋，而哀音凄恻，骚情雅致，殆能兼之。"

　　吾谓公所处之宋王朝，危机重重，而忠臣如范仲淹等，屡遭贬黜，改革维艰。公虽在迁谪途中，人无戚戚之色，文无幽怨之风，全篇折射出作者的贤者风范，闪烁着不朽的思想光辉。林云铭《古文析义》说："是篇虽赞李翱，却是借李翱作个引子，把自己一片忧时热肠血，向古人剖露挥洒耳。文之曲折感怆，能令古今误国庸臣无地生活。"此言甚确。李翱曾经"以韩为秦汉间好侠行义之一豪俊"，公赞其"善论人者"；愚以为，读林君一席话，知其"亦善论人者也"。

◎ 诗曰

> 清谈善恶语超伦，
> 乱世行来面目真。
> 叹老嗟卑一怨妇，
> 持刚守正几文人。
> 丹枫岂畏秋风紧，
> 白发惟期玉露均。
> 寒士感时犹纵笔，
> 幽怀千载见嶙峋。

六、黄杨树子赋(并序)

　　夷陵山谷间，多黄杨树子。江行过绝险处，时时从舟中望见之。郁郁山际，有可爱之色。独念此树生穷辟，不得依君子封殖，备爱赏，而樵夫野老又不知甚惜，作小赋以歌之。

　　若夫汉武之宫，丛生五柞；景阳之井，对植双桐。高秋羽猎之骑，半夜严妆之钟。凤盖朝拂，银床暮空。①固以葳蕤近日，的皪（de lì，鲜明）含风，婆娑（舞动的样子）万户之侧，生长深宫之中。

岂知绿藓青苔，苍崖翠壁，枝蓊（wěng）郁以含雾，根屈盘而带石。落落非松，亭亭似柏，上临千仞之盘薄（高大），下有惊湍之濆激（汹涌激荡）。涧断无路，林高暝色，偏依最险之处，独立无人之迹。江已转而犹见，峰渐回而稍隔。

嗟乎！日薄云昏，烟霏露滴。负劲节以谁赏，抱孤心而谁识？徒以窦（空）穴风吹，阴崖雪积，哗（鸟叫）山鸟之嘲哳（zhā，鸟鸣声），袅惊猿之寂历（寂寞）。无游女兮长攀，有行人兮暂息。节既晚而愈茂，岁已寒而不易。乃知张骞一见，须移海上之根；陆凯如逢，堪寄陇头之客。②

◎ **注释**

①"若夫"四句：若夫，语气词，用在句首或段落的开始，以引起下文。五柞（zuò）：指汉武帝五柞宫。因宫有五柞树而得名。景阳之井：指南朝景阳殿之井，又名胭脂井、辱井。祯明三年，隋兵南下过江，攻占台城，陈后主闻兵至，与妃张丽华投此井。至夜，为隋兵所俘，后人因称此井为辱井。故址在今南京市玄武湖侧。高秋：指重阳节。梁简文帝《九日赋韵诗》："是节协阳数，高秋气已精。"羽猎之骑：禁卫骑兵。半夜严妆之钟：宫中报晓钟声，催促宫女早起梳妆。凤盖：天子所乘之车。银床：井栏。

②张骞（前164—前114）：字子文，汉代杰出的外交家，曾出使西域，将中原文明传播至西域，又从西域诸国引进了汗血马、葡萄、苜蓿、石榴、胡麻等物种到中原，促进了东西方文明的交流。陆凯：有《赠范晔》诗："折花逢驿使，寄与陇头人。江南无所有，聊赠一枝春。"陇头：泛指边塞。但陆凯、范晔究为何时人，争议甚多。

◎ **简析**

《黄杨树子赋》作于景祐三年(1036)。这一年，范仲淹因指责宰相吕夷简任用亲信培植党羽，被贬。余靖、尹洙挺身而出，上书论救，结果均遭贬职。欧公作《与高司谏书》，痛斥其不知人间羞耻事，亦被逐出京城，任峡州夷陵县令。据欧公《与尹师鲁第二书》云："十月二十六日到县。"本文即是年冬季所作(参见《夷陵县至喜堂记》和《与高司谏书》"简析")。黄杨树，常绿灌木或小乔木，木质致密，木材坚实。后缀一"子"字，突出其躯干矮小。赋，我国古代的一种有韵文体，介于诗和散文之间，类似于后世的散文诗。它讲求文采、韵律，兼具诗歌和散文的性质。其特点是"铺采摛文，体物写志"，侧重于写景，借景抒情。序，这里的"序"，与作为文体的"序"略有不同，往往写在诗赋前面，用以交代所咏故事的有关内容或写作缘起。

篇前小序，主要交代写作时间、地点与写作缘由，但黄杨树子处境和遭遇之不幸，已隐然可见。正文部分可视为三层。第一层描写生长于宫中的柞树与梧桐，得日月光华生长华茂，为下文写黄杨树作了映衬。接着，笔锋陡转，用"岂知"二字引出对黄杨树的描写：处苍崖翠壁之上，居绿藓青苔之中；枝翁郁，根屈盘，似柏而非松；遇险不惧，独立不惊，峰回路转，淡定平生。最后一层，用"嗟乎"带来的自是一番感叹："日暮"四句叹世道之不公，"徒以"六句叹处境之不幸，表达的是悲愤和不平的心情；"节既晚"二句是一份礼赞，也是自喻。"乃知"四句：意思是，于是知道张骞见了它定会将它移植中原；陆凯见了黄杨树定会折一枝寄给朋友。这是一份希冀，也是期待，表达的是倔强和坚韧的精神。

处于贬谪途中的欧公，看到既不为文人墨客所赏爱，也不为樵夫野老所珍惜的黄杨树子，自然会产生许多联想，许多感慨。但他不因"负劲节以谁赏"而怨天尤人，也不因"抱孤心而谁识"而自暴自弃。他从中获得的是"节既晚而愈茂"的启示，汲取的是"岁已寒而不易"的力量。他因此而滋生的，是远胜于宫中柞树与梧桐的无穷而顽强的生命力！

储欣谓"公谪令夷陵时赋此，托物比类，其词甚文"(《六一居士全集录》评语卷一），而李调元在《赋话》中赞许："词气质直，虽是宋派，其格律则犹唐人之遗。"此论深中肯綮。

与同时被贬的仲淹、余靖、尹洙相比，欧公所处最为偏远。夷陵岁月给他留下了深刻印记，他先后留下125篇相关诗文。后世论者无不赞赏庄有恭"庐陵事业起夷陵"一说。那么，夷陵究竟给了这位未来的宋代名臣、文坛领袖怎样的影响呢？我以为，除了民俗、友情和磨难等等之外，最为重要的当是夷陵山水的滋润，特别是他所领悟并且汲取的"黄杨树子"精神，使之终生受用无穷。重读欧公次年所作《至喜堂新开北轩手植楠木两株走笔呈元珍表臣》诗，我们同样可以感受到，诗人笔下的楠木，彰显了逆境之中坚硬自守的可贵品格。

黄杨树子，不可不赞。

◎ 诗曰

> 黄杨丛树子，
> 翁郁近惊湍。
> 节向苍茫劲，
> 根于险峻安。
> 葳蕤朝露湿，
> 落寞暮云残。
> 似柏亭亭立，
> 孤心斗岁寒。

◎ 链接

至喜堂新开北轩手植楠木两株走笔呈元珍表臣

> 为怜碧砌宜佳树，自斸苍苔选绿丛。
> 不向芳菲趁开落，直须霜雪见青葱。
> 披条泫转清晨露，响叶萧骚半夜风。
> 时扫浓阴北窗下，一枰闲且伴衰翁。

七、答吴充秀才书

修顿首白先辈（唐宋应试士人间的敬称）吴君足下：前辱示书及文三篇，发而读之，浩乎若千万言之多，及少定而视焉，才数百言尔。非夫辞丰意雄，霈（大雨）然有不可御（阻止）之势，何以至此？然犹自患伥伥莫有开之使前者①，此好学之谦言也。修材不足用于时，仕不足荣于世，其毁誉不足轻重，气力不足动人。世之欲假誉（凭借别人的称誉）以为重，借力而后进者，奚（为什么）取于修焉？先辈学精文雄，其施于时，又非待修誉而为重、力而后进者也。然而惠然见临（对来客的敬辞），若有所责，得非（莫非是）急于谋道，不择其人而问焉者欤？

夫学者未始不为道，而至者鲜焉；非道之于人远也，学者有所溺（沉迷不悟）焉尔。盖文之为言，难工而可喜，易悦而自足。世之学者往往溺之，一有工焉，则曰："吾学足矣。"甚者至弃百事不关于心，曰："吾文士也，职于文而已。"此其所以至之鲜也。

昔孔子老而归鲁，六经之作，数年之顷尔（很短的时间）。然读《易》者如无《春秋》，读《书》者如无《诗》，何其用功少而至于至（达到最高境界）也！②圣人之文虽不可及，然大抵道胜者，文不难而自至也。故孟子皇皇（同"惶惶"，匆忙貌）不暇著书，荀卿盖亦晚而有作。若子云（西汉扬雄）、仲淹（隋代王通），方勉焉以模（勉强模仿）言语，此道未足而强言者也。后之惑者，徒见前世之文传，以为学者文而已，故愈力愈勤而愈不至。此足下所谓"终日不出于轩序（泛指居室），不能纵横高下皆如意"者，道未足也。若道之充焉，虽行乎天地，入于渊泉，无不之也。

先辈之文浩乎霈然，可谓善矣。而又志于为道，犹自以为未广，若不止焉，孟、荀可至而不难也。修学道而不至者，然幸不甘于所悦而溺于所止，因吾子之能不自止，又以励修之少进焉。幸甚幸甚。修白。

◎ 注释

①"然犹自患"句：意思是，你还为没人开导使自己前行而担心。伥伥，惆怅而忧愁。

②"昔孔子"三句：鲁哀公八年，孔子自卫返鲁，时已六十五岁，不复求仕，专心于修《诗》《书》，订《礼》《乐》，作《春秋》，至哀公十四年完成，历时六年。"然读《易》者"等三句：语出李翱《答朱载言书》，谓（六经）："创意造言，皆不相师。故其读《春秋》也，如未尝有《诗》也；其读《诗》也，如未尝有《易》也；其读《易》也，如未尝有《书》也；其读屈原、庄周也，如未尝有《六经》也。"意指孔子作六经，用时不多，而各具特色，不相因袭。

◎ 简析

《答吴充秀才书》原未系年。据欧公长子欧阳发编定的《居士集》，收在卷四十七，题下标明"康定元年"（1040）。但"洪本"以为此说有误。题称吴冲"秀才"，文称"先辈"，故此文当作于吴充及第之前，而不是其后。吴充（1021—1080），字冲卿，熙宁末代王安石为宰相，是欧公与安石的亲家。吴充于进士试前曾投书与文，向公请益。宝元元年或称景祐五年（1038）进士及第，时年仅十七岁。与《答吴充秀才书》系年问题相类似的，还有《答祖择之书》。但祖择之《龙学文集》明确记载："龙学未第时发书求教……次年龙学第三名及第。"，次年即宝元元年（1038），可知其与吴充为同年进士。据此，"洪本"认定本文作于景祐四年（1037），姑且从之。但亦有学者认为，宋《国史补》载：自唐以来惯例，进士"通称谓之秀才，得第谓之前进士，互相推进谓之先辈"。所以，题文中的称呼不应成为改变系年的理由，即使在康定元年，这样称呼也没什么问题，因此欧阳发所定"确然无疑"（参见黄敬德《欧阳修诗词文选评》第44页注①）。

　　全篇分四段。首段赞扬来者"学精文雄"而好学谋道；接着，指出世之学者初欲为道"而至者鲜"的原因，在于往往溺于文，"甚者至弃百事不关于心"；第三段，先以孔孟荀卿为例正面论述，再以子云、仲淹（隋代王通字仲淹）、"后之惑者"为例反面论述，又以"足下"的自身感受来印证，确立"大抵道胜者，文不难而自至也"的观点；最后，以宾主二人志同道合互为激励作结，言辞恳切，寄意深长。

　　《答吴充秀才书》是欧公的一篇著名文论。关于文与道的问题，公先后在《与张秀才第二书》《与黄校书论文章书》《与石推官第二书》和《与荆南乐秀才书》多篇文章中，从不同侧面提出过自己的观点和主张。本文对文道关系作了全面精到的论述，批评溺文轻道及"弃百事不关于心"的弊病，强调"若道之充焉，虽行乎天地，入于渊泉，无不之也"，从而提出了革新诗文的主要导向。

　　沈德潜说："道不足则溺于文，引孔孟以证，见足于道者不求文而文自至也。夫道不足而强言且不可，况裂文与道而二之乎？读'难工可喜'、'易悦自足'二语，为之爽然。韩子曰：'约六经之旨而成文。'柳子云：'文以行为本，在先诚其中。'夫六经之旨，道也；先诚其中者，道也。合之此书，学者不当从事于语言之末矣。"（《唐宋八大家文读本》评语卷十一）

　　本文之所以对"世之学者往往溺之"于文，而"弃百事不关于心"的现象提出批评的目的，在同期所作的《与黄校书论文章书》中说得很明白，就是希望他们关心时政，"见其弊而识其所以革之者，才识兼通，然后其文博辩而深切，中于时病而不为空言。"

　　古人云："鸳鸯绣了不教看，莫把金针度与人。"而欧公一系列文论，全面而深刻，无异于金针度人，对当世和后世文坛产生了重大影响，这是毋庸置疑的。

◎ 诗曰

> 不足云云重礼贤，
> 辞丰意沛若涓涓。
> 骚人易悦文章事，
> 妙笔难工治乱篇。
> 道失歪斜无以至，
> 辞非隽美怎相传。
> 醉翁幸把金针度，
> 从此书斋少惘然。

◎ 链接

与黄校书论文章书

修顿首启：蒙问及邱舍人所示杂文十篇，窃尝览之，惊叹不已。其《毁誉》等数短篇尤为笃论，然观其用意在于策论，此古人之所难工，是以不能无小阙。其救弊之说甚详，而革弊未之能至。见其弊而识其所以革之者，才识兼通，然后其文博辩而深切，中于时病而不为空言。盖见其弊，必见其所以弊之因，若贾生论秦之失，而推古养太子之礼，此可谓知其本矣。然近世应科目文辞，求若此者盖寡，必欲其极致，则宜少加意，然后焕乎其不可御矣。文章系乎治乱之说，未易谈，况乎愚昧，恶能当此？愧畏愧畏！修谨白。

八、答祖择之书

修启秀才：人至，蒙示书一通，并诗、赋、杂文、两策，谕（告诉）之曰："一览以为如何？"某既陋（浅陋），不足以辱好学者之问，又其少贱而长穷，其素所为未有足称以取信于人。亦尝有人问者，以不足问之愚，而未尝答人之问。足下卒（同"猝"）然及之，是以愧惧不知所言。虽然，不远数百里走使者以及门，意厚礼勤，何敢不报（答复）。

　　某闻古之学者必严其师，师严然后道尊，道尊然后笃敬（真诚敬重），笃敬然后能自守，能自守然后果（决断）于用，果于用然后不畏而不迁。三代（夏商周）之衰，学校废。至两汉，师道尚存，故其学者各守其经以自用。是以汉之政理文章与其当时之事，后世莫及者，其所从来深矣。后世师法渐坏，而今世无师，则学者不尊严，故自轻其道。轻之则不能至，不至则不能笃信，信不笃则不知所守，守不固则有所畏而物可移。是故学者惟俯仰徇（通"循"）时，以希禄利为急，至于忘本趋末，流而不返。夫以不信不固之心，守不至之学，虽欲果于自用，而莫知其所以用之之道，又况有禄利之诱、刑祸之惧以迁之哉！①此足下所谓志古知道之士世所鲜而未有合（同道、知音）者，由此也。

　　足下所为文，用意甚高，卓然有不顾世俗之心，直欲自到于古人。今世之人，用心如足下者有几？是则乡曲（故乡）之中，能为足下之师者谓谁？交游之间能发足下之议论者谓谁？学不师则守不一，议论不博则无所发明而究其深。足下之言高趣远，甚善，然所守未一而议论未精，此其病（不足）也。窃惟（谦称，私下想）足下之交游，能为足下称才誉美者不少，今皆舍之，远而见及，乃知足下是欲求其不至。②此古君子之用心也，是以言之不敢隐。

　　夫世无师矣，学者当师经（以经为师）。师经必先求其意，意得则心定，心定则道纯，道纯则充于中者实，中充实则发为文者辉光，施于世者果敢。③三代两汉之学，不过此也。足下患世未有合者，而不弃其愚，将某以为合，故敢道此，未知足下之意合否。

◎ 注释

①"某闻古之学者必严其师"三句：语出《礼记·学记》"凡学之道，严师为难。师严，然后道尊；道尊，然后民知敬学。"严师，即尊敬老师。"不畏而不迁"：即后文不为刑祸所惧，不为利禄所诱的意思。"三代"二句：《孟子·滕文公上》曰三代"设为庠序学校以教之。庠者，养也；校者，教也；序者，射也。夏曰校，殷曰序，周曰庠，学则三代共之，皆所以明人伦也。""至两汉"三句：指两汉时六经都有师传，如西汉田何传《易》，伏生传《书》，齐、鲁、韩、毛传《诗》等；东汉传经大师有马融、郑玄等。"后世师法渐坏"三句：即韩愈《师说》"嗟乎！师道之不传也久矣，欲人之无惑也难矣"的意思。"是故学者"等四句：指今之学者随波逐流，顺从时尚，失去了古人信道守固的操守。《孟子·梁惠王》"从流下而忘反谓之流，从流上而忘反谓之连。"

②"乃知"句：于是知道你希望找到为学不够的原因。

③"道纯则充于中者实"三句：参见《与乐秀才第一书》"闻古人之于学也，讲之深而信之笃，其充于中者足，而后发于外者大以光。"果敢：果决勇敢。

◎ 简析

《答祖择之书》原未系年，有论者认为作于康定元年（1040）。但据"洪本"笺注，《龙学文集》卷十二所附《欧阳文忠公回答龙学手书》（即本文）注云："龙学未第时发书求教……次年龙学第三名及第。"择之及第为景祐五年，或称宝元元年（1038），而本文称其为"秀才"，表明时在其登第之前，而不是其后。故本文当作于景祐四年（1037）。是年十月，欧公由峡州夷陵县令，移光化军乾德县令，仍在贬谪中。祖无择，字择之，上蔡（今河南上蔡）人，居官历经宋仁宗、英宗、神宗三朝，以言语政事为当时名臣，赐龙图阁大学士，著有《龙学文集》传世。宋史本传称其"为人好义，笃于师友"，与当时的文坛大家曾巩、苏轼、苏辙、梅尧臣、司马光等交往，唱和之作甚多。二十二年后的嘉祐四年（1059），欧公作《小饮坐中赠别祖择之赴陕府》诗，择之次韵，可见相与甚欢。

本文共四段。第一段，交代写作缘起。作者以往托故"未尝答人之问"，而于择之却"何敢不报"，这里自然不只是"意厚礼勤"的问题，显然另有其因。且云"不远数百里走使者以及门"，系指祖择之从家乡上蔡至夷陵，有数百里之遥，可证本文写作时间与地点。第二段宜分两层。前面述"古之学者"为学之道：尊师重道，笃信自守，不畏不迁，因而"后世莫及"。后面写"后世师法渐坏"的不良风气，正是导致"志古知道之士世所鲜，而未有合者"的根本原因。文气酣畅，笔势凌厉，层层推进，富有极强的说服力。第三段，在前段议论基础上来评点择之为文，既赞许其"用意甚高，卓然有不顾世俗之心，直欲自到于古人。今世之人，用心如足下者有几？"在欧公看来，这分明是一难得的可造之材。或许这正是他"何敢不报"的真正原因。但公在肯定其"言高趣远"的同时，直言不讳地指出其"所守未一而议论未精"之不足，而原因有二："学不师"与"议论不博"。言简意赅，深中肯綮。最后一段，强调"学者当师经"，即本文之结论。这是针对当时师法已坏，读书人俯仰徇时，缺乏操守的状况提出的。

公在对后学的悉心指点尽心提携中，往往兼有自己身体力行的感悟。《易童子问》曾说过："若余者，可谓不量力矣。邈然远出诸儒之后，而学无师授之传，其勇于敢为而决于不疑者，以圣人之经尚在，可以质也。"他不仅现身说法，甚至将区区一秀才引为"合者"，视作知音，充分展示了一代文宗的大家风范，令世人景仰。从某种意义上说，欧公之为欧公，正在于他师经学韩，守其一，又能"发明而究其深"。故袁枚《随园诗话》云："欧公学韩文，而所作文全不似韩，此八家中所以独树一帜也。"

欧公写作本文时，择之尚未及第，可谓名不见经传。二十二年之后的嘉祐四年（1059），当择之出守陕郡之际，欧公置酒饯行，作《小饮坐中赠别祖择之赴陕府》一诗赞曰"择之名声重当世"，"右披文章焕星斗"。品评之高，可见一斑。

韩愈《马说》云："世有伯乐，然后有千里马。千里马常有，而伯乐不常有。"伯乐即孙阳，春秋秦穆公时人，以善相马著称。余读本文后，谓欧公亦可比肩伯乐，欲作一诗咏赞之，苦吟未成。是夜凌晨三时，梦觉不复入睡，忽得"知在未曾知"一句，似有所悟，辗转乃成，起而记之。

◎ 诗曰

> 合者有其时，
> 譬如识择之。
> 方为乾德令，
> 便作秀才师。
> 经传一相守，
> 畏迁两不思。
> 孙阳无所异，
> 知在未曾知。

◎ 链接

小饮坐中赠别祖择之赴陕府

> 明日君当千里行，今朝始共一樽酒。
> 岂惟明日难重持，试思此会何尝有。
> 京师九衢十二门，车马煌煌事奔走。
> 花开谁得屡相过，盏到莫辞频举手。
> 欢情落寞酒量减，置我不须论老朽。
> 奈何公等气方豪，云梦正当吞八九。
> 择之名声重当世，少也多奇晚方偶。
> 西州政事蔼风谣，右掖文章焕星斗。
> 待君归日我何为，手把锄犁汝阴叟。

次欧阳永叔送赴陕韵（祖择之）

> 前日西行别翰林，为我开尊饮之酒。
> 高冠满坐皆贤豪，谈笑喧呼时各有。

自惭流落防游陪，十载江湖成浪走。
主人名重闻四海，典册高文推大手。
发挥六艺无遗精，攻黜百家如拉朽。
顾我昏冥闻道晚，代谢春秋四十九。
当年击节效金注，此日强颜同木偶。
事功未省成尺寸，廪禄惟思校升斗。
防须归去老东陂，鼓腹含饴同尧叟。

九、送田画秀才宁亲万州序

　　五代之初，天下分为十三四。及建隆之际，或灭或微（衰落），其在者犹七国，而蜀与江南地最大。以周世宗之雄，三至淮上，不能举（攻拔、消灭）李氏（南唐中主李璟）。而蜀亦恃险为阻，秦陇、山南皆被侵夺，而荆人缩手归、峡，不敢西窥以争故地。及太祖（赵匡胤）受天命，用兵不过万人，举两国如一郡县吏，何其伟欤！当此时，文初之祖从诸将西平成都及南攻金陵，功最多，于时语名将者，称田氏（指文初之祖）。田氏功书史官，禄世于家，至今而不绝。及天下已定，将率（将帅）无所用其武，士君子争以文儒进（进身做官）。故文初将家子，反衣白衣，从乡进士举于有司。彼此一时，亦各遭其势而然也。①

　　文初辞业（谈吐、文章）通敏，为人敦洁（敦厚高洁）可喜。岁之仲春（阴历二月），自荆南西拜其亲于万州，维舟（停船系揽）夷陵。予与之登高以远望，遂游东山，窥绿萝溪，坐磐石。文初爱之，数日乃去。夷陵者，其地志云，北有夷山，以为名；或曰巴峡之险，至此地始平夷。盖今文初所见，尚未为山川之胜者。由此而上，溯江湍（急流），入三峡，险怪奇绝，乃可爱也。当王师（王者之师）伐蜀时，兵出两道，一自凤州以入，一自归州以取忠、万(忠州和万州)以西。今之所经，皆王师向(从前)所用武处，览其山川，可以慨然而赋(指诗词)矣。

◎ 注释

①"五代之初"等六句：叙五代形势，参见《峡州至喜亭记》注释①。建隆：宋太祖赵匡胤年号(960—963)。周世宗：柴荣，《旧五代史》称其为"神武雄略，乃一代之英主也"。"举两国"句：指攻灭前蜀、南唐二国，就像撤换州县官吏一样容易。乡进士：唐宋时由州府选拔读书人参加礼部进士试，称进士；获第后称前进士(见李肇《国史补》)。有司：主持具体政务的机构，此指礼部试官。彼此：指前后时势不同。语出《孟子·公孙丑》："彼一时，此一时也。五百年必有王者兴，其间必有名世者。"

◎ 简析

《送田画秀才宁亲万州序》作于景祐四年(1037)。时欧公被贬，在峡州夷陵县令任上(参见《夷陵县至喜堂记》"简析")。田画，字文初，其祖为宋初名将，屡有战功。与此序同年，公有《代赠田文初》诗，又于《书〈春秋繁露〉后》云："予得罪夷陵，秀才田文初以此本示予。"可见其交往。宁亲，即省亲。万州，今四川万县。田画从荆南(今湖北江陵)往万州探亲，途经夷陵，公作此序赠别。

本文分两段。前段从五代形势写起，继以周世宗之雄，陪衬宋太祖之伟，凸显文初之祖"功最多"；而后述"文初将家子，反衣白衣"，只因时势各异。后段先写夷陵之游，"文初爱之"；再写"溯江湍，入三峡，险怪奇绝"，此真正的"山川之胜"，"乃可爱也"，文初却尚未见到。而这"巴峡之险"，正是文初之祖当年鏖战之地。欧公揣测，文初西去，身临其境，抚今追昔，自有无限感慨付诸诗赋。

文章写得"风韵跌宕"(茅坤语)，"构法最巧"(孙鑛语)，自然是指作者构思之精巧。田画只是一普通秀才，且与欧公相交，不过尔尔，赠序从何处落笔，颇有难处。但秀才远赴万州省亲，是大孝之举。欧公以此为切入点，述其祖上功绩于前，让"将家子"谨记祖上"功书史官，禄世于家，至今而不绝"；又述其祖遗踪于后，让"衣白衣"者见祖上暴霜露、斩荆棘之创业艰难。文章这样写的目的，诚如孙琮所指出的那样，写祖宗以武功起家，不为颂扬先世；写王师用武之地，亦不为凭吊往事，"都是借来以助文情，史笔何疑!"

刘大櫆曾经评价说：与欧公同类序文比较，"惟此篇有苍古雄迈之气，不易得也"。(《诸家评点古文辞类纂》)但他同年所作《代赠田文初》诗，却是以代作的形式，借舟中歌妓眷恋送别之辞，写出临别时难以割舍的深情与忧心，笔调绮丽自然，情景交融，意绪深远，一个温婉女子的形象，如在眼前，读来令人惆怅。一次送别，两种文体；一缕离愁，两样笔法，这是值得读者细细体味的。

余读此序，知欧公构思命笔之跌宕矣。试效其史笔，作五言古诗十韵。

◎ 诗曰

> 文初将家子，省亲巴峡西。
> 周览东山景，初窥绿萝溪。
> 磐石安然坐，落叶满荒蹊。
> 尔祖军功著，名惊五代鼙。
> 时迁境相异，世禄不须提。
> 无可跨骏马，莫道雁飞低。
> 辞业兼敦洁，登高自有梯。
> 此去山川险，清猿夹岸啼。
> 湍流绕叠嶂，远树与天齐。
> 多少古今事，慨然入诗题。

◎ 链接

代赠田文初

感君一顾重千金，赠君白璧为妾心。

舟中绣被薰香夜，春雪江头三尺深。
西陵长官头已白，憔悴穷愁愧相识。
手持玉斝唱阳春，江上梅花落如积。
津亭送别君未悲，梦阑酒解始相思。
须知巫峡闻猿处，不似荆江夜雪时。

十、与荆南乐秀才书

修顿首白秀才足下：前者舟行往来，屡辱（屈尊、承蒙之意）见过。又辱以所业（所为）一编（指诗文），先之启事（交谈），及门而贽（见面礼物）。田秀才（田画）西来，辱书；其后予家奴自府（江陵府）还县，比（近来）又辱书。仆有罪之人（指被贬），人所共弃，而足下见礼如此，何以当之？当之未暇答，宜遂绝，而再辱书；再而未答，益宜绝，而又辱之。何其勤之甚也！如修者，天下穷贱之人尔，安能使足下之切切（恳挚貌）如是邪？盖足下力学好问，急于自为谋而然也。然蒙索仆所为文字者，此似有所过听（误听）也。[①]

仆少从进士举于有司，学为诗赋，以备程试（科举铨叙考试），凡三举而得第。与士君子相识者多，故往往能道仆名字；而又以游从相爱之私，或过称其文字。故使足下闻仆虚名，而欲见其所为者，由此也。仆少孤贫（父死家贫），贪禄仕以养亲，不暇就师穷经（钻研经典），以学圣人之遗业。而涉猎书史，姑随世俗作所谓时文者，皆穿蠹（蛀蚀，喻钻研）经传，移此俪彼，以为浮薄，惟恐不悦于时人，非有卓然自立之言如古人者。然有司过采，屡以先多士。及得第已来，自以前所为不足以称（相当）有司之举而当（符合）长者（年高有德的人）之知，始大改其为，庶几有立。然言出而罪至，学成而身辱，为彼则获誉，为

145

此则受祸，此明效也。夫时文虽曰浮巧，然其为功，亦不易也。仆天姿不好而强为之，故比时人之为者尤不工，然已足以取禄仕而窃名誉者，顺时故也。先辈少年志盛，方欲取荣誉于世，则莫若(不如)顺时。天圣中，天子下诏书，敕(帝王的诏书)学者去浮华，其后风俗大变。今时之士大夫所为，彬彬(文质相称貌)有两汉之风矣。先辈往学之，非徒足以顺时取誉而已，如其至之，是直齐肩(相提并论之意)于两汉之士也。② 若仆者，其前所为既不足学，其后所为慎不可学，是以徘徊不敢出其所为者，为此也。

　　在《易》之《困》曰："有言不信。"③ 谓夫人方困时，其言不为人所信也。今可谓困矣，安足(怎值得)为足下所取信哉？辱书既多且切，不敢不答。幸察。

◎ 注释

①前者：指公由开封被贬至夷陵，途经荆南(今湖北江陵时)，乐秀才几次登舟见面之事。过听：误听的意思，与后文之"过称"、"过采"义同，皆为自谦之词。

②"凡三举"句：欧公于天圣元年应随州州试，未中；天圣四年州试获解应礼部试，又未中；天圣八年始中进士。仆少孤贫：参看《李秀才东园亭记》"简析"。时文：旧时对科举应试文体的通称。参看《记旧本韩文后》。移此俪彼：将此种说法移并到另一种说法。"然有司过采"二句：因有关部门误加采纳，我多次名列众人前面。此处指公应国子监试、国学解试、礼部试，均获第一。"及得第已来"等九句：指认识到以时文取士的弊端。称，相当、符合。"先辈"三句，意指乐秀才既然热心功名利禄，不如顺从时俗。先辈，宋时对读书人的敬称。"天圣中"等十句：指宋仁宗下诏戒除文弊后，学界风俗大变。彬彬，文质相称貌。两汉，指东汉、西汉，为古文鼎盛时期。两汉之士，指司马迁、扬雄、班固等人。

③"在《易》之《困》"二句：语出《易·困卦》"有言不信"。王弼注：

"处困而言，不见信之时也；非行言之时，而欲用言以免，必穷者也。"这里引用的意思是，自己身处穷困之时，所言不足取信。

◎ 简析

《与荆南乐秀才书》作于景祐四年（1037）。荆南，今湖北江陵。乐秀才，生平未详。前一年，公因朋党之论起，被贬峡州夷陵县令（参见《夷陵县至喜堂记》和《与高司谏书》"简析"）。赴任行至荆南，乐秀才曾几次登舟拜望，并呈其诗文以求教。起初，公曾作《与乐秀才第一书》说："闻古人之于学也，讲之深而信之笃，其充于中者足，而后发于外者大以光。"以此勉励他研习古文，注重提高自己的品德和学识。回信写好却未寄出。因为他从后来的接触中发现，此人不过庸碌之士，只是追求功名而已，自己所谓"大以光"云云，于此君可谓大而不当。但公并不鄙弃他，而是重写了一封更具针对性的回信，即本文。

全文可分三段。第一段详述两人交往，既写了乐秀才"见礼如此"、"切切如是"的恭谨，也透露了其"急于自为谋而然也"的心态，从而为下文设定了议论的方向和空间。第二段是全文的主体和重点，可分三层。首先，由己之"虚名"写起，简述早年"贪禄仕以养亲"，"姑随世俗作所谓时文"的经历和苦衷，对并非"卓然自立"的"时文"，视为"浮薄"；接着指出，以骈俪时文取士的弊端，在于诱导"时人""顺时"，从而达到"以取禄仕而窃名誉"的目的；然后，归结到究竟怎样为文的问题。针对"急于自为谋"的乐秀才，公提出"莫若顺时"之说，显然是为不误其前程计，亦可见因人施教的苦心。但公明确指出，如今"风俗大变"，或"卓然自立"，或"顺时取誉"，任其选择，何去何从，完全取决于他本人的意趣和志向。"若仆者"几句，回应篇首求教之事，谓己之文，前乃时文，"既不足学"；后则受祸，"慎不可学"。这样，既表明对其负责的态度，也说明迟复的原因。第三段引《易》"有言不信"之语，表达"辱书既多且切，不敢不答"的心情。

《与荆南乐秀才书》语言朴实，感情真挚，表达委婉，通过现身说法，运用对比，巧妙地表明了作者对时文的抨击。（参见《记旧本韩文后》）但后来读者，多有误读。清王元启在《读欧记疑》中说："此书与柳子《答杜温夫》一律，但欧公措辞微婉，不作伉直语，较为可味，而读者竟至无可捉摸，率意妄评，则亦良可悯矣。欧公告乐秀才以顺时，犹柳子特举助辞律令为杜温夫告也。前此屡书不答，盖孟子所谓不屑之教诲耳。不然，何至索观其文字而各不一与若是哉？"在我看来，此论有两处尚可质疑：一是"一律"说似有不当，欧公不同于柳子之咄咄逼人；二是"不屑"说与实不符，欧公于乐秀才，并非以"不屑之教诲"者视之。不然，何以言辞恳切，委婉道来若是哉？秀才汲汲营营于名利，故前不懂"莫若顺时"之激发，后不明"先辈往学之"之忠告，诚可惜也。

◎ 诗曰

> 荆南乐秀才，
> 久待运期开。
> 汲汲庭前步，
> 营营榜上魁。
> 顺时何快惬，
> 逆水或矜哀。
> 君若聆清诲，
> 皇都醉绿醅。

◎ 链接

与乐秀才第一书（节选）

闻古人之于学也，讲之深而信之笃，其充于中者足，而后发乎外者大以光。譬夫金玉之有英华，非由磨饰染濯之所为，而由其质性坚实，而光辉之发自然也。《易》之《大畜》曰："刚健笃实，辉光日新。"谓夫畜于其内者实，而后发为光辉者日益新而不竭也。故其文曰"君子多识前言往行，以畜其德"，此之谓也。古人之学者非一家，其为道虽同，言语文章未尝相似。孔子之系《易》，周公之作《书》，奚斯之作《颂》，其辞皆不同，而各自以为经。子游、子夏、子张与颜回同一师，其为人皆不同，各由其性而就于道耳。今之学者或不然，不务深讲而笃信之，徒巧其词以为华，张其言以为大。夫强为则用力艰，用力艰则有限，有限则易竭。又其为辞不规模于前人，则必屈曲变态以随时俗之所好，鲜克自立。此其充于中者不足，而莫自知其所守也。

十一、释秘演诗集序

予少以进士游京师（汴京，今河南开封），因得尽交当世之贤豪。然犹以谓国家臣一（臣服统一）四海，休兵革（战争），养息天下，以无事者四十年，而智谋雄伟非常之士，无所用其能者，往往伏（隐居）而不出，山林屠贩，必有老死而世莫见者，欲从而求之不可得。其后得吾亡友石曼卿。曼卿为人，廓然（开朗豪放）有大志，时人不能用其材，曼卿亦不屈以求合，无所放其意，则往往从布衣野老酣嬉淋漓，颠倒而不厌。予疑所谓伏而不见者，庶几狎而得之，故尝喜从曼卿游，欲因以阴（暗中）求天下奇士。[①]

浮屠（佛教）秘演者，与曼卿交最久，亦能遗外（遗弃、疏远）世俗，以气节相高。二人欢然无所间。曼卿隐于酒，秘演隐于浮屠（指寺庙），皆奇男子也。然喜为歌诗以自娱，当其极饮大醉，歌吟笑呼，以适（求得）天下之乐，何其壮也！一时贤士皆愿从其游，予亦时至其室。十年之间，秘演北渡河（黄河），东之济、郓，无所合（合意的事），困而归。曼卿已死，秘演亦老病。嗟夫！二人者，予乃见其盛衰，则予亦将老矣。

夫曼卿诗辞清绝，尤称秘演之作，以为雅健有诗人之意。秘演状貌雄杰，其胸中浩然，既习于佛，无所用，独其诗可行于世，而懒不自惜。[②]已老，胠（qū，打开）其橐

(tuó，口袋)，尚得三四百篇，皆可喜者。曼卿死，秘演漠然无所向，闻东南多山水，其巅崖崛嵂(jué lù，高峻貌)，江涛汹涌，甚可壮也，遂欲往游焉。足以知其老而志在也。于其将行，为叙其诗，因道其盛时以悲其衰。庆历二年十二月二十八日，庐陵欧阳修序。

◎ **注释**

①"予少以进士游京师"句：指天圣四年(1026)，公赴礼部试，不中。是年二十，始游京师。不屈以求合：不屈从以求得苟合。苟合，无原则地附合。庶几：或许。狎(xiá)：亲近而态度不庄重。

②懒不自惜：指秘演诗作不多，又随作随弃，不加保存。

◎ **简析**

《释秘演诗集序》作于庆历二年(1042)。是年闰九月，欧公通判滑州(州府副长官)。释，佛教，此处指僧人。秘演，山东诗僧，与欧公几位挚友石曼卿(延年)、苏舜钦、尹洙等均有交往，且所交尽豪特之士。如石曼卿之为人，好奇而骇众，"酣放不可撄以世务，然与人论天下事，是非无不当"(《宋史·石曼卿传》)；苏舜钦则"状貌奇伟，慷慨有大志"(欧阳修《湖州长史·苏君墓志铭》)；尹洙是"少有高识，不逐时辈"(范仲淹《尹师鲁河南集序》)。在欧公心目中，"皆奇男子也"。而秘演与石曼卿最为至交。庆历元年，曼卿去世(参看《祭石曼卿文》"简析")。第二年，秘演便赴东南远游。苏舜钦作《赠释秘演》诗，欧公与尹洙为释秘演诗集作序，以为送别。

欧公平生力辟佛老，认为"礼义者，胜佛之本也"。(语出《本论·中》)但这并不排斥他乐于同高僧交往，对才学出众的和尚尤为十分敬重。秘演便是其中的一个。(参看《湘潭县修药师院佛殿记》"简析")

本文可分三段。第一段写自己早前欲求"智谋雄伟非常之士"之不可得的心情，称颂亡友曼卿"廓然有大志"，感叹"时人不能用其材"，以此作为下文写秘演的陪衬。第二段叙述二人"能遗外世俗，以气节相高"的"奇男子"形象，仍是以曼卿作陪衬，介绍秘演怀才不遇、隐身佛门的不幸经历，表达作者"见其盛衰"的无限感慨。第三段借诗辞清绝的曼卿之口，称颂秘演之作。曼卿"为文稳健，于诗最工"(《宋史·石延年传》)，而又与秘演"交最久"，自然最有发言权，也最具权威性。文末追述曼卿死后，秘演往游东南，"足以知其老而志在也"，并由此点明作序的目的，在于"道其盛时以悲其衰"。文章慷慨呜咽，让读者体味到一种人生悲凉之感。

清人林云铭说："欧阳公一生辟佛，乃代浮屠作诗序，若言向无交好，则不必作；言有交好，则既斥其学，又友其人，是言与行相违也。……遂借石曼卿来，从头至尾做个陪客，以为演与曼卿皆奇士而隐者，而己以阴求奇士得之，便不碍手，此命意之高处。篇中叙事感慨，无限悲壮，其行文又如云气往来，空濛缭绕，得史迁神髓矣"。(《古文析义》)序，通常用以说明书籍著述或出版意旨、编次体例和作者情况，也可包括对作家作品的评论和对有关问题的研究阐发。而此序不落诗序俗套，把重点放在写秘演的为人上，突出这样一位有能力却得不到世用的"伏而不出"的奇男子。所谓"得史迁神髓"，当是此意。同时，正如钟陵先生在《欧阳修诗文鉴赏辞典》撰文指出："对于以评述、议论为主的序跋文字来说，这篇以叙事、写人、抒情取胜的序文可称'别格'，但这种'别格'却真正表现了欧阳修散文摇曳多姿、情韵悠长的'六一风神'。"

欧公对于谈吐清雅、多才多艺的高僧有敬重，有叹惜，也有劝勉，希望他们"苟能知所归，固有路自新"。(《酬学诗惟悟》)但没有一个"迷途知返"的。例如慧勤。(见《湘潭县修药师院佛殿记》"简析"与"链接")

◎ 诗曰

秘演奇男子，齐鲁一诗僧。
孤坐如痴虎，环视若苍鹰。
嗟夫逢盛世，无所用其能。

151

狂歌于方外，寄身以山陵。

破庙鸣钟鼓，形骸伴永恒。

酣嬉从野老，沉醉共仙登。

胸中浩然气，曼卿独可称。

曼卿既远去，更与何人朋。

飘零走四海，但见暮云蒸。

可怜诗雅健，情在浮屠灯。

自注：痴虎，语出苏舜钦《赠释秘演》诗："垂颐孤坐若痴虎，眼吻开合犹光精。"

◎ 链接

送慧勤归余杭

越俗僭宫室，倾赀事雕墙。佛屋尤其侈，耽耽拟侯王。

文彩莹丹漆，四壁金焜煌。上悬百宝盖，宴坐以方床。

胡为弃不居，栖身客京坊。辛勤营一室，有类燕巢梁。

南方精饮食，菌笋鄙羔羊。饭以玉粒粳，调之甘露浆。

一馔费千金，百品罗成行。晨兴未饭僧，日昃不敢尝。

乃兹随北客，枯粟充饥肠。东南地秀绝，山水澄清光。

余杭几万家，日夕焚清香。烟霏四面起，云雾杂芬芳。

岂如车马尘，鬓发染成霜。三者孰苦乐，子奚勤四方。

乃云慕仁义，奔走不自遑。始知仁义力，可以治膏肓。

有志诚可乐，及时宜自强。人情重怀土，飞鸟思故乡。

夜枕闻北鴈，归心逐南樯。归兮能来否，送子以短章。

十二、送曾巩秀才序

广文曾生来自南丰，入太学，与其诸生群进于有司。[①]有司敛(收纳)群才，操尺度(掌握标准)，概以一法，考其不中者而弃之。虽有魁垒拔出(高超特出)之材,其一累黍(形容极微小)不中尺度,则弃不敢取。幸而得良有司,不过反同众人叹嗟爱惜,若取舍非己事者,诿(推卸责任)曰:"有司有法,奈不中何?"有司固不自任其责,而天下之人亦不以责有司,皆曰:"其不中,法也。"不幸有司尺度一失手,则往往失多而得少。呜呼!有司所操,果良法邪?何其久而不思革也!

况若曾生之业(学业),其大者固已魁垒,其于小者亦可以中尺度,而有司弃之,可怪也。然曾生不非同进,不罪有司,告予以归,思广其学而坚其守。予初骇其文,又壮其志。夫农不咎岁而菑(zī,开荒)播是勤,其水旱则已,使一有获,则岂不多邪?

曾生橐(tuó)其文数十万言来京师,京师之人无求曾生者,然曾生亦不以干也。②予岂敢求生,而生辱(委屈自己)以顾予。是京师之人既不求之,而有司又失之,而独予得也。于其行也,遂见于文,使知生者可以吊(怜悯、慰问)有司,而贺余之独得也。

◎ 注释

①"广文"三句:广文馆,国子监下属学校之一,收纳四方游士之京师求试者,先在广文馆读书,遇贡举之年,到国子监验试,十人取一,入太学(太学为最高学府),然后赴礼部应进士试。有司:指负责具体事物的官员,这里指试官。

②曾生橐其文:橐,口袋、袋子,此处作动词。干:追求、求取,指打通关节。

◎ 简析

《送曾巩秀才序》作于庆历二年(1042)。曾巩(1019—1083),字子固,今江西省南丰县人,后居临川,北宋散文家、史学家、政治家，唐宋八大家之一，世称"南丰先生"。《宋史·曾巩传》说他："生而警敏，年十二，试作《六论》，援笔而成，辞甚伟。甫冠，名闻四方。欧阳修见其文，奇之。"但因轻于应举时文，故屡试不第。王明清《挥尘后录·卷六》载："（巩）与长弟晔应举，每不利于春官，里人有不相悦者，为诗以嘲之曰：'三年一度举开场，落杀曾家两秀才。有似檐间双燕子，一双飞去一双来。'南丰（曾巩）不以介意，力教诸弟不息。"本文即是为曾巩参加进士考试落第而写的。

文章首先指出"良法"不良，不思变革，酿成考场流弊，扼杀真才实学之士；接着写对曾生的嘉勉和期待；最后，追述二人结识始末，于一"吊"一"贺"中，既凸显以赏识扶持天下才俊为己任的文坛领袖形象，也突出了全文的中心思想，即必须正确地、负责任地替国家识别和选拔人才。文章立意高远，丝丝入扣，发人深思。

十五年后的嘉祐二年（1057），曾巩与其弟曾布终于成为同榜进士。令人难忘的是，这次金榜还让我们发现了后来名彪史册的许多熟悉的人物：苏轼、苏辙、张载、程颢、程颐、吕惠卿、章惇、王韶等等。这当然与主考官欧阳修有着莫大的关系。《宋史·欧阳修传》谓欧公："奖引后进，如恐不及，赏识之下，率为闻人。"这只是问题的一个方面。更为重要的是，欧公对于科举考试的弊端早有不满，他亲历两次惨痛的失败，也曾目睹梅尧臣、曾巩的受挫，因此曾于庆历新政期间，上奏《论更改贡举事件》，提出并实施了"精贡举"的主张。待到嘉祐二年，欧公知贡举，即主管这年的科举考试时，这批杰出之士才得以脱颖而出。

此后，曾巩被认为是欧公学术的主要继承者。他与欧公的关系，从23岁初见时写下《上欧阳学士第一书》的虔敬、仰慕，到与公永别时写下《祭欧阳少师文》的悲痛、唏嘘，足见感情深厚。欧公被贬滁州知州后，他于庆历七年（1047）八月前往拜见。其时，欧公在丰乐亭东新建一处凉亭，名为"醒心亭"，中秋之夜，命曾巩作记。清代张伯行说："《丰乐亭记》，欧公之自道其乐也；《醒心亭记》，子固能道欧公之乐也。"

嘉祐五年（1060），即庆历四年（1041），曾巩入太学时曾作《上欧阳学士第一书》。之后二十年，有书生吴孝宗，字子经，临川人，亦作书谒欧公，且执其所著《法语》十余篇，文辞俊拔。公读而骇叹，问曰："子之文如此，而我不素知之。且王介甫、曾子固皆子之乡人，亦未尝称子，何也?"孝宗具言少无乡曲之誉，故不见礼于二公。欧公怜之，于其行赠之诗(魏泰《东轩笔录》)，并向曾巩、王安石引见。吴生于熙宁三年(1070)中进士，授主簿，不久便去世了。兹将欧公《送吴生南归》诗抄录于后，一则以赞，一则以叹也。

◎ 诗曰

> 布衣屏处几人知?
> 嘉祐春风化雨时。
> 堂燕随缘花信至，
> 东坡独步魁星驰。
> 恁般官府威天下，
> 若个书生罪有司。
> 揽得百川归大海，
> 何来点滴一家私。

自注：据杨万里《诚斋诗话》载，嘉祐二年贡举阅卷时，主考官欧公非常赏识苏轼的策论《刑赏忠厚之至论》，误以为是自己弟子曾巩之文，为了避嫌，使苏只得第二。事后方知是苏轼所作，乃大惊曰："此人可谓善读书，善用书，他日文章，必独步天下"。独步：指超出同类之上，没有可以相比的。魁星：中国神话中主宰文运、文章的奎星。

◎ 链接

送吴生南归

自我得曾子，于兹二十年。今又得吴生，既得喜且叹。
古士不并出，百年犹比肩。区区彼江西，其产多材贤。
吴生初自疑，所拟岂其伦。我始见曾子，文章初亦然。

昆仑倾黄河，渺漫盈百川。决疏以道之，渐敛收横澜。
东溟知所归，识路到不难。吴生始见我，袖藏新文篇。
忽从布褐中，百宝写我前。明珠杂玑贝，磊砢或不圆。
问生久怀此，奈何初无闻？吴生不自隐，欲吐羞俯颜。
少也不自重，不为乡人怜。中虽知自悔，学问苦贱贫。
自谓久而信，力行困弥坚。今来决疑惑，幸冀蒙洗湔。
我笑谓吴生，尔其听我言：世所谓君子，何异于众人？
众人为不善，积微成灭身。君子能自知，改过不逡巡。
惟于斯二者，愚智遂以分。颜回不贰过，后世称其仁。
孔子过而更，日月披浮云。子路初来时，鸡冠佩豭豚。
斩蛟射白额，后卒为名臣。子既悔其往，人谁御其新？
丑夫祀上帝，孟子岂不云。临行赠此言，庶可以书绅。

十三、黄梦升墓志铭

予友黄君梦升，其先婺州金华（今浙江金华）人，后徙（迁移）洪州之分宁（今江西修水县）。其曾祖讳元吉，祖讳某，父讳中雅，皆不仕。[①]黄氏世为江南大族，自其祖父以来，乐以家赀（同"资"）赈乡里，多聚书以招四方之士。梦升兄弟皆好学，尤以文章意气自豪。

予少家随（随州），梦升从其兄茂宗官于随，予为童子，立诸兄侧，见梦升年十七八，眉目明秀，善饮酒谈笑，予虽幼，心已独奇梦升。后七年，予与梦升皆举进士于京师。梦升得丙科（即第三等），初任兴国军永兴（今湖北阳新县）主簿，怏怏（不乐貌）不得志，以疾去（称病辞职）。久之，复调江陵府公安主簿。时予谪夷陵令，遇之于江陵。梦升颜色憔悴，初不可识，久而握手嘘唏，相饮以酒，夜醉起舞，歌呼大噱（jué，大笑）。予益悲梦升志虽衰，而少时意气尚在也。后二年，予徙乾德令。梦升复调南阳主簿，又遇之于邓(今河南邓县)。间常问其平生所为文章几何，梦升慨然叹曰："吾已讳之矣。穷达有命，非世之人不知我，我羞道于世人也。"求之，不肯出，遂饮之酒，复大醉，起舞歌呼，因笑曰："子知我者!"乃肯出其文。读之，博辩雄伟，其意气奔放，若不可御。予又益悲梦升志虽困，而独其文章未衰也。是时，谢希深②出守邓州，尤喜称道天下士，予因手书梦升文一通，欲以示希深。未及，而希深卒，予亦去邓。后之守邓者皆俗吏，不复知梦升。梦升素刚，不苟合，负(恃)其所有，常怏怏无所施，卒(最终)以不得志死于南阳。

梦升讳注③，以宝元二年四月二十五日卒，享年四十有二。其平生所为文，曰《破碎集》、《公安集》、《南阳集》，凡三十卷。娶潘氏，生四男二女。将以庆历四年某月某日，葬于董坊之先茔(祖先坟地)，其弟渭泣而来告曰："吾兄患世之莫吾知，孰(谁)可为其铭?"予素悲梦升者，因为之铭曰：

吾尝读梦升之文，至于哭其兄子庠之词曰"子之文章，电激雷震，雨霔忽止，阒(qù，寂静)然灭泯"，未尝不讽诵叹息而不已。嗟夫梦升，曾不及庠。不震不惊，郁塞埋藏。孰与其有，不使其施?④吾不知所归咎(归罪)，徒为梦升而悲。

◎ 注释

①"其曾祖"三句：据"洪本"第757页笺注②引黄庭坚《三谷集》所载黄氏世系图，曾祖讳赡，祖讳元吉，父讳中雅，似与本文略有不同。

②谢希深：谢绛，字希深，欧公好友。

③讳：指对尊长避免说其名，表示尊敬。

④"子之文章"四句：乃黄梦升哀挽其侄子黄庠的诗句。《宋史·文

苑传》载："黄庠字长善，洪州分宁人。博学强记，超敏过人。初至京师，就举国子监、开封府、礼部，皆为第一。比引试崇政殿，以疾不得入，天子遣内侍即邸舍抚问，赐以药剂。是时庠名声动京师，所作程文，传诵天下，闻于外夷，近世布衣罕比也。归江南五年，以病卒。""孰与"二句：意为谁赋予他的才华，却又不让他得以施展。

◎ 简析

墓志铭是一种悼念性的文体，一般由志和铭两部分组成。明代徐师曾在《文本明辨序说》中说："按志者，记也；铭者，名也。"志是用散文记叙死者姓名、字号、籍贯、生平事迹的；铭是用韵文概括志的全文，并对逝者致以悼念、褒扬之情，是委婉抒情的。但也有只有"志"或只有"铭"的。可以是自己生前写的，也可以是别人写的。

《黄梦升墓志铭》作于庆历三年（1042）。是年三月，公奉诏自滑州还京，转太常丞，知谏院。黄梦升，即黄注，字梦升，黄庭坚之七叔祖。也是欧公童年甚为歆慕的朋友，同为天圣八年进士。尽管梦升文章"博辩雄伟，其意气奔放，若不可御"，但他中进士后的十年间，只在几处卑微的职位上流转，终其一生，怀才不遇，郁郁不乐，四十二岁即英年早逝，有《破碎集》《公安集》《南阳集》，总共三十卷传世。

本文可分四段。第一段简述其家世，家风甚好，兄弟好学。"意气自豪"四字，既是对少年梦升的赞许，也为后来的悲剧作了反衬。第二段写平生三度与梦升相遇的感慨：为童子时，"心已独奇"卓尔不凡的梦升；于江陵时，"益悲梦升志虽衰，而少时意气尚在"；于邓州时，"益悲梦升志虽困，而独其文章未衰"。对命途多舛的朋友，公不是冷眼旁观，而是寄予关切，施以援手，但因其"素刚，不苟合"，而无法避免"卒以不得志死于南阳"的结局。其中对饮酒歌舞的场面描写，呈现了一个怀才不遇的士人形象，虽语言平缓，然情义深沉，读来令人潸然泪下。第三段，述自己以"素悲梦升者"身份为之铭，体现了一位挚友的责任感和忠义心。第四段以梦升悼其侄子黄庠之辞，对比梦升，"曾不及庠"；又言"孰与其有，不使其施？吾不知所归咎"。公之悲愤，可谓深矣！

孙琮说："读《黄梦升墓志》，恰如与故友一番话旧。前幅述其髫年相与，中幅记其饮酒悲歌，恍然风雨联床通宵话旧时也。篇中极悲梦升，又是极表梦升。如说意气尚在，文章未衰，皆是极力表出，不徒作唏嘘浩歌也。"（《山晓阁选宋大家欧阳庐陵全集》评语卷四）刘大櫆更以为"欧公叙事之文，独得史迁风神，此篇遒宕古逸，当为墓志第一"。（见《诸家评点古文辞类纂》评语卷四十六）

◎ 诗曰

> 快快人生路，
> 梦升梦不成。
> 文章豪气盛，
> 仕宦畏途惊。
> 身后功名事，
> 杯中涕泪情。
> 悲歌思故旧，
> 伏枕听秋声。

十四、朋党论

臣闻朋党之说自古有之，惟幸（只希望）人君（皇帝）辨其君子小人而已。

大凡君子与君子以同道①为朋，小人与小人以同利为朋，此自然之理也。然臣谓小人无朋，惟君子则有之，其故何哉？小人之所好者禄利也，所贪者财货也。当其同利之时，暂相党引（勾结）以为朋者，伪也。及其见利而争先，或利尽而交疏，则反相贼害（伤害），虽其兄弟亲戚不能相保。故臣谓小人无朋，其暂为朋者，伪也。君子则不然，所守者道义，所行者忠信，所惜者名节。以之修身，则同道而相益；以之事国，则同心而共济，终始如一。此君子之朋也。故为人君者，但当退（黜退）小人之伪朋，用（进用）君子之真朋，则天下治矣。

尧之时，小人共工、驩兜（huán dōu）等四人为一朋，君子八元、八凯十六人为一朋。舜佐尧退四凶小人之朋，而进元、凯君子之朋，尧之天下大治。及舜自为天子，而皋（gāo）、夔（kuí）、稷、契等二十二人并列于朝，更相称美，更相推让，凡二十二人为一朋，而舜皆用之，天下亦大治。②《书》曰："纣有臣亿万，惟亿万心；周有臣三千，惟一心。"③纣之时，亿万人各异心，可谓不为朋矣，然纣以亡国。④周武王之臣三千人为一大朋，而周用以兴。后汉献帝时，尽取天下名士囚禁之，目为党人。⑤及黄巾贼起⑥，汉室大乱，后方悔悟，尽解（解除）党人而释之，然已无救矣。唐之晚年，渐起朋党之论。及昭宗时，尽杀朝之名士，或投之黄河，曰："此辈清流，可投浊流。"而唐遂亡矣。⑦

夫前世之主，能使人人异心不为朋，莫如纣；能禁绝善人为朋，莫如汉献帝；能诛戮清流之朋，莫如唐昭宗之世。然皆乱亡其国。更相称美推让而不自疑，莫如舜之二十二臣，舜亦不疑而皆用之。然而后世不诮（讥讽、责备）舜为二十二人朋党所欺，而称舜为聪明之圣者，以（因为）辨君子与小人也。周武之世，举其国之臣三千人共为一朋，自古为朋之多且大莫如周，然周用此以兴者，善人虽多而不厌也。

夫兴亡治乱之迹，为人君者可以鉴矣！

◎ **注释**

①同道：指相同的政治主张或思想体系，亦指共同的道德规范，即

下文的"道义"、"忠信"、"名节"等。

②"尧之时"十三句：相传共工、驩兜、三苗、鲧等四人为尧时的"四凶"。高辛氏的八个有才德的后裔，称"八元"；高阳氏的八个有才德的后裔，称"八凯"。元、凯皆和善之意。

③"《书》曰"五句：《书》即《尚书》。后四句引自《尚书·周书·泰誓》。

④纣：商的末代君王，被周武王所灭。

⑤献帝：东汉末代皇帝刘协，灵帝之子。此处"献帝时"应为"灵帝时"。"后汉献帝时"等三句：汉桓帝时，宦官专权，李膺等二百余名士被目为"党人"，遭逮捕。灵帝时，窦武、陈蕃，以诛宦官谋泄被杀。李膺、范滂等"百余人皆死狱中"，诸州郡"死、徙、废、禁者六七百人"。史称"党锢"之祸。本文误作献帝时事。

⑥黄巾：指东汉末年张角兄弟领导的黄巾军农民起义。贼，是统治者对起义军的蔑称。

⑦"唐之晚年"二句：唐穆宗、宣宗时，朝中以牛僧孺、李宗闵为首的牛党，与以李德裕为首的李党势同水火，激烈相争，延续近四十年。史称"牛李党争"。昭宗：应为昭宣帝，即哀帝。"或投之黄河"三句：《旧五代史·梁书·李振传》载，"天祐中，唐宰相柳璨希太后旨，僭杀大臣裴枢、陆扆等七人于滑州白马驿。时(李)振自以咸通、乾符中尝应进士举，累上不第，尤愤愤，乃谓太祖曰：'此辈自谓风流，宜投于黄河，永为浊流。'太祖笑而从之。"

◎ 简析

《朋党论》的写作时间，这里依"洪本"，取庆历四年（1044）之说。本文写作的历史大背景，自然是从庆历三年十月拉开帷幕的"庆历新政"。其时，先后执政二十年的宰相吕夷简已辞职，晏殊继任宰相兼枢密使，韩琦、范仲淹同时被任命枢密副使，欧公三月知谏院，十月修"起居注"，十二月知制诰，有权参与国家重大决策。而原本待任枢密使的守旧派人物夏竦，遭欧阳修、蔡襄等台谏官们连上十一道反对奏疏，在仁宗收回成命之后，被迫改任亳州知州。随着十大新政措施渐次实施，新政的核心又是整顿吏治，不免引起以夏竦为首的官僚权贵的不满和反对。他们所用的高招之一，就是"朋党"说。

朋党，本来指为争权夺利、排斥异己而结合起来的集团，是历代统治者最敏感又棘手的一大政治难题。《论语·卫灵公》曰："君子矜而不争，群而不党。"意思是与众合群，不结私党。这是儒家的观点。但何为群，何为党，原本是一个很难做出准确界定的概念。于是，"党论"往往成为别有用心者党同伐异的武器。景祐三年（1036），吕夷简弹劾范仲淹，就以"荐引朋党，离间群臣"这一莫须有的罪名，将范、富、韩、欧等诤臣一一贬谪外任。至庆历四年，八年间朋党之说喧嚣不息。是年四月，仁宗问辅臣们："自昔小人多为朋党，亦有君子之党乎?"时公由滑州召还京城后，任职谏院，"言事一意径行，略不以形迹嫌疑顾避"。面对皇上的质疑，公凭借强项直谏的胆识和勇气，以渊博的知识和凌厉的笔势写了著名的《朋党论》。

全文可分五段。第一段开门见山指出"朋党之说，自古有之"，重要的是人君"辨其君子、小人"；第二段提出中心论点："大凡君子与君子以同道为朋，小人与小人以同利为朋"，而道与利是判别君子与小人的关键所在；第三段从正反两面列举史实，论证朋党自古有之；第四段进一步指出，人君对朋党的认识与取舍，关系国家兴亡；文末与篇首呼应，再次强调人君务必引为镜鉴。

本文不讳言朋党，而从正面指出朋党的客观存在，举证确凿，层层对比，剖析精当，论辩剀切，得出"故为人君者，但当退小人之伪朋，用君子之真朋，则天下治矣"的结论；而排偶句式的穿插运用，又增加了文章议论的气势，具有深刻的揭露意义和强大的批判力量。明代顾锡畴以为，"千古朋党之论，经欧公钩镂摘抉无遗，真照妖镜也。"清代余诚更高度评价："此论原为倾陷君子而发，自不得不侧重君子立言，然妙在语似翻新出奇，而义实大中至正，故能感悟人主而为万世不磨之论"（《重订古文释义新编》评语卷八）。

但文章的实际成效，就未必如茅坤所言，能"破千古人君之疑"（《欧阳文忠公文抄》评语卷）。事实上，宋仁宗的质疑就不曾被破除，最终，新政失败，庆历诸君子被贬谪。当然，这不是《朋党论》惹的祸，历史证明的是，现实比理论更复杂。

新政失败，身心俱疲，茫然若失，公于次年（庆历五年）三月寄梅尧臣的《镇阳读书》诗，颇为深刻地表达了此时的复杂心态。

◎ 诗曰

> 此论峣然裂石惊，
> 朝堂群党立分明。
> 功名久恋轻高节，
> 道义常怀重至诚。
> 聊及汉唐悲水浊，
> 笔随尧舜美风清。
> 江山如梦还如画，
> 尽在君王败与成。

◎ 链接

镇阳读书

春深夜苦短，灯冷焰不长。尘蠹文字细，病眸涩无光。
坐久百骸倦，中遭群虑戕。寻前顾后失，得一念十忘。
乃知学在少，老大不可强。废书谁与语，叹息自悲伤。
因忆石夫子，徂徕有茅堂。前年来京师，讲学居上庠。
青衫缀朝士，面有数亩桑。不耐群儿嗤，束书归故乡。
却寻茅堂在，高卧泰山傍。圣经日陈前，弟子罗两厢。
大论吒佛老，高声诵虞唐。宾朋足枣栗，儿女饱糟糠。
虽云待官阙，便欲解朝裳。有似蚕作茧，缩身思自藏。
嗟我一何愚，贪得不自量。平生事笔砚，自可娱文章。
开口揽时事，论议争煌煌。退之尝有云，名声暂膻香。

误蒙天子知，侍从列班行。官荣日已宠，事业闇不彰。
器小以任大，跻颠理之常。圣君虽不诛，在汝岂自遑。
不能虽欲止，恍若失其方。却欲寻旧学，旧学已榛荒。
有类邯郸步，两失皆茫茫。便欲乞身去，君恩厚须偿。
又欲求一州，俸钱买归装。譬如归巢鸟，将栖少徊翔。
自觉诚未晚，收愚老缣缃。

十五、送杨寘序

予尝有幽忧之疾，退而闲居，不能治也。既而学琴于友人孙道滋，受宫声数引，久而乐之，不知疾之在其体也。①

夫琴之为技小矣，及其至也，大者为宫，细者为羽，操弦骤作，忽然变之，急者凄然以促，缓者舒然以和。如崩崖裂石，高山出泉，而风雨夜至也；如怨夫寡妇之叹息，雌雄雍雍（和谐）之相鸣也。其忧深思远，则舜与文王、孔子之遗音也；悲愁感愤，则伯奇孤子、屈原忠臣之所叹也。喜怒哀乐，动人心深。而纯古淡泊，与夫尧、舜、三代之言语（指《尚书》），孔子之文章（指《春秋》），《易》之忧患，《诗》之怨刺（讽刺政治），无以异。其能听之以耳，应之以手，取其和者，道（同"导"）其湮（yīn，阻塞、郁结）郁，写（同"泻"）其幽思，则感人之际亦有至者焉。②

予友杨君，好学有文，累（多次）以进士举，不得志。反从荫调③，为尉（官名）于剑浦（今福建南平），区区（形容小）在东南数千里外，是其心固有不平者。且少又多疾，而南方少医药，风俗饮食异宜（不相宜）。以多疾之体，有不平之心，居异宜之俗，其能郁郁以久乎？然欲平其心以养其疾，于琴亦将有得焉。故予作《琴说》以赠其行，且邀道滋酌酒进琴(演奏琴曲)以为别。

◎ **注释**

①幽忧:过度忧劳而成的疾病。语出《庄子·让王》:"我适有幽忧之病,方且治之,未暇治天下也。""受宫声数引"等三句:意即学习宫、商的声音和几支曲子。宫声数引,指琴调数曲。引,乐曲体裁之一。

②"大者为宫"二句:古乐五声音阶,依次是宫、商、角、徵(zhǐ)、羽。宫声浩大,羽声微弱。怨夫:即旷夫,没有妻室的男子。伯奇:《琴操》记周宣王时,大臣尹吉甫有个儿子,名伯奇,本来很孝顺,由于后娘谗害,被尹吉甫驱逐出去。伯奇很伤心,弹琴作《履霜操》,曲终,投河而死。"与夫"五句:指琴音纯古淡泊的作用。

③荫调:凭借上代官爵或功名而得官。

◎ **简析**

《送杨寘序》(一名《送杨二赴剑浦》),作于庆历七年(1047)。公时在知滁州任上。寘,"置"的异体字。杨寘,欧公朋友。宋史《文苑传》另有杨寘,字审贤,庆历二年状元,乃同名而非一人。

这也是一篇赠序。赠序指与人临别之际赠予的文字,其内容通常是惜别、赞许、勉励等。而这里所别好友杨寘,"累以进士举,不得志",不能自取功名,从荫调才当个小官;任所千里之外,风土习俗迥异,病体缺医少药,此时此刻,"其心固有不平者",这是不难理解的。对这样一位友人,以虚情假意的客套,作不痛不痒的期许,这不是欧公之所为;何况,即使捧上一碗心灵鸡汤,也断然无济于事。这临别赠言又该从何写起?

本文可分三段。第一段写自己"幽忧之疾",由"不能治也",到"不知其疾之在体也",经历了"受宫声数引,久而乐之"的康复过程,突出了琴的助益作用。据"洪本"校记②云:原校"不知"句下,有"夫疾,生乎忧者也。药之毒者,能攻其疾之聚,不若声之至者,能和其心之所不平。心而平,不和者和,则疾之忘也宜哉"

四十五字。这看来是琴声可以疗疾养生的理论依据，可供参考。第二段又分两层，先对琴声作精微、生动的描写，包括其音乐形象和感发力量；再述如何从琴声中获取裨益。第三段点明主旨，详述杨寘所面临的窘境，祈愿他"平其心以养其疾"，故作《琴说》以赠其行。

本文别具匠心，以"琴说"为赠序，从多方面展开比喻与联想，把抽象的琴声描绘得可亲可感，于悠闲平静中加以劝导和抚慰，同时也真切地表达了自己对友人的深情与厚意。因此，过珙在《古文评注》中说："杨子心怀郁郁，而欧公借琴以解之，故通篇只说琴，而送友意已在其中。文致曲折，古秀雅淡，言有尽而情无穷。"

刘熙载《艺概·文概》云："揭全文之旨，或在篇首，或在篇中，或在篇末。在篇首则后必顾之，在篇末则前必注之，在篇中则前注之，后顾之，抑所谓文眼者也。"赖汉屏先生在分析本文结构时指出：《送杨寘序》用琴音能"道其湮郁，写其幽思"结住第二段，正好与第一段叙述自己以琴治好了"幽忧之气"，以及第三段希望杨寘用琴来"平其心以养其疾"的意思拧为一体，可见此文尽得"顾注"之法。（《欧阳修诗文鉴赏辞典》）

余不知琴而悦其音，以其"喜怒哀乐，动人心深"也。读此文知琴声之益多矣，有疾者可疗其疾，无疾者则养其身，闻者善处之，于"感人之际亦有至者焉。"

◎ 诗曰

> 杨君作别泪沾襟，
> 序费思量且说琴。
> 调若崩崖川岳壮，
> 声如苦雨日星惛。
> 平心始可清肝肺，
> 养疾无须怨兽禽。
> 此后丝弦和者奏，
> 期从剑浦送佳音。

十六、尹师鲁墓志铭

师鲁，河南人，姓尹氏，讳洙。然天下之士识与不识皆称之曰师鲁，盖其名重当世。而世之知师鲁者，或推（推崇）其文学，或高（赞美）其议论，或多（称誉）其材能。至其忠义之节，处穷达（困顿、顺利），临祸福，无愧于古君子，则天下之称师鲁者未必尽知之。

师鲁为文章，简而有法。博学强记，通知古今，长于《春秋》。其与人言，是是非非^①，务穷尽道理乃已，不为苟止而妄随，而人亦罕能过（超过）也。遇事无难易，而勇于敢为，其所以见称（被称颂）于世者，亦所以取嫉（遭忌嫉）于人，故其卒穷以死。

师鲁少举进士及第，为绛州正平县主簿、河南府户曹参军、邵武军判官。举书判拔萃，迁山南东道掌书记，知伊阳县。王文康公（王曙）荐其才，召试，充馆阁校勘，迁太子中允（官阶）。天章阁待制范公贬饶州，谏官、御史不肯言，师鲁上书，言仲淹臣之师友，愿得俱贬。贬监郢州酒税，又徙唐州。遭父丧，服除，复得太子中允、知河南县。赵元昊反，陕西用兵，大将葛怀敏奏起为经略判官。师鲁虽用怀敏辟（召请），而尤为经略使韩公（韩琦）所深知。其后诸将败于好水，韩公降知秦州，师鲁亦徙通判濠州。久之，韩公奏，得通判秦州。迁知泾州，又知渭州兼泾原路经略部署。坐城水洛与边臣异议，徙知晋州。^②又知潞州，为政有惠爱，潞州人至今思之。累迁官至起居舍人、直龙图阁。

师鲁当天下无事时独喜论兵，为《叙燕》、《息戍》二篇行于世。自西兵起，凡五六岁，未尝不在其间，故其论

167

议益精密，而于西事尤习其详。其为兵制之说，述战守胜败之要，尽当今之利害。又欲训土兵代戍卒，以减边用，为御戎长久之策。皆未及施为，而元昊臣(称臣)③，西兵解严，师鲁亦去而得罪(指下文所言渭州事)矣。然则天下之称师鲁者，于其材能，亦未必尽知之也。

初，师鲁在渭州，将吏有违其节度(指挥)者，欲按军法斩之而不果④。其后吏至京师，上书讼师鲁以公使钱贷部将，贬崇信军节度副使，徙监均州酒税。得疾，无医药，舁(yú，抬)至南阳求医。疾革(病重)，隐几(靠着桌子)而坐，顾稚子在前，无甚怜之色，与宾客言，终不及其私。享年四十有六以卒。

师鲁娶张氏，某县君。有兄源，字子渐，亦以文学知名，前一岁卒。师鲁凡十年间，三贬官，丧其父，又丧其兄。有子四人，连丧其三。女一适人(出嫁)，亦卒。而其身终以贬死。一子三岁，四女未嫁，家无余赀，客其丧于南阳不能归。平生故人无远迩皆往赙之⑤，然后妻子得以其枢归河南，以某年某月某日葬于先茔(祖先的坟墓)之次。余与师鲁兄弟交，尝铭其父之墓矣，故不复次其世家焉。铭曰：

藏之深，固之密。石可朽，铭不灭。

◎ 注释

①是是非非：肯定正确的，否定错误的。

②书判拔萃：指才能出众。当时州县地方官荐举佐吏的考评之辞。
赵元昊：唐赐李姓，故又称李元昊，不甘臣服于宋，遂称帝，建国号夏，亦称西夏。"坐城水洛"二句：尹洙知渭州时，因要不要在水洛筑城的问题，与陕西四路都总管郑戬等人意见分歧。戬论奏不已，最终，迫使尹洙徙庆州。下文"初，师鲁在渭州"等七句，即言此事。

③"元昊臣"句：指元昊于宋仁宗庆历四年(1044)五月向宋朝称臣。

④"将吏有违其节度者"二句：指陕西路将领刘沪、董士廉因不服从尹师鲁的军令，被尹命令狄青逮捕下狱事。

⑤赙(fù)之：指拿钱财帮助别人办理丧事。

◎ 简析

　　《尹师鲁墓志铭》作于庆历八年(1048)。尹师鲁(1001—1047)，名洙，字师鲁，河南人，世称河南先生。与梅圣俞一样，师鲁也是当年西京文人群体的重要成员，公谓"师鲁心磊落，高谈羲与轩"(《书怀感事寄梅圣俞》)，从此成为政治与文学上的知友，本文称"余与师鲁兄弟交"。作为著名古文家，欧公初学古文时，受其影响甚大。尹洙病重时，曾请范仲淹、韩琦、欧阳修各作文字以告慰自己。庆历七年(1047)师鲁卒，年仅46岁。后一年，公为之精心撰写祭文与墓志铭。

　　本文凡千余言，可分六段。开篇二段，概述师鲁其人，而对于师鲁真正"无愧于古君子"，"天下之称师鲁者未必尽知之"。第三、四、五段述师鲁生平主要事迹。最后一段言及师鲁身后事，以十二字作铭。

　　茅坤评曰："欧最得意友，亦欧公最着意之文。"余以为，此文得失，或许正在于此。欧公以"简古"之笔写"最得意"之友，亲者谓书之不足；欧公以"简古"之法写"最着意"之文，论者谓过犹不及。因而在备受称颂的同时，也引来一些人(包括师鲁的亲友)对墓志大加责难，认为"师鲁文章不合祇著一句道了"，"铭文不合不讲德，不辩师鲁以非罪"，甚至因此求人别为墓表。为此，公于次年作《论尹师鲁墓志》自辩，详述墓志的写意和写法，以释人之疑。

　　公为碑志，素重"不虚美，不溢恶"，"文简而意深"。师鲁的文学、议论和材能，名重天下，人尽皆知，故简言之。如述其文，曰"简而有法"；述其学，曰"通知古今"：述其论议，曰"是是非非"。这样写来，看似"文简"，其实"意深"，因为这样的评价，"若必求其可当者，惟孔、孟也。"所以，在普通人看来，这三者"皆君子之极美"。但公以为，对师鲁言这还只是小事，"至其忠义之节，处穷达，临祸福，无愧于古君子，则天下之称师鲁者未必尽知之"。于是，作者用上书论范公而自请同贬（参见《与高司谏书》"简析"），以及临死而语不及私两件事，印证师鲁大节乃笃于仁义，穷达祸福，不愧古人。此后，再写师鲁被仇人诬告遭贬而死，写其死后妻子困穷之状。其目的在于，要让后世知道，有"如此人"，"如此事"，竟致身后妻子"如此困穷"，从而不仅"深痛死者"，还要"切责"造成如此悲剧的"当世"与"君子"！面对现实，公已无语，于其铭文，但云"藏之深，固之密，石可朽，铭不灭"，可谓"简而有法"，又一绝妙之笔也。

储欣在《六一居士全集录》评语卷三指出："精密而凄怆。读公所自疏，知此文用意之深，用法之精。公于他交游志铭未尽如此，宜俗人之沾沾动其喙也。然文学、议论、材能、忠义，有其一亦足以传，而师鲁身兼四科，公之表彰可谓不遗余力。此有何难晓而哗然议之？瞽者无以与于日月之明，悲夫！"基于此，余将《论尹师鲁墓志》全文附录于此，以便今天的读者能将欧公一事两文，比对赏读，既能领略到一位知交悼念挚友时的"最着意"之处，也能领悟到一个作者是怎样将自己的理论主张与文学实践完美地合而为一（参见《黄梦升墓志铭》"简析"）。正所谓：我论我文，无愧我心，一段佳话，千古殷殷。这大概是公始料未及的吧！

◎ 诗曰

亦师亦友岁华催，
梦断秋声唤不回。
简古为文追孔孟，
穷达处事任风雷。
宁随仲淹俱蹈海，
除却先生只剩梅。
小子无知天地识，
碑铭犹自矗岿岿。

◎ **链接**

论尹师鲁墓志

志言天下之人识与不识，皆知师鲁文学、议论、材能。则文学之长，议论之高，材能之美，不言可知。又恐太略，故条析其事，再述于后。

述其文，则曰简而有法。此一句，在孔子六经惟《春秋》可当之，其他经非孔子自作文章，故虽有法而不简也。修于师鲁之文不薄矣，而世之无识者，不考文之轻重，但责言之多少，云师鲁文章不合祗著一句道了。既述其文，则又述其学曰通知古今。此语若必求其可当者，惟孔、孟也。既述其学，则又述其论议，云是是非非，务尽其道理，不苟止而妄随。亦非孟子不可当此语。既述其论议，则又述其材能，备言师鲁历贬，自兵兴便在陕西，尤深知西事，未及施为而元昊臣，师鲁得罪。使天下之人尽知师鲁材能。

此三者，皆君子之极美，然在师鲁犹为末事。其大节乃笃于仁义，穷达祸福，不愧古人。其事不可遍举，故举其要者一两事以取信。如上书论范公而自请同贬。临死而语不及私，则平生忠义可知也，其临穷达祸福不愧古人又可知也。既已具言其文、其学、其论议、其材能、其忠义，遂又言其为仇人挟情论告以贬死，又言其死后妻子困穷之状。欲使后世知有如此人，以如此事废死，至于妻子如此困穷，所以深痛死者，而切责当世君子致斯人之及此也。

《春秋》之义，痛之益至则其辞益深，"子般卒"是也。诗人之意，责之愈切则其言愈缓，"君子偕老"是也。不必号天叫屈，然后为师鲁称冤也。故于其铭文，但云"藏之深，固之密，石可朽，铭不减"，意谓举世无可告语，但深藏牢埋此铭，使其不朽，则后世必有知师鲁者。其语愈缓，其意愈切，诗人之义也。而世之无识者，乃云铭文不合不讲德，不辩师鲁以非罪。盖为前言其穷达祸福无愧古人，则必不犯法，况是仇人所告，故不必区区曲辩也。今止直言所坐，自然知非罪矣，添之无害，故勉徇议者添之。

若作古文自师鲁始，则前有穆修、郑条辈，及有大宋先达甚多，不敢断自师鲁始也。偶俪之文苟合于理，未必为非，故不是此而非彼也。若谓近年古文自师鲁始，则范公祭文已言之矣，可以互见，不必重出也。皇甫湜《韩文公墓志》、李翱《行状》不必同，亦互见之也。

《志》云师鲁喜论兵。论兵，儒者末事，言喜无害。喜非嬉戏之喜，喜者，好也，君子固有所好矣。孔子言"回也好学"，岂是薄颜回乎？后生小子，未经师友，苟恣所见，岂足听哉！修见韩退之与孟郊联句，便似孟郊诗；与樊宗师作志，便似樊文。慕其如此，故师鲁之志用意特深而语简，盖为师鲁文简而意深。又思平生作文，惟师鲁一见，展卷疾读，五行俱下，便晓人深处。因谓死者有知，必受此文，所以慰吾亡友尔，岂恤小子辈哉！

十七、苏氏文集序

予友苏子美之亡后四年，始得其平生文章遗稿于太子太傅杜公之家，而集录之以为十卷。子美，杜氏婿也，遂以其集归之，而告于公曰："斯文，金玉也，弃掷埋没粪土，不能销蚀。其见遗（被遗弃）于一时，必有收而宝之于后世者。虽其埋没而未出，其精气光怪已能常自发见，而物亦不能掩也。①故方其摈斥摧挫、流离穷厄之时，文章已自行于天下，虽其怨家仇人，及尝能出力而挤之死者，至其文章，则不能少毁而掩蔽之也。凡人之情，忽近而贵远，子美屈于今世犹若此，其伸于后世宜如何也！公其可无恨。"

予尝考前世文章政理之盛衰，而怪唐太宗致治几乎三王之盛，而文章不能革五代之余习。后百有余年，韩、李（韩愈、李翱）之徒出，然后元和之文始复于古。唐衰兵乱，又百余年而圣宋兴，天下一定，晏然无事。又几（将近）百年，而古文始盛于今。自古治时少而乱时多，幸时治矣，文章或不能纯粹，或迟久而不相及，何其难之若是欤？岂非难得其人欤？苟一有其人，又幸而及出于治世，世其可不为之贵重而爱惜之欤？嗟吾子美，以一酒食之过，至废为民而流落以死。此其可以叹息流涕，而为当世仁人君子之职位宜与国家乐育贤材者惜也。②

子美之齿（年龄）少于予，而予学古文反在其后。天圣之间，予举进士于有司，见时学者务以言语声偶摘裂（tī liè，割裂），号为"时文"，以相夸尚。而子美独与其兄才翁（苏舜元）及穆参军伯长，作为古歌诗杂文，时人颇共非笑之，而子美不顾也。③其后天子患时文之弊，下诏书讽勉（教诲，劝勉）学者以近古，由是其风渐息，而学者稍趋于古焉。独子美为于举世不为之时，其始终自守，不牵世俗趋舍（取舍），可谓特立之士也。

子美官至大理评事、集贤校理而废，后为湖州长史以卒，享年四十有一。其状貌奇伟，望之昂然，而即之（接近他）温温，久而愈可爱慕。④其材虽高，而人亦不甚嫉忌，其击（击，排挤、打击）而去之者，意不在子美也。赖天子聪明仁圣，凡当时所指名而排斥，二三大臣而下，欲以子美为根而累之者，皆蒙保全，今并列于荣宠。虽与子美同时饮酒得罪之人，多一时之豪俊，亦被收采，进显于朝廷。而子美独不幸死矣，岂非其命也？悲夫！庐陵欧阳修序。

◎ **注释**

①杜公：即杜衍，苏舜钦岳父，庆历四年任宰相，推行新政，五年，因苏舜钦事罢知兖州。"虽其埋没"三句：《晋书·张华传》载，张华夜见斗牛二星间常有紫气，遣雷焕查看，于丰城得龙泉、太阿两宝剑。此处借指苏舜钦诗文虽被淹埋一时，但其光华锐气如丰城之剑终不可掩。

②余习：没有改掉的、遗留的习气、风尚。元和：唐宪宗年号

（806—820），为韩愈及其弟子李翱主要活动时期。"而为当世"
句：意思是，使人替当代那些担任要职，应该为国家欢喜地培育
优秀人才的仁人君子们，感到可惜啊。

③"天圣之间"五句：追述天圣年间文风，意指当时学者用声调平
仄对偶等方法，将割裂的文句拼凑成文章。穆参军：穆修，字伯
长，宋初古文运动的先驱者，参军是其官职。特立：谓有坚定的
志向和操守。

④"其状貌奇伟"四句：赞舜钦风貌。语出《论语·子张》："君子有
三变：望之俨然，即之也温，其言也厉。"温温：柔和。《诗经·
小雅·宾之初筵》："宾之初筵，温温其恭。"

◎ 简析

《苏氏文集序》作于皇祐三年（1051）。时欧公知应天府兼南京
留守司事。苏氏，指苏舜钦，字子美，宋代古文家。《宋史·文苑
传》载："舜钦少慷慨有大志，状貌怪伟。当天圣中，学者为文多
病偶对，独舜钦与河南穆修好为古文、歌诗，一时豪俊多从之
游。"然议论不避权贵，一生失意，成为庆历党争中的牺牲品。有
《苏舜钦集》，散文《沧浪亭记》尤为后世所传诵。

据《宋史纪事本末》，庆历五年正月，子美任职监进奏院，循
例祀神，以伎乐娱宾。集贤校理王益柔于席上戏作《傲歌》云"醉卧
北极遣帝扶，周公孔子驱为奴"，这在当时实属狂妄、大不敬。御
史中丞王拱辰闻之，以二人皆仲淹所荐，而舜钦又是杜衍女婿，想
将杜衍与仲淹一并打倒，于是举劾其事。拱辰及张方平列状请诛益
柔。韩琦言于帝曰："益柔狂语，何足深计？方平等皆陛下近臣，
同国休戚，今西陲用兵，大事何限，一不为陛下论列，而同状攻一
王益柔，此其意可见矣！"帝感悟，乃止黜益柔监复州酒税，而除
舜钦名。同席被黜者十余人，皆知名之士。拱辰喜曰："吾一网打
尽矣。"庆历八年（1048），子美抑郁而亡，年仅 41 岁。四年后，欧
公为亡友苏舜钦整理、汇编遗稿，并作此序。

全文分四段。首段述作序的背景，认定亡友虽"屈于今世"，
必"伸于后世"；接着，引述历史与近事，说明政治、文章的盛衰

往往并不同步，从更广阔的视觉嗟叹子美的不幸遭遇，从而引发感叹，既叹息人才得不到"贵重而爱惜"，也感喟国家没有"乐育贤材"；第三段追述天圣年间文风，针砭时文，亦如《与荆南乐秀才书》一文所言，"而涉猎书史姑随世俗作所谓时文者，皆穿蠹经传，移此俪彼以为浮薄，惟恐不悦于时人，非有卓然自立之言如古人者。"同时赞赏舜钦"为于举世不为之时，其始终自守，不牵世俗趋舍"的不凡经历，称颂他为宋代诗文革新运动中的"特立之士"；最后，突破就文论文的约束，写其人，写其死，指出王拱辰等"其击而去之者，意不在子美也"——自然是意在杜衍、仲淹，意在庆历新政。虽"缘有所避，不曾尽情说破"（何焯《义门读书记》），但欧公一声"悲夫"，已揭示此既为个人之悲，也是社会之痛。

本文抒写赞扬了苏舜钦不可掩抑的才华与特立不移、不追逐时尚的品格，表达了自己由衷的惋惜和哀悼。浦起龙于《古文眉诠》中说："公作友人集序，多入感慨情文。此序以废斥之感融入文章，一段论文，一段伤废，整整相间，恰好于赞服之下，承以痛惜，不经营而布置精能。中间述文章政理，衰盛参会，宜公自当之。"

在欧公一众知友中，因不得志而身困穷愁者，舜钦不是唯一的一个。但作为宰相的女婿，因一饭之过被削籍为民，继而连累岳父遭贬，自己郁郁而死，简直令人难以置信。此刻，他或许又想到了苏州城南的沧浪亭。那里原是五代时吴越国广陵王钱元璙的花园，后为苏舜钦购得，在园内傍水建亭，借"沧浪之水清兮，可以濯我缨；沧浪之水浊兮，可以濯我足"（语出《孟子·离娄》）之意，取名"沧浪亭"，并作《沧浪亭记》。公曾经于庆历七年（1047），即圣俞去世前一年，作《沧浪亭》诗，表达了对圣俞不幸遭遇的深切同情，并殷切期待着"丈夫身在岂长弃，新诗美酒聊穷年"的那一天，却不料最终酿成了亲友们不得不接受的残酷结局，而且噩耗来得这么快，这么早。

◎ 诗曰

　　嗟吾子美实堪哀，

一饭缘何酿祸灾。
昔重时文君特立，
今除余习尔新裁。
高材蠹立原非过，
傲曲狂歌本是呆。
我叹悠悠沧浪水，
烦冤无尽为谁来。

◎ 链接

沧　浪　亭

子美寄我沧浪吟，邀我共作沧浪篇。
沧浪有景不可到，使我东望心悠然。
荒湾野水气象古，高林翠阜相回环。
新篁抽笋添夏影，老桧乱发争春妍。
水禽闲暇事高格，山鸟日夕相啾喧。
不知此地几兴废，仰视乔木皆苍烟。
堪嗟人迹到不远，虽有来路曾无缘。
穷奇极怪谁似子，搜索幽隐探神仙。
初寻一径入蒙密，豁目异境无穷边。
风高月白最宜夜，一片莹净铺琼田。
清光不辨水与月，但见空碧涵漪涟。
清风明月本无价，可惜只卖四万钱。
又疑此境天乞与，壮士憔悴天应怜。
鸱夷古亦有独往，江湖波涛渺翻天。
崎岖世路欲脱去，反以身试蛟龙渊。
岂如扁舟任飘兀，红蕖渌浪摇醉眠。
丈夫身在岂长弃，新诗美酒聊穷年。
虽然不许俗客到，莫惜佳句人间传。

十八、伶官传序

呜呼！盛衰之理，虽曰天命，岂非人事哉！原（推究）庄宗①之所以得天下，与其所以失之者，可以知之矣。

世言晋王（李克用）之将终也，以三矢赐庄宗而告之曰："梁，吾仇也；燕王，吾所立；契丹与吾约为兄弟，而皆背晋以归梁。此三者，吾遗恨也。与尔三矢，尔其无忘乃（你的）父之志！"庄宗受而藏之于庙。②其后用兵，则遣从事（官府办事人员）以一少牢（祭品）告庙，请其矢，盛以锦囊，负而前驱，及凯旋而纳之。

方其系（捆绑）燕父子以组（绳子），函③梁君臣之首，入于太庙，还矢先王而告以成功，其意气之盛，可谓壮哉！及仇雠已灭，天下已定，一夫夜呼④，乱者四应，仓皇东出，未及见贼，而士卒离散，君臣相顾，不知所归；至于誓天断发，泣下沾襟，何其衰也！岂得之难而失之易欤？抑（或，然而）本（推究）其成败之迹而皆自于人欤（都取决于人事吗）？《书》曰："满招损，谦受益。"忧劳可以兴国，逸豫（安乐）可以亡身，自然之理也。故方其盛也，举（全部，整个）天下之豪杰莫能与之争；及其衰也，数十伶人困之，而身死国灭，为天下笑。

夫祸患常积于忽微（极小），而智勇多困于所溺（过分爱好），岂独伶人也哉！作《伶官传》。

◎ 注释

①庄宗：即后唐庄宗李存勖（xù），晋王李克用长子，继其父为晋王，923 年称帝，国号唐。同年灭后梁。同光四年（926），在兵变中被杀，在位仅三年。

②梁：指后梁太祖朱温，他原是黄巢部将，叛变归唐，后封为梁王。燕王：指卢龙节度使刘仁恭。契丹：宋时北方的一个部族。

庙：指太庙，帝王供奉祖先神位的地方。

③函：木匣，此处作动词，盛以木匣。

④一夫：指同光四年（926）发动贝州兵变的军士皇甫晖。

◎ **简析**

　　《伶官传序》选自欧公所撰《新五代史》（本文据《欧阳修诗文鉴赏辞典》）。伶官，宫廷中的乐官和授有官职的演艺人。《伶官传》是敬新磨、景进、史彦琼、郭从谦四人的合传，他们都是后唐庄宗李存勖的幸臣。除敬新磨外，其余三人均为"败政乱国者"。传序，指置于传之篇首，用以开宗明义标示写作意图的文字。

　　五代是我国历史上一个封建分裂割据的时代，中原有后梁、后唐、后晋、后汉、后周五个小王朝的相继更替；中原以外的地区分裂为吴、南唐、前蜀、后蜀、吴越、楚、闽、南汉、南平、北汉等十国。（参见《峡州至喜亭记》注释）各个王朝统治的时间都比较短促，用欧公的话来说，"于此之时，天下大乱，中国之祸，篡弑相寻"，五代"五十三年之间，易五姓十三君，而亡国被弑者八，长者不过十余岁，甚者三、四岁而亡"，出现"置君犹易吏，变国若传舍"的现象。之所以如此，主要是由于在镇压黄巾起义的过程中产生了一批军阀，他们逐渐成了新的割据势力，在唐朝灭亡后，各霸一方，自立为王，从而造成了五代十国的短暂分裂局面。

　　《宋史·欧阳修传》载："自撰《五代史记》，法严词约，多取《春秋》遗旨。"公曾曰："呜呼，五代之乱极矣！""当此之时，臣弑其君，子弑其父，而缙绅之士安其禄而立其朝，充然无复廉耻之色者皆是也。"面对这一乱世，欧公修史是为了用"春秋笔法"对五代历史进行褒贬，进而达到孔子所说的"《春秋》作而乱臣贼子惧"的目的。《新五代史》原名《五代史记》，是北宋设馆修史以后唯一的私修正史。后世为区别于薛居正等官修的《五代史》，故名《新五代史》。史学界一般认为，该书大约于景祐三年（1036）之前着手编写，到皇祐五年（1053）基本完成，历时十七年之久。但嘉祐五年（1060），当知制诰范镇等奏请缮写上进时，公上奏《免进五代史状》云："臣本以孤拙，初无他能，少急养亲，遂学干禄，勉作举业，以应所司。自忝窃于科名，不忍忘其素习，时有妄作，皆应用文字。至于笔削旧史，褒贬前世，著为成法，臣岂敢当？往者曾任夷陵县令及知滁州，以负罪谪官，闲僻无事，因将《五代史》试加补缉，而外方难得文字检阅，所以铨次未成。昨自还朝，便蒙差在《唐书》局，因之无暇更及私书，是致全然未成次第。欲候得外任差遣，庶因公事之暇，渐次整缉成书，仍复精加考定，方敢投进。冀于文治之朝，不为多士所消。"可见，公于此书可谓殚精竭虑，一丝不苟，才得以成就大业。全书浑然一体，结构严谨，选材讲究，思想上不像旧史那样大肆渲染"天命"而注重人事；文字凝炼，叙事生动，其文笔之出色，在二十四史中是罕见的。同司马迁的《史记》一样，《新五代史》不仅是一部杰出的历史著作，同时也是一部具有极高艺术价值的文学著作。

本文可分四段。首段提出论点，强调"人事"对于"盛衰"的意义。接着第二段写庄宗子承父志，而致凯旋。第三段进一步描述其得天下"可谓壮哉"，而失天下"何其衰也"。先扬后抑，一唱一叹，继而从对后唐之"盛"与"衰"过程的具体分析中，推演出"忧劳可以兴国，逸豫可以亡身"的结论。这难易成败的根由，岂不"皆自于人"吗？最后，以"夫祸患常积于忽微，而智勇多困于所溺"两句作结，作者借此告诫执政者要吸取历史教训，居安思危，防微杜渐，力戒骄侈纵欲。

全文紧扣"盛衰"二字，夹叙夹议，史论结合，感慨深沉，感染力很强，成为历代传诵的佳作。明茅坤称此文为"千古绝调"，清沈德潜誉此文为"抑扬顿挫，得《史记》神髓，《五代史》中第一篇文字"。另有《一行传序》，亦备受赞赏。《一行传》撷取传主在某一方面的突出表现(一行)立传。桐城派古文家刘大櫆赞此序"慨叹淋漓，风神萧飒"。公之文风、政见与人品，于此可见一斑矣。兹录于后，以备并读。

值得注意的是，《新五代史》发论必以"呜呼"二字领起，何也？对此，欧公之子欧阳发解释说：之所以未言先叹，如欧公所言"此乱世之书也"，意谓乱世之事，无不可叹。

◎ 诗曰

> 尺幅犹然称至文，
> 呜呼难尽意殷殷。
> 锦囊一束恩仇灭，
> 乖调三年玉石焚。
> 逸豫常为安乐鬼，
> 忧劳或作圣明君。
> 旋观百世兴衰史，
> 莫道贤愚两不分。

◎ 链接

一行传序（选自《新五代史》）

呜呼！五代之乱极矣，《传》所谓"天地闭，贤人隐"之时欤！当此之时，臣弑其君，子弑其父，而搢绅之士安其禄而立其朝，充然无复廉耻之色者，皆是也。吾以谓自古忠臣义士多出于乱世，而怪当时可道者何少也！岂果无其人哉？虽曰干戈兴，学校废而礼义衰，风俗隳坏，至于如此；然自古天下未尝无人也。吾意必有洁身自负之士，嫉世远去而不可见者。自古材贤，有韫于中而不见于外，或穷居陋巷，委身草莽，虽颜子之行，不遇仲尼而名不彰，况世变多故而君子道消之时乎？吾又以谓必有负材能、修节义而沉沦于下，泯没而无闻者。求之传记，而乱世崩离，文字残缺，不可复得，然仅得者，四五人而已。

处乎山林而群麋鹿，虽不足以为中道，然与其食人之禄，俯首而包羞，孰若无愧于心，放身而自得。吾得二人焉，曰郑遨、张荐明。

势利不屈其心，去就不违其义，吾得一人焉，曰石昂。

苟利于君，以忠获罪，而何必自明，有至死而不言者，此古之义士也，吾得一人焉，曰程福赟。

五代之乱，君不君，臣不臣，父不父，子不子，至于兄弟、夫妇，人伦之际，无不大坏，而天理几乎其灭矣。于此之时，能以孝悌自修于一乡而风行于天下者，犹或有之，然其事迹不著而无可纪次，独其名氏或因见于书者，吾亦不敢没。而其略可录者，吾得一人焉，曰李自伦。

作《一行传》。

十九、资政殿学士户部侍郎文正范公神道碑铭并序

皇祐四年（1052）五月甲子（二十日），资政殿学士、尚书户部侍郎、汝南文正公薨于徐州，以其年十有二月壬申（十二月初一），葬于河南尹樊里之万安山下。

公讳仲淹，字希文。五代之际，世家苏州，事吴越。太宗皇帝时，吴越献其地，公之皇考（对亡父的尊称）从钱俶（chù）朝京师，后为武宁军掌书记以卒。公生二岁而孤，母夫人贫无依，再适（再嫁）长山朱氏。既长，知其世家，感泣，去之南都。入学舍，扫一室，昼夜讲诵，其起居饮食，人所不堪，而公自刻益苦。居五年，大通六经之旨，为文章论说必本于仁义。祥符八年（1015），举进士，礼部选第一，遂中乙科，为广德军（今安徽广德）司理参军，始归迎其母以养。及公既贵，天子赠公曾祖苏州粮料判官讳梦龄为太保，祖秘书监讳赞时为太傅，考（已故父亲）讳墉为太师，妣（已故母亲）谢氏为吴国夫人。[①]

公少有大节，于富贵、贫贱、毁誉、欢戚，不一动其心，而慨然有志于天下，常自诵曰："士当先天下之忧而忧，后天下之乐而乐也。"其事上遇人，一以自信，不择利害为趋舍。其所有为，必尽其力，曰："为之自我者当如是，其成与否，有不在我者，虽圣贤不能必，吾岂苟哉！"天圣中，晏丞相（晏殊）荐公文学，以大理寺丞（掌管刑狱）为秘阁校理。以言事忤（不顺从）章献太后旨，通判河

181

中府。久之，上（宋仁宗）记其忠，召拜右司谏。当太后临朝听政，时以至日（冬至日）大会前殿，上将率百官为寿（给太后拜寿）。有司已具，公上疏言天子无北面（朝拜），且开后世弱人主以强母后之渐，其事遂已。又上书请还政天子，不报（未予答复）。及太后崩（帝王死），言事者希旨（阿谀迎合），多求太后时事，欲深治（惩治）之。公独以谓太后受托先帝，保佑圣躬，始终十年，未见过失，宜掩其小故以全大德。初，太后有遗命，立杨太妃代为太后。公谏曰："太后，母号也，自古无代立者。"由是罢其册命。是岁，大旱蝗，奉使安抚东南。使还，会（正好）郭皇后废，率谏官、御史伏閤（同"阁"）争，不能得，贬知睦州，又徙苏州。岁余，即拜礼部员外郎、天章阁待制，召还，益论时政阙失（错误），而大臣权幸多忌恶之。居数月，以公知开封府。开封素号难治，公治有声，事日益简。暇则益取古今治乱安危为上开说（进言），又为《百官图》以献，曰："任人各以其材而百职修，尧、舜之治不过此也。"② 因指其迁进迟速次序，曰："如此而可以为公，可以为私，亦不可以不察。"由是吕丞相怒，至交论上前，公求对，辨语切，坐（定罪）落职（罢官），知饶州（州治今江西波阳县）。明年，吕公亦罢。公徙润州（州治今江苏镇江市），又徙越州（州治今浙江绍兴县）。

而赵元昊反河西，上复召相吕公。乃以公为陕西经略安抚副使，迁龙图阁直学士。是时，新失大将，延州危。公请自守鄜延（鄜州、延州）扞贼（抵抗西夏），乃知延州。元昊遣人遗书以求和，公以谓无事请和，难信，且书有僭号（冒用皇帝称号），不可以闻（转奏朝廷），乃自为书，告以逆顺成败之说，甚辩。坐擅复书，夺一官（降一级），知耀州（州治今陕西耀县）。未逾月，徙知庆州（州治今甘肃庆阳县）。既而四路置帅，以公为环庆路经略安抚、招讨使、兵马都部署，累迁谏议大夫、枢密直学士。③

公为将，务持重，不急近功小利。于延州筑青涧城，垦营田，复承平、永平废寨，熟羌（当地羌族人）归业者数万户。于庆州城大顺以据要害，又城细腰、胡芦，于是明珠、灭臧（部族名）等大族，皆去贼为中国用。自边制久隳（huī，废坏），至兵与将常不相识。公始分延州兵为六将，训练齐整，诸路皆用以为法。公之所在，贼不敢犯。人或疑公见敌应变为如何，至其城大顺也，一旦引兵出，诸将不知所向，军至柔远（今甘肃华池县），始号令告其地处，使往筑城。至于版筑（筑城工具）之用，大小毕具，而军中初不知。贼以骑三万来争，公戒诸将："战而贼走，追勿过河。"已而贼果走，追者不渡，而河外果有伏。贼失计，乃引去。于是诸将皆服公为不可及。公待将吏，必使畏法而爱己。所得赐赉（lài，赏赐），皆以上意分赐诸将，使自为谢。诸蕃质子，纵其出入，无一人逃者。④蕃酋（部族首领）来见，召之卧内，屏人彻卫，与语不疑。公居三岁，士勇边实，恩信大洽，乃决策谋取横山，复灵武（西夏政治中心），而元昊数遣使称臣请和，上亦召公归矣。初，西人籍其乡兵者十数万，既而黥（脸上刺字）以为军，惟公所部，但刺其手，公去兵罢，独得复为民。其于两路，既得熟羌为用，使以守边，因徙屯兵就食内地，而纾（解除）西人馈挽（运送粮食）之劳。其所设施，去而人德之，与守其法不敢变者，至今尤多。

自公坐（因）吕公贬，群士大夫各持二公曲直，吕公患之，凡直公者，皆指为党，或坐（连坐）窜逐。及吕公复相，公亦再起被用，于是二公欢然相约戮力平贼。天下之士皆以此多二公，然朋党之论遂起而不能止。上既贤公可

183

大用，故卒置群议而用之。庆历三年春，召为枢密副使，五让不许，乃就道。既至数月，以为参知政事，每进见，必以太平责之。公叹曰："上之用我者至矣，然事有先后，而革弊于久安，非朝夕可也。"既而上再赐手诏，趣使（促使）条天下事，又开天章阁，召见赐坐，授以纸笔，使疏于前。公惶恐避席，始退而条列时所宜先者十数事上之。其诏天下兴学，取士先德行不专文辞，革磨勘例迁以别能否，减任子之数而除滥官，用农桑、考课、守宰等事。方施行，而磨勘、任子之法，侥幸之人皆不便，因相与腾口（群起攻击），而嫉公者亦幸外有言，喜为之佐佑（帮助，意指渲染夸大）。会边奏有警，公即请行，乃以公为河东、陕西宣抚使。至则上书愿复守边，即拜资政殿学士，知邠州（今陕西彬县等地），兼陕西四路安抚使。其知政事，才一岁而罢，有司悉奏罢公前所施行而复其故。言者遂以危事（危言耸听之事）中之（中伤他），赖上察其忠，不听。

是时，夏人已称臣，公因以疾请邓州（今河南南阳）。守邓三岁，求知杭州，又徙青州（今山东益都）。公益病，又求知颍州（今安徽阜阳），肩舁（用轿子抬）至徐，遂不起，享年六十有四。方公之病，上赐药存问。既薨，辍朝一日，以其遗表无所请，使就问其家所欲，赠以兵部尚书，所以哀恤之甚厚。⑤

公为人外和内刚，乐善泛爱。丧其母时尚贫，终身非宾客食不重肉（两样荤菜），临财好施，意豁如（豁达大度貌）也。及退而视其私，妻子仅给衣食。其为政，所至民多立祠画像。其行己临事，自山林处士、里闾田野之人，外至夷狄，莫不知其名字，而乐道其事者甚众。及其世次、官爵，志于墓、谱于家、藏于有司者，皆不论著，著其系天下国家之大者，亦公之志也欤！铭曰：

范于吴越，世实陪臣。俶纳山川，及其士民。范始来北，中间几息。公奋自躬，与时偕逢。事有罪功，言有违从。岂公必能，天子用公。其艰其劳，一其初终。夏童跳边，乘吏怠安。帝命公往，问彼骄顽。有不听顺，锄其穴根。公居三年，怯勇脤完。儿怜兽扰，卒俾来臣。夏人在廷，其事方议。帝趣公来，以就予治。公拜稽首，兹惟难哉！初匪其难，在其终之。群言营营，卒坏于成。匪恶其成，惟公是倾。不倾不危，天子之明。存有显荣，殁有赠谥。藏其子孙，宠及后世。惟百有位，可劝无怠。⑥

◎ 注释

① "资政殿学士"五句：介绍范仲淹的官职等。资政殿学士，荣誉性官衔，资历极高。尚书户部侍郎：隋唐至宋的中央最高政府机构，实行"三省六部"制。三省指中书省、门下省、尚书省，六部指尚书省下属的吏部、户部、礼部、兵部、刑部、工部。各部主管官称尚书，副职称侍郎。汝南，范姓的郡望。文正，范仲淹死后的谥号。薨，君主时代称诸侯或大官的死。河南尹：即河南府，府治在今洛阳市。南都：宋时改宋州（今河南商丘市）为应天府，称那南京。扫一室：语出《后汉书·陈蕃传》，"蕃年十五，尝闲处一室，而庭宇芜秽。父友同郡薛勤来候之，谓蕃曰：'孺子何不洒扫以待宾客？'蕃曰：'大丈夫处世，当扫除天下，安事一室乎？'勤知其有清世志，甚奇之。"后借指志向远大。赠：封赠。宋代高级官员由朝廷追封祖先三代，即所谓"光宗耀祖"。

② "其事上遇人"十句：意思指仲淹侍奉皇上或对待同僚，完全凭自己的认识行事，不以个人利益决定取舍好恶。"为之自我"，意为由我负责就必须这样做。岂苟，怎么会苟且敷衍呢？"公上疏"等三句：指仲淹谏阻皇上拜寿一事。天子无北面，意谓天子在朝堂上坐北朝南，不能跪拜任何人。开……之渐，开了……的头，即开了以削弱皇上来强化太后的先例。"及太后崩"等四句：指仲淹不同意追究太后的过失。罢其册命：指撤销章献太后尊杨

185

淑妃代为皇太后的遗命。郭皇后废：指明道二年，因宰相吕夷简
与郭皇后的矛盾，产生废立之争。权幸：指有权势而得到帝王宠
爱的奸佞之人。《百官图》指仲淹把京官晋升情况绘制成一份《百
官图》，以讽吕夷简不能任人唯贤，进用者多出其门。

③赵元昊：党项拓跋氏，原名拓跋元昊；宋赐赵姓，称为赵元昊；
唐赐其先祖李姓，又名李元昊。宝元元年（1038），元昊称帝，
史称西夏。新失大将：指康定元年，宋将刘平等兵败被俘。四路
置帅：庆历元年（1041），分陕西路为秦凤、泾原、环庆、鄜延
四路，抵抗西夏。

④大顺：与细腰、胡芦均为地名。诸蕃质子：归顺宋朝的部族首领
送自己的儿子作人质。

⑤坐吕公贬：指前文因《百官图》被贬事。磨勘、任子：宋代有官
员按例升迁的制度，造成冗官泛滥的现象，故仲淹主张削减。佐
佑：帮助。此处意指渲染、夸大。遗表：大臣临终上的表文。无
所请，没提出个人要求。

⑥陪臣：诸侯的臣子。仲淹父五代时事吴越。俶：钱俶，五代十国
时期吴越的最后一位帝王。几息：指家势衰微。"夏童"二句：
指西夏趁边吏图安懈怠，挑起边衅。童，蔑称。怯勇隳完：怯弱
者变为勇士，毁坏的修缮完整。兽扰：猛兽驯服。"群言"二句：
指喋喋不休的谗言，使新政功败垂成。"惟百"二句：指仲淹事
迹可劝勉朝中百官勤于国是。

◎ 简析

《资政殿学士户部侍郎文正范公神道碑铭并序》作于至和元年
（1054）。神道碑，指的是立于墓道前记载死者生平事迹的石碑。
范仲淹（参见《与高司谏书》"简析"）于皇祐四年（1052）五月卒。公
与仲淹，个人情谊非同一般，故对其死，十分悲痛，曾作《祭资政
范公文》以表悼念，后受仲淹遗属之托写此神道碑文。这对欧公来
说，固然义不容辞，但总结仲淹一生，又绝非易事。其时，公适遭
母丧，不便动笔，直到十五个月后除去丧服才专心撰写。公在《与
孙威敏公书》中说："昨日范公宅得书，以埋铭见托。哀苦中无心

绪作文字，然范公之德之才，岂易称述！至于辨馋谤，判忠邪，上不损朝廷事体，下不避冤仇侧目，如此下笔，抑又艰哉！某平生孤拙，荷范公知奖最深，适此哀迷，别无展力，将此文字，是其职业，当勉力为之。"在《与韩忠献王书》中也说："范公人之云亡，天下叹息。昨其家以铭见责，虽在哀苦，义所难辞，然极难为文也。"虽然如此，但在除去丧服后，他立即精心构思撰写了这篇《范公神道碑铭》。

全文1400余字，可分八段。第一段，简述仲淹家世及祖先所受封赠。第二段，写仲淹"事上遇人，一以自信"：如谏阻皇帝"率百官为寿"、上书请太后还政天子、反对"深治"太后、不主张"立杨太妃代为太后"等，以及献《百官图》惹怒吕丞相，以致坐落职知饶州，足以凸显仲淹"有志于天下"。第三、四段，写仲淹为将，善待将吏，"必使畏法而爱己"，有勇有谋，远见卓识，敢于担当，而不急功近利。第五段，概述庆历新政始末。第六段，写仲淹被贬之后。第七段，写仲淹为人"临财好施，意豁如也"，而本文只"著其系天下国家之大者。"第八段为铭文，歌以咏之。

这篇直到仲淹辞世十五个月后才写成的神道碑铭，倾注了欧公无限心血。动笔之前，他希望"此文出来，任他奸邪谤议近我不得也。要得挺然自立，彻头须步步作把道理事，任人道过当，方得恰好。……本要言语无屈，准备仇家争理尔。如此，须先自执道理也。"（《与姚编礼辟书》）成稿之后，他特地写信给韩琦："近日服除，虽勉牵课，百不述一二，今远驰以干视听。惟公于文正契至深厚，出入同于尽瘁，窃虑有记述未详及所差误，敢乞指谕教之。此系国家天下公议，故敢以请。"得到韩琦指正后，他又回复："《范公碑》如所教，悉已改正。"

出乎意料的是，此文不曾受到"奸邪谤议"，却引来富弼（同为庆历名臣，为仲淹撰墓志铭者）及仲淹之子范纯仁（后任宰相）的极大不满。矛盾的焦点在"自公坐吕公贬，……天下之士皆以此多二公"这一段话，说的是景祐年间那段"朋党风波"。

富弼给欧公写了一封信，说作文"必当明白其词，善恶焕然，使为恶者知戒，为善者知劝，是亦文章之用也"，倘若"执笔者但求自便，不与之表显，诚罪人也。"而范纯仁则不仅一口否认曰："无是，吾翁未尝与吕公平也。"甚而至于自作主张，删去文稿中二十余字，才刻石埋铭。

对富弼的回答，欧公在《与渑池徐宰无党书》(其四)中说得很明白："谕及富公言《范文正公神道碑》事，当时在颍，已共详定，如此为允。述吕公事，于范公见德量包宇宙，忠义先国家。于吕公事各纪实，则万世取信。非如两仇相讼，各过其实，使后世不信，以为偏辞也。大抵某之碑，无情之语平；富之志，嫉恶之心胜。后世得此二文虽不同，以此推之，亦不足怪也。……幸为一一白富公，如必要换，则请他别命人作尔。"

对范纯仁的回答，欧公则不仅阐释明白，且有几分不客气：文中所述，"此吾所目击，公等少年，何从知之?"纯仁自行删改后，他断然声明：此"非吾文也!"(参见叶梦得《避暑录话》)

范、吕"将相和"的故事，见于宋代史学家李焘《续资治通鉴长编》、元代脱脱主修《宋史》，也见于司马光《涑水记闻》，可信度高，不言而喻。论及《范公神道碑铭》时，朱熹在《答周益公书》中说："至若范公之心，则其正大光明，固无宿怨，而惓惓之义，实在国家。……欧阳公亦识其意而特书之，撼实而言之，但曰吕公前日未免蔽贤之罪，而其后日诚有补过之功。范、欧二人之心，则其终始本末如青天白日，无一毫之可议。"后世知人如是，欧公无憾矣!

对碑铭中写什么，不写什么，欧公历来自有原则，即"有意于传久"。他一生为人所作墓志铭，现存 72 篇，约占其文章总量的十分之一。每写墓志铭，他始终坚持说真话、不说假话，即便不时引发孝子、故旧不满，也初心不改，矢志不渝，写尹洙如此，写杜衍如此，写仲淹亦是如此。嘉祐二年(1057)，在两度给杜衍次子杜诉《论祁公墓志书》中，他明白无误地表达了自己对故人、对历史负责的可贵精神，撼人心魄，不可不读。

◎ 诗曰

　　　铭埋千古伴斯人，

不尚矜夸只尚真。

屡对烽烟思虎将，

时从讥谤辨贤臣。

丰功累累先生业，

大节昭昭赤子身。

笔底春秋书故旧，

波澜起处见风神。

◎ 链接

与杜䜣论祁公墓志书（节录）

平生知己，先相公最深，别无报答，只有文字是本职，固不辞，虽足下不见命，亦自当作。然须慎重，要传久远，不斗速也。苟粗能传述于后，亦不必行，况治命不用邪？若葬期未有日，可待，即尤好也，然亦只月十日可了。若以愚见，志文不若且用韩公行状为便，缘修文字简略，止记大节，期于久远，恐难满孝子意。但自报知己，尽心于纪录则可耳，更乞裁择。

范公家神刻，为其子擅自增损，不免更作文字发明，欲后世以家集为信，续得录呈。尹氏子卒请韩太尉别为墓表。以此见朋友、门生、故吏，与孝子用心常异，修岂负知己者！范、尹二家，亦可为鉴，更思之。然能有意于传久，则须纪大而略小，此可与通识之士语，足下必深晓此。但因葬期速，恐仓卒不及，遂及斯言也，幸察。京师区区中，日为病患忧煎，不时遣人致问。夏热，节哀自爱。

再与杜䜣论祁公墓志书（节录）

修愚鄙，辱正献公知遇，不比他人。公之知人推奖，未有若修之勤者；修遇知己，未有若公知之深也。其论报之分，他事皆云非公所欲，惟纪述盛德，可以尽门生故吏之分。然以衰病，文字不工，不能次序万分之一，此尤为愧恨也。然所纪事，皆录实，有稽据，皆大节与人之所难者。其他常人所能者，在他人更无巨美，不可不书，于公为可略者，皆不暇书（如作提刑断狱之类）。

二十、送徐无党南归序

草木鸟兽之为物，众人之为人，其为生虽异，而为死则同，一归于腐坏，渐尽、泯灭而已。而众人之中有圣贤者，固亦生且死于其间，而独异于草木鸟兽众人者，虽死而不朽，逾（通"愈"）远而弥存也。其所以为圣贤者，修之于身，施之于事，见之于言，是三者所以能不朽而存也。①

修于身者②，无所不获；施于事者，有得（成功）有不得焉；其见于言者，则又有能有不能也。施于事矣，不见于言可也。自《诗》、《书》、《史记》所传，其人岂必皆能言之士哉？修于身矣，而不施于事，不见于言，亦可也。孔子弟子有能政事者矣（指冉有、季路），有能言语者矣（指宰我、子贡）。若颜回者，在陋巷，曲肱（弯着胳膊）饥卧而已，其群居则默然终日如愚人。然自当时群弟子皆推尊之，以为不敢望而及。而后世更百千岁，亦未有能及之者。其不朽而存者，固不待施于事，况于言乎？②

予读班固《艺文志》、唐《四库书目》，见其所列，自三代（夏商周）、秦、汉以来，著书之士多者至百余篇，少者犹三四十篇，其人不可胜数，而散亡磨灭百不一二存焉。予窃悲其人，文章丽矣，言语工矣，无异草木荣华之飘风，鸟兽好音之过耳也。方其用心与力之劳，亦何异众人之汲汲营营（急切地寻求不已）？而忽焉以死者，虽有迟有速，而卒与三者同归于泯灭③。夫言之不可恃也盖如此。今之学者，莫不慕古圣贤之不朽，而勤一世以尽心于文字间者，皆可悲也。

东阳徐生，少从予学，为文章，稍稍见称于人。既去，而与群士试于礼部，得高第（名列前茅），由是知名。其文辞日进，如水涌而山出。予欲摧（折，抑制）其盛气而勉其思也，故于其归，告以是言。然予固亦喜为文辞者，亦因以自警焉。

◎ 注释

①渐尽、泯灭：均为消灭净尽的意思。渐，本义水尽。三者：语本《左传·襄公二十四年》，谓"豹闻之，'太上有立德，其次有立功，其次有立言'，虽久不废，此之谓三不朽"。

②"修于身者"等六句：强调修身能各有所得，而施事、立言则因主、客观条件的不同而有能与不能的区别。孔子弟子：史上有孔门十哲之说，其中颜渊，即颜回，孔子最得意的门生。《论语·雍也》："子曰：'贤哉回也，一箪食，一瓢饮，在陋巷，人不堪其忧，回也不改其乐。贤哉回也。'"另有子贡，复姓端木，善于雄辩，办事通达，所谓"能政事""能言语"者也，曾任鲁国、卫国之相。他还善于经商之道，有"君子爱财，取之有道"之风，为后世商界所推崇。

③班固《艺文志》：即指《汉书·艺文志》。班固（32—92）：字孟坚，东汉著名史学家、文学家，所撰《汉书》是继《史记》之后中国古代又一部重要史书。与三者：指草木、鸟兽、众人。

◎ 简析

《送徐无党南归序》作于至和元年（1054）。徐无党，婺（wù）州东阳永康（今浙江永康县）人。《两浙名贤录》载：徐无党"从欧阳永叔学古文辞，永叔尝称其文日进，如水涌山出；又云其驰骋之际，非常人笔力可到。尝注《五代史》，妙得良史笔意。皇佑中，以南省第一人登进士第，仕至郡教授。"皇佑五年（1053）三月中进士，翌年归乡，公作此文以赠。婺州位于京师开封之南，因称南归。同年，徐无党赴渑池任职，公另作《送徐生之渑池》诗。

本文可分四段。开篇亮其主旨："为圣贤者，修之于身，施之于事，见之于言，是三者所以能不朽而存也。"此言脱胎于《左传·襄公二十四年》穆叔曰"太上有立德，其次有立功，其次有立言，虽久不废，此之谓三不朽"。显然，公以"三不朽"为劝勉的目标。接着，从两个层面来阐释：一是"修身、施事、见言"三者比较，"施事、见言"往往受制于客观条件，唯"修于身者，无所不获"；二是从史册所及孔门弟子看，强调修于身："其不朽而存者，固不待施于事，况于言乎?"第三段是全文重点，列举三代以来多少"著书之士"，即便文章丽矣，言语工矣，最终仍与草木、鸟兽、众人同归于泯灭，可见立言之不易，"言之不可恃"，故曰不立德、不重道，汲汲营营，"勤一世以尽心于文字间者，皆可悲也。"末段所言，"摧其盛气"也好，"因以自警"也罢，透出的既是一份文人的无奈，也是一份来自师长的嘱咐，读来感慨深沉，情真语切。

孙琮在《山晓阁选宋大家欧阳庐陵全集》所作评语，对本文写作之妙有深入分析："通篇大指，只是劝勉徐生修身立行，却不一语说破。起处提出修身、行事、立言三件，下文以立言、行事相较，驳去'言'字；又以修身、行事相较，驳去'事'字。驳去'言'字，正见修身之可贵；驳去'事'字，亦是见修身之可贵。通篇劝勉修身，不曾一字实说，全在言外得之。至其文情高旷卓越，则固欧公所独擅也。"

有读者以为欧公此文"重道轻文"，其实不然。公在《答吴充秀才书》中，批评"世之学者往往溺之"，即沉迷于文辞之工，"甚者至弃百事不关于心"。在他看来，"若道之充焉，虽行乎天地，入于渊泉，无不之也"，因为"大抵道胜者文不难而自至也"。公自谓"予固亦喜为文辞者"，又怎会轻视和贬斥文辞之工呢。清人尚节之说："须知此文句句言文之不可恃，实则句句叹文之难工，而虞传世之不易，所谓爱之深则言之切，乃欧文之最诙诡者。细细涵咏，自得其意。"

世传当年欧公举进士时，恩师晏殊有意在其连中三元(监元、解元、省元)之后，"挫其锐气，促其成才"，遂使之在殿试时未能名列第一，而是屈居十四；而今学生徐无党举进士后，欧公"欲摧其盛气而勉其思"，乃作此文。古之师者，其爱生之心，与"父母之爱子，则为之计深远"，何异？读欧公庆历七年（1047）所作《怀嵩楼晚饮示徐无党无逸》诗，则可知何谓师生之谊、患难之交矣！故录于后，以备查阅。

◎ 诗曰

修身施事立言焉，

圣者人生不朽篇。

无力昌衢追子贡，

有心陋巷谒颜渊。

久敲石砚惟求道，

安守书斋莫问钱。

任尔沧溟一滴水，

随风直上九重天。

◎ 链接

怀嵩楼晚饮示徐无党无逸

滁山不通车，滁水不载舟。舟车路所穷，嗟谁肯来游。
念非吾在此，二子来何求？不见忽三年，见之忘百忧。
问其别后学，初苦茧绪抽。纵横渐组织，文章烂然浮。
引伸无穷极，卒敛以轲丘。少进日如此，老退诚可羞。
弊邑亦何有，青山绕城楼。泠泠谷中泉，吐溜彼山幽。
石丑骇溪怪，天奇瞰龙湫。子初如可乐，久乃叹以愀。
云此譬图画，暂看已宜收。荒凉草树间，暮馆城南陬。
破屋仰见屋，窗风冷如镂。归心中夜起，辗转卧不周。
我为办酒肴，罗列蛤与蝣。酒酣微探之，仰笑不领头。
曰予非此依，又不负谴尤。自非世不容，安事此为囚。
幸以主人故，崎岖几摧辀。一来勤已多，而况欲久留。
我语顿遭屈，颜惭汗交流。川涂冰已壮，霰雪行将稠。

193

羡子兄弟秀，双鸿翔高秋。嗷嗷飞且鸣，岁暮忆南州。

饮子今日欢，重我明日愁。来觊辱已厚，赠言愧非酬。

二十一、秋声赋

欧阳子(公自称)方夜读书，闻有声自西南来者，悚然(惊惧)而听之，曰："异哉"！初淅沥(雨声)以萧飒(风声)，忽奔腾而砰湃，如波涛夜惊，风雨骤至。其触于物也，鏦鏦铮铮(金属声)，金铁皆鸣。又如赴敌之兵，衔枚[1]疾走，不闻号令，但闻人马之行声。余谓童子："此何声也？汝出视之。"童子曰："星月皎洁，明河(银河)在天，四无人声，声在树间。"

余曰："噫嘻，悲哉！此秋声也，胡为而来哉？盖夫秋之为状也，其色惨淡，烟霏云敛；其容清明，天高日晶；其气栗冽(寒冷)，砭(刺)人肌骨；其意萧条，山川寂寥。故其为声也，凄凄切切，呼号愤发。丰草绿缛而争茂，佳木葱茏而可悦，草拂之而色变，木遭之而叶脱。其所以摧败零落者，乃其一气之余烈(剩余的威力)。夫秋，刑官也，于时为阴；又兵象也，于行用金。是谓天地之义气，常以肃杀而为心。天之于物，春生秋实，故其在乐也，商声主西方之音，夷则为七月之律。商，伤也，物既老而悲伤；夷，戮也，物过盛而当杀。嗟呼！草木无情，有时(有固定时限)飘零。人为动物，惟物之灵。百忧感其心，万物劳其形，有动于中，必摇其精。而况思其力之所不及，忧其智之所不能，宜其渥然丹者为槁木，黟(yī，黑色)然黑者为星星。奈何以非金石之质，欲与草木而争荣？念谁为之戕贼(残害)，亦何恨乎秋声！"[2]

童子莫对，垂头而睡。但闻四壁虫声唧唧，如助余之叹息。

◎ **注释**

①枚：状如筷子，横衔口中，行军时防出声。

②"盖夫秋之为状也"五句：指秋为阴，有肃杀之气。刑官，掌刑
法的官吏。古以四时配阴阳，春夏为阳，秋冬为阴；又以五行配
四季，秋属金。兵象，指古代秋季练兵，显杀气。在乐：在音乐
的宫商角徵羽五声中。夷则，十二乐律名之一。"人为动物"等
六句：意思是，种种忧虑和操劳会影响人的体质和情感。"宜
其"二句，意思是，必然使他鲜红健康的肤色变成苍老枯槁，乌
黑润泽的须发变成稀疏花白。渥（wò）然，色泽红润的样子。星
星，喻斑白之发，语出左思《白发赋》"星星白发，生于鬓垂"。
"非金石"句：语出《古诗十九首·回车驾言迈》"人生非金石，岂
能长寿考"。

◎ **简析**

《秋声赋》作于嘉祐四年（1059）。公时年五十三岁，而身体却
已欠佳。这一年，他在《致王素书》中说："自去岁秋冬以来，益多
病，加以目疾，复左臂举动不得。"在致赵槩（康靖公）书中，更坦
言："今夏毒暑，非常岁之比，状者皆苦不堪，况早衰多病者可
知。自盛暑中忽得喘疾，在告数十日，近方入趋，而疾又作，动辄
伏枕，情绪无悰，……形容、心志皆难勉强矣。"此刻，飒飒秋风，
悄然而至，面对又一个万物凋零时节的到来，他思绪万千，信笔写
下了千古传诵的《秋声赋》。

清代朱宗洛在《古文一隅》中，对本文内容作了逐段评说："首
一段摹写秋声，工而切矣，却不放出'秋'字，于空中想像形容，
此实中带虚之法也。次段先就童子口中摹写一番，然后接出秋声，
振起全篇，此文家顿挫摇曳之法也。三段实写'声'字，却不径就
'声'字说，先用'其色''其容''其气''其意'等作陪，此四面旁衬
之法也。四段就'秋'字发挥，即带起下段，此前后相生法也。五
段是作赋本旨，末段是用小波点缀，收束前后感慨，尤见情文绝
胜。"在历来众多评论中，这大概是对其写法评点最为到位的了（此
处次段至五段，在"原文"中当合而为第二段）。

　　细读本文，秋声的凄切、秋状的惨淡、秋心的肃杀，使人如临其境，不得不感佩作者对天时的描摹，曲尽其妙，足见功力；而渗透其中的人生感慨，又以强大的艺术感染力，震撼着读者的心。前写秋声之大如狂风怒涛，后写虫声之小如嫠妇夜泣，一个"声"字，作两番笔墨，千载之下也令人无不折服。尤其值得一提的是，文章借用了前人作赋"主客对答"的传统手法，却不是简单沿袭："童子"的单纯无忧，与"欧阳子"的绵绵秋思，构成比对，相映成趣，从写法看是烘托，从主题看是深化。

　　文学史上，自战国末期楚国辞赋家宋玉作《九辨》，感叹"悲哉，秋之为气也！萧瑟兮草木摇落而变衰"之后，悲秋便成了历代文人的一个常用题材。唐代刘禹锡、李德裕均有《秋声赋》，但其声名皆远不及本篇。此赋既保留了排比铺陈、词采丰赡、字句严整、设为问答的古赋格局，又写得灵动活脱、潇洒自然，略无板重堆砌之弊。它打破了六朝以迄宋初骈赋、律赋的模式，吸纳韩柳散文的优长，将诗文革新的精神带进了辞赋的领域，直接启发了苏轼前后《赤壁赋》的创作。我想，这一突破性的开拓创新，正是本文超越前人独领风骚之处。从此，继汉大赋、六朝骈赋、唐律赋之后，以《秋声赋》为代表作的欧公赋，引入散文笔法，标志着一种新的赋体形式——文赋的诞生，岂非文坛又一盛事！

　　与《秋声赋》同年而作的《病暑赋》，写出了"早衰多病者"欧公，适逢"今夏毒暑，非常岁之比"的一番感受，因以录之，不妨一读。

　　《荀子·天论》曰"天行有常"，即指大自然运行有其自身的规律，无论年份的更替，抑或时令的更新，本不为怪。所谓伤秋病暑，皆文人"百忧感其心"，缘愁以发而已矣。

◎ 诗曰

文人自古怨秋声，

百虑徒悲路不平。

一叶飘零风瑟瑟，

三分落寞泪盈盈。
形如槁木穷途厄，
心似春花渥宠荣。
时序由来无足怪，
黄昏午夜继黎明。

◎ 链接

病 暑 赋

吾将东走乎泰山兮，履崔嵬之高峰。荫白云之摇曳兮，听石溜之玲珑。松林仰不见白日，阴壑惨惨多悲风。邈哉不可以坐致兮，安得仙人之术解化如飞蓬？吾将西登乎昆仑兮，出于九州之外。览星辰之浮没，视日月之隐蔽。披阊阖之清风，饮黄流之巨派。羽翰不可以插余之两腋兮，畏举身而下坠。既欲泛乎南溟兮，瘴毒流膏而铄骨。何异避喧之趋市兮，又如恶影之就日。又欲临乎北荒兮，飞雪层冰之所聚。鬼方穷发无人迹兮，乃龙蛇之杂处。四方上下皆不得以往兮，顾此大热吾不知夫所逃。万物并生于天地，岂余身之独遭？任寒暑之自然兮，成岁功而不劳。惟衰病之不堪兮，譬燎枯而灼焦。籶空庐之湫卑兮，甚龟蜗之跼缩。飞蚊幸余之露坐兮，壁蝎伺余之入屋。赖有客之哀余兮，赠端石与薪竹。得饱食以安寝兮，莹枕冰而簟玉。知其无可奈何而安之兮，乃圣贤之高躅。惟冥心以息虑兮，庶可忘于烦酷。

二十二、梅圣俞诗集序

予闻世谓诗人少达（显达）而多穷（困厄），夫岂然哉？盖世所传诗者，多出于古穷人之辞也。凡士之蕴其所有而不得施于世者，多喜自放于山巅水涯。外见虫鱼、草木、风云、鸟兽之状类，往往探其奇怪。内有忧思感奋之郁积，其兴于怨刺（讽刺），以道羁臣（贬谪官员）、寡妇之所叹，而写人情之难言，盖愈穷则愈工。[①]然则非诗之能穷人，殆穷者而后工也。

予友梅圣俞，少以荫补为吏，累举（多次应试）进士，辄抑于有司，困于州县凡十余年。年今五十，犹从辟书（指应征召），为人之佐（佐吏），郁其所蓄，不得奋见于事业。其家宛陵（即安徽宣城），幼习于诗，自为童子，出语已惊其长老。既长，学乎六经仁义之说。其为文章，简古纯粹，不求苟说于世，世之人徒知其诗而已。然时无贤愚，语诗者必求之圣俞。圣俞亦自以其不得志者，乐于诗而发之。故其平生所作，于诗尤多。世既知之矣，而未有荐于上（指皇帝）者。昔王文康公尝见而叹曰："二百年无此作矣！"虽知之深，亦不果荐也。若使其幸得用于朝廷，作为雅颂，以歌咏大宋之功德，荐之清庙，而追商、周、鲁颂之作者，岂不伟欤！[②]奈何使其老不得志，而为穷者之诗，乃徒发于虫鱼物类、羁愁感叹之言？世徒喜其工，不知其穷之久而将老也，可不惜哉！

圣俞诗既多，不自收拾。其妻之兄子谢景初惧其多而易失也，取其自洛阳至于吴兴（湖州）已来所作，次（编辑）为十卷。予尝嗜圣俞诗，而患不能尽得之，遽喜谢氏之能类次（分类编辑）也，辄序而藏之。其后十五年，圣俞以疾卒于京师。余既哭而铭之，因索于其家，得其遗稿千余篇，并旧所藏，掇（duō，拾取、摘取）其尤（特出）者六百七十七篇，为一十五卷。呜呼！吾于圣俞诗，论之详矣，故不复云。庐陵欧阳修序。

◎ 注释

①"予闻"二句：杜甫《天末怀李白》诗："文章憎命达，魑魅喜人

过。"白居易《序洛诗》："文士多数奇，诗人尤命薄。""外见虫鱼"句：语出《论语·阳货》："小子何莫学夫诗？诗可以兴、可以观、可以群、可以怨。迩之事父，远之事君，多识与鸟兽草木之名。"羁臣寡妇之所叹：指去国怀乡、忧谗畏讥的感慨和叹息。
②荫补：指由于祖先功勋而补官。苟说：指苟且迎合欢心。苟，苟且；说，同"悦"。时无贤愚：《梅圣俞墓志铭》谓"自武夫、贵戚、童儿、野叟，皆能道其名字，虽妄愚人不能知诗义者，直曰此世所贵也，吾能得之，用以自矜。故求者日踵门，而圣俞诗遂行天下。"王文康公：指王曙，曾任西京留守，欧梅均为其下属。雅颂：《诗经》中的两个部分，雅乐为朝廷的乐曲，颂为宗庙祭祀的乐曲多歌功颂德之作，后世亦借指盛世之乐，庙堂之乐。

◎ 简析

一般认为，《梅圣俞诗集序》初稿作于庆历六年（1046），时欧公被贬知滁州；此文续完于嘉祐六年（1061），公时为户部侍郎，参知政事，进封开国公。梅尧臣，字圣俞，北宋著名诗人，宋代诗文革新运动的重要推动者，与苏舜钦齐名，时号"苏梅"，又与欧阳修并称"欧梅"。梅生于农家，幼时家贫，酷爱读书，为诗主张写实，反对西昆体，所作力求平淡、含蓄，虽在仕途上极不得意，但他怀着无限悲愤、苦闷、渴望和痛苦的心情，写出大量动人的诗篇，有《宛陵先生集》存世。陆游《书宛陵集后》评梅为唐代李白、杜甫后第一位作家，而刘克庄《后村诗话》则推崇其为宋诗的"开山祖师"。

早在天圣九年（1031）欧公赴任西京留守推官时，圣俞即是他此处结识的第一位好友。圣俞年长五岁，时以诗名称誉遐迩，西京留守钱惟演"特嗟赏之，为忘年交，引与酬唱，一府尽倾"（宋史·梅尧臣传）。公在《七交七首·梅主簿》诗中盛赞："圣俞翘楚才，乃是东南秀。玉山高岑岑，映我觉形陋。"从此，引为至交，欧梅并称，三十年间，不弃不离。嘉祐五年（1060），汴京大疫，圣俞骤然离世，留下老母、寡妻、幼子，景况萧条。欧公义不容辞，卖房葬友，料理后事，并于次年最终写完了这篇序文。

全文共三段。第一段，开篇提出"诗人少达而多穷"的现象，接着在分析其原因的基础上，概括出"诗穷而后工"的命题。这个命题，言简意赅，千古独创，历来被视为本文一个精心结撰的开头。第二段紧扣"穷"与"工"二字，分三层论述圣俞正是这样一个其人"穷"而其诗"工"的典型："余友"等十句重在写"穷"，圣俞从"少"至"年今五十"，可谓平生"郁其所蓄，不得奋见于事业"；自"其家宛陵"至"亦不果荐也"一层，重在写其诗既多且"工"，用"长老""语诗者""王文康公"来为佐证；然后，用"若使"为虚笔，用"奈何"作实写，感叹"世徒喜其工，不知其穷之久而将老"，是多么令人痛惜！最后一段叙述诗集编次情况，"其后十五年"为补记。简明文字的背后，分明跳跃着作者对亡友的一颗仰慕而哀痛的心。

全文通过概述圣俞的坎坷仕途，提出诗歌"殆穷者而后工"的著名论断，用语精警，文情并茂，发人深思。近人曹光普说："前人曾论'此篇是欧公最作意文字'，就其感情之深、结撰之精、下语之警而言，实为至论。"

清代吴楚材、吴调侯曰："'穷而后工'四字，是欧公独创之言，实为千古不易之论。通篇写来，'若使其幸得用于朝廷'一段，尤突兀争奇。"

嘉祐五年（1060）圣俞去世后，欧公除作本篇和《梅圣俞墓志铭》外，还有《哭圣俞》诗，亦可谓低昂顿折，一往情深，兹录于后，以飨读者。

"穷而后工"，并非成才之路；"怀才不遇"，亦非才者之过。屈原《楚辞·卜居》云："世溷浊而不清，蝉翼为重，千钧为轻；黄钟毁弃，瓦釜雷鸣；谗人高张，贤士无名。"其意喻有才德的人被弃置不用，而无才德的平庸之辈却居于高位。这种现象，在"世溷浊而不清"的旧时，可谓屡见不鲜。

◎ 诗曰

腾达无路士趋穷，
阅尽沧桑始见工。

雅颂从来随世转，

修为未必与人同。

回眸不忍黄钟毁，

侧耳更闻瓦釜隆。

闲读宛陵谁会意，

虫鱼寂寂夜朦胧。

◎ 链接

哭 圣 俞

昔逢诗老伊水头，青衫白马渡伊流。滩声八节响石楼，坐中辞气凌清秋。

一饮百盏不言休，酒酣思逸语更遒。河南丞相称贤侯，后车日载枚与邹。

我年最少力方优，明珠白璧相报投。诗成希深拥鼻讴，师鲁卷舌藏戈矛。

三十年间如转眸，屈指十九归山丘。凋零所余身百忧，晚登玉堰侍珠旒。

诗老庙盐太学愁，乖离会合谓无由，此会天幸非人谋。颔须已白齿根浮，子年加我貌则不。欢犹可强闲屡偷，不觉岁月成淹留。文章落笔动九州，釜甑过午无饙馏。良时易失不早收，笾楼瓦砾遗琳璆。荐贤转石古所尤，此事有职非吾羞。命也难知理莫求，名声赫赫掩诸幽。翩然素旐归一舟，送子有泪流如沟。

二十三、集古录目序

物常聚于所好（爱好），而常得于有力之强。有力而不好，好之而无力，虽近且易，有不能致之。象犀虎豹，蛮夷山海杀人之兽，然其齿角皮革，可聚而有也。玉出昆仑流沙（沙漠）万里之外，经十余译乃至乎中国。珠出南海，常生深渊，采者腰絙(gēng，大绳索)而入水，形色非人，往往不出，则下饱蛟鱼。金矿于山，凿深而穴远，篝火馈粮而后进，其崖崩窟塞，则遂葬于其中者，率常数十百人。①其远且难而又多死祸，常如此。然而金玉珠玑，世常兼聚而有也。凡物好之而有力，则无不至也。

汤盘，孔鼎，岐阳之鼓，岱山(泰山)、邹峄、会稽之刻石，与夫汉、魏已来圣君贤士桓碑(大石碑)、彝器(祭祀用品)、铭诗、序记，下至古文、籀篆、分隶诸家之字书②，皆三代(夏、商、周)以来至宝，怪奇伟丽、工妙可喜之物。其去人不远，其取之无祸。然而风霜兵火，湮沦摩灭，散弃于山崖墟莽之间未尝收拾者，由世之好者少也。幸而有好之者，又其力或不足，故仅得其一二，而不能使其聚也。

夫力莫如好，好莫如一。予性颛(同"专")而嗜古，凡世人之所贪者(指财宝)，皆无欲于其间，故得一其所好于斯③。好之已笃，则力虽未足，犹能致之。故上自周穆王以来④，下更秦、汉、隋、唐、五代，外至四海九州，名山大泽，穷崖绝谷，荒林破冢，神仙鬼物，诡怪所传，莫不皆有，以为《集古录》。以谓转写失真，故因其石本⑤，轴而藏之。有卷帙次第而无时世之先后，盖其取多而未已(尚未停止)，故随其所得而录之。又以谓聚多而终必散，乃撮其大要，别为录目，因并载夫可与史传正其阙谬者，以传后学，庶(希望)益于多闻。

或讥予曰："物多则其势难聚，聚久而无不散，何必区区(指专心致志)于是哉?"予对曰："足吾所好，玩而老焉可也。象犀金玉之聚，其能果不散乎? 予固未能以此而易彼也。"庐陵欧阳修序。

◎ **注释**

①十余译：指十余种语言不同的地方。篝火饚（hóu）粮：拿着火把，带着干粮。

②"汤盘"等：汤盘，相传为商汤沐浴之盘，上刻铭文："苟日新，日日新，又日新。"（《礼记·大学》）孔鼎：相传为孔子先祖庙之鼎，亦有鼎铭。岐阳之鼓：唐初在岐山之南（今陕西凤翔）发现的东周初秦国刻石，形略似鼓，共十枚，上刻籀文。邹峄、会稽：秦始皇巡游泰山、邹峄、会稽等地时，皆刻石记功。籀（zhòu）篆：大篆、小篆。分隶：分，八分书，隶书的变种；隶，隶书。

③"凡世人"等三句：指自己不贪象犀金玉等财物，专心于金石拓本。

④周穆王：西周第五代国王。

⑤石本：即拓本，指用纸紧覆在碑碣或金石等器物的文字或花纹上，用墨或其他颜色打出其文字、图形来的印刷品。

◎ **简析**

《集古录目序》作于嘉祐七年（1062）。《集古录》，即《集古录跋尾》，共10卷，480余篇，书成于嘉祐八年（1063），是我国现存最早的金石学著作。《六一居士传》中所谓"集录三代以来金石遗文一千卷"，即指此。其录目早已逸散，而序与跋尾得以保存，流传至今。

所谓金石，本指古代青铜器和碑碣。它们除了自身的艺术价值之外，其铭文刻字，亦有助于了解历史的发展，考订史籍的缺失，具有重要的学术价值，并逐步形成金石学，欧公便是我国金石学的开创者。他在《与蔡君谟求书集古录目序书》中说："尝集录前世金石之遗文，自三代以来古文奇字，莫不皆有。中间虽罪戾摈斥，水陆奔走，颠危困踣，兼之人事吉凶，忧患悲愁，无聊仓卒，未尝一日忘也。盖自庆历乙酉（1045），逮嘉祐壬寅（1062），十有八年，而得千卷，顾其勤至矣，然亦可谓富哉！"其艰难、坚韧、成果，于此可见；而《集古录目序》给与后世的教益与启示，则更加深远而深刻。

本文可分四段。第一段，首先提出"好"与"力"是"物常聚"（集古）的前提条件，接着以象犀金玉兼聚的极端艰难来加以证明。第二段，写古代金石，皆为"至宝"，都是"怪奇伟丽、工妙可喜之物"，但限于"好"与"力"等主客观条件的"不足"，而"而不能使其聚"。第三段概述自己专心致志、不遗余力地搜集、整理、编次《集古录》的过程和目的。第四段，借助设问质疑，再次昭示初心不改、矢志不移的治学精神。对此，沈德潜评说："前说天下无难聚之物，后说天下无不散之物，好古之识与达人之见，并行不悖。"

欧公对古碑的兴趣，可以追溯到他客居随州时期。公四岁而孤，母亲带着他千里迢迢来到随州。一天，他无意中在孔子庙发现，庙堂的碑文竟是唐代大书法家虞世南的手迹，便以此作为他朝夕临摹的范本（《欧阳修传》第5页）。几十年后，他在《唐孔子庙堂碑》跋尾中说："余为童儿时，尝得此碑以学书，当时刻画完好。后二十余年，复得斯本，则残缺如此。因感夫物之终敝，虽金石之坚不能以自久，于是始欲集录前世之遗文而藏之。"一段苦难经历，一次儿时偶遇，居然成就了一部金石学巨著《集古录》。造化之功，可叹也哉！

他以极大的热情和毅力，投身其中，也得到了众多好友的支持和帮助。刘敞（见《朝中措·送刘仲原甫出守维扬》"简析"）多次寄赠拓本，他则在书信中再三报以真诚的感谢："兼蒙惠以《韩城鼎铭》、《莲勺博山盘记》，不意顿得此二佳物。修所集录前古遗迹，自三代以来，往往有之，独无前汉时字，常以为恨。今遽获斯铭，遂大偿素愿，乃万金之赐也。"（《与刘侍读原父》）特别值得一提的是，欧公原来以为自己所搜集的金石"上自周穆王以来"，即最早始于周穆王。后来，刘敞送来《毛伯古敦铭》拓本，才知此敦乃武王时器也。故欧公在《集古录目序题记》中补充说："盖余《集录》最后得此铭，当作《录目序》（本文）时，但有《伯冏铭》'吉日癸巳'字最远，故叙言'自周穆王以来'。叙已刻石，始得斯铭，乃武王时器也。"想来欧公之喜，远非"万金之赐"所能比拟的了。

据统计，除了搜集整理古碑文，欧公所自撰的碑志文字，不仅达其文章总数的三分之一，而且同样体现了他的文学主张。集古活动与古文革新，由此构成他倾尽平生心血的两件大事。《集古录》在史学、文学、文献学等多个领域的成就和影响，同样得到了学界的高度认同和重视。欧公幸甚，学界幸甚！余读《集古录目序》，感赋二十韵以记之。

◎ 诗曰

> 书酒琴棋翁，集古亦所好。居士玩儿乐，六一且为号。
> 忆昔初识时，随州入孔庙。邂逅虞文懿，慧眼出年少。
> 一往而情笃，性颇尽力道。非为猎象犀，岂是屠虎豹；
> 不因颠危挫，不以珠玑傲。但得物常聚，九州觅工妙。
> 汤盘与孔鼎，三代遗至宝。破冢没荒林，桓碑横乱草。
> 彝器诚可贵，谁人曾颂祷？籀篆属盲瞽，可叹空自恼。
> 断崖继绝谷，阴穴觑杳杳。偶获偿夙愿，惊声失常调。
> 罪戾遭摈斥，穷愁添病老。志坚逾金石，终有千卷报。
> 搜罗防逸散，编次撮其要。序跋两精粹，功在细研考。
> 煌煌集古录，纠谬补残稿。嗟尔开山祖，笑对旧时诮。

◎ 链接

与蔡君谟求书集古录目序书

修启。向在河朔，不能自闲，尝集录前世金石之遗文，自三代以来古文奇字，莫不皆有。中间虽罪戾摈斥，水陆奔走，颠危困踣，兼之人事吉凶，忧患悲愁，无聊仓卒，未尝一日忘也。盖自庆历乙酉，逮嘉祐壬寅，十有八年，而得千卷，顾其勤至矣，然亦可谓富哉！

窃复自念，好嗜与俗异驰，乃得区区收拾世人之所弃者，惟恐不及，是又可笑也。因辄自叙其事，庶以见其志焉。然顾其文鄙意陋，不足以示人。既则自视前所集录，虽浮屠、老子诡妄之说，常见贬绝于吾儒者，往往取之而不忍遽废者，何哉？岂非特以其字画之工邪？然则字书之法虽为学者之余事，亦有助于金石之传也。若浮屠、老子之说当弃而获存者，乃直以字画而传，是其幸而得所托尔，岂特有助而已哉？

仆之文陋矣，顾不能以自传，其或幸而得所托，则未必不传也。由是言之，为仆不朽之托者，在君谟一挥毫之顷尔。窃惟君子乐善欲成人之美者，或闻斯说，宜有不能却也，故辄持其说以进而不疑。伏惟幸察。

二十四、记旧本韩文后

予少家汉东（汉水以东，指随州），汉东僻陋无学者，吾家又贫无藏书。州南有大姓李氏者，其子尧辅颇好学。予为儿童时，多游其家，见有弊筐贮故书在壁间，发而视之，得唐《昌黎先生文集》六卷，脱落颠倒无次序，因乞李氏以归。读之，见其言深厚而雄博，然予犹少，未能悉究（全面探究）其义，徒见其浩然无涯①，若（而）可爱。

是时天下学者杨、刘（指杨亿、刘筠）之作，号为时文，能者取科第，擅名声，以夸荣当世，未尝有道韩文者。予亦方举进士，以礼部诗赋为事。年十有七试于州，为有司所黜（指不予录取）。因取所藏韩氏之文复阅之，则喟然叹曰："学者当至于是而止尔。"因怪时人之不道，而顾已亦未暇学，徒时时独念于予心，以谓方从进士干禄（求取官位俸禄）以养亲，苟得禄矣，当尽力于斯文，以偿其素志。②

后七年，举进士及第，官于洛阳。而尹师鲁之徒皆在，遂相与作为古文。③因出所藏《昌黎集》而补缀之，求人家所有旧本而校定之。其后天下学者亦渐趋于古，而韩文遂行于世，至于今盖三十余年矣，学者非韩不学也，可谓盛矣。

呜呼！道固有行于远而止于近，有忽于往而贵于今者，非惟世俗好恶之使然，亦其理有当然者。[④]而孔、孟惶惶（不安貌）于一时，而师法于千万世（指后世被尊为万世师表）。韩氏之文没而不见者二百年，而后大施于今，此又非特好恶之所上下，盖其久而愈明，不可磨灭，虽蔽于暂而终耀于无穷者，其道当然也。

予之始得于韩也，当其沉没弃废之时，予固知其不足以追时好而取势利，于是就而学之，则予之所为者，岂所以急名誉而干（谋取）势利之用哉？亦志乎久而已矣。故予之仕，于进不为喜，退不为惧者，盖其志先定而所学者宜然也。

集本出于蜀，文字刻画颇精于今世俗本，而脱缪尤多。凡三十年间，闻人有善本者[⑤]，必求而改正之。其最后卷帙不足，今不复补者，重（不轻率）增其故也。予家藏书万卷，独《昌黎先生集》为旧物也。呜呼！韩氏之文、之道，万世所共尊，天下所共传而有也。[⑥]予于此本，特以其旧物而尤惜之。

◎ **注释**

① 浩然无涯：形容韩文狂放恣肆，挥洒自如。

② "是时天下学者"二句：杨、刘，指杨忆、刘筠，西昆体诗歌主要作家。有《西昆集》，即《西昆酬唱集》，是杨亿所编他和刘筠等十七人唱和的诗集。时文：指骈俪文，科举考试的程式文章。"以礼部诗赋为事"：宋代进士考试由礼部主持，考试科目主要是骈体文和试帖诗。"为有司所黜"：指欧公于天圣元年（1023）应举随州时，因赋卷出韵未被录取。"至于是而止"：以能达到韩文的程度为满足。"因怪"七句：参见《与荆南乐秀才书》"仆少孤贫"一段。

③"后七年"等五句，指天圣八年（1030）欧公中进士后，任西京留
　守推官。

④"道固有"二句：意谓道本来有在远处流行却在近处不流行，在
　过去被忽视而在今天被看重的现象。此处"道"指儒家学说，后
　文"其道当然也"之"道"，是"道理"的意思。

⑤善本：珍贵罕有、校勘精确的版本。"呜呼"四句：对韩愈文章
　与思想的评价。后来苏轼将此概括为"匹夫而为百世师，一言而
　为天下法"（《潮州韩文公庙碑》）。

◎ 简析

　　《记旧本韩文后》大约作于嘉祐六年（1061）或稍后。韩文，指
韩愈文集。欧公发现"旧本韩文"时还是小小少年（参见《李秀才东
园亭记》"简析"），而写作本文时，欧公在京，年近花甲，时任参
知政事。韩愈（768—824），唐代杰出的文学家，字退之，河南河
阳（今河南省孟州市）人，自称"郡望昌黎"世称"韩昌黎""昌黎先
生"，有"文章巨公"和"百代文宗"之声名，被尊为"唐宋八大家"
之首。韩愈所提出的"文道合一""气盛言宜""务去陈言""文从字
顺"等散文写作理论，对后世影响深远。但延至宋初，所谓"时文"
（骈俪文）仍一度风行于世，古文不受重视，韩愈文集几近湮灭。
欧公自幼尊崇韩愈，受其影响极深。近三十年来，主要由于欧公的
大力提倡和积极创作，古文运动已得到蓬勃发展。陆游在《入蜀
记》中指出："本朝杨（亿）、刘（筠）之文擅天下、传夷狄，亦骈俪
也；及欧阳公起，然后扫荡无余。后进之士虽有工拙，要皆近
古。……则欧阳氏之功可谓大矣。"欧公此文，以得韩集、读韩文
和习古文为中心线索，叙述了自己大半生阅读韩文的亲身经历，反
映了韩集由"沉没弃废"到天下"学者非韩不学"的曲折过程，表达
了作者对韩氏之文、之道的喜爱和崇尚，同时也勾勒出北宋古文运
动发展的历史轨迹。

　　文章开篇记旧本由来及为儿童时见而爱之的心情；第二段写年
十七虽未学斯文，而有"当尽力于斯文"之素志。第三段述举进士
后三十余年间，公等学者"非韩不学"之盛况。第四段谓韩文"终耀

于无穷"。第五段明己之学韩，目的不在于"急名誉而干势利之用"。最后强调其对旧本的珍惜。清人孙琮指出："庐陵之学本出昌黎，故篇中虽记叙韩文，实自明学问得力。……处处叙韩文，处处写自己得力。此可见古人自信处，亦可见古人不忘所本处。"

后人将韩愈与柳宗元、欧阳修、苏轼合称"千古文章四大家"。南宋李耆卿《文章精义》评论他们的文章风格，称"韩如海，柳如泉，欧如澜，苏如潮"。寥寥十二字比喻，对韩、柳、欧、苏文风的概括，倒是颇为形象而精准，后世学者多以为然。

当然，历代文人对韩愈的推崇，莫过于苏轼。他在《潮州韩文公庙碑》中赞誉韩愈"文起八代之衰，而道济天下之溺"，"匹夫而为百世师，一言而为天下法"。而在《六一居士集叙》中，苏轼曰："欧阳子，今之韩愈也。"但欧公学韩，并非全盘接受，而是一种批判性继承。一方面，他学韩重视"文以载道"，恢复儒学在思想界的正统地位，强化儒学在国家治理和道德文化建设中的作用，但较韩愈更强调"切于事实"，关心"百事"，积极地投身社会，参与政治；另一方面，他在传承其艺术精神与风格时，去韩文之怪奇而承续其平易的特点，变雄健奔放的阳刚之美为委婉流丽的阴柔之美，彼此文风可谓迥异。这又正如苏轼父亲苏洵所言："韩子之文如长江大河，浑浩流转，鱼鼋蛟龙，万怪惶惑，而抑遏蔽掩，不使自露；而人望见其渊然之光，苍然之色，亦自畏避，不敢迫视。执事之文，纡余委备，往复百折，而条达疏畅，无所间断，气尽语极，急言极论，而容与闲易，无艰难劳苦之态。"诚哉斯言！

◎ 诗曰

> 雄博深厚圣童知，
> 堪叹结缘废弃时。
> 其道昭昭为至论，
> 斯人磊磊即良师。
> 千秋学界几居士？
> 八代文坛一退之。

谁识弊筐升日月，

并悬穹昊始于兹。

二十五、祭石曼卿文

维治平四年七月日，具官（文章底稿上官职的简写）欧阳修，谨遣尚书都省令史李敭至于太清，以清酌（酒）庶羞（众多美味）之奠（祭品），致祭于亡友曼卿之墓下，而吊之以文曰：

呜呼曼卿！生而为英，死而为灵。其同乎万物生死而复归于无物者，暂聚之形；不与万物共尽而卓然其不朽者，后世之名。此自古圣贤，莫不皆然，而著在简册（史书）者，昭如日星。①

呜呼曼卿！吾不见子久矣，犹能仿佛子之平生。其轩昂磊落，突兀峥嵘，而埋藏于地下者，意（猜想）其不化为朽壤，而为金玉之精。不然（不是这样，也会）生长松之千尺，产灵芝而九茎。奈何荒烟野蔓，荆棘纵横，风凄露下，走磷飞萤。但见牧童樵叟，歌吟而上下，与夫惊禽骇兽，悲鸣踯躅而咿嘤。②今固如此，更千秋而万岁兮，安知其不穴藏狐貉与鼯鼪？此自古圣贤亦皆然兮，独不见夫累累乎旷野与荒城（指坟墓）？

呜呼曼卿！盛衰之理，吾固知其如此，而感念畴昔，悲凉凄怆，不觉临风而陨涕者，有愧乎太上（最高尚的人物）之忘情。尚飨③！

◎ 注释

①"其同乎万物生死"八句：参见欧公《杂说三首》之二："人之死，骨肉臭腐，蝼蚁之食尔。其贵乎万物者，亦精气也。其精气不夺于物，则蕴而为思虑，发而为事业，著而为文章，昭乎百世之上

而仰乎百世之下，非如星之精气，随其毙而灭也，可不贵哉！"
②"奈何荒烟野蔓"八句：想象曼卿墓地的荒凉景象。鼯鼪（wú
shēng）：同"鼯鼪"，泛指小动物。
③尚飨：旧时祭文通用的结语，意为希望死者来享用祭品。

◎ 简析

《祭石曼卿文》作于治平四年（1067）。石曼卿（994—1041），名
延年，北宋河南宋城（今河南商丘）人，曾与公同为馆阁校勘，公
时年28岁，曼卿40岁，共事仅一年，彼此相交较晚，相聚无多，
却成至交。曼卿一生怀才不遇，庆历元年（1041）二月，以48岁英
年早逝，公为之作《石曼卿表》，表达了对其文章、才气、奇节、
伟行的称赞。

写作此文时，公年已61岁，曼卿则去世达26年。此时致祭亡
友，固然缘于感念畴昔，追怀旧情，但也有格外的因由。这还得从
"濮议"说起。宋仁宗无嗣，死后以濮安懿王赵允让之子赵曙继位，
是为宋英宗，改元治平元年（1064）。于是引发英宗对生父"尊礼"
的讨论，说通俗点，就是其生父的名分问题，该称为"皇伯"还是
"皇考"？这在以礼制孝道治国的儒学政体中，是一件至关重要的
大事。范纯仁、司马光等力主称仁宗为"皇考"，濮王为"皇伯"；
而韩琦、欧阳修等则主张称濮王为"皇考"。于是引发长期激烈的
朝政之争。直到治平三年（1066），英宗犹豫再三，最后还是同意
了欧阳修等人的意见，并将吕诲等三名御史贬出京师，这场持续了
18个月的论战遂告结束，史称"濮议"。虽然韩、欧的主张最终得
以采纳，但朝中多人却对欧公恨之入骨，必欲去之而后快。继"紫
袍事件"之后，御史中丞彭思永、门生蒋之奇、其夫人堂弟薛宗儒
等，又向朝廷诬告公有才无行，老不知羞，和长儿媳吴氏关系暧
昧，请求将其处以极刑、暴尸示众。迟暮之年，遭此污秽诋毁，公
于极度激愤中连上四道奏章，请求朝廷务必推究虚实，使罪有所
归。朝廷仔细勘查之后，认定彭思永等人的弹劾乃"空造之语""皆
狂澜而无考"，给予他们降职处分。张榜朝堂之日，神宗特派内使

朱可道前往欧公府上，再赐手诏云："春暖，久不相见，安否？数日来，以言者污卿以大恶，朕晓夕在怀，未尝舒释，故累次批出，再三诘问其从来事状，迄无以报。前日见卿文字，力要辨明，遂自引过。今日已令降黜，仍出榜朝堂，使中外知其虚妄。事理既明，人疑亦释，卿宜起视事如初，无恤前言。"但公去意已决，连上三表三札，坚辞参知政事之职，出任外郡。后终获批准，改赐"推诚保德崇仁翊戴功臣"，知亳州（今安徽亳县）。公六月到任，七月作此文，其孤独寂寞心情，不言自明（参见《归田录序》"简析"）。

整篇祭文集描写、议论、抒情于一体，有回想，有感喟，有痛悼，大体押韵，句式灵活，感情低沉回转，作者对亡友的一片挚情笃意，令人动容。清人孙琮认为："此文三提曼卿，分三段看：第一段许其名垂后世，写得卓然不磨；第二段悲其生死，写得凄凉满目；第三段自述感伤，写得唏嘘欲绝，可称笔笔传神。"

曼卿去世时，公曾作《石曼卿表》，以寄哀思；同时还有《哭曼卿》诗，痛悼故友。现录其诗于后，以备查阅。

◎ 诗曰

陨涕临风哭曼卿，
清酌一盏最关情。
峥嵘意气心孤傲，
磊落文章笔纵横。
骇兽惊禽巡旷野，
暮烟衰草蔽荒茔。
哪堪相府乘龙婿，
犹困生前身后名。

◎ 链接

哭 曼 卿

嗟我识君晚，君时犹壮夫。信哉天下奇，落落不可拘。

轩昂惧惊俗，自隐酒之徒。　一饮不计斗，倾河竭昆墟。
作诗几百篇，锦组联琼琚。　时时出险语，意外研精粗。
穷奇变云烟，搜怪蟠蛟鱼。　诗成多自写，笔法颜与虞。
旋弃不复惜，所存今几余。　往往落人间，藏之比明珠。
又好题屋壁，虹蜺随卷舒。　遗踪处处在，余墨润不枯。
胸山顷岁出，我亦斥江湖。　乖离四五载，人事忽焉殊。
归来见京师，心老貌已癯。　但惊何其衰，岂意今也无。
才高不少下，阔若与世疏。　骅骝当少时，其志万里涂。
一旦老伏枥，犹思玉山刍。　天兵宿西北，狂儿尚稽诛。
而令壮士死，痛惜无贤愚。　归魂涡上田，露草荒春芜。

二十六、归田录序

　　《归田录》者，朝廷之遗事，史官之所不记，与夫士大夫笑谈之余而可录者，录之以备闲居之览也。

　　有闻而诮（qiào，讥讽）余者曰：“何其迂哉！子之所学者，修仁义以为业，诵《六经》以为言，其自待者宜如何？而幸蒙人主之知，备位朝廷，与闻国论者，盖八年于兹矣。既不能因时奋身，遇事发愤，有所建明，以为补益；又不能依阿取容（曲从附顺），以徇（xùn，顺从）世俗，使怨嫉谤怒丛于一身，以受侮于群小。当其惊风骇浪，卒（同“猝”，突然）然起于不测之渊，而蛟鳄鼋鼍（yuán tuó，大鳖和猪婆龙）之怪，方骈首（头靠着头）而闯伺（探头窥伺），乃措身其间，以蹈必死之祸。赖天子仁圣，恻然哀怜，脱于垂涎之口（指谗言）而活之，以赐其余生之命，曾不闻吐珠衔环，效蛇雀之报。①盖方其壮也，犹无所为，今既老且病矣，是终负人主之恩，而徒久费大农（国库）之钱，为太仓（京城粮仓）之鼠也。为子计者，谓宜乞身于朝，远引疾去，以深戒前日之祸，而优游田亩，尽其天年，犹足窃知止之贤名。而乃裴回俯仰，久之不决。此而不思，尚何归田之录乎！"

余起而谢曰："凡子之责我者，皆是也。吾其归哉，子姑待。"治平四年九月乙未，庐陵欧阳修序。

◎ **注释**

①"曾不闻"二句：吐珠衔环：《搜神记》载，隋侯见大蛇伤断，用药敷治，后蛇衔大珠来报。又，相传东汉杨宝九岁时，至华阴山北，见一黄雀为鸱枭所搏，坠于树下，宝取雀以归，置巾箱中，食以黄花，百馀日毛羽成，乃飞去。其夜有黄衣童子自称西王母使者，以白环四枚与宝曰："令君子孙洁白，位登三事（三公），当如此环矣。"后世以为报恩之典故。

②知止：适可而止。《老子》曰："知足不辱，知止不殆，可以长久。"

③裴回：彷徨，徘徊不进貌。贾至《送夏侯子之江夏》诗："留欢一杯酒，欲别复裴回。"

◎ **简析**

《归田录序》作于治平四年（1067）。公时年61岁。这一年，他遭遇两大劫难。一是在朝廷为英宗举行的大丧仪式上，因疏忽在丧服里面穿了一件紫花袍子，拜祭时被监察御史刘庠发现并弹劾；一是所谓"长媳案"，被彭思永、蒋之奇等诬陷诋毁，闹得满朝风雨（参见《祭石曼卿文》"简析"）。事发于"濮议风波"之后，并非偶然，究其根由，只因公平生刚直敢言，得罪了不少人，他们或无中生有，或乘机作乱，罗织罪名，群起攻讦，必欲除之而后快。其中罪状，大多足以杀身。所幸"天子仁圣"，方才化险为夷。公于是连上三表三札，恳请解除参知政事之职，出任外郡，终于获准知亳州。《归田录》便是此时追忆政事逸闻之作。据朱弁《曲洧旧闻》载："欧阳公《归田录》初成，未出而序先传，神宗见之，遽命中使宣取。时公已致仕在颍川，以其间纪述有未欲广者，因尽删去之。又恶其太少，则杂记戏笑不急之事以充满其卷帙。既缮写进入，而旧本亦不敢存。今世之所有，皆进本，而元书盖未尝出之于世，至今其子孙犹谨守之。"

本文凡三段。首段交代《归田录》的内容及写作目的。"遗事"、"笑谈"是对内容的淡化，以免节外生枝；录以备览则是对"闲居"的向往。中段借诮者之言，写自己在朝廷所经历的种种政治风波，以及被小人诽谤诬陷的境况。末段一"谢"字、一"待"字，点明去意已定，闲居可期。全文设为问答结构，借他人议论，浇心中块垒，酣畅淋漓，一吐为快，似与韩愈《进学解》有异曲同工之妙。

平心而论，公曾贬夷陵，谪滁州，以濮议而犯众怒，多因政见异同所致；而至晚年，被诬以与长媳有染，实属奇耻大辱，莫此为甚。尽管神宗曾于四年三月四日差中使朱可道赐予手诏，劝慰道："事理既明，人疑亦释，卿宜起视事如初，无恤前言。"但公当天即上《谢赐手诏劄子》云："陛下神圣聪明，无幽不烛。察臣孤危，辨臣冤枉，使臣不陷大恶，得为完人……则臣余生之命，是陛下所延之命；今日之身，是陛下再造之身。"纵然皇恩浩荡，纵然感激涕零，煎熬苦痛之情，仍然浸透于字里行间。千古之心，岂有异哉！

欧公在《思颍诗后序》中写道："尔来俯仰二十年间，历事三朝（指仁宗、英宗、神宗朝），窃位二府（指枢府、政府，公先后任枢密副使、参知政事），宠荣已至而忧患随之，心志索然而筋骸惫矣。"余以为，他此刻一定重读了陶渊明的《归去来兮辞》，那篇被后人看作脱离仕途回归田园宣言的名作。

◎ 诗曰

> 一束归田录，
> 挑灯细剪裁。
> 闲人温戏笑，
> 倦鸟厌愁哀。
> 肱股三朝士，
> 血光二府灾。

夜吟陶令赋，

姑待彩云开。

◎·链接

卖油翁（选自《归田录》）

陈康肃公尧咨善射，当世无双，公亦以此自矜。尝射于家圃，有卖油翁释担而立，睨之，久而不去，见其发矢十中八九，但微颔之。康肃问曰："汝亦知射乎？吾射不亦精乎？"翁曰："无他，但手熟尔。"康肃忿然曰："尔安敢轻吾射？"翁曰："以我酌油知之。"乃取一葫芦，置于地，以钱覆其口，徐以杓酌油沥之，自钱孔入，而钱不湿。因曰："我亦无他，唯手熟尔。"康肃笑而遣之。此与庄生所谓解牛斫轮者何异？

二十七、泷冈阡表

呜呼！惟我皇考崇公卜吉（选择吉日）于泷冈之六十年，其子修始克（能）表于其阡（在墓前树立碑文）。非敢缓也，盖有待也。①

修不幸，生四岁而孤（幼而无父曰孤）。太夫人守节自誓（指没有改嫁），居穷，自力于衣食，以长以教，俾（使）至于成人。太夫人告之曰："汝父为吏廉，而好施与，喜宾客，其俸禄虽薄，常不使有余，曰：'毋以是为我累。'故其亡也，无一瓦之覆，一垄之植，以庇而为生。吾何恃（凭借）而能自守邪？吾于汝父，知其一二，以有待于汝也。自吾为汝家妇，不及事吾姑（称呼婆婆），然知汝父之能养（尽孝）也；汝孤而幼，吾不能知汝之必有立（树立，成就），然知汝父之必将有后（指子孙能光大门楣）也。吾之始归（女子出嫁）也，汝父免于母丧（除去为母守孝的丧服)方逾年，岁时祭祀，则必涕泣曰："祭而丰不如养之薄也。'间御(有时食用)酒食，则又涕泣曰："昔常不足而今有余，其何及也(指无法弥补)！'吾始一二见之，以为新免于丧适然(当然)耳。既而其后常然(常常这样)，至其终身未尝不然。吾虽不及事姑，而以此知汝父之能养也。汝父为吏，尝夜烛治官书(处理官府文件)，屡废(停止)而叹。吾问之，则曰："此死狱(该判死刑的案子)也，我求其生不得尔。'吾曰："生可求乎?'曰："求其生而不得，则死者与我皆无恨也。矧(shěn，何况)求而有得邪?以其有得，则知不求而死者有恨也。夫常求其生犹失之死，而世常求其死也。'回顾乳者(奶娘)剑汝(挟抱你)而立于旁，因指而叹曰："术者(占卜、算命一类人)谓我岁行在戌(戌年)将死，使其言然，吾不及见儿之立也，后当以我语告之。'其平居教他子弟，常用此语，吾耳熟焉，故能详也。其施于外事，吾不能知;其居于家，无所矜饰，而所为如此，是真发于中者(发自内心)邪！呜呼！其心厚于仁者邪！此吾知汝父之必将有后也。汝其勉之！夫养不必丰，要于孝;利虽不得博于物，要其心之厚于仁。吾不能教汝，此汝父之志也。"修泣而志之，不敢忘。

先公少孤力学，咸平三年进士及第，为道州判官，泗、绵二州推官，又为泰州判官。享年五十有九，葬沙溪之泷冈。太夫人姓郑氏，考讳德仪，世为江南名族。太夫人恭俭仁爱而有礼，初封福昌县太君[②]，进封乐安、安康、彭城三郡太君。自其家少微时，治其家以俭约，其后常不使过之，曰："吾儿不能苟合(苟且迎合)于世，俭薄所以居患难也。"其后修贬夷陵，太夫人言笑自若，曰："汝家故贫贱也，吾处之有素矣，汝能安之，吾亦安矣。"

自先公之亡二十年，修始得禄而养。又十有二年，列官于朝，始得赠封其亲。又十年，修为龙图阁直学士、尚书吏部郎中，留守南京，太夫人以疾终于官舍，享年七十有二。又八年，修以非才入副枢密，遂参政事。又七年而罢。自登二府，天子推恩，褒其三世，故自嘉祐以来，逢国大庆，必加宠锡（锡，同"赐"）。皇曾祖府君累赠金紫光禄大夫、太师、中书令，曾祖妣累封楚国太夫人。皇祖府君累赠金紫光禄大夫、太师、中书令兼尚书令，祖妣累封吴国太夫人。皇考崇公累赠金紫光禄大夫、太师、中书令兼尚书令。皇妣累封越国太夫人。今上初郊，皇考赐爵为崇国公，太夫人进号魏国。③

于是小子修泣而言曰："呜呼！为善无不报，而迟速有时，此理之常也。惟我祖考，积善成德，宜享其隆，虽不克有于其躬（不能亲身享受），而赐爵受封，显荣褒大，实有三朝之锡（赐）命。是足以表见于后世，而庇赖其子孙矣。"乃列其世谱，具刻于碑。既又载我皇考崇公之遗训，太夫人之所以教而有待于修者，并揭于阡④，俾（使）知夫小子修之德薄能鲜，遭时窃位（为官自谦之词），而幸全大节，不辱其先者，其来有自。

熙宁三年，岁次庚戌，四月辛酉朔，十有五日乙亥，男推诚保德崇仁翊戴功臣、观文殿学士、特进、行兵部尚书、知青州军州事兼管内劝农使、充京东路安抚使、上柱国、乐安郡开国公，食邑四千三百户、食实封一千二百户修表。

◎ **注释**

①皇考：父死称考，皇是尊称。宋徽宗始专用于皇家。屈原《离骚》："朕皇考曰伯庸。"崇公：欧公之父欧阳观，字仲宾，追封崇国公。有待：指等待自己成名后皇帝给祖先的诰封。

②太君：宋代给官员母亲的封号。

③修始得禄而养：指天圣八年中进士，任西京留守推官，始获官

禄，奉养母亲。南京：此处指应天府，州治在今河南商丘市。二府：中书省和枢密院。三世：指下文提及的曾祖、祖、父三代宗亲。府君：子孙对祖先的敬称。姒：母死称姒，此处指已故女性祖先。

④三朝：指仁宗、英宗和神宗朝。揭于阡：在阡表上详细记载。揭：列举事实明告于众。

◎ 简析

《泷冈阡表》作于熙宁三年（1070）四月。是时，欧公已于熙宁元年由亳州改知青州。泷（shuāng）冈，地名，在江西省永丰县沙溪南凤凰山。公父欧阳观于大中祥符三年（1010）葬于此。阡，墓道；阡表，即墓表，墓道石碑上的文字。早在皇祐五年（1053），公曾撰《先君墓表》，本文即据此修改而成。从初稿到改稿，时间跨度达十七年之久，公已64岁，其父已安葬60年矣。

本文可分六段。第一段点明"缓"是为了"有待"。"待"什么？自然是等待取得功名。根据《宋史·职官志》关于赠官和叙封的规定，子孙取得一定功名后，其祖先、长辈、妻子可以享有赠封赐爵的荣耀，追封的世数和官阶的高低视子孙的官位而定。于是，"有待"二字成为贯穿全文的一条线索。第二段写母亲对父亲处世为人的回忆。这是全文的重点，也是"有待"的立足点。《宋史·欧阳修传》载，公"四岁而孤，母郑，守节自誓，亲诲之学，家贫，至以荻画地学书。"他对其父生平事迹自然缺乏了解，故而选择以母亲口述的方式，再现父亲的形象。文章通过母亲重点讲述的三件事，用一连串的"知"字展现了其父清廉、孝顺和仁慈的高尚品格，也让母亲坚贞、贤良、勤俭的美好品质得以自然流露。段末"修泣而志之，不敢忘"八字，正是因为欧公将这些教诲铭记于心、身体力行，才让"有待"得以落到实处，而不至于沦为毫无意义的空待。这段经过精心筛选、仔细剪裁的叙述，将父亲的形象塑造得生动饱满，可见欧公散文"简而有法"之妙用。第三段简述父亲居官情况，着重写母亲俭约治家的精神，其中"吾儿不能苟合于世，俭薄所以居患难也"的教诲，更让欧公无论逆境与否，受用终生。第四段写先人所受封赏，也是"有待"的结果。第五段写自身感慨。文末依惯例具名。

清人林云铭《古文析义》指出：本文"开口便擒'有待'二字，随接以太夫人教言。其有待处即决于乃翁素行，因以死后之贫验其廉，以思亲之久验其孝，以治狱之叹验其仁。或反跌，或正叙，琐琐曲尽，无不极其斡旋。中叙太夫人，将治家俭薄一节重发，而诸美自见。末叙历官赠封，以赞叹语结之。句句归美先德，且以自己功名皆本于父母之垂裕，深得立言之体。"近代翻译家林纾也说："通篇主意，注重即在一'待'字，佐以无数'知'字，公虽不见其父，而自贤母口中述之，则崇公之仁心惠政，栩栩如生。"

综上所述，全文生动地写出了幼年丧父的贫寒家境，辛勤抚育谆谆教诲儿子的母亲，以及为官清廉宅心仁厚的父亲，抒发了不辱其先其来有自的感慨。文章感情真挚，描写细腻，平易质朴，明表其父，暗表其母，可谓一碑双表、二水分流，明暗交叉、互衬互托，让人不得不赞叹其构思之巧妙，故历来被视为公之力作，与韩愈《祭十二郎文》、袁枚《祭妹文》一道，皆被誉为"千古至文"。

◎ 诗曰

> 六十春秋寄苦衷，
> 晨霜暮雨伴先公。
> 孝廉克己传于后，
> 仁爱怜人发自中。
> 崇德方能行以善，
> 显荣未及享其隆。
> 泷冈有幸旌阡表，
> 从此山川沐惠风。

二十八、六一居士传

六一居士初谪滁山，自号醉翁。既老而衰且病，将退休于颍水之上，则又更号六一居士。

客有问曰："六一，何谓也?"居士曰："吾家藏书一万卷，集录三代以来金石遗文一千卷，有琴一张，有棋一局，而常置酒一壶。"客曰："是为五一尔，奈何?"居士曰："以吾一翁，老于此五物之间，是岂不为'六一'乎?"客笑曰："子欲逃名(逃避名声)者乎，而屡易其号，此庄生所诮(qiào，责备)畏影而走乎日中者也。余将见子疾走大喘渴死，而名不得逃也。"居士曰："吾固知名之不可逃，然亦知夫不必逃也。吾为此名，聊以志吾之乐尔。"客曰："其乐如何?"居士曰："吾之乐可胜道哉(难以尽述)！方其得意于五物也，太山在前而不见，疾雷破柱而不惊。虽响九奏于洞庭之野，阅大战于涿鹿之原，未足喻其乐且适也。然常患不得极吾乐于其间者，世事之为吾累者众也。其大者有二焉，轩裳珪组劳吾形于外，忧患思虑劳吾心于内，使吾形不病而已悴，心未老而先衰，尚何暇于五物哉?虽然，吾自乞其身(请求退休)于朝者三年矣。一日天子恻然哀之，赐其骸骨，使得与此五物偕返于田庐，庶几(或许，但愿)偿其夙愿焉。此吾之所以志也。"客复笑曰："子知轩裳珪组之累其形，而不知五物之累其心乎?"居士曰："不然。累于彼者已劳矣，又多忧；累于此者既佚矣，幸无患。吾其何择哉?"于是与客俱起，握手大笑曰："置之，区区(事小)不足较也。"①

已而叹曰："夫士少而仕，老而休，盖有不待七十者矣。吾素慕之，宜去一也。吾尝用于时矣，而讫无称焉②，宜去二也。壮犹如此，今既老且病矣，乃以难强之筋骸贪过分之荣禄，是将违其素志(素来怀有的志愿)而自食其言，宜去三也。③吾负三宜去，虽无五物，其去宜矣，复何道哉!"熙宁三年九月七日，六一居士自传。

◎ 注释

①金石遗文：指《集古录》中的金石拓本。"客笑曰"等四句：语出《庄子·渔父》"人有畏影恶迹而去之走者，举足愈数而迹愈多，走愈疾而影不离身，自以为尚迟。疾走不休，绝力而死。不知处阴以休影。处静以息迹，愚亦甚矣！""太山在前"二句：形容心有专注，外物概不相闻。"虽响九奏"三句：九奏，古代行礼奏乐九曲；一说即九韶，虞舜时的音乐。《庄子·至乐》载："咸池九韶之乐，张之洞庭之野。"涿鹿，在今河北省，《史记·五帝本纪》载，黄帝与蚩尤大战于涿鹿之野。"其大者"六句：与《秋声赋》"人为动物，惟物之灵。百忧感其心，万物劳其形，有动于中，必摇其精。而况思其力之所不及，忧其智之所不能，宜其渥然丹者为槁木，黟然黑者为星星"之意类同。轩裳珪组：官员的车马、服饰、印信等。此处泛指官场事物。

②讫无称焉：终究未能有所建树而为人称道。

③自食其言：欧公曾与韩绛等相约58岁退休，至熙宁四年归于颍水，时年65岁，"已过限七年"，故有此语。

◎ 简析

《六一居士传》作于熙宁三年（1070）九月。熙宁二年二月，神宗起用王安石变法，揭开了一个风起云涌新时代的序幕（参见《和王介甫明妃曲二首》"简析"）。对于亲身经历过"庆历新政"，又担任过整整七年参知政事的欧公来说，他深知天下大事，盘根错节，积重难返，王安石雷厉风行大刀阔斧的改革举措，不免有些令人担忧。自己的政见与安石相去甚远。但改革的第一年，他什么都没说。以致改革之初，神宗几次提出欧公为新的宰相人选，派出特使前往青州，宣布任命其为宣徽南院使（位于枢密使之下，枢密副使之上）、判太原府、河东路经略安抚使，并命他尽快进京朝见。但欧公一心只想告老求退，不但不进京，还连上六道《辞宣徽使判太原府扎子》，请求朝廷收回成命，让他改知与颍州邻近的小郡蔡州。直到他以反对王安石"青苗法"的言行，表明自己"守拙"、"循常"，反对"新奇"、"功利"的政治态度之后，朝廷终于同意了他的请求。了解这一历史背景，对读者阅读欧公赴任蔡州途中滞留颍州时所作的《六一居士传》，显然是有益的。

开篇点明在行将退休之际，更号"六一居士"；接着，采用汉赋常用的主客问答方式，逐层推进地阐述了"既老而衰且病"之时所向往的个人情趣，读书、鉴赏碑铭、弹琴、弈棋、饮酒，亦即更号的缘由；文末"三宜去"的感叹，尤其是"虽无五物，其去宜矣"的决断，透露出除了读书、集录、弹琴、弈棋、饮酒之外，别无他求的急切心情，大有时不我待之意。

孙琮说："此传自述其退休之志，不是耽玩此五物，观末幅可见。故篇中详辨既非逃名，亦非玩物，只是畏轩裳珪组劳其形，忧患思虑劳其心，所以决志退休，借此五物以自适其乐。入后又欲撇去五物，尤见脱然高寄。"

篇名为传，当属自传性散文。然其文却没有具体叙述自己一生的主要经历，而是抒写辞官求退，以消度余光晚景的至性真情，寄寓着参悟到的人生哲理。文章采用汉赋常用的主客问答形式，以巧妙的谋篇、真挚的感情、深刻的感悟，构成一篇文思缜密借议论以抒情的散文。

天圣八年（1030），公二十四岁应试及第，任西京留守推官，步入仕途，迄今四十年矣。历经宦海浮沉之后，此时的欧公"既不能因时奋身，遇事发愤，有所建明，以为补益；又不能依阿取容，以徇世俗，使怨嫉谤怒丛于一身，以受侮于群小"（《归田录序》），可谓身心俱疲，惟愿尽早退休。本文作于公将退未退之时，写尽晚年心态。他在这年《寄韩子华》诗之序云："余与韩子华、长文、禹玉同直玉堂（指翰林院），尝约五十八岁致仕（退休），子华书于柱上。其后荐蒙恩宠，世故多艰，历仕三朝，备位二府，已过限七年，方能乞身归老。"可见，"违其素志，自食其言"的自责中，透露的正是人在江湖身不由己的无奈。四十年来，群小与新党中人交相煎迫，以至三度遭贬，可谓历尽仕途风波。公也曾屡屡上表告退，却直到此文后一年方才获准，得以"偿其夙愿"；又过一年，即病逝颍上。所谓"谁如颍水闲居士，十顷西湖一钓竿"（《寄韩子华》），其实不过300多日光景，转瞬即逝，怎不令人扼腕！

◎ 诗曰

西京修竹入云烟，
邅路匆匆四十年。
沉醉滁山山有路，
赋闲颍水水无船。
三宜慎守形骸在，
五物难为利欲牵。
安得茅庐偿素志，
衰翁一曲抱琴眠。

二十九、江邻几文集序

余窃不自揆（估量），少习为铭章，因得论次（论定编次）当世贤士大夫功行。自明道、景祐以来，名卿巨公（泛指大官）往往见于余文矣。[①]至于朋友故旧，平居握手言笑，意气伟然，可谓一时之盛。而方从其游，遽（jù，突然）哭其死，遂铭其藏（入土）者，是可叹也。

盖自尹师鲁之亡，逮今二十五年之间，相继而殁，为之铭者至二十人。[②]又有余不及铭与虽铭而非交且旧者，皆不与焉。呜呼！何其多也！不独善人君子难得易失，而交游零落如此，反顾身世死生盛衰之际，又可悲夫！而其间又有不幸罹（lí，遭遇）忧患，触网罗，至困厄流离以死，与夫仕宦连蹇（jiǎn，坎坷）、志不获伸而殁，独其文章尚见于世者，则又可哀也欤！然则虽其残篇断稿，犹为可惜，况其可以垂世而行远也？故余于圣俞、子美之殁，既已铭其圹（kuàng，墓穴），又类集其文而序之，其言尤感切而殷勤者，以此也。

陈留江君邻几，常与圣俞、子美游，而又与圣俞同时以卒。余既志而铭之，后十有五年，来守淮西(指蔡州)，又于其家得文集而序之。邻几，毅然仁厚君子也。虽知名于时，仕宦久而不进，晚而朝廷方将用之，未及而卒。其学问通博，文辞雅正深粹，而论议多所发明，诗尤清淡闲肆可喜。然其文已自行于世矣，固不待余言以为轻重，而余特区区于是者，盖发于有感而云然。③熙宁四年三月，六一居士序。

◎ 注释

①铭章：铭刻在器物上的文辞章句。多指墓志铭。明道：宋仁宗的第二个年号(1032—1033)。景祐：宋仁宗的第三个年号(1034—1038)。"名卿"句：公《居士集》及《外集》收文五十四卷，其中碑志文二十卷，近四成之多。王旦、晏殊、范仲淹等高官名臣，公皆为之铭墓。其笔下墓主，宋史有传者亦占四成。

②"盖自"四句：尹洙卒于庆历七年(1047)，至熙宁四年(1071)为二十五年。

③"与圣俞同时以卒"句：嘉祐五年，京师大疫，梅尧臣与江邻几皆卒于是年四月。"余既"二句：据《洪本》为江铭墓，"应为嘉祐五年"，即1060年。又，公熙宁三年(1070)改知蔡州，前后恰为十年，原文"后十有五年"，有误。"区区于是者"：作者自谦不避琐细(介绍和评述江的为人、为文)。

◎ 简析

《江邻几文集序》作于熙宁四年(1071)三月。欧公时年65岁，仍在知蔡州任上。江邻几，名休复，字邻几，陈留(今河南开封东南)人，北宋文学家，博览强学，文章淳雅。尤长于诗，淡泊闲远。举进士，累迁刑部郎中，为政简易，民安其乐，有《江邻几杂志》存世(参见欧公《江邻几墓志铭》)。嘉祐五年(1060)四月邻几卒，公为其作墓志铭，归有光赞曰"其文澹荡，其思悲慨"。知蔡州后，公"又于其家得文集而序之"，即此文。

全文可分三段。第一段以"少习为铭章"为始，以"是可叹也"作结，简述自己与朋友故旧"握手言笑"的欢乐，以及"遽哭其死，遂铭其藏"的悲凉。第二段是对前文的补叙和深化。连用"呜呼！何其多也"、"又可悲夫"、"则又可哀也欤"等词句，让人感受到其对亡友，尤其对"仕宦连蹇，志不获伸"者的伤痛之情，如地火喷发，不可抑止。而后以一"况"字，特别突出苏、梅在己心目中的地位，也将哀伤的潮水，推向了最高潮。第三段，紧承上文，连类而及，写到江邻几，用高度概括的文字，述其秉性、学问、文辞、诗风等等，勾勒出一个虽"仕宦久而不进"，而为人毅然仁厚的读书人形象。

这不仅令人想起浦起龙于《古文眉诠》中说的那句话："公作友人集序，多入感慨情文。"在皇祐三年（1051）所作《苏氏文集序》中，他对苏舜钦（子美）因一饭之过，被削籍为民，最终郁郁而死的不幸遭遇，表示扼腕叹息；而在庆历六年（1046）完稿的《梅圣俞诗集序》中，他对梅尧臣（圣俞）抛下老母、寡妻、幼子，撒手西去，倍感凄凉，以致义不容辞，卖房葬友。他俩都是欧公平生志同道合的挚友，"多入感慨情文"，自然不难理解。而何焯《义门读书记》告诉我们："既铭其墓，又序其文，公于故交亦止三人耳，故此文以苏、梅陪说。"据南宋吴曾《能改斋漫录》载：这位与苏、梅并列为三的江邻几，"与欧阳公契分（指交谊、情分）不疏，晚著《杂志》，诋公尤力。梅圣俞以为言，而公终不问。邻几既死，公吊之，哭之痛，且告其子曰：'先生埋铭，修当任其责矣。'故公叙铭邻几，无一字贬之。前辈云：'非特见公能有所容，又使天下后世读公之文，知公与邻几始终如一，且将不信其所诋矣。'《孟子》曰：'以善养人者，然后能服天下。'欧阳公之谓矣。"

本序是欧公晚年重要的抒情散文之一。桐城派大家刘大櫆赞曰："情韵之美，欧公独擅千古，而此篇尤胜。"（《古文辞类纂》评语卷八）

余读《江邻几文集序》及吴曾《能改斋漫录》所载欧公轶事，感赋古风十韵。

◎ 诗曰

> 自少为铭章，因得明要旨。
> 论次贤大夫，追忆故知己。
> 哀也何其多，含悲常展纸。
> 始自哭尹洙，于今伤邻几。
> 人云契分疏，终始何曾已。
> 独念仁厚君，尊崇雅正子。
> 仕宦志难伸，遗稿岂能弃。
> 言笑耳犹存，盛衰与时异。
> 嗟尔苏梅江，铭序聊为记。
> 善养天下人，数我欧公矣。

三十、六一诗话(三则)

(一)

　　陈舍人从易当时文方盛之际，独以醇儒古学见称，其诗多类白乐天(白居易)。盖自杨、刘唱和，《西昆集》行，后进学者争效之，风雅一变，谓"西昆体"。①由是唐贤诸诗集几废而不行。陈公时偶得杜集旧本，文多脱误，至《送蔡都尉》诗云："身轻一鸟"，其下脱一字。陈公因与数客各用一字补之。或云"疾"，或云"落"，或云"起"，或云"下"，莫能定。其后得一善本，乃是"身轻一鸟过"。陈公叹服，以为虽一字，诸君亦不能到也。

(二)

　　圣俞(梅尧臣)常语予曰："诗家虽率意(按照本意)，而造语亦难。若意新语工，得前人所未道者，斯为善也。必能状难写之景如在目前，含不尽之意见于言外，然后为至矣。贾岛云'竹笼拾山果，瓦瓶担石泉'，姚合云'马随山鹿放，鸡逐野禽栖'。等是(同样是)山邑荒僻，官况萧条，不如'县古槐根出，官清马骨高'为工也。"

余曰："语之工者固如是。状难写之景，含不尽之意，何诗为然?"圣俞曰："作者得于心，览者会以意，殆难指陈以言也。虽然，亦可略道其仿佛(简单说它个大概)。若严维'柳塘春水漫，花坞夕阳迟'，则天容时态，融和骀(dài)荡，岂不如在目前乎。又若温庭筠'鸡声茅店月，人迹板桥霜'，贾岛'怪禽啼旷野，落日恐行人'，则道路辛苦，羁愁旅思，岂不见于言外乎。"②

（三）

退之(韩愈)笔力无施不可，而尝以诗为文章末事。故其诗曰"多情怀酒伴，馀事作诗人"也。然其资谈笑、助谐谑、叙人情、状物态，一寓于诗，而曲尽其妙。此在雄文大手，固不足论，而余独爱其工于用韵也。盖其得韵宽，则波澜横溢，泛入傍韵，乍还乍离，出入回合，殆不可拘以常格，如《此日足可惜》之类是也。得韵窄，则不复傍出，而因难见巧，愈险愈奇，如《病中赠张十八》之类是也。

余尝与圣俞论此，以谓譬如善驭良马者，通衢广陌，纵横驰逐，惟意所之；至于水曲蚁封，疾徐中节，而不少蹉跌，乃天下之至工也。圣俞戏曰："前史言退之为人木强，若宽韵可自足而辄傍出，窄韵难独用而反不出，岂非其拗强(固执倔强)而然与?"坐客皆为之笑也。③

◎ **注释**

①陈舍人从易(966—1031)：字简夫，好学强记，博览经史，精通

诗赋。时官中书舍人，故称"陈舍人"。醇儒古学：崇尚儒学的纯正学者。杨、刘：杨亿与刘筠(参见《记旧本韩文后》注释②)。

②贾岛、姚合：均为中唐元和年间诗人，引文分别见《题皇甫荀蓝田厅》和《武功县中作》。"县古"二句：作者出处不详。严维：唐肃宗时诗人。天容时态：指自然风光和季节特点。骀(dài)荡：舒缓荡漾的样子。常用来形容春天的景色。温庭筠：晚唐诗人。羁旅：寄居异乡。

③"多情"二句：语出韩愈《和席八十二韵》。曲尽其妙：曲，委婉，细致；尽，全部表达。把其中微妙之处委婉细致地充分表达出来。形容表达能力很强。通衢广陌：四通八达的大路和空旷的田间小路。蹉跌：失足，跌倒，比喻失误。此处借指可能引起失误的窄韵或险韵。木强：指质直刚强之人。

◎ 简析

公于熙宁四年(1071)六月，以观文殿学士、太子少师致仕，七月，归颍州。他把自己"以资闲谈"的论诗片段，集结成书，冠名《诗话》。《四库全书总目》以为欧公"晚年最后之笔"。《六一诗话》有作者自注云："居士退居汝阴，而集以资闲谈也。"汝阴，即颍州。

宋代许顗(yǐ)《彦周诗话》说："诗话者，辨句法，备古今，纪圣德，录异事，正讹误也。"《六一诗话》全书共二十八则，五千余字，篇幅很短，是一部开风气之先的独创性著作。同南朝齐梁时期刘勰《文心雕龙》和钟嵘《诗品》比较，它既不是体系完备逻辑严密的文论，也不是阐释品评诗歌美学的专著，而是以随笔、漫谈的方式论诗。但依许顗语，则其诗话功能仍基本完备。这欧公"晚年最后之笔"，创立了文学批评史上的新体裁，是我国文学理论史上以"诗话"为题的第一部著作。此后，文坛诗话之风渐起，至今不绝。仅宋代就有《续诗话》(司马光)、《中山诗话》(刘颁)、《后山诗话》(陈师道)、《临汉隐居诗话》(魏泰)、《紫微诗话》(吕本中)、《石林诗话》(叶梦得)以及前面提到的许顗《彦周诗话》等等。

阅读上述从《六一诗话》中摘录的三则文字，或可对此书作一简要了解。

第一则，叙述的是陈从易与诸友为杜诗补字而不及原作的故事，称赞杜甫用字精准。然而，更值得注意的是，反映了欧公对"西昆体"的批判态度。西昆体，宋初诗坛上声势最盛的一个诗歌流派，主张师法晚唐诗人李商隐，片面追求辞藻华丽、声律和谐，而内容往往脱离社会现实，缺乏真情实感。这个诗派的盛行，导致"风雅一变"，"由是唐贤诸诗集几废而不行"（参见《记旧本韩文后》注释②）。无怪乎欧公领导的北宋诗文革新运动，正是以批判西昆体揭开序幕的。

第二则，提出了"意新语工"的诗歌创作原则，既要具有创造性，又要运用生动含蓄的诗的语言，即"状难写之景如在目前，含不尽之意见于言外"。这虽是圣俞（梅尧臣）的话，却是包括欧公、圣俞等在内许多诗人宝贵创作经验的生动概括，并已成为后世诗坛永久的追求目标。

第三则是对韩愈诗歌的评论，极赞其笔力，为文为诗，无施不可。即便他"以诗为文章末事"，但"一寓于诗，而曲尽其妙。"公尤为赞佩的是，退之用韵，不同寻常：韵宽，犹泛入傍韵；韵窄，则不复傍出，所谓"因难见巧，愈险愈奇"也。

上述诗话三则，基本反映出《六一诗话》的整体风貌，涉及对诗歌创作原则的探讨，对流派、诗人风格的评论，对作品的鉴赏，对造语、炼字、用韵的褒贬，对逸闻趣事的取舍，等等，内容广泛、视角独特、观点鲜明、语言轻松。可见，后世论者争相仿效，绝不是偶然的。

◎ 诗曰

风暖日晴和，
西湖百亩波。
琴余常晏卧，
酒后偶嗟哦。
几许诗坛事，

一丛老圃歌。
珠玑方半万，
不意开先河。

第三部分　诗　　词

欧公诗词简述

作为北宋中期的文坛领袖，欧公对宋代诗词的发展，在诗歌理论和诗词创作两方面都作出了重大贡献，发挥了承前启后的巨大作用。

在诗词理论方面，他反对晚唐、五代以来浮靡纤弱、空洞无物的诗风，提倡诗人具有"关心百事"的社会政治意识。他认为诗人与社会生活的关系，往往表现为："内有忧思感奋之郁积，其兴于怨刺，以道羁臣、寡妇之所叹，而写人情之难言，盖愈穷则愈工。然则非诗之能穷人，殆穷者而后工也。"(《梅圣俞诗集序》)他在《六一诗话》中所引述的梅尧臣"诗家虽率意，而造语亦难。若意新语工，得前人所未道者，斯为善也。必能状难写之景如在目前，含不尽之意见于言外，然后为至矣"一段话，成为历代诗坛艺术评论的共识，对后世影响极为深远。

在诗词创作方面，他以丰富卓越的创作成果，包括八百多首诗和二百四十多首词，去实践、去验证、去深化自己的诗词创作主张，不仅形成了自己全新的系统的文学理论，正确地引导了诗文革新运动的发展方向，也为古文运动的全面胜利奠定了坚实基础。他善于向前辈诗人学习，如韩愈、李白、杜甫、白居易等，即便对"西昆体"也并非简单地全盘否定，而是采取了去其糟粕，取其精华的理性态度；同时，他还能从民歌中汲取营养，将传统题材翻出新意，是宋代文人中主动向民歌学习的第一人。作为散文大家，他将散文笔法引入诗歌创作，所谓"散文化"逐渐成为宋诗的特点之一，最终促使"宋调"有别于"唐音"。后世对此纵然有褒有贬，但其创新的文学价值和历史意义是不可抹杀的。

正是在这种坚实的基础上，欧公诗词形成了自己鲜明而独特的风格。为了行文方便，以下从诗和词两方面略作介绍。

欧公诗的内容大致可分四类：（1）描写民生、民风、民俗，如《食糟民》《初至夷陵答苏子美见寄》等；（2）反映军国大事及咏物咏史，如《边户》《和王介甫明妃曲》等；（3）倾诉仕途遭遇抒发个人情怀，如《戏答元珍》《别滁》等；（4）与友人唱和，如《水谷夜行寄圣俞子美》《答资政邵谏议见寄二首》等。

从总体上看，其诗歌风格平淡，脉络细密，虽以议论为诗、以才学为诗，不排除有议论化和散文化倾向，但饱含丰富的文化内涵，具有独特的审美价值，其中不少是语言清新，含意深婉，抒情议论相融，情韵理趣兼备的佳构。

古来称词为"诗余"，是诗的降一格的文学式样。故历来又有"诗庄词媚"一说，认为诗多以国家兴亡、民生疾苦、胸怀抱负、宦海沉浮等题材为主，而词多写男欢女爱、相思离别；在风格上，即使同样的题材，如怀古诗多沉郁苍凉，而词却往往在历史沧桑中插入艳情；在语言上，词的语言相比于诗显得更精美典雅、轻灵细巧、纤柔香艳。

欧公词是对词的传统与特质的继承和发展。与诗相比，应该说其词涉及社会生活的范围相对窄小一些。这或许与词的传统和功能相关。也许正是因为这些缘故，欧公现存的240多首词中，大部分都是写的相思恋情，离愁别恨。但他写恋情，不拘于闺中思妇，而兼及乡村青年男女，如采莲女；他写送别，不仅用诗，而且用词，如《朝中措·送刘仲原甫出守维扬》。徐培均先生说：欧公"以词送人赴任，无疑是将历来被视为'艳科'的小词，提高到与诗同等的地位，在词史上是一个创举"（参见《欧阳修诗文鉴赏辞典》）。他还借鉴吸收民歌"定格联章"等表现手法，创作了两套分咏十二月节气的《渔家傲》"鼓子词"。可以说，欧公对词这一文体的革新，涉及到词的内容、风格、意境、语言、形式等多个方面。

刘熙载《艺概》云："冯延巳词，晏同叔（晏殊）得其俊，欧阳永叔得其深。"而冯熙《嵩庵论词》则谓，欧公"疏隽开子瞻（苏轼），深婉开少游（秦观）"。前承古人，后启来者，身为一代文坛领袖，欧公无憾矣！

一、七交七首·自叙

余本漫浪者，兹亦漫为官。胡然类鸱夷，托载随车辕。时士不俯眉，默默谁与言？[①]赖有洛中俊，日许相跻攀。饮德醉醇酎，袭馨佩春兰。平时罢军檄，文酒聊相欢。[②]

◎ 注释

①前六句：漫浪者，指不受世俗拘束的人。漫：纵情，随便。胡然：不知为什么。类：类似。鸱夷（chī yí）：革囊，皮袋。《战国策·燕策二》："昔者伍子胥说听乎阖闾，故吴王远迹至于郢。夫差弗是也，赐之鸱夷而浮之江。"时士：指世俗之人。俯眉：眼光向下看，以示谦卑。

②后六句：洛中俊，指洛阳才俊，身边这群友人。跻攀：犹交游。饮德：蒙受德泽。谢灵运《拟魏太子邺中集诗·平原侯植》："中山不知醉，饮德方觉饱。"醇酎（zhòu）：指味厚的美酒。袭馨：熏染香气，喻受到好的影响。佩春兰，喻志趣高洁。军檄：指公务。

◎ 简析

本篇为五言古体诗。古体诗是与近体诗相对而言的诗体，也称古诗、古风。其格律自由，不拘对仗、平仄，押韵较宽，篇幅长短不限。句子有四言、五言、六言、七言体和杂言体，其中五言和七言古体诗作较多，简称五古、七古。

《七交七首》作于天圣九年（1031），是一组题咏友人的古诗，分别写了梅尧臣、尹洙、王复、杨愈、张汝士、张太素等包括自己在内的七人。公于天圣八年中进士，次年三月初入仕途，至洛阳任西京留守推官，时年 25 岁。其时，府中藏龙卧虎，人才济济：西京留守钱惟演，与杨亿、刘筠并称"西昆三魁"（参见《记旧本韩文后》注释②）；副长官谢绛早在进士及第时，便被主考官称为"文中虎"；其余幕僚中博学能文、颇具文人气质和高情雅趣者甚众，有包括欧公、梅尧臣、尹洙在内的"七交"、"八老"之说。于是，上下老少，日为古文歌诗，遂以文章名冠天下。（参见《游大字院记》"简析"）

"自叙"是组诗的最后一首，反映了诗人早期的幕府生活。诗分两层。前六句为第一层，写其"漫浪"：一个不受拘束的人，做了一个放任自在的官，如同皮袋随着车驾来了这儿，被世俗的人藐视，没人与我交往。对他的这种"漫浪"，大概不少人曾经有目共睹。例如，后来有一次群友聚会，欧公因故未曾参加。会上，大家商定以"八老"命名，尹洙以善辩名"辩老"，杨愈以才俊名"俊老"，王顾以聪慧名"慧老"，王复以淡泊名"循老"，梅尧臣以志行高洁名"懿老"，张汝士、张先以沉静分别名"晦老"和"默老"，而以才华超逸将欧公命名为"逸老"。欧公闻之，似乎感觉被揭了伤疤，甚为震怒，因为所谓"逸"，兼有"超逸"和"放纵"两义。群友之意，是否兼而有之，不得而知。但欧公固辞不受，而自命"达老"。当然，"自叙"诗中所述，是初来西京甚至更早时候的状况，这里是纯雅而诚实的追述。后六句为第二层，写其"饮德"、"袭馨"，谓自己与"七交"、"八老"快意欢乐的交往，从中受益匪浅。明道元年（1032），他在《与梅圣俞》书中写道："前承以'逸'名之，自量素行少岸检，直欲使当此称。然伏内思，平日脱冠散发，傲卧笑谈，乃是交情已照外遗形骸而然也。"这显然表明，他对自己当时的放任乃至放纵，已经有所自觉。

以"七交"、"八老"为朋友圈的洛中三年，确是欧公平生的良好开端。他的文学才华和政事品格，正是在这里得到显现和荐引。继任西京留守的王曙，与他共事虽不过两个多月，但对他刚直敢言、才识超群，而又宅心仁厚，留下了极为深刻的印象。在回京任枢密使前夕，王曙曾对他说："老夫回京，定当奉举贤俊。"至景祐元年三月，欧公西京留守推官任满，便得到王曙举荐，并顺利通过学士院考试，授宣德郎、试大理评事、充镇南军节度掌书记、馆阁校勘。这是充满挑战的又一个全新的起点。

应当特别指出的是，几年后的景祐二年（1035），时在馆阁校勘任上，他对自己当年的"漫浪"，更是有过一番深刻而真诚的自省："仆知道晚，三十以前尚好文华，嗜酒歌呼，知以为乐而不知其非也。及后少识圣人之道，而悔其往咎，则已布出而不可追矣。圣人曰'勿谓小恶为无伤'，言之可慎也如此。为仆计者，已无奈何，唯有力为善以自赎尔"。（《答孙正之第二书》）正视自己的不足，不能停留于追悔往昔，"唯有力为善以自赎"，才能奔向辉煌的未来。少年欧公的选择，给后人以深刻的人生启示。

人谁无过？何况少年。过而能改，善莫大焉。

◎ 诗曰

> 少者洛城花下痴，歌呼嗜酒任由之。
> 嗟哉幸有春兰佩，不在黄昏落寞时。

二、玉楼春（二首）

题上林后亭

> 风迟日媚烟光好，绿树依依芳意早。
> 年华容易即凋零，春色只宜长恨少。
> 池塘隐隐惊雷晓，柳眼未开梅萼小。
> 尊前贪爱物华新，不道物新人渐老。[①]

尊前拟把归期说

> 尊前拟把归期说，欲语春容先惨咽。
> 人生自是有情痴，此恨不关风与月。
> 离歌且莫翻新阕，一曲能教肠寸结。

直须看尽洛城花，始共春风容易别。②

◎ 注释

①烟光：春天的风光。柳眼：形容早春初生的柳叶如美人睡眼初
展。梅萼：梅花的蓓蕾。尊：同"樽"，古代酒器。物华：自然
景物。不道：不料。

②春容：青春的容貌。离歌：伤别的歌曲。翻新阕：翻，指演唱、
演奏。阕，词或歌曲一首为一阕。直须：应当。洛城花，指洛阳
牡丹，参看《读〈洛阳牡丹记〉》。

◎ 简析

玉楼春，词牌名，双调五十六字，前后阕格式相同，前后片除
第三句外，其余各句皆押仄韵，一韵到底。

欧公于天圣八年（1030）进士及第，九年三月即赴任西京（洛
阳）留守推官，景祐元年（1034）三月秩满（参见《游大字院记》"简
析"）。《玉堂春》（二首），分别作于其赴任与离任之时。三年的洛
阳生涯，也许是欧公平生最为快意的一段时光，短暂而印象深刻。
有人统计，离开洛阳以后，他所作与洛阳有关的散文达五十余篇，
而诗词则近 120 首。这里的灵山秀水、故友亲朋，乃至点滴往事，
都频频出现在其饱含深情的诗文作品里。其间作有多篇"玉楼春"，
此处选读两阕。（本书欧公词令除另有标明者外，均选自谭新红编
著《欧阳修词全集》）

"上林"，即汉代宫殿上林苑，史上有两个：西汉的上林苑在
今西安，东汉的上林苑在洛阳，欧公所题是后者。他于天圣九年三
月抵达西京洛阳任上，时值春光明媚之际，与《题上林后亭》所描
绘的春景正相契合。但有人以为，未必作于此时。之所以难以确
定，或许因为心存疑惑：初入仕途，新来乍到，年方二十三四岁，
就如此这般地感叹春光易逝，年华易老，难免让人产生"为赋新词
强说愁"的感觉。但综观全词，上下阕都是前两句写景描摹，其绿
意即将萌发、万物悄然复苏的初春图景，给人美感与希望；后两句

议论抒情，告诫不可贪爱物华，虚度青春，令人顿悟和警醒。可见并非无病呻吟。在我看来，这恰好显露出少年欧公当时既恣意玩乐，又担心虚度年华的矛盾心理。

吴熊和《唐宋词评汇》指出，《玉楼春》(尊前拟把归期说)作于景祐元年(1034)三月，其时，公西京留守推官秩满，此词当作于临别洛阳的离筵上。从来离情别绪，自是凄怆情怀。但上片的落点在"人生"二句：离别之所以如此痛苦，并非留恋风月繁华，而是感情的执着、真诚和美好。下片没有放纵伤离惜别的情绪，用"离歌且莫翻新阕"一句约束伤感，以"直须看尽洛阳花"一句宕起意兴，引领自己(还有读者)以赏爱美好的深情，来排解聚散无常所生发的悲慨。所以，王国维在《人间词话》中论及此数句时，谓欧公"于豪放之中有沉着之致，所以尤高"。不过，如果联系欧公同时期所作《七交七首·自叙》来品味，我更觉得，这是一位游饮无节而毕竟胸怀大志者的自省与自勉，想来正是如今所谓"且行且珍惜"的意思吧。(参见《七交七首·自叙》"简析")

余读《玉楼春·尊前拟把归期说》，思及欧公所作《戕竹记》与《洛阳牡丹记》，想来其竹其花，本非无情之物，今闻欧公作别，自当难以割舍，乃步其词原韵感而叹之。

◎ 词曰

> 归期欲向何人说？抱节君闻声哽咽。
> 姚黄未解醉霞杯，千叶百姿嵩洛月。
> 且对云天歌一阕，莫道痴情多苑结。
> 平生处处忆西京，惜与春风相揞别。

自注：抱节君：指竹子，以其劲直有节，故称。苏轼《此君庵》："寄语庵前抱节君，与君到处会相亲。"苑结：即蕴结，郁结，心中忧郁成结。《诗·小雅·都人士》"我不见兮，我心苑结。"

三、南歌子(凤髻金泥带)

凤髻金泥带，龙纹玉掌梳。走来窗下笑相扶，爱道画眉深浅入时无。①

弄笔偎人久，描花试手初。等闲妨了绣功夫，笑问鸳鸯两字怎生书。②

◎ 注释

①"凤髻"二句：写新嫁娘华丽的头饰。凤髻，状如凤凰的发型。金泥带，金色的彩带。龙纹玉掌梳：图案作龙形如手掌大小的玉梳。画眉深浅入时无：语出唐代朱庆馀《近试上张水部》："洞房昨夜停红烛，待晓堂前拜舅姑。妆罢低声问夫婿，画眉深浅入时无？"

②弄笔：指执笔写字、为文、作画。等闲：轻易，随便。鸳鸯两字：一本作"两鸳鸯字"。

◎ 简析

南歌子，词牌名，有单、双调。双调五十二字，有平韵、仄韵两体，上下片首句不押韵，其余各句押韵。

《南歌子·凤髻金泥带》，为新嫁娘代言，当属欧公早年之作。《欧阳修传》以为所记系欧公新婚燕尔之事。天圣八年（1030）进士及第之后，公与恩师胥偃之女订婚。次年三月赴洛阳上任，诸事停当，即迎娶新娘。胥小姐秉性贤淑，乖巧伶俐，安于清贫，恪守妇道，小夫妻更是举案齐眉，相亲相爱。可惜好景不长，仅一年多后，她便抛下尚不足月的儿子撒手西归，年仅十七岁。（参见《述梦赋》"简析"）

这首《南歌子》的内容是新婚生活，主角是青春少妇。上阕写其精心梳妆，华贵而活泼，娇羞而可爱，新娘子形象跃然纸上，"真觉娉娉袅袅"（清代许昂霄《词综偶评》）。下阕透过写字绣花，以鸳鸯自比，真切地表现出夫妻间两情相依、如胶似漆的眷恋之情。全词语言雅俗相间，描写富有动感，主人公音容笑貌洋溢着青春气息，上下两阕均以问询语气作结，既有助于人物内心情感的自然流露，也表现出词作活泼轻灵的风格。

晚清著名词家陈廷焯《词坛丛话》云："欧阳公词，飞卿之流亚也。其香艳之作，大率皆年少时笔墨，亦非近、后人伪作也。但家数近小，未尽脱五代风味。"流亚，指同一类的人或物。温庭筠（约812—约866），字飞卿，晚唐著名诗人、词人，被尊为"花间词派"之鼻祖。一般认为，花间词词风香软，词人落笔多在闺房。按陈廷焯此说，于欧公词集中"香艳之作"，或许可称精当，本词也常被视为例证。但欧阳公词并非全然是"飞卿之流亚也"，其中亦不乏疏朗明快之作，如咏颖州西湖《采桑子》十首等。况且，如前所述，即使像《南歌子》（凤髻金泥带）这类"香艳之作"，虽"未尽脱五代风味"，但由于作者笔调轻盈，情深意笃，实为描写古代青年男女爱情的佳作，诚如明代沈际飞《草堂诗余别集》所指出的那样：此词"前段态，后段情，各尽其妙，不得以荡目之。"余读《南歌子·凤髻金泥带》，依韵为欧公一辩。

◎ 词曰

　　花烛柔情夜，依偎识面初。娇羞款步情人扶，活脱娉娉袅袅十三余。

　　六一超然处，飞卿喟叹无。深闺弄笔又何如？不忍佳人空对片云孤。

　　自注："活脱"句：活脱：活像，非常相似。娉娉袅袅：语出杜牧《赠别二首》"娉娉袅袅十三余，豆蔻梢头二月初"。六一：欧公晚年自号"六一居士"，其词称"六一词"。

四、临江仙（柳外轻雷池上雨）

　　柳外轻雷池上雨，雨声滴碎荷声。小楼西角断虹明。阑干倚处，待得月华生。[①]

　　燕子飞来窥画栋，玉钩垂下帘旌。凉波不动簟纹平。水精双枕，傍有堕钗横。[②]

◎ **注释**

①轻雷：雷声不大。阑(lán)干：同"栏杆"。月华：月光、月色之
美丽。这里指月亮。

②玉钩：精美的帘钩。帘旌(jīng)：帘端下垂用以装饰的布帛，此
代指帘幕。"凉波"句：指竹子做的凉席平整如不动的波纹。簟
(diàn)：竹席。水精：即水晶。"傍有"句：化用李商隐《偶题》：
"水文簟上琥珀枕，旁有堕钗双翠翘。"堕：脱落。

◎ **简析**

临江仙，词牌名，前后片各五句，共五十八字。第二、三、五
句押韵，均用平声韵。

关于《临江仙·柳外轻雷池上雨》作于何时，据胡适考证，当
于天圣九年(1031)至明道二年(1033)期间，即欧公时在西京留守
推官任上。吴熊和《唐宋词汇评》也认同这个时间段，并说得较具
体：西京留守钱惟演因阿附刘太后，于明道二年(1033)腊月罢留
守一职，景祐元年(1034)七月卒。而是年三月，欧公西京留守推
官任满。故以为此词当作于明道二年(1033)夏，即惟演业已罢职，
欧公尚未离任之时。似可信。而刘德清《欧阳修年谱》则系于天圣
九年(1031)夏。

词写夏景。上片写室外：轻雷、疏雨、断虹、月华。下片写室
内：玉钩、水精、双枕、堕钗。涉物繁多，次第道来，字字是景，
句句含情。历代名家对此词的诠释鉴赏，我以为当数周汝昌先生最
为透辟、精准(见《唐宋词鉴赏辞典》第483页)。他赞赏词人对轻
雷疏雨的描写，"于一'碎'字尽得风流，如于耳际闻之。"他也赞赏
词人面对"难以名状的断虹之美"，又只下一"明"字，而断虹之美，
斜阳之美，雨后晚晴碧空如洗之美，已被"明"字描摹得淋漓尽致。
他还赞赏下片词境继"月华生"而再进一层，"皆以精美华丽之物以
造一理想的人间境界。"总而言之，他认为："此词甚奇，奇在所取
时节、景色、人物、生活，都不是一般作品中常见重复或类似的内
容，千古一篇，此即是奇，而不待挟山超海、揽月驱星，方是
奇也。"

也许，发人深思的还有周先生文末的几句："若深求别解，即堕恶趣，而将一篇奇绝之名作践踏矣。"这话应该说是有所指的。原来，当年西京留守钱惟演的后人钱世昭，写了一本《钱氏私志》，其中有这样一段记载："一日，（钱惟演）宴于后园，客集而欧与妓俱不至，移时方来，在坐相视以目。公责妓云：'末至，何也？'妓云：'中暑往凉堂睡着，觉而失金钗，犹未见。'公曰：'若得欧阳推官一词，当为汝偿。'欧即席云（此词），坐皆称善。遂命妓满酌赏饮，而令公库偿钗，戒欧当少戢。"我们今天去查证性格浪漫、情感丰富的青年欧公有无此事，似乎没有多大意义；钱氏子孙钱世昭辑录文人逸闻趣谈，也不足奇。令人不解的是，《钱氏私志》接下来的几句，愤愤然，似有口诛笔伐气势，指责欧"不惟不恤，翻以为怨。后修《五代史·十国世家》，痛毁吴越，又于《归田录》中说先文僖（钱惟演）数事，皆非美谈。"对此，《四库全书》评述曰：《钱氏私志》"诋欧阳修甚力，似非公论。然其末自称皆报东门之役，则亦不自讳其挟怨矣"。这正是，公道自在人心。而尤为值得称颂的是，作为我国"红学泰斗"、诗词大家的周先生，对这类相关资料自然了如指掌，但他评述此词时不仅只字未提，还特意告诫世人"若深求别解，即堕恶趣，而将一篇奇绝之名作践踏矣。"余读周先生此评，堪叹大道至简，诚哉斯言。儒学正道，大家风范，岂可与挟怨以报东门之役者同年而语哉！

◎ 词曰

柳下小楼初向晚，轻雷疏雨荷声。迷人最是断虹明。果然圣手，简笔见峥嵘。

窥燕昨宵生恶趣，恍然鬌乱钗横。东门雾重几时晴。赫然泰斗，一字扫幽冥。

自注：周汝昌先生评《临江仙·柳外轻雷池上雨》曰"此词甚奇"，"盖词人连一个生僻字、粉饰字也不曾使用，而达此极美的境界，方是高手，也是圣手。"

五、浪淘沙（把酒祝东风）

把酒祝东风，且共从容，垂杨紫陌洛城东。总是当时携手处，游遍芳丛。①

聚散苦匆匆，此恨无穷。今年花胜去年红。可惜明年花更好，知与谁同？②

◎ 注释

①"把酒"二句：出自司空图《酒泉子》："黄昏把酒祝东风，且从容。"紫陌：紫路。洛阳曾是东周、东汉的都城，据说当时曾用紫色土铺路，故名。此指洛阳的道路。

②"聚散"二句：指爱妻胥氏病故，好友尹洙、梅尧臣等相继离开西京洛阳。

◎ 简析

浪淘沙，词牌名，双调，共五十四字，前、后片各为五句、四韵，第四句不押韵，其余各句均用平声韵。

关于《浪淘沙·把酒祝东风》的写作时间，至少有三种说法：一是当作于明道元年之后（《欧阳修词全集》），二是当在他秩满离洛之前（《欧阳修诗词文选评》），三是当为明道元年春（见《欧阳修诗文鉴赏辞典》刘学锴文，书后所附"创作年表"则列为景祐元年）。究竟写于何时，值得仔细斟酌一番。

首先必须明确，词中的花，特指牡丹。欧公《洛阳牡丹记》云："洛阳亦有黄芍药、绯桃、瑞莲、千叶李、红郁李之类，皆不减他出者。而洛阳人不甚惜，谓之果子花曰某花（云云），至牡丹则不名直曰花。其意谓天下真花独牡丹，其名之著，不假曰牡丹而可知也。其爱重之如此。"

至于洛城观花，《洛阳牡丹记》又说："余在洛阳四见春：天圣九年三月始至洛，其至也晚，见其晚者；明年，会与友人梅圣俞游嵩山、少室缑氏岭、石唐山、紫云洞，既还，不及见；又明年，有悼亡之戚，不暇见；又明年，以留守推官，岁满解去，只见其蚤者，是未尝见其极盛时。然目之所瞩，已不胜其丽焉。"据此可知，天圣九年时于"聚散苦匆匆"的情境不同，当可排除；明年(即明道元年)，虽与友人梅圣俞游嵩山等地，但"既还，不及见"，显然不是；又明年(即明道二年)，有悼亡之戚，不暇见；又明年(即景祐元年)，岁满解去，"只见其蚤者"，而梅圣俞早已离开洛阳，不是同游人。

因此，在我看来，第二种说法可能性更大。西京三年，他结识了许多良师益友，走过了充满诗情画意的早期仕途，甚至赢得了立身文坛的最初声誉。但随着梅尧臣调任河阳，谢绛任满赴京，钱惟演被弹劾知随州，那个品位高雅欢快悠闲的文人群体渐次解体，特别是年仅十七的妻子胥氏产后病亡等等变故发生，生离死别的忧伤不免在心中郁积。时至景祐元年三月，公西京留守推官任满，五月赴京，授宣德郎，任馆阁校勘，词意与欧公所言大体相符。因此，《浪淘沙》(把酒祝东风)当于将离而未离之际所作。其基调自然是悲喜交加，并由此生发出"今年、去年、明年"的感慨来。

在景祐元年(1034)三月至五月间的某个春日，作者来到洛阳城东某个旧地，独游独饮，浮想联翩，有感而作此词。上片叙事。因独饮，故无酒宴的描写；因独游，故无同伴的叙述。于是，只有诗人对东风的祈求，请不要太过匆匆地离我而去。因为这方景、那些人、曾经事，给我留下了太多难忘的快乐和记忆。由此透露此刻心情"喜"的一面。下片抒情，既有感于世事聚散无常，也有感于今非昔比，或许还有对未知的彷徨，又流露此刻心情"悲"的一面。其中"去年"未必是实指，似可看作"往年"的意思。但用"去年"而不用"往年"，也许正是为了在视觉上构成一条"今年、去年、明年"的时间链条，让读者更深切地体味到，诗人惜别的游兴与浓重的忧伤兼而有之，心情是十分复杂的。

此词悼亡惜别，情意深长。伉俪情深，自不待言；而洛中"七交"、"八老"(参见《七交七首·自叙》)，日渐散去，个中滋味，亦不言自明。故俞陛云评说，本词"可谓深情如水，行气如虹矣"。(《唐五代两宋词选释》)

◎ 词曰

读《浪淘沙·把酒祝东风》依韵感赋

花数洛城红，沾沐春风，伊川嵩岭凤栖桐。八老当时携手处，行气如虹。

情似水长东，关隘重重，黄河九曲仍匆匆。待到浪淘愁恨了，纵目穹隆。

六、少年游（栏杆十二独凭春）

阑干十二独凭春，晴碧远连云。千里万里，二月三月，行色苦愁人。①

谢家池上，江淹浦畔，吟魄与离魂。那堪疏雨滴黄昏。更特地、忆王孙。②

◎ 注释

① 阑干十二：指曲折回环的栏杆。阑干，同"栏杆"。独凭春：春天时独自倚栏远眺。晴碧：指蓝天下的青草。行色：行旅出发前后的情状。

② 谢家池：南朝宋文学家谢灵运的池塘。谢灵运《登池上楼》："池塘生春草，园柳变鸣禽。"为后人赞叹欣赏之名句。江淹浦：指别离之地。南朝梁文学家江淹《别赋》中有句云："送君南浦，伤如之何！"后以南浦指代送别之处。吟魄：指诗情、诗思。离魂：指离别的思绪。王孙：王之孙，引申为贵族子弟。西汉淮南小山《招隐士》："王孙游兮不归，春草生兮萋萋。"亦可泛指远游之人。

◎ 简析

少年游，词牌名，双调，前、后片各五句，共五十字。常见正格（如柳永《少年游·参差烟树灞陵桥》）前片第一、二、五句和后片第二、五句押韵，均用平声韵。龙榆生《唐宋词格律》指出："各家句读亦多出入。"如欧公此词，后片为六句，第三、四、六句押韵，即与柳词有别。

关于《少年游》(栏杆十二独凭春)的创作背景，吴曾《能改斋漫录》卷十七记其本事云："梅圣俞在欧阳公座，有以林逋《草词》'金谷年年，乱生青草谁为主'为美者，圣俞因别为《苏幕遮》一阕云：'露堤平，烟墅杳。乱碧萋萋，雨后江天晓。独有庾郎年最少。窣地春袍，嫩色宜相照。接长亭，迷远道。堪怨王孙，不记归期早。落尽梨花春又了。满地残阳，翠色和烟老。'欧公击节赏之，又自为一词云：'阑干十二独凭春……'盖《少年游令》也。"

本篇借春草以惜别。上片从凭阑写起，"独"字点明孤身，"春"字点明季节，"凭"字点明地点。此时此地，词中人看到了连天碧草，用"千里万里，二月三月"八字，从空间、时间两面，尽力渲染出春草的滋生和绵延，以致清代先著《词洁辑评》直呼："此数字甚不易下。"结句"行色苦愁人"，虽与杜牧《江上偶见绝句》"草色连云人去住"意境近似，却起到了收束上片开启下片的功效。下片诚如唐圭璋所言，用谢灵运、江淹咏草的典故来咏物抒情；"哪堪"两句，深入一层，添加黄昏疏雨更令人思念游冶在外的王孙(《唐宋词简释》)。词中通过景色由"晴"到"雨"的变换，将不堪离别和怀远思人的愁情翻进一层，表述得淋漓尽致。

这首咏草词，笔调清疏，语言清新，意境清朗。在我国传统文化中，离愁常用芳草来比兴，芳草萋萋往往象征离恨悠悠。吟咏之作，不可胜数。但王国维《人间词话》，却以"和靖《点绛唇》(林逋)、圣俞《苏幕遮》(梅尧臣)、永叔《少年游》(欧公)三阕为咏春草绝调。"其赞可谓盛矣。

余自弱冠之时，别父母，走他乡，始而就读麓山之下，继而客居洞庭之畔，尔来五十余年矣。尝读《战国策》，每闻"王孙贾年十五，事闵王。王出走，失王之处。其母曰：'女朝出而晚来，则吾倚门而望；女暮出而不还，则吾倚闾而望'"，而致泪下。今读欧公《少年游》，顿生去国怀乡之感，乃仿此体以温旧事。

◎ 词曰

少年负笈异乡行，挥泪别长亭。梦里梦外，人前人后，桑梓总关情。

老街穷巷，门闾倚处，母望暮云平。故园青树梦中坪。黄梅雨、夜巴陵。

自注：余祖籍湘中青树坪镇。

七、晚泊岳阳

卧闻岳阳城里钟，系舟岳阳城下树。

正见空江明月来，云水苍茫失江路。①

夜深江月弄清辉，水上人歌月下归。

一阕声长听不尽，轻舟短楫去如飞。②

◎ 注释

①失江路：意谓江水苍茫，看不清江上行船的去路。

②一阕：歌曲一首。短楫：小船桨。

◎ 简析

本诗为七言古体诗。(参见《七交七首·自叙》"简析")

《晚泊岳阳》作于景祐三年(1036)。因疏救范仲淹，公被贬为峡州夷陵(今湖北宜昌)县令，携家人沿水路前往贬所，于九月初夜泊岳阳城外洞庭湖口。月下无眠，公写下了这首七言古诗《晚泊岳阳》。(参见《夷陵县至喜堂记》及《与高司谏书》两文"简析")

全诗共八句，前半押仄韵，后半用平韵，在古诗里是可行的(本诗后四句平仄合律，简直就是一首精妙的七绝)。起笔两句，点明地点；城里城下，标明方位。对城里状况，因未曾亲见，故止于"卧闻"，给读者留下想象空间；而城下景色，已亲临其境，故拓展开来，着力描摹：一写空江孤旅，云水苍茫，江路漫漫，明月作伴；再用拟人手法呈现夜深时分江上"月弄清辉"的画面，别有情意；三写月下歌声，轻舟短楫，韵味深长，透出作者一丝思乡之情。全篇通过卧闻钟声、系舟树下、静赏江月、倾听歌声等举动，城里钟、水上歌等听觉感受，城下树、空江月、水上人、云水苍茫、轻舟飞逝等视觉形象，可谓句句写景，景景关情。

评论《晚泊岳阳》时，前贤今人都爱引述方东树《昭昧詹言》的一段话："欧公情韵幽折，往反咏唱，令人低徊欲绝，一唱三叹而有遗音，如啖橄榄，时有余味"。的确，我们很难想象，面对空江孤旅，贬谪异乡，深夜明月，云水苍茫这样的情境，诗人怎能写出此般"如啖橄榄，时有余味"的诗篇来？

从根本上讲，这取决于他在遭到贬黜突变之时有着良好的心态。早在三个月前，公在楚州曾遇到先期被贬的余靖，移舟相见，置酒畅谈。后来他在《与尹师鲁第一书》中写道："安道（余靖的字）与予在楚州，谈祸福事甚详，安道亦以为然。俟到夷陵写去，然后得知修所以处之之心也。又常与安道言，每见前世有名人，当论事时，感激不避诛死，真若知义者，及到贬所，则戚戚怨嗟，有不堪之穷愁形于文字，其心欢戚无异庸人，虽韩文公不免此累。用此戒安道慎勿作戚戚之文。"由此可知，良好的心态，其实来源于自信：自信尚未平息的朋党之争，乃是君子与小人之争；自信暂时的挫折并非陷于绝境，乃是砥砺节操的过程；自信终有"轻舟短楫去如飞"的一天，迁谪乃是自我升华的契机。公"所以处之之心"，尽在于此，岂有他哉！

欧公坚守自信和敢于抗争的品格，令人想起《汉书·朱云传》所记载的一个故事：槐里令朱云朝见成帝时，请赐剑以斩佞臣安昌侯张禹。成帝大怒，命将朱云拉下斩首。云攀殿槛，抗声不止，槛为之折。经大臣劝解，云始得免。后修槛时，成帝命保留折槛原貌，以表彰直谏之臣。欧公所为，无愧于古人，亦无愧于来者矣。

◎ **诗曰**

> 修书一纸见嶒嶒，
> 折槛丹墀志士臁。
> 漫溯何愁八百里，
> 归来天下赞庐陵。

八、宿云梦馆

> 北雁来时岁欲昏，
> 私书归梦杳难分。①
> 井桐叶落池荷尽，
> 一夜西窗雨不闻。②

◎ **注释**

①岁欲昏：一年将尽。杳(yǎo)：上为"木"，下为"日"，表示太阳落在树木下，天色已昏暗。引申为无声无影。私书：隐秘不公开的书信。李商隐《赠从兄阆之》："怅望人间万事违，私书幽梦约忘机。"

②"西窗"句：语出李商隐《夜雨寄北》："君问归期未有期，巴山夜雨涨秋池。何当共剪西窗烛，却话巴山夜雨时。"

◎ **简析**

本诗为七言绝句。绝句是唐朝流行起来的一种诗歌体裁，属于近体诗的一种形式。绝的意思是"断绝"，古人用四句一绝的四句诗来完成一个思想概念。赵执信《声调谱》指出："两句为联，四句为绝，始于六朝"。绝句分为律绝和古绝。古绝远在律诗出现以前就有了。律绝是律诗兴起以后才有的。每首四句，讲究平仄。每句或五字，叫"五绝"；或七字，叫"七绝"。

云梦，县名，在今湖北省孝感市；馆，即驿馆。关于《宿云梦馆》的具体写作时间，"洪本"称"当为天圣间自随州出游云梦时所作"。但这是他成年后第一次离开随州独自远行，上京赶考，时年二十岁，似不应有如此沧桑感慨。傅经顺先生认为："这是诗人思念妻室之作。欧阳修曾坐'朋党'之罪出放外任……这诗是外放时途经云梦驿馆之作。"（《欧阳修诗文鉴赏辞典》P. 39）可惜傅先生语焉不详。

　　景祐三年（1036），公因痛斥高若讷，被指为范仲淹"朋党"，贬作夷陵（今湖北宜昌）令。他于五月二十八自汴京赴任，六月十二至楚州（今江苏淮安），九月初抵岳阳，之后来到湖北安陆（今安陆市，古云梦地区），独宿客馆。这大概是傅先生所指"外放时途经"的云梦驿馆。（参见《夷陵县至喜堂记》及《与高司谏书》两文的"简析"）

　　初看傅说顺理成章。然仔细推敲，尚有可疑之处。欧公终其一生有三任夫人，第一任夫人胥氏于明道二年（1033）三月生下一个男婴，不久便留下尚不足月的儿子，撒手西去，时年十七；接着，于景祐元年（1034）十二月娶杨氏，不幸于景祐二年（1035）九月病故；薛氏是他任职夷陵近一年之后，于景祐四年（1037）八月才娶过来的。那么，私书是谁写的？赴夷陵任职途中的景祐三年（1036）九月，他思念的妻室又是指谁呢？

　　与其猜度，不如从文本入手。在我看来，问题的症结，在于如何理解"私书"一词。学者大多理解为"指家书"或"指妻子来信"。查《现代汉语词典》《辞海》《词源》，均未收录。《汉语大词典》释为"隐秘不公开的书信"。而在此诗中，即指作者与亡妻生前的两地书。

　　从夫妻关系看，作者此次是孤身一人赴外地任职。漂泊之身，岁晚夜雨，路途遥遥，不由得勾起对三年间先后离世的两位爱妻的思念。私书犹在，幽梦难成，西窗残烛，何人共剪。欧公这份孤苦与寂寞，是常人所能理解的么？故有此诗。

　　此诗第一句交代时节，是思念的背景；第二句写思念的情状：手捧私书，伊人已去；时届岁暮，团聚无望。一个"杳"字，将现实和梦境的杳然、渺茫融为一体。后两句借景抒情，暗用李商隐《夜雨寄北》诗意，言西窗之烛何人共剪，驿馆之雨又与何人共话？

孤寂之情，溢于言表。唐顺之《与洪州书》："盖文章稍不自胸中流出，虽若用别人一字一句，只是别人字句……若自胸中流出，则炉锤在我，金铁尽熔，虽用他人字句，亦是自己字句。"欧公此诗之谓也。

◎ 诗曰

> 孤馆孤衾北雁声，
> 私书一束旧时情。
> 晓来莫问西窗事，
> 夜雨潇潇烛不明。

九、踏莎行（候馆梅残）

候馆梅残，溪桥柳细，草熏风暖摇征辔。[①]离愁渐远渐无穷，迢迢不断如春水。

寸寸柔肠，盈盈粉泪，楼高莫近危阑倚。平芜尽处是春山，[②]行人更在春山外。

◎ 注释

① 候馆：迎宾候客之馆舍。草熏：小草散发的清香。熏，香气侵袭。征辔（pèi）：行人坐骑的缰绳。此句化用江淹《别赋》"闺中风暖，陌上草熏"而成。

② 危阑：也作"危栏"，高楼上的栏杆。平芜：草木丛生的平旷原野。

◎ 简析

踏莎行，词牌名，双调，共五十八字，前、后片各五句，均用两个四言对偶句提起，第二、三、五句押韵，皆用仄声韵。

据刘永济先生《唐五代两宋词简析》云，《踏莎行》（候馆梅残）中的行者为作者本人，词当作于被贬夷陵令之时，即景祐三年

（1036）（参见《夷陵县至喜堂记》"简析"）。但据年谱，公于是年五月二十八日离京赴任，应是仲夏时节；而词中所描述的行者所见，却是仲春景象，与其时不甚相符。刘先生之说未知确否？

本词写离情别绪，在描写人物情感上十分真挚细腻。稍加品味，我们可以理解到：上片从远行人着笔，前三句有"梅残、柳细、草熏、风暖"，呈现一派恼人春色，写景叙事如画；后二句用"离愁、春水、渐远、不断"，描述离家愈来愈遥远，思绪越来越强烈，叙事抒情如诉。下片转换角度，写闺中人登楼望远，用"寸寸、盈盈"，设想她的心绪；以"平芜、春山"，比喻行人远去。王世贞赞曰："此淡语之有情者也。"

这首词的突出特点，正如俞陛云所言："唐宋人诗词中，送别怀人者，或从居者着想，或从行者着想，能言情婉挚，便称佳构。此词则两面兼写。"上片写行人思家，下片写闺中怀人。"以章法论，'候馆''溪桥'言行人所经历；'柔肠''粉泪'言思妇之伤怀，情同而境判，前后阕之章法井然"。（俞陛云《唐五代两宋词选释》）

《踏莎行》（候馆梅残）是欧公一首情深意远、柔婉优美的代表性作品。特别是"平芜尽处是春山，行人更在春山外"两句，说平芜已远，春山犹在平芜之外，尤远；行人又在春山之外，更远。以春山况远，杳渺绵长；写望眼无涯，相思无限。如此一程远似一程，一层深过一层，真乃绝妙好辞。

余读《踏莎行》（候馆梅残），依其词牌，循其词意，另为一阕，乃学俞陛云先生所谓"两面兼写"之法耳。

◎ 词曰

昨日秋千，今宵关隘，路遥不见描青黛。短亭憩罢续长亭，亭亭遍洒离人泪。

两处相思，一般无奈，堂前谁与欢情再？除非明月惜春心，为君遥寄春山外。

自注：末二句化用李白《闻王昌龄左迁龙标遥有此寄》"我寄愁心与明月，随风直到夜郎西"两句诗意。

十、生查子（去年元夜时）

去年元夜时，花市①灯如昼。月上柳梢头，人约黄昏后。
今年元夜时，月与灯依旧。不见去年人，泪满春衫②袖。

◎ 注释
①花市：民俗每年春卖花、赏花的集市。
②春衫：年少时穿的衣服，也指代年轻时的自己。

◎ 简析

生查（zhā）子，词牌名，前、后片各四句，共二十字。第二、四句押韵，均用仄声韵。龙榆生《唐宋词格律》指出：此调"各家平仄颇多出入，与作仄韵五言绝句诗相仿。多抒怨抑之情。"欧公此词与其所列"格二"相符。

有关《生查子·元夕》的作者，似有争议。《全宋词》注云"按此首别又误作朱淑真词，见《词品》卷二。又误作秦观词，见《续选草堂诗余》卷上。方回《瀛奎律髓》卷十六又引'月上柳梢头'句以为李清照作，亦误。"后世论者大多认为，南宋初曾慥所编《乐府雅词》录作欧公词，当较为可信。

至于词的内容，有人认为是欧公怀念他的第二任妻子杨氏。杨氏是已故谏议大夫杨大雅的女儿，于景祐元年（1034）十二月与欧公成婚。她孝顺勤勉，温雅清和，虽然出身显宦人家，但丝毫不在意夫家的贫寒。婚后夫妻和谐，家庭幸福。可惜又一个好景不长。第二年九月，杨氏因病不治，香消玉殒，欧公再次遭受丧妻之痛。

三个多月后，即是景祐三年（1036）正月。元夜，元宵之夜，自唐朝起有观灯闹夜的民间风俗。北宋时从正月十四到十六，三天开宵禁，灯街花市，歌舞通宵，盛况空前，也是年轻人相与幽会谈情说爱的好时机。

　　词的上片写去年元夜情事。前两句写景，交代特定的时间（元夜）、特定的地点（花市）、特定的景观（灯如昼），渲染出一种柔情的氛围，这将是人物活动的大舞台。后两句写情景交融中人物出场，呈现一个温馨、别致、含蓄的小镜头。没有形象的描绘，也没有言行举止的叙述，而月光柳影下两情依依、情话绵绵的意境，却已经展现在读者眼前，是那样朦胧清幽、婉约柔美。下片写今年元夜情事，舞台依旧，背景相同，却不见伊人，只剩相思之苦。过片两句与去年的对比，言简意赅；结句一个"满"字，道出了无限忧伤。全词感情真挚，语言通俗，格调清新，节奏明快，自然是绝妙好辞。

　　写到这里，不妨引述陈廷焯《词坛丛话》中的一段评述："案'去年元夜'一词，当是永叔少年笔墨。渔阳（指王士祯）辨之于前，云伯（指陈文述）辩之于后，俱有挽扶风教之心。余谓古人托兴言情，无端寄慨，非必实有其事。"话虽如此说，但词中昔与今的对比，乐与愁的反差，在灯与月的交相叠映中如此强烈，又不能不使人相信词人缘事而发的真情实感。

　　余读欧公此词，步原韵作《生查子·元夕》，不言愁苦，但书遗憾，亦廷焯所谓"托兴言情，无端寄慨"而已。

◎ 词曰

　　昔吟元夕词，对月迎开昼。抱憾此黄昏，人在千年后。
　　今吟元夕词，月与人依旧。清酒酹欧公，韵味盈襟袖。

十一、黄溪夜泊

　　楚人自古登临恨，
　　暂到愁肠已九回。①
　　万树苍烟三峡暗，
　　满川明月一猿哀。
　　殊乡况复惊残岁，

慰客偏宜把酒杯。②

行见江山且吟咏，

不因迁谪岂能来。

◎ **注释**

①"楚人"二句：宋玉《楚辞·九辩》："憭栗兮若在远行，登山临水
兮送将归。"暂到：刚刚。愁肠已九回：形容回环往复的忧愁。
司马迁《报任少卿书》："是以肠一日而九回，居则忽忽若有所
亡，出则不知其所如往。"

②殊乡：犹"殊方"，指异域，他乡。慰客：犹"迁客"。慰，郁闷。

◎ **简析**

本篇是一首七言律诗。律诗属于近体诗的一种，要求诗句字数
整齐划一，每首8句，分别为五言、七言句，简称五律、七律，全
篇共40字或56字。通常以8句完篇的律诗，每2句成一联，计四
联，习惯上称第一联为破题（首联）、第二联为颔联、第三联为颈
联、第四联为结句（尾联）。每首的二、三两联（即颔联、颈联）的
上下句一般是对仗句。律诗按首句末字的平或仄，分"仄起"与"平
起"两式。第二、四、六、八句押韵，首句可押可不押。要求全首
通押一韵，大多押平声韵。超过8句，即10句以上的律诗，则称
排律或长律。排律除首尾两联外，中间各联必须上下句对仗。律诗
的格律要求也适用于绝句。

《黄溪夜泊》为《夷陵九首》之一，作于景祐四年（1037）。被贬
夷陵后，公时与友人多有偕游或独游，吟咏当地山川风物。此诗是
与峡州军事判官丁宝臣（字元珍）和州府推官朱处仁（字表臣）游黄
牛峡附近的黄溪时所作。（参见《戏答元珍》"简析"）

此诗首联写来到楚地，想起宋玉《楚辞·九辩》中"憭栗兮若在
远行，登山临水兮送将归"的诗句，不免借"楚人"屈原的遭遇，言
个人"恨"、"愁"，从而引领下文。颔联于苍莽中闻猿哀，于昏暗
中见月明，情景交融，错综纠结。颈联喟叹时逢岁暮，谪居他乡，
借酒浇愁，万般无奈。以上六句，可谓写尽无端遭谪之恨、忠而被

谤之愁，给人怅惘苍凉、悲苦难诉之感。而尾联笔势陡转，换作旷达之语，面对奇山异水，何必自怨自艾，所谓塞翁失马，焉知非福。故诗人以"行见江山且吟咏，不因迁谪岂能来"二句，收束全篇，又给人以愈挫愈奋、气象宏阔的鼓舞。

陆次云在《宋诗善鸣集》中说："以见江山为慰，迁谪人善自遣心之法。"的确，"迁谪人"故作旷达语，以显沉郁顿挫之致，自来有之，唐宋尤多。元稹谪越州时作《以州宅夸乐天》"我是玉皇香案吏，谪居犹得住蓬莱"句，格调近似。然而，值得强调的是，欧公在《与尹师鲁第一书》中，曾经批评那些"及到贬所，则戚戚怨嗟"的人，并劝慰与自己同时被贬的友人余靖，"慎勿作戚戚之文"（参见《晚泊岳阳》"简析"）。可见《黄溪夜泊》中的"旷达"，对于欧公来说，绝非故作姿态，亦非偶一为之，而是一以贯之，时已内化为一种不屈的人格精神。有学者认为，作为欧公门生的苏轼，后来在被贬海南时，写下"日啖荔枝三百颗，不辞长作岭南人"（《惠州一绝》），"九死蛮荒吾不恨，兹游奇绝冠平生"（《过海》）等诗句，与欧公的乐观与豁达如出一辙，其中因由，不言自明。

困顿之际，"慎勿作戚戚之文"。公之子孙勉乎哉！

与此诗同时所作的五言排律《书怀感事寄梅圣俞》，通过记叙欧公初到贬谪之地的所见所感，表达了诗人仕途遭到挫折的苦闷和对青年时期在洛阳那一段潇洒生活的怀念，值得一读。

◎ 诗曰

> 三峡苍烟择日开，
> 千峰岸列迓君来。
> 今登神女梳妆处，
> 初试文坛点将台。

自注：神女：巫山有神女峰。宋玉《高唐赋》："昔者先王尝游高唐，怠而昼寝，梦见一妇人曰：'妾，巫山之女也。为高唐之客。闻君游高唐，愿荐枕席。'王因幸之。去而辞曰：'妾在巫山之阳，高丘之阻，旦为朝云，暮为行雨。朝朝暮暮，阳台之下。'"

◎ 链接

书怀感事寄梅圣俞

相别始一岁，幽忧有百端。乃知一世中，少乐多悲患。
每忆少年日，未知人事艰。颠狂无所阂，落魄去羁牵。
三月入洛阳，春深花未残。龙门翠郁郁，伊水清潺潺。
逢君伊水畔，一见已开颜。不暇谒大尹，相携步香山。
自兹惬所适，便若投山猿。幕府足文士，相公方好贤。
希深好风骨，迥出风尘间。师鲁心磊落，高谈羲与轩。
子渐口若讷，诵书坐千言。彦国善饮酒，百盏颜未丹。
几道事闲远，风流如谢安。子聪作参军，常跨破虎鞯。
子野乃秃翁，戏弄时脱冠。次公才旷奇，王霸驰笔端。
圣俞善吟哦，共嘲为阆仙。惟予号达老，醉必如张颠。
洛阳古郡邑，万户美风烟。荒凉见宫阙，表里壮河山。
相将日无事，上马若鸿翩。出门尽垂柳，信步即名园。
嫩箨筠粉暗，渌池萍锦翻。残花落酒面，飞絮拂归鞍。
寻尽水与竹，忽去嵩峰巅。青苍绿万仞，杳蔼望三川。
花草窥涧窦，崎岖寻石泉。君吟倚树立，我醉欹云眠。
子聪疑日近，谓若手可攀。共题三醉石，留在八仙坛。
水云心已倦，归坐正杯盘。飞琼始十八，妖妙犹双环。
寒篁暖凤嘴，银甲调雁弦。自制白云曲，始送黄金船。
珠帘卷明月，夜气如春烟。灯花弄粉色，酒红生脸莲。
东堂榴花好，点缀裙腰鲜。插花云髻上，展簟绿阴前。
乐事不可极，酣歌变为叹。诏书走东下，丞相忽南迁。
送之伊水头，相顾泪潸潸。腊月相公去，君随赴春官。
送君白马寺，独入东上门。故府谁同在，新年独未还。
当时作此语，闻者已依然。

十二、戏答元珍

春风疑不到天涯，
二月山城未见花。
残雪压枝犹有橘，
冻雷惊笋欲抽芽。①
夜闻归雁生乡思，
病入新年感物华。②
曾是洛阳花下客，
野芳虽晚不须嗟。③

◎ 注释

①冻雷：春天的雷声。因天气未暖，还没解冻，故称。

②归雁：指春季雁向北飞。感物华：感叹事物的美好。

③"曾是"二句：天圣八年(1030)至景祐元年(1034)，公曾任西京
(洛阳)留守推官，领略了当地牡丹盛况，写过《洛阳牡丹记》。
洛阳花：指牡丹(参见《浪淘沙·把酒祝东风》"简析")。

◎ 简析

《戏答元珍》作于景祐四年(1037)。上年，因替遭到贬谪的范
仲淹辩护，公被贬峡州夷陵(今属湖北宜昌市)县令。元珍，即丁
宝臣，欧公好友，时为峡州军事判官，曾作《花时久雨》诗相寄，
公以此诗作答。"戏"字表明自嘲的心态，借以掩饰无可奈何的失
意之情。(参见《夷陵县至喜堂记》"简析")

首联用"疑不""未见"四字写山城早春之"无"，这里是僻陋荒
野之乡，不是皇恩浩荡之所，间接地表述了山居寂寞的心情。次联
选取"雪、桔、雷、笋"四物写山城早春之"有"，从视觉听觉两个
不同层面，一实一虚传递出春来的讯息，也隐含着山乡的生机和活
力。第三联写由夜闻归雁而生思乡之苦，虽是病体却因新年而寄美
好之愿，触景生情，难以排遣。此联一作"鸟声渐变知芳节，人意

无聊感物华"。两相比较，前者显然更能准确表达作者此时此地的真实感受。尾联落到自我宽解的主题上，与《黄溪夜泊》中的"行见江山且吟咏，不因迁谪岂能来"，有异曲同工之妙。诚如今人李敬一所言："实在是诗人之笔，政治家之情，二者融为一体，诗情画意，精妙之极。"

《戏答元珍》历来被认为是欧诗（当然也是宋诗）的代表作。据说欧公自我感觉也不错。他在《笔说·峡州诗说》中提到"春风疑不到天涯，二月山城未见花"时曾说："若无下句，则上句何堪；既见下句，则上句颇工。文意难评，盖如此也。"得意之情，溢于言表。当然，也有人"未见其妙"，认为不过是"先问后答，明言其所谓也"，但却不得不承认"以后句句有味"（方回《瀛奎律髓》）。

欧公被贬之时，正值"三十而立"之年，乃是人生中施展抱负、大展雄才的美好年华，遭此遽变，其内心的痛楚与复杂不难想见。但与此同时，他也曾做过一番自省，从抵达夷陵之后给尹师鲁的信中可以看出，他不仅看不起那些"及到贬所，则戚戚怨嗟"的人，特意"戒安道（余靖）慎勿作戚戚之文"，还对师鲁说："近世人因言事亦有被贬者，然或傲逸狂醉，自言我为大不为小。故师鲁相别，自言益慎职，无饮酒，此事修今亦遵此语。咽喉自出京愈矣，至今不曾饮酒，到县后勤官，以惩洛中时懒慢矣。"（参见《与尹师鲁第一书》）比较西京时期的"漫浪"，游饮无拘，放任自在，几年过去了，如今看到的欧公，已是一个慎职、无饮酒、勤官、惩洛中时懒慢的日渐成熟的年轻士子。即使心中有"疑"，依然从容面对。正是这种"野芳虽晚不须嗟"的豁达心态，最终成就了有宋一代文坛领袖。袁枚在《随园诗话》中载庄有恭诗云："庐陵事业起夷陵，眼界原从阅历增。"这似乎已成为评说欧公生平的确当之论。

在写给元珍的七律《夷陵岁暮书事呈元珍表臣》中，我们可以更具体地了解到，他以怎样平和的心态观察民俗，凭吊故今，景仰先贤，造访邻翁。兹录于后。

◎ 诗曰

　　　　冲冠一怒见峥嵘，

迁贬江湖向楚荆。

莫道山城花信晚，

野芳不负异乡情。

自注："冲冠"二句：指范仲淹无端遭贬，公愤然为之激辩，指斥谏官高若讷"不复知人间有羞耻事"。

◎ 链接

夷陵岁暮书事呈元珍表臣

萧条鸡犬乱山中，时节峥嵘忽已穷。

游女髻鬟风俗古，野巫歌舞岁年丰。

平时都邑今为陋，敌国江山昔最雄。

荆楚先贤多胜迹，不辞携酒问邻翁。

十三、水谷夜行寄圣俞子美

寒鸡号荒林，山壁月倒挂。披衣起视夜，揽辔念行迈。

我来夏云初，素节今已届。高河泻长空，势落九州外。

微风动凉襟，晓气清余睡。① 缅怀京师友，文酒邀高会。

其间苏与梅，二子可畏爱。篇章富纵横，声价相磨盖。②

子美气尤雄，万窍号一噫。有时肆颠狂，醉墨洒滂沛。

譬如千里马，已发不可杀。盈前尽珠玑，一一难柬汰。③

梅翁事清切，石齿漱寒濑。作诗三十年，视我犹后辈。

文词愈清新，心意虽老大。譬如妖韶女，老自有余态。

近诗尤古硬，咀嚼苦难嘬。初如食橄榄，真味久愈在。④

苏豪以气轹，举世徒惊骇。梅穷独我知，古货今难卖。

二子双凤凰，百鸟之嘉瑞。云烟一翱翔，羽翮一摧铩。

安得相从游，终日鸣哕哕。问胡苦思之，对酒把新蟹。⑤

◎ 注释

①"寒鸡"十句：旅途中黎明登程景象。辔(pèi)，驾驭牲口用的嚼子和缰绳。行迈，指远行。素节，指秋天；届，到。高河，指黄河。

②"缅怀"六句：文酒，饮酒赋诗。邈，遥远。高会，盛会。可畏爱，令人敬畏、亲近，见《礼记·曲礼》："贤者狎而敬之，畏而爱之。"磨盖，相磨相盖，即不相上下之意。

③"子美"八句：万窍，语本《庄子·齐物论》："大块噫气，其名为风，是唯无作，作则万窍怒号。"意谓大风起处，万穴齐鸣。这里比喻苏舜钦雄健的诗风。杀，停顿。柬汰，挑选、淘汰。

④"梅翁"十二句："石齿"句，用寒流漱石的声音比喻梅诗的清切。石齿，尖峭的石滩。濑，湍急的水。妖韶，同"妖娆"，美好。嘬(zuō)，吃，咬。

⑤"苏豪"十二句：轹(lì)：车轮碾过，这里指苏诗气势磅礴。古货，以珍贵的古代文物喻梅诗。羽翮(hé)，羽毛。铩，摧残、伤害。哕哕(huì)：凤鸣声。这里指歌诗唱和。"对酒"句：指在对酒把蟹时思念挚友。

◎ 简析

这首《水谷夜行寄圣俞子美》也是五言古诗(参见《七交七首·自叙》"简析")，作于庆历四年(1044)秋。水谷，一说在山西芮城；一说即水谷口，在河北完县西北。圣俞即梅尧臣，子美即苏舜钦，皆为公之好友。(参看《梅圣俞诗集序》、《苏氏文集序》两文"简析")这年四月，公出使河东，七月返京，途经水谷而作此诗。

全诗四十八句，可分五节。第一节十句，写水谷夜行：寒鸡荒林谓地偏，夏去秋回谓时久，高河长空自寂寞，微风晓气生思绪，这是全诗的引子，为"缅怀"的展开作一铺垫。接下来六句，怀念当年京师文友聚会，总论苏梅之人品、诗文与影响，为下文议论定下基调。第三节评苏，称其作诗"气尤雄"，书法"肆颠狂"。第四节说梅，可分三层，赞其诗风"清切"，文词"清新"，韵味古硬。最后，从两方面概述：苏梅为我所知所思，而不能为世所用所容，将赞美、同情、愤懑融于一壶，倾吐心声。

此诗的显著特色是用丰富形象的比喻，准确而生动地概括、评介了苏梅不同的诗风。对苏舜钦的豪放，龚明之《中吴纪闻》有这样的记载："子美豪放，饮酒无算，在妇翁杜正献家，每夕读书以一斗为率。正献深以为疑，使子弟密察之。闻读《汉书·张子房传》，至'良与客狙击秦皇帝，误中副车'，遽抚案曰：'惜乎！击之不中。'遂满饮一大白。又读至'良曰：始臣起下邳，与上会于留，此天以臣授陛下'，又抚案曰：'君臣相遇，其难如此！'复举一大白。正献公闻之大笑，曰：'有如此下物，一斗诚不为多也'。"本诗则连用"万窍号一噫""譬如千里马""盈前尽珠玑"三个比喻，犹如一气喷出，写尽子美雄放的诗风特色。而于圣俞诗风，亦连用"石齿漱寒濑""譬如妖韶女""初如食橄榄"三个比喻，细细诠释，也为后文"古货今难卖"预设注解。

公于《六一诗话》中曾说："圣俞、子美齐名于一时，而二家诗体特异：子美笔力豪俊，以超迈横绝为奇；圣俞覃思精微，以深远闲淡为意。各极其长，虽善论者不能优劣也。余尝于《水谷夜行诗》略道一二云：'子美气尤雄……古货今难卖'，语虽非工，谓粗得其仿佛，然不能优劣也。"但魏泰《临汉隐居诗话》的意见与之相左，曰："苏舜钦以诗得名，学书亦飘逸，然其诗以奔放豪健为主。梅尧臣亦善诗，虽乏高致，而平淡有工，世谓之苏、梅，其实与苏相反也。舜钦尝自叹曰：'平生作诗被人比梅尧臣，写字被人比周越，良可笑也。'周越为尚书郎，在天圣、景祐闲以书得名，轻俗不近古，无足取也。"舜钦的态度是，别人是别人，我是我，拿我比他人，"良可笑也"。

愚以为，本诗与《六一诗话》的相关评说，前者以诗人语言表述，后者从诗话角度阐发，合二而一，"谓粗得其仿佛，然不能优劣也"，这既可视为对苏梅诗风的客观论断，也是对当时诗坛的理性思考。其中"初如食橄榄，真味久愈在"的奇妙比喻，在后人评论宋诗特点时，往往作为经典论断而被广泛引用。但赵翼仍从这"不能优劣说"领悟到某种细微的差别，所以在《瓯北诗话》里写道："倾倒于二公（指苏梅）者至矣，而于梅尤所钦服……公作诗之旨，

亦与梅同，故尤推服也。"余读《水谷夜行寄圣俞子美》赋绝句一首，
谓欧公之论，然也。未知读者诸君，以为然否？

◎ 诗曰

<blockquote>

孤旅无由入梦乡，

心随彩凤漫翱翔。

双峰并峙青云外，

未可咻咻论短长。

</blockquote>

自注：彩凤：凤凰的美称。谢朓《永明乐》诗之十："彩凤鸣朝阳，玄鹤
舞清商。"公称苏梅："二子双凤凰，百鸟之嘉瑞。"

十四、啼　鸟

　　穷山候至阳气生，百物如与时节争。官居荒凉草树密，
撩乱红紫开繁英。[①]花深叶暗辉朝日，日暖众鸟皆嘤鸣。鸟
言我岂解尔意，绵蛮但爱声可听。南窗睡多春正美，百舌
未晓催天明。黄鹂颜色已可爱，舌端哑咤如娇婴。竹林静
啼青竹笋，深处不见唯闻声。陂田绕郭白水满，戴胜谷谷
催春耕。谁谓鸣鸠拙无用，雄雌各自知阴晴。雨声萧萧泥
滑滑，草深苔绿无人行。独有花上提葫芦，劝我沽酒花前
倾。其余百种各嘲哳，异乡殊俗难知名。[②]我遭谗口身落
此，每闻巧舌宜可憎。春到山城苦寂寞，把盏常恨无娉
婷。花开鸟语辄自醉，醉与花鸟为交朋。花能嫣然顾我
笑，鸟劝我饮非无情。身闲酒美惜光景，唯恐鸟散花飘
零。可笑灵均楚泽畔，离骚憔悴愁独醒。[③]

◎ 注释

①"穷山"四句：候，时令。繁英：繁花。

②"花深叶暗"二十句：绵蛮：与下文的哑咤、谷谷、嘲哳等词语，形容各种鸟鸣声。百舌：与下文的竹林、戴胜(布谷鸟)、泥滑滑(竹鸡)、提葫芦等，均为鸟名。

③"我遭谗口"十二句：我遭谗口指庆历五年(1045)遭人以"甥女案"诬陷一事。谗口，谗佞者中伤诬陷之辞。娉婷：美女，指官妓，宋时官府可以召官妓应酬会宴。灵均：即屈原。

◎ 简析

《啼鸟》是一首七言古诗(参见《七交七首·自叙》"简析")，一说作于庆历六年(1046)知滁州任上，一说作于景祐三年(1033)贬夷陵之时。而公在嘉祐二年(1057)春主持礼部考试时，另有一首《啼鸟》诗，其中有"可怜枕上五更听，不似滁州山里闻"二句。据此，当以前说为准。其时，庆历新政失败，欧公遭中书舍人钱勰等人诬陷，虽经辨明，所谓"甥女案"纯属子虚乌有，仍于庆历五年(1045)十月被贬滁州(参见《丰乐亭记"简析"》)。

全诗共三十六句，按其内容，大致可分三段。诗的前四句为第一段，描写出春到滁州，百物复苏，官署中开遍野花的一派春日景色。从"花深"到"知名"的二十句，为第二段，紧承上文，细写"啼鸟"，如画眉、黄鹂、布谷鸟等等，包括知名的不知名的，作者一一描摹，将一幅富有生机的"众鸟皆嘤鸣"的画卷，展现在读者面前。第三段，最后十二句，是全篇主旨所在，诗人由此及彼，由鸟及人，视角转向贬谪生涯，写的是此时此地的心情。"我遭谗口"二句，或许体现出宋诗议论化的特色，但更多的却是表现作者激愤难抑的直抒胸臆。"花能嫣然"等句，则以拟人手法，抒写了心情平复后的冷静观察，同样真实、自然。而最后两句，意思是还不如与我一起"身闲酒美惜光景"。这虽谈不上"戚戚之文"，却少了几分踔厉奋发的意气，表达的是一种孤寂与苦闷的无奈。但全篇移情入景，托物抒情，达到物我交融境界，仍不失为一篇佳作。

如果拿在宫廷所作的《啼鸟》与这首作于贬所的《啼鸟》比较异同，两首都是客观描述，而主观感受却有"可怜枕上五更听，不似滁州山里闻"的区别。这当然并不奇怪。正如南宋葛立方《韵语阳秋》所言："盖心中有中外枯菀之不同，则对境之际，悲喜随之尔。啼鸟之声，夫岂有二哉？"

◎ 诗曰

> 不问枯荣自在鸣，
> 岂因尘世乱心情。
> 嘤嘤本是夷禽性，
> 百啭千声任品评。

◎ 链接

啼　鸟

提葫芦，提葫芦，不用沽美酒。宫壶日赐新拨醅，老病足以扶衰朽。

百舌子，百舌子，莫道泥滑滑。宫花正好愁雨来，暖日方催花乱发。

苑树千重绿暗春，珍禽彩羽自成群。花间祇惯迎黄屋，鸟语初惊见外人。

千声百啭忽飞去，枝上自落红纷纷。画帘阴阴隔宫烛，禁漏杳杳深千门。

可怜枕上五更听，不似滁州山里闻。

十五、菱溪大石

新霜夜落秋水浅，有石露出寒溪垠。苔昏土蚀禽鸟啄，出没溪水秋复春。溪边老翁生长见，疑我来视何殷勤。[①]爱之远徙向幽谷，曳以三犊载两轮。行穿城中罢市看，但惊可怪谁复珍。荒烟野草埋没久，洗以石窦清泠泉。朱栏绿竹相掩映，选致佳处当南轩。南轩旁列千万峰，曾未有此奇嶙峋。乃知异物世所少，万金争买传几人。山河百战变陵谷，何为落彼荒溪濆？山经地志不可究，遂令异说争纷纭。皆云女娲初锻鍊，融结一气凝精纯。仰视苍苍补其缺，染此绀碧莹且温。或疑古者燧人氏，钻以出火为炮燔。苟非神圣亲手迹，不尔孔窍谁雕剜。又云汉使把汉节，西北万里穷昆仑。行经于阗得宝玉，流入中国随河源。沙磨水激自穿穴，所以镌凿无瑕痕。嗟予有口莫能辩，叹息但以两手扪。[2]卢仝韩愈不在世，弹压百怪无雄文。争奇斗异各取胜，遂至荒诞无根原。天高地厚靡不有，丑好万状奚足论。惟当扫雪席其侧，日与嘉客陈清樽。[3]

◎ 注释

①"新霜"六句：垠，指边，岸。

②"山河"等二十句：濆（fén）：水边。女娲，指女娲补天的神话故事。《论衡·谈天篇》载："共工与颛顼争为天子不胜，怒而触不周之山，使天柱折，地维绝。女娲炼五色石以补苍天，断鳌足以立四极。天不足西北，故日月星辰移焉，地不足东南，故百川注焉。"绀（gàn），微带红的黑色。燧人氏：古帝名。传说他发明钻木取火，使民熟食。炮燔（pào fán）：烧烤。"苟非"二句：指石上的窟窿是燧人氏钻以出火时留下的。不尔：不然。汉使把汉节：《汉书·张骞传》："汉使穷河源，其山多玉石，采来。"

③"卢仝"八句：卢仝（"同"的古字），生于795—835年间，唐代诗人，自号玉川子，作诗以雄奇险怪著称。卢仝有《月蚀诗》，讨伐食月亮的虾蟆（há má）；韩愈（参见《记旧本韩文后》"简析"）有《祭鳄鱼文》，讨伐吃人的鳄鱼。均用以讥刺时政，欲除奸佞。

◎ 简析

《菱溪大石》为公谪守滁州时所作的一首七言古诗。菱溪，原为滁州琅琊山脚下由西向东的一条溪流，溪早废，今只存一池塘，称菱溪塘。欧公另有《菱溪石记》，记菱溪石事。诗与文互为补充，皆作于庆历六年(1046)。应当指出，此次欧公贬官滁州的真正原因，既是由于他立朝刚直，正言切谏，为宋仁宗所不容，也因为在推行"庆历新政"过程中，极力维护新政和坚持改革的范仲淹等人，得罪了众多反对新政的保守派人物。甥女张氏之事，其实只是这场政治操弄的诱因，是挟私报复者欲加之罪何患无辞的丑恶表演。但他相信自己一身清白，无愧于人，乃借菱溪大石的品格和风节来寄托心意。(参见《丰乐亭记》"简析")

全诗共四十六句，可分为四层。首六句写发现大石，以及大石当时的处境，"疑我"二字写出诗人对寂寞清冷之石的独赏情怀。"爱之"等十二句是第二层，写运石置于南轩的经过人们的不同观感。写"罢市"而聚者，"但惊可怪谁复珍"，既言世无慧眼，也见石无知音。只是由于有诗人的精心处置，才引起社会的巨大反响。"山河"以下二十句为第三层，因"山经地志不可究"，诗人便用"皆云"、"或疑"、"又云"等词语，假借异说纷纭，给大石披上一层神秘的异彩，以致诗人"有口莫能辩"。于是引出最后八句，将议论、叙事融于一炉，隐含以石自况抒写襟怀之主旨。

方东树《昭昧詹言》评说：此诗"从韩《赤藤杖》来，不如东坡《雪浪石》。'皆云'十四句，平叙中入奇，议以代写。"其论贬中有褒。余以为，欧公尊韩、学韩，但此诗与韩诗纯然咏物大有不同；东坡之作寄兴深远，此诗亦然，透过石之高风峻骨，可见人之磊落情怀。何况"平叙入奇，议以代写"，可为宋诗风格之一例，表明欧公文有诗化痕迹，诗有散文倾向，以致黄震直曰"形容布置，可观文法"(《黄氏日抄》)，亦可谓不同凡响矣。岂能以"不如"二字尽蔽之？但方东树的"不如"说，对后世论者影响确乎甚深。有名家编欧公选集，其中诗135首，此诗不曾入选；又有名家作欧公诗注专著，广搜 300 余首，也是弃之一旁。如此看来，应该都不是无心之举。

《菱溪大石》与同年所作的七言古诗《新霜二首》比较，前者借物抒情、以物寓志，而后者则通过吟咏深秋，感时寄慨，抒发了坚守本性，不甘消沉的情思，昭示了"青松守节见临危，正色凛凛不可犯"的精神。全诗造语新奇，格调雄浑，兹录于后，不妨一读。

◎ 诗曰

> 寂然一石卧菱溪，
> 曳至南轩万众迷。
> 莫怨此生非五彩，
> 人间拱璧亦成蹊。

自注：拱（gǒng）璧：语出《左传·襄公二十八年》："与我其拱璧，吾献其枢。"孔颖达疏："拱，谓合两手也，此璧两手拱抱之，故为大璧。"后用以喻极其珍贵之物。

◎ 链接

新 霜 二 首

> 天云惨惨秋阴薄，卧听北风鸣屋角。
> 平明惊鸟四散飞，一夜新霜群木落。
> 南山郁郁旧可爱，千仞巉岩如刻削。
> 林枯山瘦失颜色，我意岂能无寂寞。
> 衰颜得酒犹强发，可醉岂须嫌酒浊！
> 泉傍菊花方烂漫，短日寒辉相照灼。
> 无情木石尚须老，有酒人生何不乐？
>
> 荒城草树多阴暗，日夕霜云意浓淡。

长淮渐落见洲渚，野潦初清收潋滟。
兰枯蕙死谁复吊，残菊篱根争艳艳。
青松守节见临危，正色凛凛不可犯。
芭蕉荂荷不足数，狼藉徒能污池槛。
时行收敛岁将穷，冰雪严凝从此渐。
咿呦儿女感时节，爱惜朱颜屡窥鉴。
惟有壮士独悲歌，拂拭尘埃磨古剑。

十六、丰乐亭游春三首

其一

绿树交加山鸟啼，晴风荡漾落花飞。
鸟歌花舞太守醉，明日酒醒春已归。①

其二

春云淡淡日辉辉，草惹行襟絮拂衣。
行到亭西逢太守，篮舆酩酊插花归。②

其三

红树青山日欲斜，长郊草色绿无涯。
游人不管春将老，来往亭前踏落花。③

◎ 注释

①太守：汉代一郡的地方长官称太守，唐称刺史（也一度用太守之
　称）。宋朝称权知某军州事，简称为知州。诗里称为太守，乃借
　用汉唐称谓。
②行襟：衣服的下摆。篮舆：竹子扎编的简易轿子。插花归：杜牧
　《九日齐山登高》："尘世难逢开口笑，菊花须插满头归。"
③红树：开红花的树，或落日反照的树，非指秋天的红叶。长郊：

269

广阔的郊野。春将老：春天将要过去。

◎ 简析

《丰乐亭游春三首》作于庆历七年（1047）春。其时，公曾致书梅尧臣曰："某此愈久愈乐，不独为学之外有山水琴酒之适而已，小邦为政期年，初有所成，故知不忽小官，有以也。"从庆历五年（1045）八月贬至滁州，到庆历八年（1048）闰正月迁往扬州，公在滁州度过了 29 个月光阴，留下不少诗文，其中描写琅琊山景观的诗，就有 30 多首，如《题滁州醉翁亭》《琅琊山六题》等。（参看《丰乐亭记》"简析"）

这一组诗描述了晚春时节春将归而未归的景色，抒发了公与滁人游春时的惜春之情。第一首扣题点明醉游之时，"交加"表绿荫浓密，"荡漾"写春风和暖，再以拟人手法描写"鸟歌花舞"，在此山水迷人春将归去之际，醉翁安能不醉？只怕待到酒醒，春已归去。第二首写醉归之状，一个"惹"字，一个"拂"字，将无生命的静态景物，化为有情思的动态意象，写尽春色撩人，情意无限。而在众游人眼中，太守插花而归的醉态，既见诗酒风流，又显亲民率性，形象生动而可爱。第三首写醉后之情，或可归结为"爱怜"二字，前两句爱得酣畅，后两句怜得缠绵，诗人将一番眷恋之情，肆意地抛洒在琅琊山上、丰乐亭前。

今人周锡山说："综观三诗，都是前两句写景，后两句抒情。写景，鲜艳斑斓，多姿多彩；抒情，明朗活泼而又含意深厚。三诗的结句都是情致缠绵，余音袅袅。欧阳修深于情，他的古文也是以阴柔胜，具一唱三叹之致。"本来，谪居异乡，时届暮春，迁客骚人咏叹之作，是很容易落入悲情怨愤之窠臼的。欧公不然。他不屑于做那种患得患失的庸人，早在贬谪夷陵时，便懂得要在苦难之中，善用种种美好事物自我遣玩，磨砺心志。

欧公另有前一年所作《题滁州醉翁亭》诗，与《丰乐亭游春三首》心境相同，基调相近。结合《醉翁亭记》和《丰乐亭记》来欣赏，读者不禁会赞叹诗文皆美，相映成趣。余读《丰乐亭游春三首》等诗文，深切感受其自得之乐。面对苦难，处变不惊，甚而至于勤政爱民，与民同乐，这正是一种难得的精神和操守。

◎ 诗曰

> 草惹花飞翠谷幽，
>
> 滁人太守乐相游。
>
> 才疑春去无由醉，
>
> 菡萏呼来舴艋舟。

自注：菡萏(hàn dàn)：古人称未开的荷花为菡萏，即花苞。舴艋(zé měng)：形似蚱蜢的小船。

◎ 链接

题滁州醉翁亭

四十未为老，醉翁偶题篇。醉中遗万物，岂复记吾年！
但爱亭下水，来从乱峰间。声如自空落，泻向两檐前。
流入岩下溪，幽泉助涓涓。响不乱入语，其清非管弦。
岂不美丝竹，丝竹不胜繁。所以屡携酒，远步就潺湲。
野鸟窥我醉，溪云留我眠。山花徒能笑，不解与我言。
惟有岩风来，吹我还醒然。

十七、画眉鸟

> 百啭千声随意移，[①]
>
> 山花红紫树高低。
>
> 始知锁向金笼听，[②]
>
> 不及林间自在啼。

◎ 注释

①百啭千声：形容画眉叫声婉转，富于变化。

271

②"金笼"句：语出《魏书·常景传》："锦衣玉食，可颐其形。"

◎ 简析

　　《画眉鸟》是一首咏物诗。咏物诗词是指托物言志或借物抒情的诗词。刘熙载在《艺概》中说："咏物隐然只是咏怀，盖个中有我也。"作者往往通过对事物的咏叹、抒怀，体现某种人文思想，或表达生活的情趣，或寄寓美好的意愿，或蕴含人生的哲理。古人很喜欢咏物，据有人统计，仅《全唐诗》便存有咏物诗 6200 多首。但咏物词在题材、立意、表现手法等方面，与咏物诗存在某些差异，这是值得认真比较和体味的。

　　七绝《画眉鸟》(一作《郡斋闻百舌》)，写作时间不详，学界说法不一：早至景祐三年(1036 年)，晚至熙宁五年(1072 年)，其跨度 36 年，不可谓不大。据"洪本"此诗"笺注"云："《梅集编年》有庆历八年诗《和永叔郡斋闻百舌》。是年闰正月，欧徙扬州，二月至郡。"据此推断，"本诗当为此前在滁州作，应作于庆历七年(1047)"。姑从之。画眉鸟，全身大部棕褐色，头顶至上背具黑褐色的纵纹，眼圈白色并向后延伸成狭窄的眉纹。常于山丘或村落附近的灌丛、竹林中栖息、觅食，机敏而胆怯，不善作远距离飞翔。鸣声洪亮，悠扬婉转，非常动听，是有名的笼鸟。

　　此诗前两句写景，后两句抒情兼议论，正是咏物诗触景生情，有感而作的写法。"百啭千声"与"锁向金笼"的对比，表达的是诗人对自由生活的追求和向往。当时，公已被贬滁州。贬谪经历和磨难，自然是此诗的创作背景(参见《丰乐亭记》"简析")。全诗托物言理，将景与思、理与趣巧妙地融于一体，显示宋人咏物诗向哲理诗的发展。

　　无独有偶，欧公好友梅尧臣(圣俞)和苏舜卿(子美)也各有一首咏鸟诗。梅圣俞《竹鸡》云："泥滑滑，苦竹冈；雨潇潇，马上郎。马蹄凌兢雨又急，此鸟为君应断肠。"苏舜钦《雨中闻莺》云："娇騃人家小女儿，半啼半语隔花枝。黄昏雨密东风急，向此飘零欲泥谁。"与公之《画眉鸟》并为咏鸟三绝句。嘉祐五年(1060)，欧公作《书三绝句后》予以评说："前一篇，梅圣俞咏滑滑；次一篇，苏子美咏黄莺；后一篇，余咏画眉鸟。三人者之作也，出于偶然，初未始相知，及其至也，意辄同归，岂非其精神会通遂暗合耶。自二子死，余殆绝笔于斯矣"（见"洪本"外集卷23《杂题跋》第1923页）。显然，虽各自为诗，却因为同样的失意和忧愤，同样的托物与寄寓，所以"意辄同归"，"精神会通"。这正是偶然中的必然了。

◎ 诗曰

> 檐下啾啾唱宠荣，
> 金笼从此远躬耕。
> 可怜一枕山林梦，
> 却是于今顾影鸣。

十八、怀嵩楼新开南轩与郡僚小饮

> 绕郭云烟匝几重，
> 昔人曾此感怀嵩。①
> 霜林落后山争出，
> 野菊开时酒正浓。
> 解带西风飘画角，②
> 倚栏斜日照青松。
> 会须乘醉携嘉客，
> 踏雪来看群玉峰。③

◎ 注释

①"绕郭"二句：郭，内城称城，外城称郭。匝（zā）：环绕一周叫一匝。昔人：指李德裕。其为滁州刺史时，建"怀嵩楼"。嵩（sōng）：中岳嵩山，五岳之一，在河南登封县北，洛阳东南。这里兼指嵩山与洛阳。

②"解带"句：解带，解开衣带。画角：彩绘的号角，用以报时。

③群玉峰：语出《穆天子传》卷三十六，有"群玉之山"，相传为西

273

王母所居。此处借指滁山之美。

◎ **简析**

《怀嵩楼新开南轩与郡僚小饮》作于庆历七年（1047）秋。欧公时在滁州，群聊即官署中的同事与下属。怀嵩楼为李德裕所建。李德裕（787—850年），字文饶，赵郡赞皇（今河北赞皇）人，唐代政治家、文学家，牛李党争中李党领袖。他历仕宪宗、穆宗、敬宗、文宗四朝，一度入朝为相，但因党争倾轧，遭多次排挤。文宗开成元年（836），李德裕由袁州长史徙为滁州刺史，建"怀嵩楼"，取怀归嵩山洛阳之意，并作《怀嵩楼记》一文。唐宣宗素恶李德裕，亲政次日，李即被免去宰相之职，先贬潮州、再贬崖州（今海南海口），于大中三年十二月（850年1月）在崖州病逝，终年六十三岁。

本诗写作者与群僚小饮之时的所见所感。值得注意的是，此刻，这座怀嵩楼让相隔二百余年的两位滁州刺史，联系在了一起。他们官位相似，经历相近，登临楼阁也相同，而彼此心中的感受却大不一样。读《怀嵩楼记》可知："怀嵩，思解组也"。解组，即解下印绶，谓辞去官职也。何也？因为李德裕有感于同僚九人，零落将尽，"或才叹止舆，已协白鸡之梦，或未闻税驾，遽有黄犬之悲，向之荣华，可以凄怆"，总之是人生如梦，祸福难料，故登楼而生知退之心。

欧公不然。首联写重重云烟，环绕城郭，多少给人一种压抑的感觉。因为此时登临，他想到了一位"昔人"，即唐代名相李德裕。德裕执政期间，外平回鹘，内裁冗官，声名甚著，而仕途多舛。思之所及，自然会引发一缕"总为浮云能蔽日，长安不见使人愁"的慨叹。但诗人只用"绕郭云烟"一句轻轻带过，而没有像当年李丞相在这里"怀嵩"那样，心情那么悲凉。中间二联，极写眼前景观。本是一派秋色，很容易引来文人伤感，但他还是像当年曾任西京留守推官时那样，对嵩洛的描写总是充实而不无浪漫、熟稔而富有感情。面对"霜林、野菊、西风、斜日"，他感受到"山争出、酒正浓、飘画角、照青松"的壮观景象，言辞铿锵，语意逆转，凸显的乃是嶙峋风骨，以及傲岸而不可摧抑之气势。尾联在前六句实写的基础上，设想来日再携嘉客一游之乐事，热情、乐观、坚韧之状，展露无遗。全诗意境高远，风格遒劲，传达着诗人旷达疏放的情怀。

清代陈衍云："'霜林'二句，极为放翁所揣摩。"今人赖汉屏补充说：放翁"极力揣摩的，必然是在洗炼的景物描绘中见出个人精神面貌这种高超的艺术手法"。欧公同时所作的另一首七律《送张生》，也用"老骥骨奇心尚壮，青松岁久色逾新"的诗句，在不无沉郁甚至伤感的诗情中，保持着高昂的主基调，显示出诗人的傲岸与不屈。

欧公有言："大抵道胜者，文不难而自至也"，"若道之充焉，虽行乎天地，入于渊泉，无不之也"。（《答吴充秀才书》）作文如此，为诗亦然。"放翁之揣摩"云云，其此之谓乎？

◎ 诗曰

> 小饮兹楼酒正欢，
> 南轩不觉雁声寒。
> 堪怜海角怀嵩客，
> 半尽壶觞半倚栏。

◎ 链接

送　张　生

> 一别相逢十七春，颓颜衰发互相询。
> 江湖我再为迁客，道路君犹困旅人。
> 老骥骨奇心尚壮，青松岁久色逾新。
> 山城寂寞难为礼，浊酒无辞举爵频。

十九、别　滁

花光浓烂柳轻明，^①

酌酒花前送我行。
我亦且如常日醉，
莫教弦管作离声。②

◎ **注释**

①浓烂：形容鲜花灿烂。作离声：演奏送别的乐曲。
②离声：送别的乐曲。

◎ **简析**

《别滁》写离别滁州之感，作于庆历八年（1048）二月。庆历五年（1045），新政失败，范仲淹、富弼等相继被贬。公亦因"锐意言事"、"大忤权贵"，遭反对新政的中书舍人钱勰等诬陷行为不当，后虽辨明清白，仍以他罪贬知滁州。约两年零四个月后，移知扬州（参看《丰乐亭记》"简析"）。在这短短的岁月里，他给滁州留下的诗文书信过百篇，其中，《丰乐亭记》《醉翁亭记》《丰乐亭游春三首》《题滁州醉翁亭》《菱溪大石》《重读徂徕集》等皆为脍炙人口的传世之作。

庆历八年正月，诏令欧公转起居舍人，依旧知制诰，徙知扬州。至此，滁州的谪居生活告一段落。他以欣喜的心情写了《田家》诗，用绿满平川、春祭笑语、雨歇鸠鸣、初日繁花等清丽的画面，赞美眼前生机盎然的早春时光。在这样的背景下，他要告别滁州了，同僚与乡亲的送别，令彼此油然而生依依不舍的情愫。

《别滁》轻快流转，平易深婉，诗短情长。首句写离别的春色场景，灿烂明朗，从而给全诗一个轻快舒坦的暖基调。次句写饯别的热烈场面，虽只七字，却给读者留下了巨大的想象空间，一个"送"字，透露出人们送醉翁、送太守、送知己的多重心态。后面两句，看似对平常心的描写，其实用一个"我"字，涵盖了诗人对滁州的感激和眷恋：感激清丽的山水抚慰了自己曾经的伤痛，眷恋滁州淳朴的民风催生了他往后的生活勇气。而让欧公深感欣慰的是，"民生不见外事，而安于畎亩衣食，以乐生送死"，"其民乐其岁物之丰成，而喜与予游也"（《丰乐亭记》）。"且如""莫教"，分明是有意的克制，但本欲掩饰，反而流露出深深的离情别绪。反衬的手法，表达的是一种激动与伤感相交织的复杂心情。

欧公走了，但他爱民、惠民、与民同乐的政绩和人格留在了人们心中，滁州百姓仍深深地怀念他，将他与宋初曾知滁州的王禹偁并称为"二贤"，为他建立生祠，岁岁祭祀。欧公走了，但他堪称绝唱的诗文流传下来了，充满诗意的梦幻般的滁州山水，从此名扬天下。

从夷陵走来的是大宋未来的文坛领袖，从滁山走来的是中国文化史上一饮千钟诗酒风流的不朽醉翁！

◎ 诗曰

> 畎亩青青戴月耕，
> 民随太守乐丰成。
> 花光柳色泉为酒，
> 百里滁山惜别情。

二十、梦中作

夜凉吹笛千山月，路暗迷人百种花。
棋罢不知人换世，酒阑无奈客思家。①

◎ **注释**

①"棋罢"句：化用南朝梁任昉在《述异记》中"烂柯人"的典故（详见本文"简析"）。

◎ **简析**

《梦中作》也是七言绝句，但在写法上与一般绝句有所不同。明代杨慎在《升庵诗话》中曾对此诗作过分析，认为古人绝句诗一般有两种不同特点：一种是一句一绝，四句诗是四个不同的独立意境，如古时的《四时咏》"春水满四泽，夏云多奇峰。秋月扬明辉，冬岭秀孤松"；杜甫《绝句》"两个黄鹂鸣翠柳，一行白鹭上青天。窗含西岭千秋雪，门泊东吴万里船"；以及欧公此诗，都属此类。另一种是"意连句圆"，四句意思前后相承，紧密相关，如金昌绪的《春怨》："打起黄莺儿，莫教枝上啼。啼时惊妾梦，不得到辽西。"

《梦中作》原未系年。查《居士集》卷十二，其诗前后两首目录原注都标明为宋仁宗皇祐元年（1049），故推测可能为同时所作。其时，庆历新政早已失败，欧公因曾支持范仲淹等实行新政而备受排挤打击，先贬滁州，后迁扬州，仅一年后又转颍州（治所在今安徽阜阳）。此诗或作于刚刚改知颍州之时。

此诗记述梦中所见，描绘了四个不同的意境。前面两句，先写凉夜吹笛，月笼千山，应是秋夜景象；次写路暗迷人，花开百种，又是春日无疑。"棋罢"句暗用了王质的故事。南朝梁任昉在《述异记》中说：晋时王质入山采樵，见二童子对弈，就置斧旁观。童子给王质一个像枣核似的东西，他含在嘴里，就不觉得饥饿。等一盘棋结束，童子催他回去，王质一看自己的斧柄已经朽烂。回家后，亲故都已去世，早已换了人间。"酒阑"句写诗人酒兴阑珊之际，怀乡思亲之情油然而生。

历来论者多谓此作"主题不易捉摸，诗人在这里表达的是一种曲折而复杂的情怀"。（曹中孚《宋诗鉴赏辞典》1987 年版，第 138 页）的确如此。但值得注意的是，全诗虽然一句一截，分写夜月、路花、棋罢、酒阑，如同四幅单轴画，但其意大体连贯。时断时续，似醒非醒，这正是梦境情状。联想到新政失败前后的种种遭遇，老友尹洙、梅尧臣相继离世，以及自己体弱多病心情恶劣，此诗的梦里光景，或许正是诗人此时有感于人生如梦的曲折表达。坚韧刚强如欧公，也并非圣人，在进退祸福面前有多种思考，并不奇怪，倒正好显示出人性的复杂性和欧公情思的真实性。

文人不避写梦。赵翼在《瓯北诗话》中曾说，陆游的集子里，记梦的诗作竟然多至九十九首。虽然陈衍在《宋诗精华录》中说：欧公"此诗当真是梦中作，如有神助"。但我想，诗人写梦因由，大抵基于某种不吐不快的心态，不肯明说，抑或不便启齿，故借梦说事，托梦传意。苏轼的一段话，或许有助于我们理解这首诗。苏轼《书李岩老棋》载："南岳李岩老好睡。众人食饱下棋，岩老辄就枕，数局一展转。云：'我始一局，君几局矣？'东坡曰：'李岩老常用四脚棋盘，只着一色黑子。昔与边韶敌手，今被陈抟争先。着时似有输赢，着了并无一物。'欧阳公《梦中作》诗云：'夜凉吹笛千山月，路暗迷人百种花。棋罢不知人换世，酒阑无奈客思家。'殆是谓也。"看来"着时似有输赢，着了并无一物"二句，似可指点迷津。而欧公诗曰"无奈"二字，似乎也透出某种"世事如棋"之类的感触。

◎ 诗曰

> 棋罢输赢只是空，
> 夜凉孤枕对苍穹。
> 秋深时有风和雨，
> 莫道无端入梦中。

自注：此处化用苏轼《书李岩老棋》"着时似有输赢，着了并无一物"二句。

二十一、渔家傲(花底忽闻敲两桨)

花底忽闻敲两桨，逡巡女伴来寻访。酒盏旋将荷叶当。莲舟荡，时时盏里生红浪。[①]

花气酒香清厮酿，花腮酒面红相向。醉倚绿阴眠一饷，惊起望，船头阁在沙滩上。[②]

◎ 注释

①逡(qūn)巡：顷刻，一会儿。指时间极短。旋(xuàn)：随时就地。当(dàng)：当做，代替。"时时"句：谓莲花映入酒杯，随舟荡漾，显出红色波纹。红浪：指人面莲花映在酒杯中显出的红

色波纹。

②清厮酿(niàng)：清香之气混成一片。厮：相。与下句"相"字互文同义。沈增植《菌阁琐谈》云："欧公词好用厮字，渔家傲之'花气酒香清厮酿'、'莲子与人长厮类'、'谁厮惹'，皆是也。山谷亦好用此字。"花腮(sāi)：指荷花。形容荷花像美人面颊。酒面：饮酒后的面色。饷(xiǎng)：即一晌，片刻。阁(gē)：同"搁"，放置，此处指搁浅。

◎ 简析

　　渔家傲，词牌名。此调原为北宋年间流行歌曲，始见于北宋晏殊，因词中有"神仙一曲渔家傲"句，便取"渔家傲"三字作词名。双调六十二字，上下片各五句，其中四个七字句，一个三字句，每句用韵，均为仄韵。

　　在欧公现存词作中，有《渔家傲》近五十阕，可见他对北宋民间流行的这一新腔有着特殊喜好。他以此调共作六首采莲词，本词即为其中之一。王秋生《欧阳修苏轼颍州诗词详注辑评》云："皇祐元年(1049)知颍州后作。"姑从之。

　　屈指数来，从皇祐元年二月十三日抵达颍州，到皇祐二年(1050)7月下旬离开，欧公任颍州知州的时间仅为一年零五个多月，却从此与之结下不了情缘。他在《思颍诗后序》中曾说："于时慨然已有终焉之意也。"此后二十余年间，他无数次梦想退归颍上，但直到熙宁四年(1071)，才如愿以偿，一年后便终老于此。在《答资政邵谏议见寄》)诗中，他说过："欲知归计久迁延，三十篇诗二十年。"由此可见，从初识颍州到卜居，他对颍州那份萦绕心头的爱、挥之不去的情，可谓一以贯之，历久弥新。

　　《渔家傲·花底忽闻敲两桨》，以清新可爱而又富有生活情趣的语言，描写一群采莲姑娘荡舟采莲时喝酒逗乐的情景，塑造出活泼、大胆、清纯的水乡姑娘形象。上片写其呼朋引伴饮酒作乐。前两句将人物出场写得颇有声势，后三句则表现了活泼利索甚至有几分豪气的情态。下片写饮酒醉酒神态，将一幅融美景、美酒、美少女于一处，而又极富生活情趣的图画，生动地呈现在读者面前。

应当指出，自六朝以来，采莲女往往是文人笔下的主人公，虽与闺中多愁善感的贵妇形象有所区别，相关诗词往往也写得活泼清新，但大多还是爱情一类题材。《渔家傲·花底忽闻敲两桨》独辟蹊径，写的是采莲女劳动中快乐惬意的生活场景，风格清新，词风明朗。中国文化大学教授林冠群评论："这首《渔家傲》将渔家少女的纯真浪漫和荷田花香的自然环境有机融成一体，是宋词中描写少女生活的不可多得的佳作。"

余读《渔家傲·花底忽闻敲两桨》，忆畅游团湖旧事，有感而赋。

◎ 词曰

荷叶田田飞桨去，风姿袅袅何家女。一曲莲歌呼凤侣。谁能与，团湖共赏烟霞趣？

岸上凝眉知几许，茫然失汝无寻处。但怨清风不解语。愁云聚，新篇唯有相思句。

自注：田田：指荷叶茂盛的样子。语出汉乐府《相和歌辞·相和曲·江南》："江南可采莲，莲叶何田田。"团湖：君山团湖公园，占地7700亩，其中荷花面积5000亩，是洞庭湖多年淤积变迁而成的"湖中湖"，目前亚洲已知的最大天然荷花景区。

二十二、渔家傲（近日门前溪水涨）

近日门前溪水涨，郎船几度偷相访。船小难开红斗帐。无计向，合欢影里空惆怅。[①]

愿妾身为红菡萏[②]，年年生在秋江上。重愿郎为花底浪。无隔障，随风逐雨长来往。

◎ 注释

①斗（dǒu）帐：一种形如覆斗的小帐子。无计向：犹言无可奈何。

向，语助词。合欢：合欢莲，即双头莲，又名同心莲，指并蒂而
开的莲花。

②菡萏：即荷花，莲花。

◎ **简析**

《渔家傲·近日门前溪水涨》不知作于何时何地。现将词牌相
同、内容相近的两首《渔家傲》放在一起赏读，或许不无益处。

欧公用渔家傲词牌填的采莲词共六首（参见《渔家傲·花底忽
闻敲两桨》"简析"）。这是一首具有民歌风味的词，描写了采莲女
的恋情。上片叙事，前二句写情郎在水涨之时，偷访心上人。这里
不避讳"偷"字，看似扎眼，其实传神，将满腔急迫紧张心情表露
无遗：尽管水涨了，水面更宽，水势更大，偷访更难，但他像前几
次那样，还是来了。后三句写因不得好合而引发的情爱感受，"无
计向——空惆怅"，是一个行为过程，自然也是一个情感过程，简
练而真实；再用"合欢"来陪衬，欢爱成了水中"影"，正所谓一场
欢喜一场空，遗憾而惆怅。下片借愿景抒情。作者即景取譬，托物
寓情，用"红菡萏"和"花底浪"来比喻情人之间的亲密关系，可谓
自然而巧妙。全词用通俗浅显的语言，描写乡村青年大胆真率的生
活和爱情，融写景、抒情、比兴、想象为一体，与柔婉艳丽的传统
风格相比较，显得别开生面。

首都师范大学文学院教授邱少华《欧阳修词新释辑评》指出：
"这样的描写虽然还有顾忌，还有克制，但仍然是极为大胆与直率
的。大胆与直率，显然是继承了南朝乐府民歌的特色……顾忌与克
制，因为毕竟是宋代文学家在描写民间男女之情。"而刘学锴先生
认为："晚唐五代以来，词中写爱情多以闺阁庭院为背景，（欧公）
采莲词却将背景移到了莲塘秋江，男女主角相应地换成了水乡青年
男女，词的风格也由深婉含蓄变为清新活泼。"（《唐宋词鉴赏辞
典》）我们在前面说过，宋代诗人中，欧公是最早向民歌学习的，
包括题材、语言、风格等方面。上述评论，或有助于我们对这两首
《渔家傲》的理解和鉴赏。余读后，依韵作新词以赞。

◎ 词曰

　　不耐莲舟空荡漾，隔江灯火为谁亮？情到浓时逢水涨。无思量。鸳鸯自有鸳鸯帐。

　　闺阁从来多叹赏，几人眷顾穷村巷？六一词开新景象。今且唱。合欢摇曳秋江上。

二十三、浣溪沙二首

其一　堤上游人逐画船

堤上游人逐画船，拍堤春水四垂天。绿杨楼外出秋千。①
白发戴花君莫笑，六幺催拍盏频传。人生何处似尊前。②

其二　湖上朱桥响画轮

湖上朱桥响画轮，溶溶春水浸春云。碧琉璃滑净无尘。
当路游丝萦醉客，隔花啼鸟唤行人。日斜归去奈何春。

◎ 注释

①四垂天：天幕仿佛从四面垂下，此处写湖上水天一色的情形。
　"绿杨"句：化用冯延巳《上行杯》词"柳外秋千出画墙"句意。
②六幺：又名绿腰，唐时琵琶曲名。白居易《琵琶行》："轻拢慢捻抹复挑，初为霓裳后六幺。"尊：同樽，古代的盛酒器具。

◎ 简析

　　《浣溪沙》，词牌名，前、后片各三句，共四十二字。过片二句多用对偶。后片第一句不用韵，其余各句皆用平声韵。

　　《浣溪沙·堤上游人逐画船》与《浣溪沙·湖上朱桥响画轮》二首，均作于皇祐元年至二年（1049—1050）颍州任上（参看《采桑子十首》"简析"），这里合在一起赏读。

　　《浣溪沙·堤上游人逐画船》写春日画船载酒宴游之乐。词的上片写樽前所见：首句写堤上，"逐"字可见人多兴浓；第二句写堤内，"拍"字透出水天相接绿波荡漾的欢快；第三句写堤外，"出"字传递的信息，不仅是荡出秋千，还依稀传出人的笑语喧声。此句历来备受推崇。王国维说："余谓此本于正中（冯延巳）《上行杯》词：'柳外秋千出画墙'，但欧语尤工耳。"（《人间词话》）陈霆也说："欧阳旧有春日词云'绿杨楼外出秋千'，前辈叹赏，谓止一'出'字，是人着力道不到处。"（《渚山堂词话》卷二）下片写船中所感。头二句系对偶。同《丰乐亭游春三首》中的"篮舆酩酊插花归"一样，"戴花"既描写此时此刻的模样，也道出乐而忘情的心态，更何况还是"白发"人。一"催"一"频"，以明快的节奏，凸显欢快的场面，人之乐、己之欢，跃然纸上。此情此景，让词人不由得发出"人生何处似尊前"的感叹。

《浣溪沙·湖上朱桥响画轮》也是写颍州西湖的游春景象。上片写景色。头句一个"响"字，让人闻其声，见其行，极富表现力；第二句一个"浸"字，将天上"春云"浸泡在湖中"春水"中，又极富想象力。第三句，似曾相识，原来在《采桑子》第一首中有过"无风水面琉璃滑，不觉船移"的比喻。过片两句，以拟人手法写物留人，其实是写人恋春，一"萦"一"唤"，曲尽其妙。末句"奈何春"三字流露出一丝苍凉的心情。但爱春惜春，人之常情，偶感惆怅，无可厚非。

纵观两词，于叙事，视野开阔；于议论，委婉含蓄；而抒情与前二者融为一体，不着痕迹，确是欧公即景抒情小词中的名作。

余读《浣溪沙》二首，步《堤上游人逐画船》原韵作《游君山》寄友。

◎ **词曰**

与友君山撑楚船，澄湖深处碧云天。横波激浪水三千。

妃子泪零斑竹染，柳生缘顺尺书传。岳阳楼下说从前。

自注：君山有"二妃墓"与"柳毅传书"之民间故事。水三千：三千里水面。庄子《逍遥游》载，《谐》之言曰："鹏之徙于南冥也，水击三千里，抟扶摇而上者九万里，去以六月息者也。"林逋《寄太白李山人》云："鹍鹏懒击三千水，龙虎闲封六一泥。"

二十四、食糟民

田家种糯官酿酒，榷利秋毫升与斗。
酒沽得钱糟弃物，大屋经年堆欲朽。
酒醅瀺灂如沸汤，东风来吹酒瓮香。
累累罂与瓶，惟恐不得尝。
官沽味醲村酒薄，日饮官酒诚可乐。
不见田中种糯人，釜无糜粥度冬春。
还来就官买糟食，官吏散糟以为德。①
嗟彼官吏者，其职称长民。
衣食不蚕耕，所学义与仁。
仁当养人义适宜，言可闻达力可施。
上不能宽国之利，下不能饱民之饥。
我饮酒，尔食糟，尔虽不我责，我责何由逃！②

◎ 注释

①"田家"十四句：榷（què）利，指官府通过对某些物资实行专卖而聚财。沽（gū）：买酒或卖酒。此处指卖酒。酒醅（pēi）：已经酿成但尚未过滤的酒。瀺灂（chán zhuó）：水声。这里指滤酒的声音。瓮：一种盛水或酒的陶器。累累：形容很多的样子。罂（yīng）：小口大腹的盛酒器具。醲（nóng）：酒味醇厚。釜（fǔ）：古代的一种锅。糜（mí）粥：即粥。

②"嗟彼"十二句：长（zhǎng）民，为民之长，官长。古指天子、诸侯，后泛指地方官吏。养人：使人得到补益。语出《孟子·离娄下》"以善养人，然后能服天下。"适宜：行事正当。闻达：使上面了解下面的实际情况。我：我们，泛指官吏。因作者是官吏的一员，故用第一人称。

◎ 简析

据"洪本"，古诗《食糟民》当为皇祐年间（1049—1050）知颍州时作。此前，欧公已在夷陵、滁州、扬州等地出任地方官，所到之处，勤政爱民，宽简不扰，遗泽百姓。所谓宽简，也就是不兴建不必要的工程，不扩大可以化小的事端，不提倡可有可无的活动，不随便分派百姓的工役，不增加百姓的赋税负担，使百姓安居乐业（参见丁家桐《扬州一任遗泽千年——欧阳修与扬州》一文）。"食糟民"，指以酒糟为食的百姓。据《宋史·食货志》载：北宋时，官府酿酒卖酒，各州各乡设酒务，偏僻之地允许民酿，但须纳税，以增加财政收入，弥补庞大军费之不足。官府通过对某些物资（如酒、盐、茶等）实行专卖而聚财，这就叫"榷利"。

此诗描述了官府盘剥百姓的社会现象，揭示其不合理、不公平的实质，而且把批判的矛头直接指向了包括自己在内的官吏阶层，体现了对百姓的同情体恤之情。

全诗可分两层。前十四句为第一层，以对比手法写官府与田家截然不同的生活：为官者"日饮官酒诚可乐"，种糯人"釜无糜粥度冬春"；田家"就官买糟食"，官府"散糟以为德"。鲜明的对比即是深刻的揭露，批判的矛头指向朝廷垄断酿酒，与民争利。后十二句，有对不蚕不耕、无仁无义"彼官吏"的遣责和痛斥，也有对"尔虽不我责，我责何由逃"的内疚和反省，流露出未能实现自己政治理想的苦闷和无奈。

全诗叙事、抒情、议论相结合，真切而生动，平易而深刻，蕴含着怜悯与激愤的复杂情感，显示出诗人是非分明体恤百姓的品格和仁德。

◎ 诗曰

酿得芳醇费苦辛，
食糟何谓太平民。
官家欲共田家乐，
半瓮村醅也醉人。

二十五、纪德陈情上致政太傅杜相公二首

其一

俭节清名世绝伦，坐令风俗可还淳。

貌先年老因忧国，事与心违始乞身。

四海仪刑瞻旧德，一樽谈笑作闲人，

铃斋幸得亲师席，东向时容问治民。①

其二

事国一心勤以瘁，还家五福寿而康。

风波已出凭忠信，松柏难凋耐雪霜。

昔日青衫遇知己，今来白首再升堂。

里门每入从千骑，宾主俱荣道路光。②

◎ 注释

①"俭节"二句：指杜衍为官清廉。《宋史·杜衍传》："衍清介不殖私产，既退，寓南都凡十年，第室卑陋，才数十楹，居之裕如也"。"貌先"二句：谓杜衍勤于政事。叶梦得《石林诗话》载："杜正献公自少清羸，若不胜衣，年过四十，须发即尽白……欧公尝和公诗，有云：'貌先年老因忧国，事与心违始乞身'。公得之大喜，常自讽诵。当时以为不惟曲尽公志，虽其形貌亦在摹写中也。"乞身，旧称请求退职。仪刑：法式、模范。铃斋：州郡长官办事之处。东向：古代以坐西向东为尊。

②五福：见《周书·洪范》"五福：一曰寿，二曰富，三曰康宁，四曰攸好德，五曰考终命"。"昔日青衫"句：据《宋史·舆服志》，"凡朝服谓之具服，公服从省，今谓之常服。宋因唐制，三品以上服紫，五品以上服朱，七品以上服绿，九品以上服青。"欧公《跋杜祁公书》云："公当景祐中为御史中丞，时余以镇南军掌书记为馆阁校勘，始登公门，遂见知奖。"

◎ **简析**

《纪德陈情上致政太傅杜相公二首》作于皇祐二年(1050)。是年七月，欧公自颍州改知应天府(治所在今河南商丘)，兼南京留守司事(即知府兼留守)。当时京城为东京(今河南开封)，南京(今河南商丘)、西京(今河南洛阳)、北京(今河北大名)，同为陪都，统称北宋"四京"。致政，即退休。杜相公，即杜衍，北宋名臣。庆历四年(1044)，为枢密使，主持"新政"，为相百日而罢。庆历七年(1047)，以太子少师致仕，累加至太子太师，封祁国公。年八十去世，谥号"正献"，寓居南都十年。

二十二年前，杜衍任扬州知州，时二十二岁的青年欧公曾途经扬州，"游里市中，但见郡人称颂太守之政，爱之如父母"，便顿生钦慕，"以为君子为政，使人爱之如此足矣"(《与杜正献公》其二)。西京任满之后，欧公在京为馆阁校勘，得以有机会拜见御史中丞杜衍，"始登公门，遂见知奖。"庆历新政的风风雨雨中，杜衍为相百日，其政治主张与气节，赢得欧公景仰。如今，"余(欧公)以尚书礼部郎中、龙图阁直学士留守南都，公已罢相，致仕于家者数年矣。余岁时率僚属候问起居，见公福寿康宁，言笑不倦"(《跋杜祁公书》)。杜衍去世后，欧公在《祭杜祁公文》中写道："公居于家，心在于国。思虑精深，言辞感激。或达旦不寐，或忧形于色，如在朝廷，而有官责。呜呼！进不知富贵之为乐，退不忘天下以为心。故行于己者老益笃，而信于人者久愈深。人之爱公，宁有厌已？"

对这位年长三十岁的师长和上司，欧公视之为平生第一知已，他以同道、门生、故吏、知府、诗友的身份，与杜衍唱和甚多，后编次文集时，又特意集为一卷。这两首，则是其中的代表作。

其一前六句，赞杜衍为官清廉，勤于政事，为天下法；后两句谓自己有幸，能以寓居南都的杜衍为师，请教治民之道。其二前四句，颂杜衍鞠躬尽瘁，福寿安康，忠信存世，犹如松柏；后四句写自己和前往拜访的众多宾客一样，从杜衍那里获得荣光。

从《纪德陈情上致政太傅杜相公二首》中不难看出，诗人虽有多重身份，但每种身份都增加一份情感：理解、尊重、钦佩、谦逊、感恩、荣耀等，这种种真挚情感叠加累积，凝结成十多首唱和诗厚重的内容，成为史上两代官员之间的唱和典范。

《纪德陈情上致政太傅杜相公二首》卷后原校云："某启。谨吟成纪德陈情拙诗二章，拜献太傅相公。虽不足游扬大君子之盛美，亦聊申门下小子区区感遇之心。"余读此二章，忆及《吕氏春秋·本味篇》所载伯牙鼓琴，钟子期知其志在高山流水的故事，作七绝以记之。

◎ 诗曰

> 往事难寻梦可寻，
> 待成且向杜公吟。
> 扬州太守南都老，
> 天地同申感遇心。

二十六、庐山高赠同年刘中允归南康

庐山高哉几千仞兮，根盘几百里，截（jié）然屹立乎长江。

长江西来走其下，是为扬澜左里兮，洪涛巨浪日夕相舂撞。

云消风止水镜净，泊舟登岸而远望兮，上摩青苍以晻霭，下压后土之鸿厖。[①]

试往造乎其间兮，攀缘石磴窥空谾。

千岩万壑响松桧，悬崖巨石飞流淙。

水声聒聒乱人耳，六月飞雪洒石矼。

仙翁释子亦往往而逢兮，吾尝恶其学幻而言哤。

但见丹霞翠壁远近映楼阁，晨钟暮鼓杳霭罗幡幢。

幽花野草不知其名兮，风吹露湿香涧谷，时有白鹤飞来双。

幽寻远去不可极，便欲绝世遗纷厖。②

羡君买田筑室老其下，插秧盈畴兮酿酒盈缸。

欲令浮岚暖翠千万状，坐卧常对乎轩窗。

君怀磊砢有至宝，世俗不辨珉与玒。

策名为吏二十载，青衫白首困一邦。

宠荣声利不可以苟屈兮，自非青云白石有深趣，其气兀硉何由降？

丈夫壮节似君少，嗟我欲说安得巨笔如长杠！③

◎ 注释

①"庐山高哉"十句：嶻，古同"巀"，高峻耸立。司马相如《上林赋》"九嵏巀嶭（jié niè），南山峨峨"。左里：一作左蠡，指彭蠡湖，即今鄱阳湖。舂撞（chōng zhuàng），冲撞；冲击。青苍：指天。晻（yǎn）霭：昏暗的云气，或荫蔽、重迭貌。后土，指大地。鸿厖（hóng máng）：广大而厚重。

②"试往造乎"十五句：造，到，去。石磴：石级，石台阶。谾（hōng）：长大的山谷。流淙：指瀑布。矼（gāng）：（石）桥。仙翁：指道士。释子：指和尚。"吾尝"句：哤（máng），杂乱。欧公对佛多有抨击，认为佛学故弄玄虚而语言杂乱无章。幡幢（fān zhuàng）：即幢幡，借指寺观中悬挂的帐幕、伞盖、旌旗等。极：穷尽。绝世：捐弃世俗。纷厖（máng）：纷繁杂乱。

③"羡君买田"十三句：磊砢（lěi luǒ），一作"磊珂"，形容植物多节，亦喻人有卓识异能。刘义庆《世说新语·赏誉》："庾子嵩目和峤：'森森如千丈松，虽磊砢有节目，施之大厦，有栋梁之用。'"珉与玒：珉，似玉的石；玒（hóng），玉名。策名：指出仕、任官，姓名载入官籍。青衫：参见《纪德陈情上致政太傅杜相公二首》注释②。苟屈：苟且；屈服、屈从。兀硉（wū lù），突兀、不平。

◎ 简析

《庐山高赠同年刘中允归南康》作于皇祐三年（1051）。其时，公知应天府兼南京留守司事。同年，科举时代称同榜或同一年考中者。刘中允，即刘涣，字凝之，官至太子中允。其子刘恕，字道原。据《宋史·刘恕传》载，刘涣"为颍上（今属安徽省）令，以刚直不能事上官，弃去。家于庐山之阳，时年五十。欧阳修与涣同年进士也，高其节，作《庐山》诗以美之。涣居庐山三十年，环堵萧然，饘粥以为食，而游心尘垢之外，超然无戚戚意。"庐山之阳，即指南康，今江西星子县。刘涣回乡途中，路过南京，欧公热情接待，并作此诗。

全诗共三十八句，可分为三层。第一层（开头十句）极写庐山巍峨奇伟、气势磅礴的雄姿，有双重用意，既是庐山的真实写照，也隐含对刘涣君子之风的赞美。宋人费衮曰："欧公作《庐山高》，气象壮伟，殆与此山争雄。非公胸中有庐山，孰能至此？"（《梁溪漫志》卷七）第二层（"试往"以下十五句）以造访者的口吻，细述庐山处处美景，其中有自然景观，也包括自己素不喜欢的寺庙道观。欧公自来攘斥佛老，遵行儒学，以国运民生为怀。但面对政弊丛生的现实，他虽有志于革新图强，却屡屡受挫，从而透露出对归隐田园如白鹤双飞的向往之情。第三层（最后十三句）先写刘涣毅然挂冠而去，从此过上恬淡的与世无争的山林生活；接着写刘涣才高品洁，"宠荣声利不可以苟屈"，却不为世俗所容，二十多年来屈居下僚，终于县令。字里行间，有羡慕，有赞赏，有喟叹，可谓百感交集。

全诗以庐山作比兴，赞颂刘涣的大丈夫品节，笔触奇崛，辞藻高古，出于韩愈，近乎李白，是难得的佳作。欧公自己也认为这首《庐山高》，与嘉祐四年（1059）所作《和王介甫明妃曲二首》一起，是他平生最得意的作品（参见《和王介甫明妃曲二首》"简析"）。据《苕溪渔隐丛话》卷二九引《王直方诗话》载："郭功父（郭正祥）少时喜颂文忠公诗。一日，过梅尧臣，曰：'近得永叔书，方作《庐山高》诗送刘同年，自以为得意，恨未见此诗。'功父为颂之。圣俞（梅尧臣）击节而叹曰：'使吾更作诗三十年，亦不能道其中一句。'功父再诵，不觉心醉，遂置酒又再诵，酒数行，凡诵数十遍，不交一谈而罢。明日，圣俞赠功父诗，其略云；'一诵庐山高，万景不得藏，设令古画师，极意未能详。'"爱此诗，颂此诗，莫过于此。

欧公在《朋党论》中说过："大凡君子与君子以同道为朋，小人与小人以同利为朋。"遍数公之平生挚友，无不如此。对英年早逝的天下奇才石曼卿，对怀才不遇一生穷困潦倒的"二子双凤凰"苏舜钦、梅尧臣，对被排挤的百日宰相杜衍，对横遭上司挤压愤然辞官的同年刘焕，他都以"同道"相期，而与"同利"无关。欧公之为人为友可知矣。

余读《庐山高赠同年刘中允归南康》，忆旧游曾遥望五老峰，感而赋之。

◎ 诗曰

> 常梦匡庐五老峰，
> 尊荣不减旧时容。
> 隐然云际霜天外，
> 一片松林翠色浓。

自注：三十四年前，余游庐山，曾作五律《回望庐山五老峰》，其中有"千峰争壮美，五老独尊荣"句。

二十七、边　户

家世为边户，年年常备胡[1]。儿僮习鞍马，妇女能弯弧。
胡尘朝夕起，虏骑蔑如无。避逅辄相射，杀伤两常俱。
自从澶州盟，南北结欢娱。虽云免战斗，两地[2]供赋租。
将吏戒生事，庙堂为远图。身居界河上，不敢界河渔。

◎ 注释

①备胡：防御外族侵扰。"胡"是古代对北方少数民族的称呼，这
　里指契丹。
②两地：指辽和宋。

◎ 简析

至和二年（1055）冬，公以翰林学士、右谏议大夫任贺登位国信使出使契丹，即前往祝贺新君即位，途经边界时有感而作《边户》。边户，边境地区的住户，这里指宋与辽（契丹）交界处的居民。宋辽之间，为争夺燕云十六州，曾有过四十余年的战争。1004年秋（宋真宗景德元年），辽军南下，深入宋境。有的大臣主张避敌南逃，因宰相寇准力劝，真宗才至澶（chán）州督战（澶州亦称澶渊郡）。御驾亲征，宋军士气大振，在此大败辽军。但之后却于景德元年十二月间（1005 年 1 月），与辽订立和约，规定两国君王兄弟相称，宋每年送给辽银 10 万两、绢 20 万匹，史称"澶渊之盟"。庆历二年（1042）又增给岁币银 10 万两，绢 10 万匹。"结盟"半个世纪后，公作此诗，以边民的口吻，叙述"澶渊之盟"前后边民生活的巨大变化，抨击朝廷的腐败无能。

全诗分为前后两部分。前八句叙说澶渊之盟以前边民对契丹的抵抗和斗争：它是世代的，常年的；它是妇孺参与的，更不用说青壮年；它频繁发生，但无所畏惧；它一触即发，但各有伤亡。抵抗和斗争是残酷的，但诗的情调是高昂的。后八句却几乎句句是揭露和控诉：谁"欢娱"了？边户"两地供赋租"容易吗？"戒生事"是不是胆小怕事？"为远图"是不是自欺欺人？末两句更是对朝廷悲愤而强烈的谴责。

全诗富于形象性，加上语言朴素而平易，叙事简练而真切，所以很有思想震撼力和艺术感染力。无怪乎此诗被称作神余言外的讽世佳作。

欧公此番契丹之行，有诗作多首，其中五言排律《奉使道中五言长韵》，对契丹的异域风情和民族特色，作了多方面真实而细致的描写。诗人文笔雄健，构思巧妙，意境空灵，呈现出契丹苍茫辽阔的塞外风光和彪悍尚武的游牧天性，也寄寓着自己丰富的情感世界与和顺的政治理想，值得一读。

◎ 诗曰

> 塞上家园四十年，
> 荒漠朔野尽烽烟。
> 澶渊盟下霓裳舞，
> 不意人间怨满天。

◎ 链接

奉使道中五言长韵

> 初旭瑞霞烘，都门祖帐供。亲持使者节，晓出大明宫。
> 城阙青烟起，楼台白雾中。绣鞯骄跃跃，貂袖紫蒙蒙。
> 朔野惊飙惨，边城画角雄。过桥分一水，回道羡南鸿。
> 地理山川隔，天文日月同。儿童能走马，妇女亦腰弓。
> 度险行愁失，盘高路欲穷。山深闻唤鹿，林黑自生风。
> 松鼙寒逾响，冰溪咽复通。望平愁驿迥，野旷觉天穹。
> 骏足来山北，轻禽出海东。合围飞走尽，移帐水泉空。
> 讲信邻方睦，尊贤礼亦隆。斫冰烧酒赤，冻脸缕霜红。
> 白草经春在，黄沙尽日濛。新年风渐变，归路雪初融。
> 祇事须强力，嗟予乃病翁。深惭汉苏武，归国不论功。

二十八、朝中措（送刘仲原甫出守维扬）

平山阑槛倚晴空，山色有无中。[①]手种堂前垂柳，别来几度春风。

文章太守[②]，挥毫万字，一饮千钟。行乐直须年少，尊前看取衰翁。

◎ 注释

①"山色"句：此处借用王维《江汉临泛》"江流天地外，山色有无中"句意。

②文章太守：对地方贤能官吏的赞美。据现有资料，此词最早在欧
公词中出现。

◎ **简析**

　　据吴熊和《唐宋词汇评》云，至和三年（1056），刘敞出知扬州，
公在开封为其饯行，并作《朝中措·送刘仲原甫出守维扬》。维扬，
扬州的别称。刘敞（1019—1068）字原父，一作原甫，临江新喻（今
属江西新余）人，北宋史学家、经学家、散文家。庆历六年与弟刘
攽同科进士，后官至集贤院学士，门人称他"公是先生"，著有《公
是集》。刘敞为人耿直，立朝敢言，为政有绩，出使有功，学识渊
博，欧阳修说他"自六经百氏古今传记，下至天文、地理、卜医、
数术、浮图、老庄之说，无所不通；其为文章尤敏赡"。

　　此词上阕所述，乃公之所忆。欧公于庆历八年（1048）闰正月
至十二月知扬州，曾游大明寺，极为欣赏其清幽古朴，在此筑平山
堂。坐于堂上，则江南诸山，历历在目，似与堂平，因以名之。植
柳，世称"欧公柳"。首句凭栏远眺，呈突兀豪迈气势；次句写景，
借用王维《江汉临泛》"江流天地外，山色有无中"句意。潘游龙《古
今诗余醉》曰："只'山色'一句，此堂已足千古。"三、四句于叙事
中抒情，婉而不柔，格调昂扬。下阕所言，与送别相扣。"文章太
守，挥毫万字，一饮千钟"，寥寥三句十二字，便描画出一个器宇
轩昂、才华横溢的文章太守形象。正如傅干《注坡词》所指出的：
"议者谓非刘之才，不能当公之词，可谓双美矣。"对末二句的理
解，似有不同说法：杜维沫先生解释这二句，是"以自己的衰老劝
勉刘敞及时行乐，有调侃之意"；而黄苏《蓼园词话》认为，"按君
子进德修业，欲及时也，无事不须在少年努力者。现身说法，神采
奕奕动人"。明末清初曹尔堪《南溪词》则云，读欧公《朝中措》，如
见公之"须眉生动，偕游于千载之上也"。

　　本词语言清爽疏朗，形象豪放多才，结语富于启发，素来为人
称颂。有学者还认为，欧公"以词送人赴任，无疑是将历来被视为
'艳科'的小词，提高到与诗同等的地位，在词史上是一个创举"
（参见《欧阳修诗文鉴赏辞典》）。但在理解上不无分歧，主要集中

在如下三点：一是以为"山色有无中"与"晴空"相矛盾，除非作者短视，却不知"山色"是随远近高低此时彼时而变化的。二是以为词中"太守"即作者本人，殊不知送友赴任，欧公断不会这般自夸；况且刘敞学问渊博，为人坦荡磊落，深受欧公赞赏，如傅干所言，并非"不能当公之词"。三是以为"行乐"，乃是作者历尽宦海沉浮之后，感叹人生易老流露及时行乐的消极情绪。可这与全词的基调相悖，还与送人赴任的时机、场合不符。如果理解为在年辈稍晚的朋友面前，这只是一种调侃而已，反倒与欧公身份和现场氛围是一致的。

词中"文章太守"四字，成为后世对贤能地方官吏的赞辞。王士祯《花草蒙拾》云："平山堂一抔土耳，亦无片石可语，然以欧、苏词，遂令地重。因念此地稚圭（韩琦）、永叔（欧公）、原父（刘敞）、子瞻（苏轼）诸公，皆曾作守，令人惺汗。"从此，所谓"文章太守"现象，成为官场文坛佳话。其实，对他们来说，重要的是要写好为政、治理、亲民、廉洁的大文章。据《扬州日报》2015年9月12日报道：欧公筑平安堂，被列为"扬州十大历史事件"之一。这就是对一位真正的"文章太守"最好的纪念。

余读《朝中措·送刘仲原甫出守维扬》，依韵为扬州一赞。

◎ 词曰

须眉生动抚青骢，此去且从容。料得平山堂上，已然柳翠花红。

维扬莅任，东坡原甫，韩相欧公。几度文章太守，千秋独此流风。

二十九、和王介甫明妃曲二首

明妃曲和王介甫作

胡人以鞍马为家，射猎为俗。

泉甘草美无常处，鸟惊兽骇争驰逐。

谁将汉女嫁胡儿，风沙无情貌如玉。
身行不遇中国人，马上自作思归曲。
推手为琵却手琶，胡人共听亦咨嗟。
玉颜流落死天涯，琵琶却传来汉家。
汉宫争按新声谱，遗恨已深声更苦。
纤纤女手生洞房，学得琵琶不下堂。
不识黄云出塞路，岂知此声能断肠！①

再和明妃曲

汉宫有佳人，天子初未识。②
一朝随汉使，远嫁单于国。
绝色天下无，一失难再得。
虽能杀画工，于事竟何益？
耳目所及尚如此，万里安能制夷狄！
汉计诚已拙，女色难自夸。
明妃去时泪，洒向枝上花。
狂风日暮起，飘泊落谁家？
红颜胜人多薄命，莫怨东风当自嗟。

◎ 注释

①胡人：指匈奴。其君王称单于。"推手"句：琵琶又称"批把"。
刘熙《释名·释乐器》："批把本出于胡中，马上所鼓也。推手前
曰批，引手却曰把，象其鼓时，因以为名也。"洞房：深邃的内
室。黄云：边塞之云，指黄沙飞扬。

②"汉宫"二句：指王昭君和汉元帝。《后汉书·南匈奴传》载，昭
君"丰容靓饰，光明汉宫，顾影徘徊，竦动左右。帝见大惊，意
欲留之，而难于失信，遂与匈奴"。《西京杂记》所载更为详尽：
"元帝后宫既多，不得常见，乃使画工图，案图召幸之。诸宫人
皆赂画工，多者十万，少者亦不减五万，独王嫱不肯，遂不得

见。后匈奴入朝，求美人为阏氏。于是上案图以昭君行。及去召见。貌为后宫第一，善应对，举止闲雅。帝悔之，而名籍已定。帝重信于外国，故不复更人。乃穷案其事。画工皆弃市。籍其家资皆巨万。画工有杜陵毛延寿。"

◎ 简析

　　公于嘉祐四年(1059)作《明妃曲和王介甫作》与《再和明妃曲》二诗，此处合称《和王介甫明妃曲二首》。公时任翰林学士、史馆编修。王安石字介甫，号半山，临川(今江西抚州市临川区)人，北宋著名思想家、政治家、改革家，唐宋八大家之一。熙宁二年(1069)，任参知政事，次年拜相，主持变法。史称"王安石变法"。(参见《六一居士传》"简析")嘉祐四年，他作《明妃曲二首》，因其中有"君不见咫尺长门闭阿娇，人生失意无南北"，"汉恩自浅胡恩深，人生乐在相知心"等诗句，遭致议论纷纷，有人称之为"咏昭君最好的诗，好在立意新"；也有人斥其"持论乖戾"(高步瀛《唐宋诗举要》)。当时名流如梅尧臣、司马光、刘敞、曾巩及欧公等皆有和诗。

　　明妃，即王昭君(约公元前52—约前15年)，名嫱，字昭君，西汉南郡秭归(今湖北省兴山县)人，中国古代四大美女之一，晋朝时为避司马昭讳，故称"明妃"。史载：她十四岁被选为宫女。竟宁元年(公元前33年)，汉元帝欲征召宫女和亲。十九岁的昭君已进宫多年，得不到皇帝临幸，心生"悲怨"，慷慨应召，远嫁匈奴单于呼韩邪为妻，生有一子。三年后呼韩邪去世，昭君向汉廷上书求归，汉成帝敕令"从胡俗"，即按照匈奴祖制，以继母身份嫁给了呼韩邪的长子、新即位的复株累大单于，共同生活十一年，养育了两个女儿。鸿嘉元年(公元前20年)第二个丈夫也先她而去，她又被命嫁新单于、复株累的长子，也就是呼韩邪的孙子。年方三十三岁的昭君彻底崩溃，几年后选择了服毒自尽。这就是"昭君出塞"的故事梗概，历代颂扬其为国家、为民族做出了巨大牺牲和贡献。

　　欧公诗前篇侧重于抒写明妃不幸的命运和忧伤的情怀。起始四句，写胡人游猎生活，见胡地习俗之异；次六句写昭君自作思归曲，借琵琶表达远嫁之苦；最后八句，写明妃死后，汉宫以琵琶弹唱思乡曲，只是为了取乐，表达对明妃流落的同情。后篇则着重写对元帝昏庸无能的斥责。起始八句写明妃远嫁的因由，寄寓对明妃遭遇的惋惜；次四句则是痛斥统治者外不能御敌，内不能爱民，是一群误国误民的"肉食者"。"耳目"二句，实为全篇主旨。宋人称"此语切中膏肓"（蔡正孙《诗林广记》卷一引钱晋斋语）。他没详说，但熟知历史的人自然明白，西汉的"和亲"与大宋的"纳岁币"，不是如出一辙的妥协乞和政策吗？故今人吴孟复说：本诗"借汉言宋，有强烈的现实意义"（参见《边户》"简析"）。全诗以文为诗，亦诗亦史，其间叙事、抒情、议论杂出，转折跌宕，而又自然流畅，形象鲜明，虽以文为诗而不失其诗味。

据叶梦得《石林诗话》载："毗陵正素处士张子厚善书，余尝于其家见欧阳公子棐以乌丝栏绢一轴，求子厚书文忠公《明妃曲》两篇，《庐山高》一篇。略云：先公平生未尝矜大所为文，一日被酒，语棐曰：'吾诗《庐山高》，今人莫能为，唯李太白能之。《明妃曲》后篇，太白不能为，唯杜子美能之，至于前篇，则子美亦不能为，唯吾能之也。'因欲别录此三篇藏之，以志公意。"（参见《庐山高赠同年刘中允归南康》"简析"）公目为平生最得意之作，自负若此，其间因由，我辈当细细揣摩，未敢妄论矣。

◎ 诗曰

> 徘徊顾影泪难禁，
> 孰料芳名贯古今。
> 谁解于归笳鼓竞，
> 声声椎碎女儿心。

自注：笳（jiā）鼓竞：形容笳声与鼓声之热烈。笳，古代军中号角。南朝梁武帝骁将曹景宗，击退鲜卑，得胜回京，在光华殿庆功筵上赋诗一首曰："去时儿女悲，归来笳鼓竞。借问行路人，何如霍去病。"

三十、唐崇徽公主手痕和韩内翰

故乡飞鸟尚啁啾，何况悲笳出塞愁。①
青冢②埋魂知不返，翠崖遗迹为谁留？
玉颜自古为身累，肉食何人与国谋？③
行路至今空叹息，岩花野草自春秋。

◎ **注释**

①啁啾（zhōu jiū）：鸟鸣声。笳，北方少数民族的军中乐器。

②青冢（zhǒng）：冢，墓地。传说王昭君之墓常年长满青草，故名
　"青冢"。这里用来代指崇徽公主之墓。杜甫《咏怀古迹之三》：
　"画图省识春风面，环佩空归月夜魂。"

③玉颜：代指美丽的女子。肉食：语出《左传·庄公十年》"肉食者
　鄙，未能远谋"。旧时指身居高位、俸禄丰厚的人眼光短浅。

◎ **简析**

　　《唐崇徽公主手痕和韩内翰》作于嘉祐四年（1059）。崇徽公主，
唐朝和亲公主之一，姓仆固氏，唐朝著名将领仆固怀恩的女儿。生
卒年不详。她有两个姐姐在唐肃宗时曾先后远嫁回纥（huí hé，又
称回鹘 huí hú）和亲，其中一位嫁给了登里可汗移地健，于768年
病故。之后，移地健又指名要仆固怀恩的女儿做妻子。于是唐代宗
便将仆固怀恩的幼女封为"崇徽公主"，于大历四年（769）五月将其
嫁予他。手痕，在今山西灵石县。据说公主出嫁回鹘时，路经此
地，以手掌托石壁，遂有手痕，后世称为手痕碑，碑上刻有唐人李
山甫《阴地关崇徽公主手迹》诗。后来，韩绛、欧公等"皆继其韵，
亦同赋"。但韩诗已佚。韩绛，字子华，为翰林学士，唐宋称翰林
为内翰。

　　欧公此诗为咏史诗。首联用对比手法，以飞鸟哀鸣，反衬出塞
悲苦，想象公主远嫁的忧伤情景。颔联连类而及，想到西汉王昭君
远嫁匈奴旧事，反用杜甫《咏怀古迹之三》中"环佩空归月下魂"诗

意，指公主魂亡"埋"而无"归"，"遗迹"为谁而留？读来更显悲怆。颈联愤然揭露，玉颜为身所累只是现象，肉食不与国谋才是根由。尾联以景结情，直抒胸臆，纸短意深，无可奈何。应当指出，当时的宋王朝由盛渐衰，统治者对内统治严酷，面对东北部契丹和西北部西夏的不断侵扰，却苟且偷安，几度忍辱求和。诗人面对这一切所发出的肺腑之音，为历代读者所激赏。清代赵翼《瓯北诗话》谓"玉颜"二句："此何等议论，乃熔铸于十四字中，自然英光四射。"朱熹更啧啧称颂曰"欧公文字锋刃利，文字好，议论亦好"，譬如此二句，"以诗言之，第一等诗；以议论言之，第一等议论也"。

与《和王介甫明妃曲二首》一样，诗人在忆及前朝远嫁和亲的女子时，既不是漫不经心地奉上"民族友好使者"的花环，也不只是以悲悯之心哀其不幸，而是挖掘出产生悲剧的政治根源，很有针对性地批评了北宋王朝的肉食者们，及其屈辱求和的外交路线。这也许正是本诗相对于同类其他诗作高出一筹的地方。

◎ 诗曰

> 妆楼烽燧没沙尘，
> 不见琵琶不见人。
> 料得殷痕零落处，
> 岩花本是女儿身。

自注：烽燧：即烽火台。如有敌情，白天燃烟，夜晚放火，是古代传递军事信息最快最有效的方法。殷痕：赤黑色的斑纹。《全唐诗》无名氏："殷痕苦雨洗不落，犹带湘娥泪血腥。"

三十一、秋　怀

节物岂不好[①]，秋怀何黯然！
西风酒旗市，细雨菊花天。

感事悲双鬓，包羞食万钱。②
鹿车终自驾，归去颍东田。③

◎ 注释

① 节物：节气景物。

② "感事"二句：前句言因国事感伤忧虑，而致两鬓斑白。后句指居于高位却不能胜任，感到耻辱不安。

③ "鹿车"二句：鹿车，用人力推挽的小车。《风俗通义》说因其窄小，仅载得下一鹿，故名。颍东：指颍州（今安徽阜阳）。公皇祐元年（1049）知颍州时，即愿卜居此地。

◎ 简析

《秋怀》作于治平二年（1065），时任参知政事。其时，英宗亲政，意欲革新，公与宰相韩琦相交相知，勠力同心，本可有所作为。但这年春，公"衰病交攻，心力疲耗"（《与王懿敏公仲仪》其十六），头晕目昏，视物艰难，齿牙摇落，后又得了消渴病（糖尿病），健康状况进一步恶化。在正月二十三至二十九的几天里，他曾连上三表，请求解除参知政事之职，出知外州，圣旨不允；八月，暴雨成灾，又连上三表，引咎自责，曰："频年已来，害气交作。春饥已甚，馑疫相望，秋潦暴兴，覆溺无数，下致生民之愁苦，上贻圣主之焦劳。臣独何心，安于厥位？"再次"避位"，不允。此后被卷入激烈的长达十八个月的"濮议之争"（参见《哭石曼卿文》"简析"）。

公在这多事之秋写下此诗，借以抒发热爱生活和感叹国事的复杂感情。首联以反问入诗，言时节虽好，但心情不佳，将美好的"节物"与黯然的"秋怀"做一鲜明对比，却问而不答；颔联顺"节物"细描美景，十字咏尽秋日佳趣，是对自然和生活的礼赞。《雪浪斋日记》载："或疑六一居士诗，以为未尽妙，以质于子和。子和曰：'六一诗只欲平易耳。"西风酒旗市，细雨菊花天"，岂不佳？'"颈联承"秋怀"倾述感慨，直接言及"感事"，但并未道明感事的内涵；尾联归结到退隐田园，安度余年。

　　诗中"感事"，显然不只是"衰病交攻"而已。此处虽未明言，但作于治平四年(1067)的《归田录序》，却说得再明白不过了："而幸蒙人主之知，备位朝廷，与闻国论者，盖八年于兹矣。既不能因时奋身，遇事发愤，有所建明，以为补益；又不能依阿取容，以徇世俗，使怨嫉谤怒丛于一身，以受侮于群小。"这是对"感事悲双鬓，包羞食万钱"二句最好的诠释。

　　此诗结尾常被理解为对苟且度日的不安和厌倦，既有愤时忧世之慨，亦有超然物外之想。所言不差，却忽略了欧公知进退、不恋栈之品性。元代方回能注意到"欧阳公于自然之中，或壮健，或流丽，或全雅淡，有德者之言，自不同也。"吾为之点赞。

　　《诗经·式微》诗曰："式微，式微！胡不归？微君之故，胡为乎中露！式微，式微！胡不归？微君之躬，胡为乎泥中！"大意是：天黑了，天黑了，为什么还不回家？如果不是为君主，何以还在露水中！天黑了，天黑了，为什么还不回家？如果不是为君主，何以还在泥浆中！

　　余读《秋怀》，惜欧公，胡不归？

◎ 诗曰

读罢秋怀读式微，

西风不解破愁围。

黄昏已近鹿车晚，

却叹蹒跚犹未归。

三十二、答资政邵谏议见寄二首

豪横当年气吐虹，萧条晚节鬓如蓬。
欲知颍水新居士，即是滁山旧醉翁。
所乐藩篱追尺鷃，敢言寥廓逐冥鸿。
期公归辅岩廊上，顾我无忘畎亩中。①

　　　　欲知归计久迁延，三十篇诗二十年。

　　　　受宠不思身报效，乞骸惟冀上衰怜。

　　　　相如旧苦中痟渴，陶令犹能一醉眠。②

　　　　材薄力殚难勉强，岂同高士爱林泉？

◎ 注释

①"所乐"二句：语出庄子《逍遥游》："有鸟焉，其名为鹏，背若泰
　山，翼若垂天之云；抟扶摇羊角，而上者九万里，绝云气，负青
　天，然后图南，且适南冥也。斥鷃（yàn）笑之曰：'彼且奚适也？
　我腾跃而上，不过数仞而下，翱翔蓬蒿之间，此亦飞之至也。而
　彼且奚适也？'"藩篱：篱笆。尺鷃：小雀。冥鸿：指高飞的鸿
　雁。"期公"句：邵亢时知郓州，故有期其归返朝廷之语。岩廊：
　高峻之廊庑，借指朝廷。

②"欲知"二句：述思颍、归颍的经历。相如：指司马相如，患消
　渴症（糖尿病），此用以自比。陶令：东晋文人陶渊明作《桃花源
　记》，描述了一个用以寄托自己政治理想与美好情趣的境界，后
　世称之为"世外桃源"。他因曾当过81天彭泽令，世称"陶令"。

◎ 简析

　　《答资政邵谏议见寄二首》作于熙宁四年（1071）秋。资政邵谏
议，指邵亢（1011—?），字兴宗，丹阳（今江苏丹阳）人。十岁日诵
书五千言，赋诗豪纵。曾任馆阁校勘、右谏议大夫、龙图阁直学
士、知开封府，拜枢密副使。因不得皇上欢心，以有病为由，辞去
枢密副使的差事，以资政殿学士知越州，后历郑、郓、亳三州。其
《墓志铭》云，邵亢熙宁五年（1072）春徙亳州。据此可知，邵亢卒
年，当在此后。

　　公在《思颍诗后序》中曾写道："皇祐元年春，予自广陵得请来
颍，爱其民淳讼简而物产美，土厚水甘而风气和，于时慨然已有终
焉之意也。尔来俯仰二十年间，历事三朝，窃位二府，宠荣已至而
忧患随之，心志索然而筋骸惫矣。其思颍之念未尝少忘于心，而意

之所存亦时时见于文字也。"但直到22年后的熙宁四年(1071)七月初，公才得以偿其夙愿，归于颍州，并写下诸多诗词。在《续思颍诗序》中，欧公云："初陆子履以余自南都至在中书所作十有三篇思颍诗，以刻于石，今又得在亳及青十有七篇以附之。"欧公这两首七律，是对邵亢的答赠之作。在邵亢存世的几首诗作中，没找到他所寄的诗。

公诗第一首，首联写自己早年与晚年思想、气概的变化。"气如虹"与"鬓如蓬"的对比，鲜明而强烈。颔联是对上联的补充：25年过去了，今日颍水的居士，已不似旧时滁山的醉翁。颈联写出新旧的变化在于心态的差异：岂止豪气不再，鬓发如蓬；简直犹如尺鷃，难逐冥鸿。这种悲苦和无奈，饱含着深深的人生慨叹。前三联写自己如此，但尾联仍寄语邵亢，以国事为重，为国效力。第二首，首联表达了得遂夙愿的不易与无奈，"三十篇诗二十年"，寄寓着对栖身颍水的追思与渴望。末二联以同病相怜的司马相如、同样嗜酒的陶渊明来比较，固然有相同的地方，欧公忧谗畏讥则是最大的不同。对心力交瘁的他来说，"材薄"未必实，"力殚"却是真。因此，同司马与陶潜这类"高士"隐遁林泉，逃避现实相比，欧公归隐，的确是有区别的。

读毕，掩卷沉思，可以想见，诗人此时心境，虽与后面"西湖念语"所述，判若两人，但对国事的依然牵挂，隐然可见。我们读到的，何妨看作是一位老人鞠躬尽瘁、死而后已的自白。

余读《答资政邵谏议见寄二首》，堪叹欧公归来，诚不易也。

◎ 诗曰

> 居士林间自在眠，
> 醉翁小饮暮如烟。
> 颍东归梦为谁醒？
> 野鹤闲云且问天。

三十三、采桑子(十首)

西湖念语

昔者王子猷之爱竹,造门不问于主人,陶渊明之卧舆,遇酒便留于道士。况西湖之胜概,擅东颍之佳名。虽美景良辰,固多于高会。而清风明月,幸属于闲人。并游或结于良朋,乘兴有时而独往。鸣蛙暂听,安问属官而属私。曲水临流,自可一觞而一咏。至欢然而会意,亦傍若于无人。乃知偶来常胜於特来,前言可信。所有虽非于己有,其得已多。因翻旧阕之辞,写以新声之调,敢陈薄伎,聊佐清欢。

(一)

轻舟短棹西湖好,绿水逶迤①。芳草长堤,隐隐笙歌处处随。

无风水面琉璃滑,不觉船移。微动涟漪,惊起沙禽掠岸飞。

(二)

春深雨过西湖好,百卉争妍。蝶乱蜂喧,晴日催花暖欲然。

兰桡画舸悠悠去②,疑是神仙。返照波间,水阔风高扬管弦。

(三)

画船载酒西湖好,急管繁弦。玉盏催传,稳泛平波任醉眠。

行云却在行舟下,空水澄鲜。俯仰流连,疑是湖中别有天。

（四）

群芳过后西湖好，狼籍残红。飞絮蒙蒙，垂柳阑干尽日风。

笙歌散尽游人去，始觉春空。垂下帘栊，双燕归来细雨中。

（五）

何人解赏西湖好，佳景无时。飞盖相追，贪向花间醉玉卮。

谁知闲凭阑干处，芳草斜晖。水远烟微，一点沧洲白鹭飞，

（六）

清明上巳西湖好，满目繁华。争道谁家，绿柳朱轮走钿车。

游人日暮相将去，醒醉喧哗。路转堤斜，直到城头总是花。

（七）

荷花开后西湖好，载酒来时。不用旌旗，前后红幢绿盖随③。

画船撑入花深处，香泛金卮。烟雨微微，一片笙歌醉里归。

（八）

天容水色西湖好，云物俱鲜。鸥鹭闲眠，应惯寻常听管弦。

风清月白偏宜夜，一片琼田。谁羡骖鸾④，人在舟中便是仙。

（九）

残霞夕照西湖好，花坞苹汀⑤。十顷波平，野岸无人舟自横。

307

西南月上浮云散，轩槛凉生。莲芰香清，水面风来酒面醒。

（十）

平生为爱西湖好，来拥朱轮⑥。富贵浮云，俯仰流年二十春。

归来恰似辽东鹤，城郭人民。触目皆新，谁识当年旧主人。

◎ **注释**

①逶迤（wēi yǐ）：曲折绵延。

②兰桡（lán náo）：以木兰树制成的船桨，常指舟船。

③红幢绿盖：指古代官员出行时的仪仗和车盖。此处比喻荷花与荷叶。

④骖鸾（cān luán）：谓仙人驾驭鸾鸟云游。

⑤花坞：四周筑土为障的圃花。苹汀：指长着浮游水草的沙洲。

⑥朱轮：古时王侯显贵所乘朱红漆轮的车子。这里指当年来颍州任知州。辽东鹤：借辽东人丁令威化鹤归辽的典故（见《搜神后记》），喻久别重归而叹世事变迁。

◎ **简析**

采桑子，词牌名，共四十四字，前、后片各四句，第二、三、四句押韵，均用平声韵。

欧公词集中，共有十三首《采桑子》，其中十首歌咏颍州西湖（非杭州西湖）景物，可视为组诗。后世选本，多有取舍，吾惜其完好，不忍割爱，故以《采桑子》（十首）为题，一并录入。

熙宁四年（1071）七月，诗人以观文殿学士太子少师致仕，卜居颍水（参见《渔家傲·花底忽闻敲两桨》"简析"）。其时，他在这组诗的前面写了一段《西湖念语》，交代相关事项及缘由，其中说到"并游或结于良朋，乘兴有时而独往"，"因翻旧阕之辞，写以新声之调"，可见并非一时之景，也非一时之作，而是积以时日，先写后编的。不过，如从时令看，整组词描写的景物仅限于深春至荷花开时；再从情调看，轻松惬意，乐观旷达，贯穿始终；最后从句式看，首句"西湖好"，十首同一例。这都说明时间跨度应该不大，吟咏当主要在皇祐元年春来颍州的那段日子里，或许个别篇什是后来补写的也未可知，如最后一首"平生为爱西湖好"。

这组《采桑子》围绕"西湖好"的主题，以从容、安详、宁静、淡然的心态，清新、自然、平实、飘逸的语言，从不同角度描摹西湖的美，抒发自己的乐，将秀美的景色与逸乐的心情融为一体，凝成一组动人的乐章。这乐章，既是诗人对大自然的由衷赞美，也是对一个人生新阶段的渴望与追求——即所谓"绚烂之极，归于平静"。

下面依次稍作提示或说明：

(1)首篇以轻松淡雅的笔调，描写西湖的清丽娟秀，诗情画意。"无风水面琉璃滑，不觉船移"一句，历来被誉为语妙天下。

(2)暮春雨后风光，比较前一首，色彩更绚丽，情景更热闹。

(3)载酒游湖。上片写乘兴饮酒之乐，下片写醉后观湖之乐。"行云却在行舟下"与"疑是湖中别有天"两句，真所谓"状难写之景如在目前"。

(4)如果说整组词的情绪基调轻快舒展，这一首却有些异常，竟把"群芳过后""狼籍残红"视为"西湖好"。对此，今人胡国瑞的解释是："本词从室外景色的空虚写到室内气氛的清寂，通首体现出词人生活中的一种静观自适的情调。"此番审美，别出心裁。

(5)上片评介西湖之好在于"佳景无时"(时时有佳景)，下片力推最佳美景在"芳草斜晖"的时候。词末两句营造的意境，令人联想到身心自由的闲适之乐。而这正是诗人所久久渴盼的。

(6)展现西湖清明上巳时节的美好与繁华。上巳，节日名。汉以前以农历三月上旬巳日为"上巳"，魏晋后定为三月三日。这一天有至水滨洗濯以祓除不祥的习俗。

(7)载酒游湖赏荷花：红花绿叶，如同仪仗队前后跟随；荷花深处，美酒飘香，笙歌声中醉后归。西湖真个好！

(8)写泛舟夜游，胜似神仙，对自然景物的热爱之情，跃然纸上。此即神仙，夫复何求。

（9）残霞夕照，花草悄悄；月上云散，风来酒醒。或许有些孤寂清冷，但并非"夕阳无限好，只是近黄昏"的悲凉。全词用七句写景，末尾用一"醒"字作结，耐人寻味。

（10）这是组词的末篇。与前面九首主要写景述游不同，此篇俨然是组词的抒情总结，蕴含的却是更大范围的人生感慨。

欧公在颍州期间所作诗词，大都是吟咏颍州山水风光，光一处西湖，便留下十首《采桑子》。欧公爱颍之深，思颍之切，可见一斑。据说，清代史学家钱大昕曾经诘问："欧公晚思颍，颍上有底好？"倘若一代儒宗钱大昕尚且存疑，我辈更应好好去读读欧公了！

◎ 词曰

　　新词妙曲西湖好，日夕云霞。莲叶无涯，谁种东山半顷麻？

　　思归倦鸟今何在？颍上人家。妙笔生花，况有杯中酒与茶。

自注：无涯：《庄子·养生主》："吾生也有涯，而知也无涯。"

三十四、会老堂

　　古来交道愧难终，
　　此会今时岂易逢。
　　出处三朝俱白首①，
　　凋零万木见青松。
　　公能不远来千里，
　　我病犹堪釂一锺②。
　　已胜山阴空兴尽，③
　　且留归驾为从容。

◎ **注释**

①三朝：指仁宗、英宗、神宗三朝，欧公与赵概都曾三朝为官。

②釂(jiào)：饮酒干杯。

③"已胜"句：指情谊已超过当年王子猷(yóu)雪夜访戴安道。语出《世说新语》：王子猷居山阴，夜大雪，眠觉，开室，命酌酒，四望皎然。因起彷徨，咏左思《招隐》诗。忽忆戴安道。时戴在剡，即便夜乘小舟就之。经宿方至，造门不前而返。人问其故，王曰："吾本乘兴而行，兴尽而返，何必见戴?"

◎ **简析**

《会老堂》作于熙宁五年(1072)。会老堂位于阜阳市欧阳修故居六一堂西侧。

欧公于熙宁四年以太子少师、观文殿学士致仕，退居颍州，寓西湖六一堂。翌年三月(一说五月)，前副相、年近八十的老友赵概，自南都(今河南省商丘市)驾舟来访，千里探友。欧公极为感佩，盛情款待，达一月有余。赵概，字叔平，南京(今商丘)虞城人，官拜观文殿学士，赠太子太师，谥康靖。庆历初，曾与欧公同在馆阁，后来都担任过参知政事。赵概为人敦厚持重，沉默寡言；而欧公往往个性张扬，锋芒毕露，故起初两人交情不深，甚至彼此都有些不以为然。用赵概的话来说，"臣与修踪迹素疏，修之待臣亦薄"。但当庆历五年欧公身陷"盗甥案"时，满朝大臣中，"概独抗章明其罪，言为仇者所中伤，不可以天下法为人报怨。修得解，始服其长者"(见《宋史·赵概传》)。欧公当时对此一无所知，多年之后，知道了这件事，于患难中得一知己，此后三十余年，遂为至交，并相约退休后互访。欧公退归颍州，虽有西湖泛舟琴棋自适之乐，亦有亲朋好友难得一见之愁。听到赵概将如约而来的消息，他曾写信说："此自山阴访戴之后，数百年间，未有此盛事。一日公能发于乘兴，遂振高风，使衰病翁因得附托，垂名后世，以继前贤，其幸其荣，可胜道哉!"(《与赵康靖公叔平书》其九)

此诗首联感叹千里访友不易，情谊古今难得，正如欧公在《与吴正献公》书中所言："近叔平自南都惠然见访，此事古人所重，近世绝稀。"颔联忆旧情，缅怀三朝往事，几多风霜，隐含感恩之意。颈联写相聚，老矣病矣，犹然情深义重，万般感慨，尽在杯盏中。末联以"山阴访戴"作比，是对首联的呼应，更显今日盛会之不易。全诗语言质朴无华，情感热诚真挚，充分表现了二人之间的深情厚谊。

　　古代非常重视交友之道。孔子曰"老者安之，朋友信之，少者怀之"，朋友的信任是人生值得追求的一大目标。赵概年近八十，"已释轩裳之累，却寻鸡黍之期"。所谓"鸡黍之期"，典出《后汉书·范式传》：范式字巨卿，山阳金乡人也，一名汜。少游太学，为诸生，与汝南张劭为友。劭字元伯。二人并告归乡里。式谓元伯曰："后二年当还，将过拜尊亲，见孺子焉。"乃共剋期日。后期方至，元伯具以白母，请设馔以候之。母曰："二年之别，千里结言，尔何相信之审邪？"对曰："巨卿信士，必不乖违。"母曰："若然，当为尔酝酒。"至其日，巨卿果到，升堂拜饮，尽欢而别。赵概一诺千金，生死相守，不辞千里之劳，不负友朋之约，自然令欧公无限感慨。事后，他不仅特意将聚会的厅堂命名为"会老堂"，还将相聚时所作诗词誊抄数份，分寄友人，以纪念这段堪比"山阴访戴"的文坛佳话。

◎ 诗曰

子猷任性雪云天，

鸡黍相期始信缘。

堪羡堂中三学士，

人生谁个似君前？

　　自注：三学士：指欧公、赵概和在座作陪的颍州知州吕公著，均为翰林学士。语出《会老堂致语》："金马玉堂三学士，清风明月两闲人。"

◎ 链接

会老堂致语

　　某闻安车以适四方，礼典虽存于往制；命驾而之千里，交情罕见于今人。伏惟致政少师一德元臣，三朝宿望。挺立始终之节，从容进退之宜。谓青衫早并于俊游，白首各谐于归老。已释轩裳之累，却寻鸡黍之期。远无惮于川涂，信不渝于风雨。幸会北堂之学士，方为东道之主人。遂令颖水之滨，复见德星之聚。里间拭目，觉陋巷以生光；风义耸闻，为一时之盛事。敢陈口号，上赞清欢：

> 欲知盛集继荀陈，请看当筵主与宾。
> 金马玉堂三学士，清风明月两闲人。
> 红芳已尽莺犹啭，青杏初尝酒正醇。
> 美景难并良会少，乘欢举白莫辞频。

三十五、诉衷情(清晨帘幕卷清霜)

清晨帘幕卷轻霜，呵手试梅妆。都缘自有离恨，故画作远山长。①

思往事，惜流芳，易成伤。拟歌先敛，欲笑还颦②，最断人肠。

◎ 注释

①呵手：呵气取暖。梅妆：梅花妆的简称。《太平御览·时序部》引《杂五行书》："宋武帝女阳寿公主人日卧含章殿檐下，梅花落公主额上，成五出花，拂之不去。皇后留之，看得几日。经三日，洗之乃落。宫女奇其异，竟效之，今梅花妆是也。"远山：指远山眉，细长秀丽。伶玄《飞燕外传》："女弟合德入宫，为薄眉，号远山黛。"《西京杂记》卷二："文君姣好，眉色如望远山。"
②颦：皱眉。

◎ 简析

《诉衷情》，词牌名，双调，前片四句，后片六句，共四十四字。前片第一、二、四句和后片第二、三、六句押韵，均用平声韵。前片第四句，多为"中仄仄平平（韵）"，而百度有"或仄仄仄，仄平平"一说，则为四十五字。欧公此词即是，其余似不多见。龙榆生《唐宋词格律》收平仄韵错叶格，未收双调平韵格。

关于《诉衷情·清晨帘幕卷轻霜》的作者，据《全宋词》注云"按此首别又作黄庭坚词，见《豫章黄先生词》"。（黄庭坚别号山谷道人、豫章先生）宋人词集中，这种张冠李戴的现象，并非欧词所独有，而且，为数还不少。有专家指出，今人唐圭璋编《全宋词》所辑欧词，多有别作冯延巳、晏殊、梅尧臣、柳永、张先、黄庭坚、朱淑真词，而不能确定作者；至于《近体乐府》等宋元旧本明系误收而业经辨明者，尚不在此列。（谢谦《欧阳修艳词绯闻辨疑》）但汲古阁刻《山谷词》时，于此调下注云："旧刻四首，考'珠帘绣幕卷清霜'是六一词，删去。"可从之。

这首词，有的版本题作"眉意"，而一些选本却不曾标明。这标题其实是较贴切的：一位歌女在秋冬之际的清晨起床梳妆，透过"眉"的描画，流露思念之"意"。作者刻划出她内心的痛苦与苦闷。前片起始两句，以素描手法勾勒出一幅梳妆图：主人公临镜梳妆，精心地在额上涂出梅状五色花朵。这是南朝宋宫中传出来的寿阳公主首创的一种别样打扮。后两句道出双眉画得像远山一样修长的缘由，是因为心中装满了离愁与别恨，为下面的抒情作了铺垫。过片前三句，呼应前文，写对往事的回忆，袒露内心的凄苦和悲凉。前面所述种种离愁、别恨，正是产生"拟歌先敛，欲笑还颦"这类矛盾和纠结的因由，而种种凄苦和悲凉，也自然酿成后面"最断人肠"的一盏苦酒！

曾慥《乐府雅词序》曾提醒过："欧公一代儒宗，风流自命，词章窈眇，世所矜式。当时小人或作艳曲，谬为公词。"此词上片写今朝画妆之景而含远情，下片写远情而又归到今朝，末句"最断人肠"隐含着作者的同情，语简意深，十分传神，远非一般"艳曲"可比。对此，读者当悉心辨析，以明真假。

余读《诉衷情·清晨帘幕卷轻霜》，感其事，续其时，依其韵，戏赠相思人。

◎ 词曰

黄昏望断远山长，未肯洗梅妆。三更只剩残烛，方得见梦中郎。

噙粉泪，奉羹汤，整罗裳。离愁初了，清漏频催，嗟彼鸳鸯。

三十六、望江南(江南蝶)

江南蝶，斜日一双双。身似何郎全傅粉，心如韩寿爱偷香。天赋与轻狂。①

微雨后，薄翅腻烟光。②才伴游蜂来小院，又随飞絮过东墙。长是为花忙。

◎ 注释

①"身似"二句：前句以"何郎傅粉"喻蝶的外形美，说蝶仿佛是经过精心涂粉装扮的美男子。何郎，指何晏，字平叔，南阳宛(今河南南阳)人，三国魏玄学家。《世说新语·容止》云："何平叔(晏)美姿仪，面至白，魏明帝疑其傅粉，正夏月与热汤饼，既啖，大汗出，以朱衣自拭，色转皎然。"后句以"韩寿偷香"比喻蝶依恋花丛、吸吮花蜜的特性。据《世说新语·惑溺》载，韩寿美姿容。贾充辟为司空掾。充少女贾午见而悦之，使侍婢潜通音问，厚相赠结，寿逾垣与之通。午窃充御赐西域奇香赠寿。充僚属闻其香气，告于充。充乃考问女之左右，具以状对。充秘之，遂以女妻寿。

②"薄翅"句：指薄薄的翅膀，在烟雨朦胧的夕照下显得润泽滑腻。

◎ 简析

《望江南》，词牌名，又名"忆江南""梦江南""江南好"。二十七字，三平韵。中间七言两句，以对偶为宜。宋人多用双调。有研究者认为，《望江南·江南蝶》当为欧公任职汴京(今河南开封)时所作，但具体创作时间未详。姑且从之。

这是一首以蝴蝶为吟诵对象的咏物词。

词的上片选取典故(《世说新语》中的何晏与韩寿)，以人拟蝶，惟妙惟肖，十分生动。"天赋与轻狂"一句，将其"身心"特质包揽无余，并在收束上片的同时，开启下片。作者扣住"轻狂"二字，描写粉蝶在斜阳微雨后的一个生活片段，用语精粹，形象逼真，令人过目难忘。"长是为花忙"一句，不仅是对下片前四句的综述，也是对其"身、心、行"的整体概括。通观全词，读者可以看到，何韩如蝶，蝶似何韩，天赋轻狂，难分彼此。

首都师范大学博士生导师邱少华《欧阳修词新释辑评》指出：《望江南·江南蝶》咏春天的粉蝶，并以人比物，又由物及人，嘲讽浮薄少年的寓意。全篇的主旨在"轻狂"二字。……古人写蝶，有爱怜的，也有嫌弃的。如欧阳修此词比喻如此精致，摩拟如此鲜活，寓意如此贴切而又不着痕迹的，并不多见。余以为，其评述对读者理解本词多有裨益，只是所谓"含有嘲讽浮薄少年的寓意"，似可商榷。

余读《望江南·江南蝶》词，依韵感赋。

◎ 词曰

翩翩蝶，天性舞成双。夜惹庄周生鹤梦，晨催无逸赋诗章。梁祝最悠扬。

君不见，柳巷甚荒唐。但喜琼楼多绿酒，不愁钱眼少红妆。莫道蝶轻狂。

自注："夜惹"二句：庄周，即庄子。《庄子·齐物论》："昔者庄周梦为胡蝶，栩栩然胡蝶也，自喻适志与，不知周也。俄然觉，则蘧蘧然周也。不知周之梦为胡蝶与，胡蝶之梦为周与？周与胡蝶，则必有分矣。此之谓物化。"参看成语"庄周梦蝶"。鹤梦：谓超凡脱俗的向往。无逸：谢逸(1068—1113)的字，号溪堂。北宋文学家，曾写过300首咏蝶诗，人称"谢蝴蝶"。梁祝：指民间传说"梁山伯与祝英台"。

三十七、蝶恋花(庭院深深深几许)

庭院深深深几许，杨柳堆烟，帘幕无重数。玉勒雕鞍游冶处，楼高不见章台路。①

雨横风狂三月暮，门掩黄昏，无计留春住。泪眼问花花不语，乱红飞过秋千去。②

◎ 注释

①几许：多少。堆烟：唐宋诗词中多以烟状柳，形容杨柳浓密。玉勒雕鞍：玉勒，玉制的马衔；雕鞍，精雕的马鞍。极言车马的豪华。游冶处：指歌楼妓院。章台：汉长安街名。唐许尧佐《章台柳传》，记妓女柳氏事。后因以章台为歌妓聚居之地。

②雨横：指急雨、骤雨。乱红：这里形容各种花片纷纷飘落的样子。

◎ 简析

《蝶恋花》，词牌名，前、后片各五句，共六十字。前、后片第一、三、四、五句押韵，均用仄声韵。

《蝶恋花·庭院深深深几许》亦见于冯延巳的《阳春集》。究竟是谁作的？有人认为，宋初词风承南唐，没有太大变化。刘熙载在《艺概·词曲概》中就说过："冯延巳词，晏同叔(晏殊字)得其俊，欧阳永叔得其深。"或许因为欧与冯俱仕至宰执，政治地位与文化素养基本相似，故两人词风或许也有某些相似之处，导致有些作品往往混淆难辨，这不难理解。但周济在《宋四家词选》中说的很肯定，认为此词"缠绵忠笃，其文甚明，非欧公不能作。延巳小人，纵欲，伪为君子，以惑其主，岂能有此直性语乎。"而陈廷焯《白雨斋词话》评判与之相左："他本亦多作永叔词。唯《词综》(清代朱彝尊、汪森编)独云冯延巳作。竹垞(指朱彝尊)博极群书，必有所据。且细味此阕，与上三章笔墨，的是一色，欧公无此手笔。"在我看来，周济认定"延巳小人"而得出"非欧公不能作"的断语，固然显得唐突、牵强，但陈廷焯以"竹垞博极群书，必有所据"来加以否定，也令人难以信服。相反，李清照有《临江仙》词序云："欧阳公作《蝶恋花》，有'深深深几许'之句，予酷爱之，用其语作'庭院深深'数阕，其声即旧《临江仙》也。"据此，学者一般以为李清照去欧公未远，所云当不误。姑从之。

本词写深闺怨女伤春思人。上片写庭院幽深为其所困的苦闷。开篇一句"庭院深深深几许"，展现一幅院深，情深，意境深的图景，历来备受称颂。为何"深深深"？只因杨柳一丛丛，帘幕一重重；只因高楼深院锁佳人，而情郎到章台寻欢作乐去了。下片由思人转而怨春：黄昏时候，雨横风狂，残春难留，花不语，乱红飞，诉说的是无尽的凄苦与孤独。

王又华《古今词论》引毛先舒语："词家意欲层深，语欲浑成。作词者大抵意层深者，语便刻画；语浑成者，意便肤浅，两难兼也。或欲举其似，偶拈永叔词云：'泪眼问花花不语，乱红飞过秋千去。'此可谓层深而浑成。何也？因花而有泪，此一层意也；因泪而问花，此一层意也；花竟不语，此一层意也；不但不语，飞过秋千，此一层意也。人愈伤心，花愈恼人，语愈浅而意愈入，又绝无刻画费力之迹。谓非层深而浑成耶？然作者初非措意，直如化工生物，笋未出而苞节已具，非寸寸为之也。"此语可谓妙评。

余读《蝶恋花·庭院深深深几许》，感其意，赞其词，依韵而作，试为世间思妇一叹。

◎ 词曰

浪子征人知几许，寂寂门庭，欢爱谁能与？楼外残春留不住，黄昏更着风和雨。

纵有词家相眷顾，泪共飞花，化作伤心句。长夜漏声犹似诉，分明不忍窗前读。

三十八、蝶恋花（越女采莲秋水畔）

越女采莲秋水畔，窄袖轻罗，暗露双金钏。[①]照影摘花花似面，芳心只共丝争乱。

　　鸂鶒滩头风浪晚，雾重烟轻，不见来时伴。隐隐歌声归棹远，离愁引著江南岸。②

◎ 注释

①越女：越地自古多出美女，后常用越女泛指美女。轻罗：质地轻软而薄的丝织品。钏(chuàn)：用珠子或玉石穿起来做成的镯子。

②鸂鶒(xī chì)：一种类似鸳鸯的水鸟，而色多紫，性喜水上偶游，故又称紫鸳鸯。棹(zhào)：船桨。归棹：归船。

◎ 简析

　　《蝶恋花·越女采莲秋水畔》作于何时，手边资料很少谈及。唯见郁玉英《欧阳修词评注》说："或为作者观有所感。时作者欧阳修任镇南军节度掌书记、馆阁校勘，得罪宰相被贬，被降知夷陵县。"读来似乎指此词当作于景祐元年(1034)至景祐三年(1036)之间，却不曾说出理由来。姑从之。

　　古代以采莲为题的诗词甚多，最早当数汉乐府中的《江南》，沈德潜评该诗为"奇格"，有人称其为采莲诗的鼻祖。而最早的采莲词，或许当属唐代皇甫松，他以词的形式写莲，有《采莲子》(二首)，虽是七言绝句体，但多了"举棹""年少"的和声。此后，唐、五代至宋初，采莲词渐多。欧公词集中亦屡有所见。

　　此词上阕写采莲情景。前三句描述人物衣着装饰与活动场所，后两句写采莲动作和表情。美好的环境、美好的形象，却引发出并非美好的心情，只因"照影摘花"，牵出丝来，搅乱了一片芳心，以致"芳心只共丝争乱"。芳心因何而乱？暂且按下不表。下阕写归去心态。前三句写暮色中风浪已起，雾重烟轻，失散同伴，孤身一人，其迷茫、紧张甚至慌乱的神态，不难猜想。同伴找到了吗？歌声悠长应是肯定的回答。而更为明确的回答是，牵引着江岸的那缕情丝，原是"离愁"引起的。

　　全词语言通俗、节奏明快、形象鲜明。故陈廷焯《闲情集》评论："与元献(晏殊)作，同一缠绵，语更婉雅。"词写越女采莲，远隔千百里，作者何由观看？也许是因为越地多美女，西施最有名，在创作中以越女泛指美女，乃情有所钟，晏殊《渔家傲·越女采莲江北岸》，也是如此，无可厚非。

◎ 词曰

湖岸观莲风不静，试上扁舟，恍若秋千影。楚女凌波千百顷，长篙紧握惊魂定。

谁道桑榆无胜景？四顾欣然，不啻桃源境。但得今宵眠未醒，元公携我邀陶令。

自注：元公：即周敦颐(1017—1073)，谥号元公，宋朝儒家理学思想的开山鼻祖，著有《周元公集》。散文《爱莲说》是其传世佳作，其中有句曰"莲之爱，同予者何人？"

三十九、阮郎归（南园春半踏青时）

南园春半踏青时①，风和闻马嘶。青梅如豆柳如眉，日长蝴蝶飞。

花露重，草烟低；人家帘幕垂。秋千慵困②解罗衣，画堂双燕归。

◎ 注释

①踏青：春日郊游。唐宋踏青日期因地而异。有正月初八者，也有二月二日或三月三日者。后世多以清明出游为踏青。

②慵困：困倦。

◎ 简析

阮郎归，词牌名，双调，前片四句，后片五句，共四十七字。前片句句押韵，后片第二、三、四、五句押韵，均用平声韵。龙榆生《唐宋词格律》引《神仙记》载，刘晨、阮肇入天台山采药，遇二仙女，留住半年，思归甚苦。既归则乡邑零落，经已十世。曲名本此，故作凄音。

欧公《阮郎归·南园春半踏青时》不知作于何时何地。谭新红《欧阳修词全集》未收此词，不知何故？现据《唐宋词鉴赏辞典·唐五代北宋》（第493页）抄录如上。

此词写女子仲春踏青时的见闻以及由此产生的相思之情。上片叙事写景。首句交待地点（南园）、时间（春半）、活动（踏青）。接下三句，从不同角度写其所见所闻：感受和风、闻听马嘶、看到青梅如豆柳如眉，还见蝴蝶飞。这里"马嘶"虽为虚写，却表达了对未归人跨马扬鞭而去的牵挂；其余为实写，但在"写什么"时，诗人是着意筛选颇费苦心的。踏青可闻到的声音很多，诗人只写了风声和马嘶；可见到的景与物更多，却只写了随着"日长"而变化的梅、柳和蝴蝶，因为它们更能牵动她对未归人的思念。这几句看似无一处写情，但又无一句不含情。诚如陈世修《阳春集序》所言："观其思深辞丽，均律调新，真清奇飘逸之才也。"

下片抒情，依然是将情寄托于叙事之中。花因露珠而凝重，草因烟霭而低迷，帘幕随夜幕降临而垂下——一派黄昏景色，几缕相思情怀。最后两句，不写秋千之乐，单写秋千之困，进而写轻解罗衣，入室休憩，可见慵困之甚。"画堂双燕归"，呼应"闻马嘶"，燕归人未归，情何以堪？读者此时方才明白，思妇身之慵，其实缘于心之累，心之累则缘于情之牵。此刻，她不禁想起"双燕双飞绕画梁，罗帷翠被郁金香"的诗句来（卢照邻《长安古意》），可惜不是她的写照。

《阮郎归》词调本多凄音，故历来伤感悲凉之词多，愉悦乐和之词少。而此篇"全词清秀典雅，迤逦飘逸，借景抒情，情景交融，回环委婉，是词人作品中极为典型的一首小词"（王德先《宋词鉴赏大典》）。这就正如周汝昌先生所言："欧阳公独有自家擅场处，即如本篇正可为例。"余读《阮郎归·南园春半踏青时》，依欧公韵，而舍凄音，试为乐词也。

◎ 词曰

南园燕双飞，清香满玉闺。相期无侣可依偎，离人何日归？

春将晚，暮云催，阮郎快马追。愁眉顿敛画娥眉，今宵且尽杯。

四十、浪淘沙（五岭麦秋残）

五岭麦秋残，荔子初丹。绛纱囊里水晶丸。可惜天教生处远，不近长安。①

往事忆开元，妃子偏怜。一从魂散马嵬关，只有红尘无驿使，满眼骊山。②

◎ 注释

①五岭：指大余岭、越城岭、骑田岭、萌渚岭、都庞岭，或称南岭，横亘在江西、湖南、两广之间。麦秋，指麦子收获的季节，农历四月。《礼记·月令》："孟夏麦秋至。"陈澔《礼记集说》注曰："秋者，百谷成熟之期，此于时虽夏，于麦则秋，故云秋麦。"丹：变红。绛纱二句：绛（jiàng）纱：红纱，指荔枝红色外壳。水晶丸：借喻荔枝果肉晶莹透明而圆润。

②开元：唐明皇李隆基所用年号。马嵬关：即马嵬坡，在今陕西兴平县。天宝十四年（755），安史之乱起，玄宗奔蜀，行至此处，卫兵杀宰相杨国忠（杨贵妃族兄），玄宗被迫赐杨贵妃死，葬于马嵬坡。"只有"句：化用杜牧《华清宫》"一骑红尘妃子笑，无人知是荔枝来"诗意，意为杨贵妃死后，再也不见驿使快马送荔枝。骊山：在陕西临潼，唐时为避暑胜地，唐明皇于此地造华清池，常与杨贵妃休憩于此。

◎ 简析

《浪淘沙·五岭麦秋残》是一首咏史词。唐代经历唐太宗"贞观之治"、唐高宗"永徽之治"、武则天的"治宏贞观，政启开元"及唐玄宗(唐明皇)的"开元盛世"后，国势大增，文治武功在唐玄宗开元年间达鼎盛状态。但唐玄宗改元天宝(742)后，耽于享乐，宠幸杨贵妃(杨玉环)，以致群小当道，国事日非，朝政腐败，各种社会矛盾日益激化，安禄山与史思明乘机于天宝十四年(755)发动"安史之乱"，历时近八年之久，导致兵燹遍地，民不聊生，李唐王朝也从此一蹶不振，逐步由强盛走向衰败。此词所述史实，即指安禄山造反第二年六月，潼关失守，玄宗奔蜀，行至马嵬，突发兵变，唐玄宗万般无奈之下，被逼赐死杨贵妃。

词的上阕写"荔子"。开头三句点明荔枝的产地、成熟期，通过比喻，描摹其外形内质，给人以色、形、味的联想。后二句写珍品虽好，可惜关山重重，路遥难得。一"远"一"近"，为下文作了铺垫。刘学锴先生评述，此处"似故意模拟玄宗惋惜遗憾的心理与口吻，又似作者意味深长的讽刺，笔意非常灵动巧妙。"(《唐宋词鉴赏辞典·唐五代北宋》第486页)

词的下阕写"妃子"。前两句以"偏怜"紧承"可惜"，五岭之荔，难解美人之"偏怜"，怎么办？《新唐书·杨贵妃传》载："妃嗜荔枝，必欲生致之。乃置骑传送，走数千里，味未变，已至京师。"杜牧《过华清宫绝句三首》中"一骑红尘妃子笑，无人知是荔枝来"的名句，写的就是致远物而悦爱妃之事。何为专宠？何为荒淫？于此可见。后三句中，用一句道尽那段"君王掩面救不得，回看血泪相和流"的历史悲剧，用两句隐含淫侈享乐、乱政误国的历史教训。一"有"一"无"，何其隽永，极为耐味。

历史上歌咏唐玄宗杨贵妃情事的文学作品不少，最著名的当数白居易的《长恨歌》与杜牧的《过华清宫绝句三首》。与之相比，欧公于大背景下吟一小词，其蕴含的讽喻意味和物是人非的感叹，毫不逊色。

◎ 词曰

　一骑荔枝红，别样春风。霓裳曲散梦魂中。三尺白绫金殿暗，冷月当空。

　　客向旧行宫，游兴浓浓。骊山何处不葱茏。浊酒泡馍斜照里，闲话玄宗。

　　自注："闲话"一句语出元稹《行宫》："白头宫女在，闲坐说玄宗。"

后　记

倘若从岳麓山下的青年时代算起，我读欧公诗文久矣，却总如五柳先生"好读书，不求甚解；每有会意，便欣然忘食"。直至年逾稀龄，夕阳斜照，在陡生愧疚的同时，却萌发重读欧公、咏赞欧公的想法。这当然是一件很难的事情。明代才子文徵明说过：游览古刹名蓝者，"苟其人非有幽情真识，不能得其趣；非具高怀独往之兴，不能即其境而游；矧能发为歌诗，品目咏赞，以深领其胜耶"（《玄墓山探梅倡和诗叙》）。朋友也劝我，此事无异于古稀老人攀爬泰山极顶，欲观东海日出，壮则壮矣，丽则丽矣，只恐最终力不从心，半途而废。

对我来说，写作的确是一项遗憾的事业。我朝着至善至美的方向奔去，往往竭尽全力，却未必能收到哪怕差强人意的效果。更何况此刻面临的课题，以我一个高龄、浅识、低能的糟老头子，实在难当重任。除非有奇迹发生。

但是，为了弘扬国粹，我愿殚精竭虑，以绵薄之力，成此拙著，奉献给昌明社会；为了后学传承，我愿晨兴夜寐，以笔耕之劳，甘做嫁衣，奉献给年轻一代；为了家学渊源，我愿绳其祖武，以赤子之心，不揣谫陋，奉献给所有欧阳氏子孙。

凭着这份热忱，我过五关斩六将，熬过了一千余个日日夜夜。其中最大的关隘是"两不"：身体的不适和写作的不顺。

朋友曾告诫我，你有飞蚊症，就少写些吧；家人曾规劝我，你有颈椎病、脑血管硬化，不能再写了；后来，医生警告我，你有多发腔隙性脑梗塞、脑萎缩，真得好好治疗才行了！但我始终不曾放下手中的笔。

执笔撰写的过程中也不时遇到种种困难，但问题无论大小都不

325

能轻易绕过去。比如说，《游鲦亭记》"链接"的诗篇，在诸多版本中都标为《新营小斋凿地炉辄成五言三十七韵》，可我反复数了几遍，明明是"三十九韵"，怎么成了"三十七韵"呢？又如，《湘潭县修药师佛殿记》的县民"李迁"，注家多作"李迁之"，究竟是"李迁"，还是"李迁之"？让我很费周折。这些还是相对比较容易处理的事。涉及对原文的理解和赏析时，找不到权威、合理的答案，那可真叫束手无策。为了阐释《六一诗话》中"至于水曲蚁封，疾徐中节，而不少蹉跌，乃天下之至工也"一句，我通过亲友联系和网络请教，分别与南方两所高校的文学院教授作过多次探讨，可谓费尽心思。此类攻关，不可胜计。

如今，两年多过去了，奇迹发生了。我情系子孙，走近欧公，战战兢兢，如履薄冰，终以迟暮之年为代价，在重读欧公诗文的自我世界里，实现了"发为歌诗，品目咏赞，以深领其胜"的古稀宏愿。

此书起笔与完稿，有一个值得纪念的时间点，即恰逢欧公诞辰1010周年。在此，我要感谢上苍天假其年，感谢家人鼎力支持，感谢亲友关注鼓励；还要感谢武汉大学出版社，以及相关参考书目的作者，正是有了他们所付出的才智与辛劳，拙著才能迎来早日面世的那天。然而，令我不安的是，限于学识、能力之不足，书中谬误必定不少。因此，我热切期待读者和有识之士，不吝赐教，匡正舛讹，让我能向前贤和后辈交一份较为满意的答卷。

再过二十来天，便是我74岁生日，拙著权当是给自己的一份生日礼物吧；并录旧作《七秩自咏三首》于后，借此以释情怀，与君分享快乐。

其一

草木春秋日月悬，稀龄初度又经年。
黑斑已显松皮老，白发初知雪鬓怜。
暮至逍遥千步路，晨来疏缓几招拳。
从兹灯下无多事，惯借诗书了俗缘。

其二

岁岁开心四月天，去年今日聚群贤。
欧翁庆幸逢嘉会，诸子钟情赴绮筵。
老骥岂存槽枥怨，紫毫时有锦囊篇。
仗朝再遂金樽愿，直把南湖当酒泉。

其三

金鹦时深物事牵，诗情不忍晓星偏。
雪消雨霁晴空净，月朗风清碧野鲜。
草长三春随造化，莺飞百日唱云烟。
圣安寺外钟声远，且揽湖山伏枕眠。

欧阳砥柱

2018 年 5 月 4 日
于安和堂书屋